人劫掠，逃亡求生，
給、不逃、殺害敵人，
選擇互相廝殺，
自己賭命得來的報酬。
這個選擇造就了現在的自己。

>Author : nahuse >Illustration : gin >Illustration of the world : yish >Mechanic design : cell

重組世界 2

Rebuild World

下 死後報復委託程式

The advanced civilization that once dominated the world has crumbled away, and a long time has passed. People rallied the fragments of wisdom and glory scattered all over the world and spent a long time rebuilding human society.

Author
ナフセ

Illustration
吟

Illustration of the world
わいっしゅ

Mechanic design
cell

Kadokawa Fantastic Novels

第50話 地下街的可疑人物

阿基拉受到久我間山都市的長期戰略部門指名委任，來到崩原街遺跡的地下街，協助亞拉達蠍的驅除作業。

委託期間為一星期。第一天和第二天都遭到大量亞拉達蠍襲擊，但阿基拉化險為夷。

這兩天發生了許多意外，像是和身穿女僕裝的女性詩織一度對立到險些互相殘殺的地步；與艾蕾娜等人一同探索地下街，為她們的實力吃驚等等。不過阿基拉毫髮無傷，存活至今。

現在第三天要開始了。希望今天不要發生無謂的爭執，度過風平浪靜的一天。阿基拉如此在心中祈禱，邁步深入地下街。

儘管第六感告知這是痴人說夢，但阿基拉不予理會。

阿基拉第一天在防衛隊，第二天則在探索隊，第三天再度被派遣到防衛隊。但指派給他的任務並非第一天那樣在防衛據點負責警備，而是新式照明的設置工作。

新的照明器具兼具簡易的中繼器與情報收集機器的功能。如此一來就能改善已掃蕩區域的通訊狀況，同時隨時檢查周遭地形，一旦發現異狀就能盡速應對。

這同時也是因應之前在地下街發生的意外狀況的對策。防衛據點的周遭地區已經掃蕩，理應有一定程度的安全保障，但亞拉達蠍在地下街鑿穿隧道，增加新的進攻路線，襲擊防衛據點。

此外還有亞拉達蠍擬態為瓦礫以堵塞通道，讓人誤會地下街地圖上可通行的場所發生崩塌等意外而無法通行。

兩椿事件都波及了阿基拉。他活用彈藥費由委託人代為支付的契約條件，不計成本地大量消耗價格昂貴的ＣＷＨ反器材突擊槍專用彈，藉此度過危機。

這事態嚴重動搖了已掃蕩區域的安全性與地下街地圖的可信度，但是只要新的照明器材設置完成，就能大幅事先預防。

不過地下街範圍廣大，已經設置的照明絕大多數都是普通的照明器材，要全面更換為高性能的新式照明很花時間。因此發出了總之先從本部附近的照明器材開始依序更換的指令。

在已經被照明充分照亮的地下街，阿基拉與其他獵人一同拉著推車前進，並且將裝載在載貨台上的高性能照明與通道上已有的照明一一交換。

持續這樣的作業，他突然萌生疑問。

『我說阿爾法，我突然想到，打從一開始直接設置這種高性能照明不就好了？』

阿爾法審視問題的內容，分析回答的內容，最後決定將阿基拉容易接納與否擺在正確度之前。

『要全面照亮寬廣的地下街需要大量照明，但是高性能照明很貴，起初才會用普通照明吧。』

『喔～～原來是這樣啊。』

『原本想省錢，最後卻破費。就這麼單純。你也得多留意喔。』

阿爾法語畢，若有所指似的微笑，阿基拉對她投以幾分挑釁般的笑容。

『知道啦。不過這方面，妳一定會好好輔助我吧？』

『那當然，放心交給我。』

阿爾法自信洋溢地笑著回答。

阿基拉對阿爾法的說明不抱持任何疑問，而且給了無異於阿爾法預測的回答。

預測與結果一致，代表阿爾法對阿基拉人格的理解與掌握，雖然速度不快但確實漸漸有了進展。

在這之後，照明的更換作業依舊持續。將舊式照明更換為新式照明，當推車上的新式照明器材耗盡就回到本部補充。這樣的流程不斷反覆。

拉推車、設置照明、警戒周遭。複數獵人輪流擔任這些工作，持續進行作業。

區區設置照明的工作卻要分配複數名獵人執行，是因為都市方還算重視先前發生的突襲騷動。為了在工作時遭到亞拉達蠍群突襲也能應戰，所有任務基本上都採小隊行動。

但理由不只是這樣。因為在地下街深處找到的遺物出乎意料地昂貴，都市方正式開始為了收集遺物而展開行動。

因此地下街部隊的行動方針，除了驅除亞拉達蠍，也增加了收集高價遺物這個目的。預算足以大量設置昂貴的新式照明器材，也是出自這方面的影響。

阿基拉原本和其他獵人一起工作，但途中只剩他一個人。其他人都過了最低時數就離開了。

阿基拉原本也打算一起回去，保險起見聯絡本部後，本部告訴他馬上會派遣補充人員，要他就這樣繼續工作。

阿基拉短暫思索，認為應該沒問題，就在該處等候。因為他並非獨自一人被留在尚未調查的黑暗地區，至少是一度經過掃蕩的明亮場所。

阿基拉獨自繼續作業，但當載貨台上的新式照明有大半都與舊式交換時，補充人員仍未抵達。

『……還真慢。』

阿基拉感到疑惑，些微煩躁與不安顯露在臉上。理應很快就會到的支援遲遲沒有來，他不禁在無意識間擔憂：遲到的理由，也許就是對自己有害的事情即將發生的前兆？

阿爾法笑著安撫阿基拉。

『放寬心慢慢等吧。有我負責搜敵，不用擔心被怪物偷襲。只消一個人悠哉地工作就能輕鬆打發最低時數，就當作今天運氣特別好吧。』

『……說的也是。』

前天和昨天都發生太多事了，總該有一天平穩得讓人不禁嘀咕「閒著沒事真無聊」才對吧。阿基拉看著只要沒有危險就總是笑著的阿爾法的笑臉，如此心想並且輕笑。

不過，這時阿爾法的表情稍微緊繃。

『阿基拉，還是要保持戒心。』

『……發生什麼事了？』

阿基拉也立刻繃緊表情，提高戒備。昨天和艾蕾娜等人一同探索地下街，趁敵人尚未察覺，於黑暗中開槍擊破亞拉達蠍那時，阿爾法笑得一如往常。換言之，現在的狀況可能已經比當時危險。

阿爾法指向通道深處。

『那邊有個持有武裝的可疑人物。』

『……呃，地下街有其他獵人又不奇怪，攜帶武裝也沒什麼可疑吧。畢竟是獵人嘛，身上有武裝也很正常。』

阿基拉語畢，面露納悶的表情。阿爾法表情變得有些認真，補充說道：

『地下街的獵人使用的租借終端機具有捕捉附近其他終端機位置的功能，用途是在救援時查出對方位置，或是避免誤擊友方。』

『這我曉得，那又怎樣？』

『對面那個人的位置資訊沒有傳過來。終端機故障了，或刻意讓終端機停止運作，還是他身上沒有租借終端機。理由只會是其中一個，但是故障的機率高嗎？』

如果不是故障，那個人就是不想讓別人知道自己當下位置的可疑人物。而租借終端機是荒野用規格，設計上牢固耐用。

即使是在與怪物戰鬥的過程中損壞，對終端機損壞渾然不覺而在地下街晃蕩，這種機率怎麼想都不高。

換言之，對方非常可能是可疑人物。阿基拉這下終於理解現況。

他提高戒心凝視那個人時，阿爾法的輔助擴增了他的視野，將對方與周遭一併放大顯示。對方獨自一人走在地下街，因為還有段距離，看起來並未察覺阿基拉。

阿基拉短暫猶豫後，聯絡本部。

「這裡是27號，本部聽到請回答。」

『這裡是本部。已經派遣要送過去的補充人員了，再等一下。就這樣。』

「不是，別切斷。我發現了看似獵人的人影但無法取得對方的位置資訊。給我指示。」

『真的嗎？』

「我不會為了打發時間故意撒這種謊。我不會要你相信，但沒有指示的話，我就當作置之不理也無所謂喔。」

因為有可能被麻煩事波及，阿基拉也可以選擇視若無睹，不與本部聯絡。如果沒有阿爾法先告訴他，他也不會注意到那個人的存在。就算不報告，也沒有任何不自然之處。

不過他現在畢竟也是防衛隊的一員，懷著盡可能誠實面對委託的心態，選擇聯絡。如果對方認定他謊報，那他也不打算採取更進一步的行動。

因為阿基拉的口吻透露些許不愉快，本部的職員相信了他的報告。已設置的新式照明的搜敵功能沒有他說的反應，不過可疑人物也許剛好在舊式照明的位置，於是職員選擇將現場的報告擺在第一。

『這樣啊。對方也許是終端機故障，你還是先去跟對方確認看看。如果是故障，就讓對方用27號的終端機和本部聯絡。』

「如果不是故障呢？」

『如果能辦到，就把那傢伙帶到本部。對方抵抗的話，允許你動用應當的手段，許可範圍包含其結果。與補充人員合力解決問題，要是狀況有進展再聯絡。通話完畢。』

「……了解。完畢。」

阿基拉切斷通訊。隨後他用力嘆了一口氣。阿爾法事先給予忠告：

『既然上頭都允許可以殺掉了，必要的時候不可以躊躇喔。』

『果然就是這個意思啊……』

既然先提醒了故障的可能性，本部也認為這種可能性不低吧。也許真的只是故障而已。阿基拉這麼想，但也更清楚理解到當下的情況危險得讓本部輕言「一旦有必要，殺掉也無所謂」，因而露出嚴肅的表情。

有可能是懷有敵意的可疑人物，但也有可能只是故障，要馬上用槍口指向對方稍嫌操之過急。阿基拉如此判斷，只是握住了已裝填強裝彈的ＡＡＨ突擊槍，並未擺出射擊姿勢，但做好了隨時都能舉槍的準備，槍口暫且先放低。

『阿爾法，要是有必要，拜託輔助我。』

『了解了。儘管交給我。』

阿爾法一如往常面露充滿自信的笑容。阿基拉見到那表情，保持冷靜並深呼吸，做好覺悟之後，朝著通道另一側的男人叫道：

「喂～～！你的終端機沒有反應！很危險耶！故障了嗎？」

阿基拉的聲音在地下街迴盪。

男人大吃一驚並環顧周遭，好一段時間，他左顧右盼像在尋找聲音來源。在他發現阿基拉的身影之後，視線在阿基拉與自己身上的終端機之間來回遊走。

隨後他笑著對阿基拉使勁揮手，之後好幾次指向自己的終端機，又對阿基拉連連招手。

突然聽見有人喊叫而吃驚，連忙尋找是誰在大喊，然後發現了其他獵人。緊接著想到對方為何不用終端機聯絡而是選擇大喊，為此感到納悶便看向自己的終端機，這才發現終端機故障了。為了與本部聯絡，便示意阿基拉靠近。

男人的舉動完全就是在終端機故障的狀況下會有的反應，毫無不自然之處。

儘管如此，阿基拉依舊抱持疑心，並未靠近男人。他懷疑對方要求自己靠近也許是某種計策，因此待在原地靜觀其變。

於是男人露出納悶的反應，不再要求阿基拉靠近，而是自己主動走了過來。

也許是自己想太多了——阿基拉雖然這麼想，仍舊沒有放下警覺。他將槍口緩緩指向靠近到某個程度的男人。

男人感到畏懼般一瞬間停下腳步，隨後稍微舉起雙手並不斷搖頭。他任憑自己的身體暴露在槍口前方，觀察阿基拉的反應，顯露膽怯並緩步靠近。

見到男人一連串的反應，阿基拉也放鬆了戒心。從對方身上感覺不到敵意，阿爾法也沒有發出警告。他將一度舉起的槍口緩緩放低。

男人見狀，放心地吐氣，放鬆緊繃的表情。隨後他走向阿基拉，雙手慢慢放下。他已經相當靠近阿基拉了。

他來到兩人所在的大廳中央處，在柱子附近，男人笑著舉起一隻手。緊接著他再度指向自己裝備在那裡的終端機。阿基拉的視線轉向他的終端機。於是男人稍微舉高了終端機，彷彿要讓阿基拉看清楚。

阿基拉的視線無意識地追逐著男人的終端機，注意力朝向該處，同時對男人另一隻手的警覺心完全消失。

警戒也徹底鬆懈，持槍的手臂放鬆了力氣，握在手中的ＡＡＨ突擊槍下垂，槍口朝向正下方。

下一瞬間，男人沒拿終端機的另一隻手迅速地拔槍。

槍聲響起。阿基拉完全來不及反應。

第一發子彈掠過阿基拉的臉頰，第二發直擊裝備在左臂上的租借終端機，第三發則命中旁邊的瓦礫，威力難以想像出自手槍子彈，瓦礫明顯破損。

所有子彈都精確瞄準阿基拉。面對突如其來的狀況，阿基拉無法動彈，連嘗試閃躲都辦不到。

不過這瞬間，阿爾法操控了阿基拉的強化服，強行驅使他的身體動作，勉強避開彈道。同時操控右臂對男人反擊，ＡＡＨ突擊槍高速射出無數強裝彈。

不過男人已經逃到一旁的柱子後方，早已避開ＡＡＨ突擊槍的彈道。

強裝彈的威力足以輕易打穿鐵板，但還無法貫穿舊世界造的建築物，被柱子彈開的子彈朝四周彈射，跳彈又撞上牆壁與地面，在大廳各處亂竄。

阿基拉的右手擅自開槍射擊的同時，身體也擅自全力移動。他的身體奔向附近的瓦礫，逃到近乎全毀的商店遺跡的殘破牆面後方，隨即躲在該處不動。這時男人只從躲藏的柱子後方伸出了手，再度開槍。

ＡＡＨ突擊槍以瞄準鏡捕捉的影像正經由連動中的情報收集機器傳給阿爾法。基於這份情報的彈道預測顯示，子彈絕對不可能擊中那男人。

明知如此，阿爾法還是持續開槍射擊。阻止男人反擊，消耗剩餘子彈以爭取時間讓阿基拉恢復意識。

『阿基拉！振作點！』

在音量全開的念話屢次叫喚之下，阿基拉終於恢復意識，剛才幾乎一片空白的意識也重新體認到劇痛，讓他頓時用力皺起臉。強化服擅自做出完全忽視穿著者意志的高速動作，對他的身體造成強烈的負擔。

儘管如此，這是逃離死亡的最低代價。如果阿爾法為了降低對阿基拉的負擔，壓抑了強化服的速度，子彈大概已經擊穿阿基拉的眉心，頭蓋骨的內容物也從後腦杓與子彈一併噴濺而出了。

為了避免劇痛再度奪走意識，阿基拉咬緊牙根，嘗試以仍有些混亂的腦袋理解當下狀況，試圖回憶剛才的經歷。

但浮現腦海的只有對方其實是敵人，以及不中用的自己。在時間流動異常遲緩的世界中，發愣的自己什麼也辦不到，當時大概是阿爾法控制強化服以強迫自己的身體動作，而自己只是愣愣看著敵人的槍口指向自己。

阿基拉有意識，但他的意識完全不影響現實。阿基拉理解到這一點，因而責怪自己，表情也變得異常凝重。隨後他背靠著瓦礫，視線直指面前阿爾法的雙眼。

『……阿爾法，對我解釋狀況。』

阿爾法面露安心的微笑。

『阿基拉，你恢復意識啦，真是太好了。沒事嗎？』

『沒事……不好意思，來不及反應。』

阿基拉後悔地如此說道，表情透露出強烈的歉意。

阿爾法不當一回事般笑得溫柔。

『沒關係。這些部分的輔助也是由我負責，沒錯吧？』

『……是沒錯。』

覺悟則是自己負責的範圍。一想到繼續沮喪會更連累阿爾法，阿基拉硬是激起自己的鬥志，擠出笑容回答。

阿爾法也滿足地點頭，隨後開始說明狀況。

敵人實力高強，裝備和技術大概都是專門對人戰鬥的殺人專家。對方會刻意裝備手槍，是因為理解對人戰鬥與對怪物戰鬥的差異，也是為了兼顧必須的最低殺傷力與提升拔槍急射的速度。

阿爾法嘗試反擊，但對方毫髮無傷。對方恐怕事先設想了攻擊失敗的狀況，為了能立刻有掩蔽場所供他避難，不著痕跡地調整了攻擊位置與時機。

阿基拉的租借終端機被當成盾牌擋下敵人的子彈，已經損壞。但也有可能是因為對手見第一發並未得手，就在下一發故意瞄準租借終端機。

聽了這些說明，阿基拉理解了敵人就算面對自己這樣的小孩子，同樣毫不鬆懈，使出渾身解數想殺他。

阿基拉過去也遭遇過數次襲擊，但是那些人或多或少都對阿基拉抱持輕敵的心態。阿基拉也有好幾次多虧如此才保住小命。

不過這次對方顯然實力更在自己之上，而且完全沒有這類輕敵的心態，反倒是誘使阿基拉放鬆戒心。男人的演技從頭到尾都沒有破綻，完全察覺不到殺氣等徵兆。

他對阿基拉不會有一絲輕敵。就這角度來說，這次的敵人和過去襲擊自己的敵人屬於完全不同的類型。理解了這一點，阿基拉眉頭深鎖，緊繃得甚至超過忍耐劇痛時的表情。

『……狀況我明白了。這樣我有勝算嗎？』

面對表情認真的阿基拉，阿爾法面露充滿自信的笑容。

『那當然。剛才突襲時沒有奪走你的性命，就代表對方的命運到此為止了。』

聽到令人放心的回答，阿基拉也輕笑。

『那真是太好了。話說我全身上下都很痛，沒問題吧？』

『沒問題啦。趁現在先把回復藥吞下去。是貴的那種喔。』

『便宜的不行嗎？』

『如果你覺得手腳斷掉無妨，便宜的也行。』

『我會選貴的那種。』

阿基拉已經恢復冷靜，甚至能把這些話當成輕度的玩笑。

不過他也明白內容絕非玩笑話。為了打倒敵人，就必須用強化服做出對身體施加劇烈負荷的動作。如果不使用在遺跡取得的高性能回復藥，身體無法支撐下去。

舊世界製的回復藥已經所剩無幾，然而如果節省使用而丟了性命，那可就本末倒置了。阿基拉確實服用，效果馬上就擴散到全身，疲勞與痛楚都開始消退。緊接著又將追加的分量放進口中，先不吞嚥而是含在嘴裡。

『很好。接下來要開始反擊了。阿基拉，做好覺悟了嗎？』

『沒問題。覺悟是我負責的嘛。』

殺掉敵人以求生存。只是要重複已經體驗好幾次的事情罷了。對手的實力在自己之上這點也不例外，和之前沒有不同。而且不只是過去，恐怕將來也一樣。阿基拉這麼想著，憑著覺悟徹底排除了無謂的緊張與沒意義的膽怯。為了提升敏捷度而放下背包，等候阿爾法的指示。

『要上了喔。3、2、1……』

擺出做好覺悟的表情，將手中的槍從ＡＡＨ突擊槍換成ＣＷＨ反器材突擊槍。他很明白專用彈的威力，只要打中就足以致命。

『0！』

阿基拉倏地衝出瓦礫後方。

◆

攻擊阿基拉的男人名叫矢島。得到絕佳的機會卻突襲失敗，這樣超乎意料的事態令他一時感到驚愕，但他現在躲在柱子後方冷靜評估對方的實力。

（剛才那傢伙毫無疑問放下了戒心，他的表情絕對不是在演戲。我剛才完全出其不意，拔槍急射也和平常一樣流暢……）

他重新審視自己的突襲有無任何失誤，他敢斷言一點也沒有。

儘管對方能以高性能的情報收集機器掌握他的位置，只要讓對方誤以為他不是敵人，自然就會放鬆戒備。剛才他故意讓身體暴露在槍口之下，理應使對方完全放下了戒心。在對方察覺他是敵人前，應該就能殺掉對方。就算察覺了，想必也已經太遲了。

（但那傢伙竟然躲開了。那是哪門子的反應速度？難道他平常就習慣使用以珂隆計價的加速劑？或是腦功能擴充者？）

分析舊世界遺物而製成的多種藥物在東部的市面流通，有的能暫時提升身體能力或提升專注力，從消除疲勞到治療傷勢，藥物的功效不勝枚舉。

人稱加速劑的藥物也是其中之一。服用會影響大腦運作，加速服用者的意識，可將體感時間拉長到彷彿周遭世界變慢。

舊世界製的加速劑因為異樣的高效能，有些藥劑甚至能讓人的視線追上槍口擊出的子彈。

在敵我雙方都手持強力槍枝駁火，基本上中彈就等於死亡的戰鬥中，無論是動作或判斷，一瞬間的遲滯都可能致命。為了將那一瞬間無限延長以求比敵人更早一步行動，服用加速劑的獵人不少。

但是加速劑會帶來這些明顯益處的同時，副作用之強烈亦廣為人所知。高價產品為了保護使用者的安全，在製法上特別講究，使用時的負荷也會大幅減輕，不過如果為追求更高的效果而過量服用，或是忽視安全性而寧可使用廉價產品，過高的負荷甚至可能導致腦死。

此外在東部還有名為腦功能擴充者的人們。他們則是為了提升自身大腦的處理能力，選擇改造腦部。注入奈米機械以強化神經傳遞，或是加裝機械零件擴充大腦功能等等，手段相當多樣，成功時的效果也相當顯著。

但因為干涉到大腦，風險也相當高。改造費用自然不在話下，在肉體和精神各方面都必須付出許多代價。

簡而言之，無論是加速劑或腦改造，效果雖然顯著但代價也很大。基本上唯獨必要時才會使用，若非戰鬥時或警戒狀態下，正常來說不會使用。在完全放鬆戒備的狀態使用幾乎是不可能。

但是阿基拉那堪稱異常的反應速度讓矢島懷疑他是加速劑慣用者，或是施加了過度的腦改造。

阿基拉是舊領域連結者，廣義來說也能分類為腦功能擴充者。而且若非舊領域連結者就無法享受阿爾法的輔助，因此矢島判斷阿基拉是腦功能擴充者其實八九不離十。

（不管是加速劑或腦改造，慣用意識加速的傢伙怎麼會在這種地方？難道那是平常的反應速度？不可能。這附近的獵人應該都是被指派來裝設照明的弱小獵人，能躲過我突襲的厲害傢伙怎麼可能會在這裡……）

出現了不應該存在的人物。矢島從異常狀況當中推測異常的原因，因而表情凝重。

（……該不會是都市的特務？我們的計畫被都市方發現了嗎？身體是少年型的義體，精神是老練的情報員嗎……也許只是我多慮，但終究是個麻煩。看來還是動作快一點比較好。）

矢島與夥伴聯絡，透過裝設在頭顱內的通訊器，因此聲音不會外洩。

『是我。那邊的狀況如何？通往地面的洞口已經打通了嗎？』

夥伴的語音同樣無聲地傳來。

『開鑿作業都還沒開始。之前是你說要盡量等到所有遺物到齊再開始吧？』

矢島咂嘴。

『計畫變更了。現在馬上打通通道，也要催促遺物搬運的動作加快。此外，叫凱因和涅利亞過來這邊。』

『喂，你那邊發生了什麼事？』

『我們的計畫也許被都市發現了，有個能躲過我急射的傢伙在這種地方閒晃。那種傢伙出現在這種地方根本不合理。最糟糕的狀況下，都市的特務人員可能已經混進警備人員之間，我們的行動也許已經被識破了。』

『……都市的特務人員？別開玩笑了！誰想和都市為敵啊！你之前明明說過風聲不會走漏啊！』

『少囉嗦。光是搶走所有權歸都市的遺物，就等於向都市宣戰了。趁現在殺掉，快點逃走就沒有任何問題。搞清楚狀況就叫他們加快作業速度。』

矢島只發出這些指示，隨即切斷通訊。

矢島等人的目的是奪取地下街的遺物。他們之前就將同伴送進來擔任探索隊，以調查的名目在地下街收集了大量遺物。他們發現的遺物都是些貴重品，只要成功變賣鐵定能換得龐大金錢。

不過大量遺物不可能從本部所在的出入口運出地下街，因此他們事先擬定的計畫是將收集到的遺物暫且藏在地下街的某處，之後再找其他出入口或開鑿通道，藉此運到地表上。計畫一直都很順利。

但是令計畫生變的事態發生了。因為本部決定將設置於地下街的照明換成新式的多功能照明。

一旦設有監視攝影機與動態偵測功能的照明遍布地下街，別說要把遺物搬運到外頭，就連在地下街移動都會有困難。

再加上一旦遺物的隱藏地點曝光，首先會被懷疑的就是之前在那附近負責警備或探索的矢島等人。因此有必要在新式照明的設置範圍抵達遺物隱藏處之前採取應對手段，最晚也要在照明器材間的情報交換功能開始運作，構成緻密的監視網之前，結束所有作業。

矢島迫於無奈，決定放棄收集更多遺物，在地下街強行開鑿其他出入口，藉此搬運遺物。最後他把開鑿出入口與搬運遺物的工作交給夥伴們，自己則為了確認地下街狀況，在遺物隱藏地點附近持續監視。

他會關閉租借終端機的功能，就是不想讓本部發現自己的位置。他知道就算本部稍微起疑，也不會立刻派人確認他的位置和行徑。

此外，他也小心不要讓其他獵人發現。為了避免一旦被人發現就立刻被視作可疑人物，他不會刻意藏身。話雖如此，矢島的身體備有些許迷彩功能，也不會輕易被情報收集機器捕捉行蹤，理應沒有問題。

然而阿爾法那堪稱異常的搜敵能力發現了他的身影。他壓抑驚慌，佯裝無害的尋常獵人，同時尋找發現自己的人物，而且也找到了。

在矢島眼中，那個人看起來是個隨處可見的年輕獵人。大概加入了多蘭卡姆之類的獵人幫派，靠著組織的力量才擠進討伐亞拉達蠍巢穴的任務，他會發現自己的行蹤八成只是偶然。想到這裡，矢島鬆了口氣。

接下來只要殺掉那個獵人，避免自己的情報走漏，就能爭取充分的時間。矢島立刻如此決定，並付諸實行。

而他的判斷失誤，造成了現狀。

◆

阿基拉自瓦礫後方竄出，對矢島舉起ＣＷＨ反器材突擊槍。在阿爾法提供的擴增視野中，浮現了位於柱子另一側的矢島半透明的身影。他的瞄準不會有誤差。

然而柱子依舊是紮實的遮蔽物，彈道完全被阻擋。明知如此，阿基拉還是毫不躊躇地扣下扳機。擊發專用彈的後座力讓阿基拉的身軀微微向後挪移，子彈命中近距離的柱子，發出轟然巨響。命中位置開了個洞，周遭微微凹陷，牢固的柱子上出現無數裂痕。

儘管如此，那牢固程度不愧是舊世界製的建築材料，子彈卡在柱子內部，並未擊中目標。

不過這樣的結果也在阿基拉的預料內。對方背靠著柱子，肯定清楚感受到子彈命中時那股彷彿能打穿柱子的衝擊力。阿基拉打算趁著對方忍不住逃離柱子後方的瞬間，聚精會神預備下一發槍擊。

究竟會從柱子的左邊或是右邊竄出？一般狀況下是二選一，一旦猜錯就可能遭到反擊。

可是，阿基拉能隔著柱子看見對方的身影，眼中只有正確解答。而且專用彈的威力和矢島的手槍子彈大不相同，沒必要瞄準沒防具的頭部，只要朝著容易瞄準的軀幹，一槍就足以殺害對方。阿基拉如此盤算，靜候時機。

然而矢島沒有從柱子後方出來，反倒是扯開嗓門對他喊道：

「等一下！拜託不要開槍！我也有很多複雜的緣故！我誤以為你是敵人！不好意思！」

阿基拉因為疑惑而皺起臉。那不是因為他稍微聽信了對方的說詞，而是不懂為何他要撒這種沒意義的謊。

矢島持續緊張地喊叫。

「坐下來談吧！沒必要動武！我是這座地下街的探索隊的獵人！終端機被其他獵人破壞，沒辦法和本部聯絡！你幫我通知本部！這樣一來就能解開誤會！」

阿基拉一語不發，扣下扳機。專用彈分毫不差地擊中柱子上的相同位置。雖然還不足以貫穿，但柱子的裂縫增加，龜裂更加擴張。

『還真牢固，不愧是舊世界遺跡。』

『不過撐不了太久，儘管繼續打吧。』

一旁的阿爾法笑著催促阿基拉繼續開槍，他點頭後扣下扳機。

如果對方就這麼繼續躲在柱子後面，他就會繼續開槍，直到打穿柱子變脆弱的部位，殺死對方。

要是對方慌張地逃離柱子，就趁機射殺；如果持續躲在柱子後面試圖稍微改變位置以躲避子彈，就用專用彈擊碎柱子，連同柱子一同射殺。

絕對不會輕敵，不奪命絕不罷休。阿基拉如此叮嚀自己，穩穩握著CWH反器材突擊槍，扣下扳機。子彈伴隨轟然巨響擊發，專用彈擊中柱子，大幅損傷柱子的耐久度。柱子的極限已近。

◆

矢島背部傳來震動，告訴他背後的柱子在強力子彈的連續命中下漸漸碎裂，但矢島不慌不忙，繼續推測並理解當下狀況。

（不回應對話，不由分說只管持續攻擊。完全沒有勸降也沒有試圖活捉的跡象。既然這樣，都市特務的可能性消失了？）

如果是都市派出的人員，應該會嘗試活捉自己並取得情報，不會採取「只要殺掉就對了」這種草率的應對。既然採取這種思慮短淺的行徑，他判斷對方應該只是尋常獵人。

（而且也沒有試圖聯絡本部的跡象。租借終端機故障了嗎？還是一時激動到連這件事都忘了？是哪一種？後者嗎？……不對，現在的槍擊很冷靜，換言之就是前者。也就是說，剛才我成功破壞了他的終端機。）

隨著擔憂的問題一一消失，矢島的臉也在喜色之中扭曲。

（這根柱子大概撐不久，應該是某種反器材彈頭。CWH反器材突擊槍的專用彈？……區區照明裝設作業員為什麼會帶上這種傢伙？）

雖然他稍感疑問，但是他認定繼續追究這一點也沒意義，便結束推測。

（哎，無所謂。只要知道對方帶著大口徑武器就夠了。話說回來……）

矢島挑起嘴角。

（OK、OK，狀況還不差。只要在這裡殺了那傢伙，就能充分爭取本部察覺事態前的時間。一點問題也沒有。）

他當作掩蔽的柱子猛然搖晃。柱子頂多只能再撐一發，這之後的下一發就會轟飛柱子並且擊中自己。矢島理解到這一點，享受現況般面露笑容，將手槍舉到眼睛的高度。

下一發子彈不偏不倚擊中柱子。在到達極限的柱子後方，矢島開始行動。

◆

阿基拉持續對柱子射擊的同時，注意到矢島的動靜。對方也該明白柱子已經到達極限，會選擇逃離才對。阿基拉集中精神，想抓住他衝出柱子後方的瞬間。

然而，矢島的動作顛覆了阿基拉的預料。原本背靠著柱子的他猛然轉身，順著旋轉時的力道使勁對柱子使出一記強烈的迴旋踢。耐久度已經到達極限的柱子受到致命的一擊而粉碎，碎片化為飛射的瓦礫朝阿基拉猛然噴濺而來。

見到無數碎片朝自己飛來，阿基拉臉上掛著驚愕的表情，身體反射性地為了閃躲而動作。在這同時，阿基拉在飛濺的碎片之間，看到矢島正用手槍瞄準自己。

矢島看準飛散瓦礫的隙縫，瞄準阿基拉。同時他看到了ＣＷＨ反器材突擊槍的槍口，心中竊笑一切如他所料。槍口瞄準的方向追不上矢島的動作。

ＣＷＨ反器材突擊槍能射出強力的子彈，也因此槍身較重。儘管憑著強化服的身體能力能穩穩舉槍並精密瞄準，但是因為槍身重量，要大幅度移動瞄準方向需要些許時間。

一旦被足以破壞柱子的子彈擊中，自己絕對無法平安無事。但是對方也不可能在閃躲瓦礫碎片的同時，快速地重新瞄準高速移動的矢島。後座力強的專用彈之類的子彈絕不可能打中。矢島如此確信，而且他的判斷正確。

贏了。在使意識輕微加速的狀態下，矢島確信勝利並將手槍指向阿基拉的頭部。不穿戴頭部裝備的獵人出乎意料地多，只要瞄準該處，用手槍就足以奪命，這次也不例外。他這麼想著，笑意更深。

不過，這時他注意到某件事而感到驚愕。ＣＷＨ反器材突擊槍的槍口確實沒有朝向自己，但這一刻沒有人握著那把槍，槍正處於自由落體的前一個瞬間。

阿基拉原本應該握著槍的手，現在無關乎浮現驚愕表情的臉龐與意志，放開了原本的槍，改持ＡＡＨ突擊槍。

隔著飛散的瓦礫，兩人對彼此開槍。槍聲迴盪，當瓦礫紛紛墜落地面，寂靜重回現場。

◆

與矢島互相開槍後，阿基拉好不容易躲到了附近的瓦礫後方。多虧事先服用的回復藥，剛才魯莽動作造成的劇痛已經消退大半。

剛剛所有的動作都是阿爾法輔助的結果，其中不包含阿基拉的意志。不過阿基拉至少能在事後理解剛才發生的攻防。

鬆手放開ＣＷＨ反器材突擊槍，迅速更換為ＡＡＨ突擊槍，並且開火。同時閃躲對方的子彈與飛過來的瓦礫，之後再以空著的手抓住ＣＷＨ反器材突擊槍，逃離現場，躲到附近的瓦礫後方。

暫且脫離了險境，阿基拉帶著嚴肅的表情輕輕吐氣。

『阿爾法，狀況怎麼樣？』

『很遺憾沒有打倒對方。因為空中的瓦礫阻擋了彈道，無法有效射擊。儘管如此，還是有數發命中，但對方似乎穿著相當優秀的戰鬥服，沒有顯著效果。』

對手的裝備和實力都明顯凌駕於自己，阿基拉

浮現厭惡的表情。

『被強裝彈打中還幾乎毫髮無傷嗎？那傢伙也太硬了，子彈威力都能殺掉亞拉達蠍了。阿爾法，如果用ＡＡＨ突擊槍，不管打中幾發都沒效嗎？』

『不過成功破壞了對方預備的槍枝。』

『明顯削弱了火力？』

『對方的主要武裝似乎是那把手槍，在削弱火力這方面，不太能指望。』

阿基拉嘆息。

『阿爾法，我再問一次喔，真的能打贏吧？』

『那當然。剛才遭受突擊時，也成功化解危機了吧？』

『……是這樣沒錯。』

注意到自己和阿爾法對「沒問題」的標準在認知上有落差，阿基拉微微苦笑。

『別擔心，這裡已經沒有足以擋下好幾發ＣＷ

Ｈ反器材突擊槍專用彈的堅固障礙物。接下來就靠火力取得優勢吧。』

『了解。』

阿基拉再度握緊了ＣＷＨ反器材突擊槍。

◆

矢島躲在其他瓦礫後方，皺起眉頭。原本以為能確實奪命的攻擊，連續兩次都被對方躲過了，令他感到訝異。

（又來了。我明明毫無疑問出其不意，但他沒有一瞬間的遲疑就化解了。臉上擺著那種驚訝的表情，卻又即時反應，表情與行動之間的差異未免太大了……該不會他用了和我同樣的手法？）

自背後傳來的衝擊力打斷了矢島的思考。他當作掩蔽的瓦礫被阿基拉射中了。雖然他認為自己選了比較厚實的瓦礫，但牢固程度比不上柱子。在強力的子彈打穿當作屏障的瓦礫之前，他躲躲藏藏地移動。

然而下一發槍擊同樣精準射向躲在障礙物後方，理應無法以肉眼確認的矢島。

（……瞄準也太精確了。他大概使用非常高性能的情報收集機器，還有ＣＷＨ反器材突擊槍的專用彈，為什麼這種裝備的傢伙會出現在這裡？就算這傢伙真的是都市的特務人員，對人戰鬥時應該有其他更適合的裝備吧……）

矢島感到疑惑的同時，繼續推測。這時他的表情因為推測得到的答案而轉為凝重。

（該不會，他事先就預料到可能會用上ＣＷＨ反器材突擊槍的專用彈？那些傢伙的存在已經曝光了？）

矢島短暫遲疑。

「可能招惹無謂的注目，我原本也不想用……真沒辦法，只能用了。」

一旦動用就會增加本部的戒心，有可能暴露他們的存在。不過殺掉阿基拉，更能降低曝光的可能性。矢島如此判斷，並且做出決斷。

◆

阿基拉瞄準矢島藏身的瓦礫射擊時，有東西從該處飛了過來。他判斷可能是手榴彈等物，便立刻開槍擊落。

下一刻，那物體爆炸並朝四周猛然噴出煙霧。白煙有如濃霧，轉瞬間便擴散開來。

阿基拉見狀感到吃驚，但他看到矢島從瓦礫後方衝出來，立刻瞄準他的身影。

那身影躲藏在煙霧之中難以確認，但是靠著情報收集機器連動的瞄準鏡瞄準，應該就沒有任何問題才對。

就在他要扣下扳機的瞬間，情報收集機器的搜敵功能在瞄準鏡中以紅色標示的矢島身影頓時變得模糊並消失，瞄準鏡的影像也變得異常紊亂。

阿基拉固然吃驚，還是扣下扳機。然而轟出的子彈只貫穿了飄盪在周遭的煙霧，全速撞擊地下街的牆壁。

子彈從煙霧中朝著阿基拉飛過來。因為那幾乎是牽制用的射擊，再加上阿基拉立刻就躲到其他瓦礫後方，所以他毫髮無傷，但表情變得很凝重。

『阿爾法，剛才瞄準鏡變得怪怪的。發生了什麼事？』

『那是情報收集干擾煙幕（Jamming Smoke）的影響。剛才他扔的就是這類的煙幕彈。』

情報收集干擾煙幕是在分析無色霧的過程中誕

生的產物，內含成分會降低情報收集機器的精確度並引發通訊障礙。剛才瞄準鏡的異常，也是受到情報收集機器的精確度嚴重降低的影響。

這產品原本是用來對抗持有強大搜敵能力的怪物，但因為裝備情報收集裝置的人相當多，也有人運用在對人戰鬥上。

『在地下街面對沒有遠程攻擊能力，只憑著數量優勢進攻的亞拉達蠍，就算使用情報收集干擾煙幕也只會找不到敵人位置而被蟲群淹沒。那想必打從一開始就是為了對人戰鬥而準備的。』

『真是棘手。昨天和前天遇到那麼多亞拉達蠍都能化險為夷，今天這一個人就這麼難纏。當對手是人，打起來和怪物果然差很多啊。』

阿基拉面露厭惡的表情，阿爾法對他意味深長地微笑。

『這是當然的啊，所以雖然荒野充滿了怪物，人類還是存活下來了嘛。』

『……說的也是。』

購齊裝備並取得強化服，成為獨當一面的獵人，阿基拉還以為將來戰鬥的對象會僅限於怪物，就發生了這檔事。阿基拉發現人類果真比怪物更難纏，不禁苦笑。

人類憑著狡猾與堅毅，在滿是怪物的東部同樣能存活下來。當人與人互相殘殺，就是憑著這些特質互相較勁。阿基拉的感想就某種意義來說，也是理所當然。

由於情報收集干擾煙幕的影響，阿基拉失手並未擊殺矢島，之後他便靜觀對方的反應，結果從薄薄一層白煙覆蓋的瓦礫另一側，再次有手榴彈般的複數物體飛過來。

用連射性能低的ＣＷＨ反器材突擊槍無法全部擊落，但是阿基拉流暢地換上ＡＡＨ突擊槍，順利應付。

其中一個是具衝擊反應功能的手榴彈，在子彈命中的同時爆炸，剩下的都是情報收集干擾煙幕的煙幕彈。容器被子彈破壞，內容物一口氣向外噴出，而且手榴彈爆炸時的風壓讓煙幕快速向外擴展，使干擾範圍轉瞬間覆蓋周遭一帶。

剛才儘管受到情報收集干擾煙幕的影響，然而拜託阿爾法重新調整搜敵設定後，阿基拉裝備的情報收集機器的顯示裝置還能顯示周遭的狀況。

不過追加的煙幕彈使得調整也失去了意義。煙幕已經擴散到大廳外，一大片範圍內的搜敵結果都只有雜訊。阿基拉判斷再看搜敵結果也沒意義，因此將護目罩型的顯示裝置推到額頭上。

白煙隨著擴散漸漸變薄。儘管如此，十公尺外的情況依舊等同於什麼都看不見。

『阿爾法，這樣對方根本也找不到我的位置吧？他打算利用煙幕逃走嗎？』

如果對方願意主動逃走就太好了。阿基拉對於自己萌生這種想法感到五味雜陳，不過他沒打算追殺到天涯海角，這也是事實。

然而阿爾法不認同這種天真的想法。

『情報收集干擾煙幕可以透過調整成分，針對特定的搜敵方法極端降低干擾效果。如果他已經配合他自己的情報收集機器做好調整，最好認定他的搜敵能力幾乎沒有下降。』

阿基拉回憶起之前救助艾蕾娜兩人時的經過。多虧無色霧的影響，對方無法掌握自己的位置，打得對方無從反擊。

『……簡單說，只有對方能清楚看見我們吧？未免太方便了。』

這回輪到自己落入那些男人們的處境了。敵人逃走，自己也不會發現；但如果自己逃走，敵人就會發現而從背後突襲，因此無法選擇逃走。嚴苛的現況讓他不禁如此譏諷。

於是阿爾法得意地笑了笑。

『放心吧。趁對方這麼想而輕敵的時候一舉擊潰就好了。』

阿基拉有些納悶，不過他也知道自己不可能想出對策，再加上這方面他已經決定全面信任阿爾法，因此他答應般繃緊了表情。

『……雖然不知道妳想幹嘛，就交給妳了。』

『放心交給我。』

看著阿爾法面露一如往常的自信笑容，阿基拉按照指示換上ＣＷＨ反器材突擊槍。

◆

情報收集干擾煙幕的白煙漸漸轉薄，視野泛白但一點一點變清晰的過程中，槍聲斷斷續續響起。

較大塊的瓦礫遭到ＣＷＨ反器材突擊槍專用彈擊中，一一被破壞。矢島躲在其中一塊瓦礫後方，然而他一點也不著急。

（他不逃啊。這樣也比較方便滅口。不過他逃走的話就能從背後突襲，會更簡單就是了……但也不能強求這麼多吧。）

矢島面露從容不迫的笑容，身旁不遠處的瓦礫被擊碎。儘管如此，矢島仍舊面不改色。他以情報收集機器持續捕捉阿基拉的位置與動靜，從他的射擊姿勢確信自己絕不可能被打中。

矢島壓低姿勢，小心隱藏自己的身影，並且往其他瓦礫後方移動。看到對方朝著敵人可能藏身的位置胡亂射擊，矢島判斷對方的搜敵由於情報收集干擾煙幕，完全失效了。不過為了消除對方在白色薄霧中偶然發現矢島行蹤的可能性，矢島小心翼翼地移動，留意著絕不能進入阿基拉的視野範圍。

於是矢島在大廳內畫出偌大的圓弧般持續移動，最後終於抵達能從阿基拉背後瞄準他的位置。

接下來只要等對方射擊大錯特錯的方向，趁隙從他背後突襲就可以了。這樣一來就是我贏了——矢島看著情報收集機器的搜敵結果，上頭顯示阿基拉毫不設防的背影。他先是這麼認為，然後打消了主意。

（……冷靜下來。認定這樣就是我贏了而兩度襲擊，兩次的預料都被顛覆了。下次一定要確實殺掉，等候絕對能得手的機會。情報收集干擾煙幕的效果還能持續一段時間，為了確實擊殺，現在先別急。）

靠著假裝無害靠近對方，在極近距離以急射擊殺。這項技術對生命力異常強大的怪物幾乎沒有意義，但是對人類就有奇效。

矢島磨練這項技術，至今殺害過許多人。他對自己的技巧有自信，甚至懷著近似自傲的心態。正因如此，他想未雨綢繆，殺掉能破解這招的人。

他懷疑阿基拉是都市的特務人員，為防萬一便呼叫了夥伴，不過他並沒有逃走與同伴會合，而是將留在這裡殺死阿基拉放在第一順位，因為他潛意識希望能親手了結阿基拉。

只要能親手殺死阿基拉，也能挽回些微動搖的自信。正因為他這麼想，為了下次突擊一定要得手，他變得更加慎重。

然而他也難以抑制急躁的心情。因為一旦與夥伴會合，就算不上自己獨力殺掉阿基拉了。在本部發現並派遣偵察人員到這裡之前殺掉——矢島以這個藉口說服自己，決定在阿基拉下一次朝反方向開槍時，就對他發動突襲。

為保險起見，假設對方將頭蓋骨改造得牢固如戰車裝甲，他把足以打穿那裝甲並將彈頭送進腦部的反機甲強裝彈裝進手槍。藉此保持自己的精神鎮定，仔細觀察目標的動靜。

矢島等候的時機是阿基拉以ＣＷＨ反器材突擊槍射擊的下一個瞬間。不過他認為射擊後再出手就太遲了。在對手擺出射擊架式，意識朝前方集中的瞬間發動突襲。矢島如此決定後，聚精會神避免漏看對方的任何動作。

就在阿基拉為了下一發射擊，調整姿勢準備承受後座力的那一刻，矢島從藏身的瓦礫後方衝了出來。阿基拉的槍口指著與他相反的方向，他飛快跳躍逼近。

他在意識中已經完成瞄準。透過日積月累的鑽研，對矢島而言要將手槍毫釐不差地指向意識中的位置根本易如反掌，不需要在舉槍之後重新瞄準。

就算下一發和之前那兩次一樣落空，他也會順勢逼近，以近距離戰確實殺掉對方，不讓對方有空檔再度射擊ＣＷＨ反器材突擊槍或改持ＡＡＨ突擊槍。如此一來就獲勝了——矢島如此確信。

下一瞬間，矢島的右手臂連同他握的手槍飛了出去。阿基拉甚至沒有回頭，只用一隻手就將CWH反器材突擊槍的槍口快速甩向後方，射出了專用彈。

強力的子彈瞬間就粉碎了矢島的手槍與握槍的手掌，甚至一直線貫穿了手腕、手肘並抵達肩膀，破壞了整條手臂。組成這些部位的零件化為細碎的機械碎片，朝四周飛散。

失去一條手臂，肩膀的斷口露出機械零件，中彈時的衝擊讓矢島整個人飛了出去，猛然撞上地面。他的臉上寫滿了驚愕。

「……怎麼、可能。」

中彈時的衝擊不只轟飛了矢島的手臂，也對他的身體造成嚴重損傷。但是比起這些損傷，精神上的打擊才是矢島無法動彈的主因。沒有痛楚，只是感到混亂，無法理解狀況，身體也無法動彈。

◆

矢島認為對方先前靠著高性能的情報收集機器掌握自己的位置，但是受到情報收集干擾煙幕的影響，追丟了自己的行蹤。而他的判斷有部分正確，阿基拉確實無法捕捉他的位置。

不過阿爾法仍舊對敵人的位置瞭若指掌。

只要位在崩原街遺跡，阿爾法本來就不需要情報收集機器也能達成極端精準的搜敵。就算在地下街，也能發揮超越尋常情報收集機器的精密度，精準捕捉敵人的位置。

再加上阿爾法能以獨門手法分析情報收集機器取得的數據，盡可能減輕了情報收集干擾煙幕的影響。

由於干擾效果對特定搜敵方式會明顯降低，只要找到那種方法，要把影響降到最低也易如反掌。

一般而言，要在短時間內完成這種逆向分析，若非事先得知煙幕的成分就幾乎不可能。但是阿爾法憑著龐大的演算能力使之變成可能。

加上她某種程度上能將阿基拉的五感視作情報收集機器，取得大腦一般會當作雜訊而忽略的感覺，並且加以分析。

靠著這些手段，阿爾法使情報收集干擾煙幕幾乎完全無效化。矢島悄悄移動到阿基拉背後，阿爾法也瞭若指掌。

而且阿爾法刻意不告知阿基拉，因此矢島一直到攻擊之前都認定自己的位置並未曝光。只要阿基拉顯露任何留意背後狀況的舉動，矢島肯定會注意到，絕對不會出手突襲。

阿基拉和矢島都照著阿爾法的意圖行動，對兩者帶來符合阿爾法預料的結果。

成功迎擊矢島後，阿基拉表情痛苦地放下ＣＷＨ反器材突擊槍。就算用雙手穩穩舉槍，後座力還是會讓身體向後挪動，但剛才重視射擊速度而用單手射擊，手臂遭到壓縮般的負荷帶來劇痛。

他勉強支撐住差點癱倒的身體，將事先含在口中的回復藥全部吞下去。於是鎮痛功效立刻讓痛楚開始消退。

治療用奈米機械的回復效果並不會均等擴散到全身，而是優先治療負傷較重的部位，所以集中在手臂。透過手臂傳來的怪異感覺，阿基拉理解到這一點。

儘管如此，手臂仍有痠麻感殘留，無法順暢動作。阿基拉對此感到幾分不安，視線轉向矢島。

『算得上……打倒了嗎？』

『要看打倒的定義吧。將手槍連同手臂一併破壞，使之喪失攻擊能力，義體應該也受到了相當的損傷，難以維持動作敏捷，要視作已經失去戰力也無妨。不殺掉就無法安心的話，就朝頭部開槍確實殺掉吧。』

剛才阿基拉將CWH反器材突擊槍猛然轉向後方，阿基拉辦到的只有盡可能讓肉體跟上強化服的動作。要在轉身的同時把槍口甩向後方並精密射擊，這種事阿基拉根本做不到。

當然瞄準也是完全交給阿爾法處理。阿基拉注意到這一點，面露幾分不解。

『剛才是妳瞄準那傢伙的手臂吧？為什麼不瞄準頭部？是為了活捉嗎？或只是偶然打到手？』

『都不是，是為了安全起見。我想你應該也看到了，他是義體者，也有可能是遙控型人偶。面對這種對手，有時就算把頭轟飛也不會死，所以我把剝奪戰鬥能力擺在第一。』

就像強化服有控制裝置，大多數的義體也含有類似的裝置。那不會設在頭部，而是軀幹，有時甚至會分散在五體各處。

這種狀況下，就算破壞頭部的大腦，身體各部位有可能依然遵照事先輸入各控制裝置的攻擊指令動作，繼續攻擊。

甚至有人會反過來利用大腦位在頭部的常識，將腦裝設在軀幹部位；或是將身體當作完全義體兼遙控人偶，自己的腦則裝進牢固的小型生命維持裝置中，設在背部一起行動。

不管是何種可能性，面對身體並非肉體的對手，有時失去頭部不等於致命傷。因此阿爾法將奪走敵人的攻擊能力擺在第一順位。

聽了這些說明，阿基拉重新打量矢島的身體。手臂雖然被轟飛了，卻沒有流血，被粉碎的手臂和手槍一起化為廢鐵碎片。實際擺在眼前自然是一目了然，但也代表了沒看到內部就無法分辨，外觀與常人肉體幾乎沒有差異。

『妳怎麼會發現這傢伙也許是義體者？』

『有很多理由，最主要是他用行動欺騙敵人的招數太高明了。第一次被他突襲的時候，你完全被騙了吧？如果我沒讓你閃躲，你已經死了喔。』

『當時真的非常感謝妳。』

『不客氣。』

語氣輕鬆地笑著回答彼此後，阿基拉回過頭來追問。

『……所以，跟那有什麼關係？』

『其實，某種程度上我能從對方的表情等等看穿對方的謊。像是表情的細微變化、肢體動作，或是從語氣來判斷。』

阿基拉先是面露「真厲害」的敬佩表情，但立刻轉為納悶。

『先等一下。既然這樣，剛才在我被突襲之前先告訴我不就好了？』

『我也被騙了。』

什麼跟什麼啊？阿基拉的表情變成莫名其妙。

『……妳剛才不是說，妳能看穿謊言嗎？』

『他的表情沒有任何要素顯示他說謊，但是他確實說謊，這代表他能讓內在與表情完全分離。能辦到這種事的人，只有可以完全控制表情肌的義體者或機械人偶。十之八九是事先記錄了過去自然的表情，在需要時顯示出來。』

這樣就說得通了。阿基拉理解了她說的理由，輕輕點頭。

『好啦，阿基拉，剛才服用的回復藥應該差不多生效了。休息就到此為止，來決定要怎麼處置他吧。』

『也對。』

阿基拉試圖靠近矢島，身體感受到些許痛楚。

他應該已經等到回復藥的效果充分傳遍全身，儘管如此，他的傷勢還是沒有完全痊癒。

◆

矢島是義體者，身體的大部分都置換為仿生零件或機械零件，與生俱來的部位只剩下中樞神經系統。身體能力也高得等同於強化服穿著者，儘管失去一條手臂，就維持生命的角度來看無異於擦傷。肉體一旦受重傷就會因為劇痛而無法動彈，但是痛覺已經調整過的義體沒有這種問題。

遭到粉碎的手臂連接處雖然傳來痛楚，但那功能是為了預防完全關閉痛覺可能造成的弊害，只是有點痛的程度。

不過他就像是難以忍受劇痛般按著肩膀，面露痛苦的表情。在這般演技的背後，倒在地上的他正確理解了現況，持續思考如何使狀況好轉。

這時他感覺到阿基拉似乎漸漸靠近。因為阿基拉並未選擇從遠距離給予致命的一槍，他判斷阿基拉認定他已經失去戰力而放鬆戒心，於是繼續表演痛苦呻吟的孱弱模樣。

其實矢島的傷勢算不上太嚴重，儘管一條手臂被轟飛，中彈時的衝擊力使軀體的輸出功率下降，他的義體還是保住了足以殺害一般獵人的性能。

不過戰鬥力已經降到要與阿基拉交戰堪稱魯莽的程度，就算拔腿逃走也只會背後中槍。雖然事先呼叫了夥伴，也不知道何時才會趕到。簡單估算就知道，肯定是腦袋先被阿基拉轟飛。

簡而言之，就現況來看，自己已經走投無路。矢島恢復意識時就理解了這一點，面露畏懼表情的同時冷靜地思考。

（……那麼接下來該怎麼做？首先要爭取時間

吧？）

矢島臉上掛著與心境毫不相干的表情，絲毫沒有放棄尋找勝算。

◆

阿基拉靠近矢島到一定程度後，停下腳步。維持對方突然翻身攻擊也能輕易應對的距離，舉起了CWH反器材突擊槍。對方實力在自己之上，只要還活著，阿基拉就不打算放鬆戒備。

於是倒在地上的矢島像是要制止阿基拉，孱弱地舉起剩下的左手。

「住手……是我輸了……別對我開槍……」

「為什麼攻擊我？」

「我、我剛才說過了，那是誤會……拜託先聽我把話說完……只要你願意聽我說，一定能解開誤會……」

畏懼的表情、虛弱的說話聲、顫抖的手，看在阿基拉眼中都不像在演戲，簡直就是戰意全失的人在求饒。但他還是先問過自稱能識破對方謊言的阿爾法。

『阿爾法，他說的這些，妳覺得是真的嗎？還是全都在演戲？』

『回答前我得先說，要完全識破義體者的謊言有難度。不想挨子彈是真的，害怕的態度是假的；要你聽他說話是真的，能解開誤會是假的。他大概是想矇騙你，或是想爭取時間吧。』

「爭取時間？要爭取多少時間你才會得救？」

聽了阿基拉以懷疑的態度丟出的疑問，矢島猛烈搖頭叫道：

「爭取時間？這是誤會！我沒這個打算！真的！我沒有說謊！」

『假的。』

阿爾法斷然告知，阿基拉也相信了。以此為前提，他思考該如何處置矢島。當下握有生殺大權的毫無疑問就是自己，這樣的從容給了阿基拉仔細思考下一步的餘地。再加上他想盡可能誠實面對工作，這樣的想法讓他的選項產生傾向。

『……本部也說過可以的話就帶回本部，所以就帶他過去吧。讓他活著或許也能從他嘴裡問出更多事。』

『這樣的話，為了保險起見就把剩下的手腳也先轟飛吧。』

『……說的也是。』

失去四肢被拎著頭髮拖著走，大哭大叫的男人。本部職員的視線全部集中在拖行這個男人的自己身上。阿基拉想像那幅情景，短暫煩惱，不過因為這點小事就留下矢島的四肢好像也不對，他便將安全放到第一順位。

阿基拉將ＣＷＨ反器材突擊槍的準心指向矢島的左臂。但在這瞬間，自右臂傳來的強烈痛楚讓他不由得停止動作，臉頰抽搐。

『好、好痛。阿爾法，痛覺一直沒有消失耶，是怎麼回事？回復藥沒有生效嗎？』

『看來是服用量不夠吧。以你的強化服的性能，單手擊發ＣＷＨ反器材突擊槍的專用彈，負荷稍嫌太強了。』

『那妳為什麼只用單手射擊啊？』

『目的是加快動作的速度，盡可能在最短時間內反擊。為了引誘對方輕敵，在反擊之前維持的姿勢也是原因之一。此外還有……』

阿基拉察覺到還要解釋很久，便在中途打斷。

『我知道了。妳有理由才這樣做，對吧？』

『就是這樣。先追加服用回復藥吧，貴的那種喔。既然這麼難受，不要用便宜貨敷衍了事。』

阿基拉為防萬一，退後幾步服用回復藥。再度體驗回復效果的同時用力皺起臉。

『……這下真的全部用完了。可惡！早知道就在委託的條件中多寫上一項不只是彈藥費要代為支付，回復藥的費用也算在內。』

『這沒辦法。阿基拉，之前我也提過，這樣一來若遇到必須強行突破的狀況，危險性就大幅提升了，一定要多加注意。』

『了解了。』

阿基拉再度舉起ＣＷＨ反器材突擊槍對準矢島的左臂。

◆

矢島從阿基拉的反應進行推測。

（沒有打算聽我說話，爭取時間也被看穿了。幸好他不打算當場殺掉我，但要是被他帶到本部，一切就完了。而且他還會把剩下的手腳全部破壞再搬運吧，還真是細心。）

矢島表面上擺出悲痛的畏懼表情，但心中持續冷靜思考。他已經把失去四肢當作必須支付的成本，開始思索如何迴避危機。

（該怎麼辦？看他這種細心程度，就算涅利亞他們及時趕到，他也會先殺了我再應付涅利亞他們吧？因為情報收集干擾煙幕的影響，現在也無法與那些傢伙聯絡。只能離開影響範圍後再聯絡……）

既然對方完全不打算聽他說話，就難以靠話術製造破綻。在失去四肢的狀態下被帶到本部後，就算與都市的職員們交談，恐怕也無法改善狀況。

沒有手段憑自身力量顛覆當下劣勢，而且對手看到矢島這種負傷狀況仍不放鬆戒心。這種對手恐怕不會選擇放棄自身優勢的下策。

設法與夥伴取得聯絡，讓他們佯裝無害的第三者與之接觸，藉此製造突破點？或者期待在途中遇到其他獵人？無論如何，若要改變當下狀況，需要借助他人之力。

就在矢島如此盤算的同時，他期待的第三者的說話聲傳來。

「等等！你在幹嘛！」

少女獵人與身穿跟現場格格不入的女僕裝的女性從聲音來源的方向跑了過來。是蕾娜與詩織。

阿基拉不由得看向蕾娜兩人，隨即板起臉。在這種麻煩時刻現身了啊——這樣的想法清楚浮現在臉上。

『設置照明的補充人員就是那兩個傢伙喔？』

『看來就是這樣。真希望她們能更早一點到，最好在戰鬥進行時到場。』

『就是說啊。』

矢島觀察阿基拉的表情，發現了突破現況的關鍵。

（雖然認識，但並非友人，至少沒有熟識到會全盤接受他的說詞。大概是判斷說明當下狀況很麻煩吧？或是認為就算說明了，也很有可能無法受到信任，對吧？）

矢島在心中竊笑的同時，面露悲慟的表情，對蕾娜兩人吶喊：

「救命啊！他想殺我！」

阿基拉與蕾娜兩人的視線集中到矢島身上。矢島那完全不符內心狀況的表情，第一次甚至連阿爾法都能騙過。而現在他的表情看起來完全像是莫名其妙突然遇襲的被害者。

◆

蕾娜與詩織原本在地下街進行照明的裝設作業，接到本部的指示，從那裡被派遣到其他作業場所，但她們事先不知道阿基拉就在該處。

在本部指定的場所只有堆著照明器材的推車被棄置，沒見到其他人影。她們納悶地環顧四周，才發現阿基拉的身影。

但那個場面看起來擺明了是阿基拉正意圖殺害其他獵人，蕾娜見狀不由得拉高音量。

「等等！你在幹嘛！」

阿基拉也不由得看向蕾娜兩人，臉上明顯寫著「被她們撞見了麻煩的場面」，而實際上他也真的這麼想。

緊接著矢島以緊張萬分的聲音吶喊：

「救命啊！他想殺我！」

當阿基拉反射性轉頭看向矢島，矢島先是猛然顫抖，臉上顯露更強烈的畏懼，對蕾娜兩人叫道：

「這、這傢伙！這傢伙突然開槍打我！他想殺我！」

阿基拉連忙否認。

「不是！等等，剛才是我對這傢伙開槍沒錯，但那是因為他想殺我！」

「不對！我只是因為你想殺我才反擊！」

「胡說八道！突然想殺我的明明就是你吧！」

「是誰在胡說八道！講些莫名其妙的話就突然朝我開槍！」

阿基拉與矢島指稱對方的不是，對彼此咒罵。雙方不斷全盤否定對方的意見，只是遠遠稱不上議論的口角爭執。也因此，看在不知情的旁人眼中，完全無法理解究竟誰說的才是事實。

蕾娜不知所措，詩織則頭疼不已。原本只是來幫忙照明裝設工作，遇上這種麻煩事根本就不在預料之中。

「詩、詩織，妳覺得該怎麼辨才好？」

詩織也無法分辨是誰在說謊。

之前阿基拉寧可懷著與自己互相殘殺的覺悟老實回答問題，也不願意口是心非地敷衍了事。詩織不認為阿基拉這種個性會說謊。

但是對方男性看起來也完全不像是為了保命而隨口胡謅。

於是，她表情認真地開口試探。

「……我想首先應該聯絡本部。兩位都沒意見吧？」

雖然不知道誰在說謊，但抗拒的那一方比較可疑。詩織這麼想著，試探阿基拉兩人的反應。

但是兩人對這提議同樣完全不抗拒。

阿基拉斷然回答：

「對了，妳們和本部聯絡。本部剛才指示我處理無法共享位置情報的獵人，也發出了殺害對象的許可。只要向本部確認就很清楚了。」

矢島大喊著回答：

「這是我要說的話！拜託和本部聯絡！這樣一來妳就會明白我才是對的！」

阿基拉和矢島互瞪。目睹兩人的反應，蕾娜顯得更加困惑，詩織則是更加頭疼了。

儘管如此，詩織還是決定聯絡本部。判斷真假不是她們的工作。只要說明狀況後交給本部處置，就能避免蕾娜被牽扯進更多麻煩。她如此判斷後，心中稍微鬆了口氣。

但是她的安心隨即消失。通訊無法連上本部。

蕾娜注意到詩織的異狀，也嘗試聯絡本部，但結果相同。

「……不行，聯絡不上。」

聽了蕾娜這麼說，矢島立刻反應：

「這是因為那傢伙用了情報收集干擾煙幕！你明明知道聯絡不上本部才會這樣講吧！」

阿基拉也拉高音量回嘴：

「不要亂講！那明明是你用的吧！只要搜身就能知道我身上沒有那種東西！」

「你只是全部用完了！開口閉口都在說謊！」

阿基拉好不容易忍住憤而扣下扳機的衝動。在這狀況下要是殺了矢島，看起來完全是殺人滅口，只會招惹更大的麻煩。

阿爾法也說過，盡量不要自己主動增加多餘的爭執，阿基拉好不容易勉強忍下了這口氣。

見阿基拉兩人爭執不下，蕾娜自己也有想法。

蕾娜認為雙方都由衷認為「是對方先出手的」。雙方的說詞有矛盾，而且兩人都沒有說謊的話，應該是出自某些誤會才導致互相殘殺的狀況。

既然自己介入阻止了，那麼自己也無法置身事外。至少對蕾娜而言，事到如今她無法表示「與我無關，想殺就殺」。

「詩織，乾脆把他們兩個人都帶到本部比較省事吧？」

詩織一心想讓蕾娜遠離麻煩便順從這個提議。

「我明白了，就這麼辦。那請兩位跟我們一起到本部。只要離開情報收集干擾煙幕的效果範圍，與本部的通訊也會恢復吧。兩位都沒有異議？」

詩織對阿基拉兩人問道，矢島搶先使勁點頭。

「沒問題，我們去吧。」

矢島想站起身，但他明明沒有右手臂，卻想做出以右手支撐地面的動作，頓時失去平衡，再度倒地。

這次摔倒似乎耗盡了所有力氣，矢島以虛弱的動作試圖再度撐起身體，然而動作戛然而止。他面露膽怯的表情看向阿基拉的槍，口中發出輕微的慘叫聲。

詩織見狀，催促阿基拉收起仍然指著矢島的槍口。

「……阿基拉先生，可以請您放下槍嗎？」

阿基拉表情凝重，沉默不語。

『……早知道就動作快點，在這兩個傢伙到場之前先殺掉就好了。』

阿爾法也稍微板起臉。

『在這狀況下也不能直接射殺，沒辦法了。別擔心，我有記錄，不用擔心被他誣陷。反正本來就打算把他帶回本部，就當成多了幾個人隨行吧。』

『……說的也是。』

見阿基拉遲遲不放下槍，詩織提高對阿基拉的戒心。

「阿基拉先生？」

「……知道了啦。」

阿基拉以不情願的態度放下了槍。

詩織非常提防情緒明顯變差的阿基拉。即將對戰鬥對手給予致命一擊時，被她們插手阻止了。一旦稍有差錯，他那股敵意說不定會轉向她們。詩織如此認為。

必須慎重應對。她這麼想，將注意力主要放在阿基拉身上。也因此，她較為忽視失去一條手臂、面露畏懼表情倒在地上的男人。

阿基拉注意到詩織的戒心，便回以戒心，所以他的注意力也不在矢島和蕾娜身上。

換言之，阿基拉與詩織雙方都分神沒注意矢島與蕾娜。

『阿基拉！馬上阻止蕾娜！』

阿爾法如此指示，但已經太遲了。阿基拉反射動作般看向蕾娜時，蕾娜正對倒在地上的矢島伸出手。

「來，先站起來。」

雖然蕾娜有張刀子嘴，有時也管不住情緒，但當她在14號防衛據點見到阿基拉主動選擇孤立時，曾上前搭話提醒：「這樣很危險吧？」這代表了她的本性善良。正因如此，看到有人負傷難以站立，她能不假思索地伸出援手。

這樣的善意非常值得讚賞，卻也是致命級的失誤。這裡並非防壁的內側，而是荒野。蕾娜對此認知太過粗淺，思考模式仍未適應荒野。

「大小姐！不可以！」

聽見詩織喊叫，蕾娜對她面露納悶的瞬間，矢島抓住了伸向他的那隻手，使勁拉扯讓蕾娜跌跤。緊接著他迅速站起身，繞到失去平衡的蕾娜背後，用左手抓住蕾娜的頸子使她無法動彈。

矢島笑著對阿基拉與詩織宣告：

「不准動。」

矢島現在的臉上已經找不到任何剛才那樣膽怯的表情。

多蘭卡姆的年輕獵人們也參加了地下街的新型照明裝設工作，蕾娜與詩織原本也跟克也他們一同進行作業。

這時本部指示蕾娜兩人前往其他地點。擔任小隊隊長的克也接到指示時，面露難色。多蘭卡姆為了避免多餘的爭執，不讓旗下的年輕獵人與多蘭卡姆以外的獵人一起行動。他以這個理由一度回絕。

但是本部回覆蕾娜與詩織是以兩人一組的身分登錄，無法視之為年輕獵人，此外又指出兩人先前也擅自與多蘭卡姆以外的獵人一起行動。最後克也無法堅持下去，只好將蕾娜兩人派遣至其他場所。

克也希望自己能一起去，但他必須負責指揮現場，無法離開崗位。因為這些緣故，只有蕾娜和詩織兩人以臨時的人員調度的名目，前往阿基拉的位置。

只是到指定的地點繼續進行裝設作業——蕾娜原本這麼認為，但現在她被名叫矢島的男人從背後制服，脖子被他一手捏住。失去一條手臂的男人剛才倒在地上難以獨力起身，蕾娜不假思索地對他伸出援手，這般溫柔但錯誤的行動導致當下的處境。

這裡是荒野——她的溫柔缺乏這樣的認知，為此付出慘痛的代價。

◆

脖子被矢島抓住，蕾娜因驚訝與痛苦而皺起

臉，難受地說道：

「你、你想幹嘛！」

這裡是荒野，男人對此抱持的認知過剩，使得他對於欺騙、搶奪、殺害失去了抗拒。他對蕾娜的反應傻眼地嗤之以鼻。

「想幹嘛……咦？需要說明嗎？我覺得這有點誇張喔。在我看來，當下狀況非常清楚才對。為了保險起見，考慮到另外兩人也許和妳一樣尚未正確理解狀況，我就簡單扼要地說明吧。我正把妳當作人質，威脅那兩人。」

矢島斂起笑容，看向阿基拉與詩織。

「誰敢動，我就殺了她。」

雖然語氣平穩，聲音中確實帶有殺意。

阿基拉表情凝重，對矢島提高戒備。

詩織則對矢島投以露骨的殺意。她努力讓臉上保持平靜，表情留有冷靜，不過內心激動的情緒凝聚於雙眼。殺意為她的視線添增色彩，讓人幾乎能看見兩道直刺矢島的線。

儘管如此，阿基拉與詩織都停止動作。矢島見狀，發出鎮定的說話聲。

「……很好。看來你們兩個都正確理解了當下狀況，真是再好不過了」

接著他對蕾娜說：

「那麼，為了欠缺理解力的妳，我先說清楚以防萬一。憑我的握力要捏扁妳的脖子並非難事，所以不要輕舉妄動，也不要做蠢事。」

蕾娜兩人現身時，矢島從阿基拉的表情看穿了她們並非阿基拉的夥伴。同時也從蕾娜她們的表情明白她們完全不理解當下狀況。

這狀況可以利用——矢島如此判斷後，立刻決定利用蕾娜兩人營造有利的局面。不過他沒想過一切會這麼順利。

「我確實沒有右手臂，而且剛才一直倒在地上。如果抓到破綻也許就能出其不意逃走。妳會這樣誤會也不能怪妳。」

阿基拉將槍口從矢島身上挪開時，矢島在心中歡呼。至少成功脫離了死亡直逼眼前的狀況，超出預期的成果讓他自己都驚訝。

接下來只要等待時間經過或是位置移動，在情報收集干擾煙幕的效果轉弱時與同伴聯絡，要求同伴救援即可。在他這麼思考時，蕾娜主動靠近了。

「不過那是妳的失誤。我絕對不會放鬆戒備。我沒有無能到讓妳抓住破綻。如果在妳眼中我像放鬆了戒備，那是妳一廂情願的看法，純屬妄想。」

見少女毫不設防地靠近自己，矢島反而先懷疑這是不是某種陷阱。

但那舉動並非陷阱，而且還讓矢島輕易制服她成為人質。矢島甚至不禁感謝自己面臨絕境時的運氣。他對著將幸運送到自己身旁的少女，語帶感謝地給予忠告：

「也許妳不會相信我說的話，不過，想救妳的這些人正乖乖聽從我的指示。從這個事實可以導出的答案，希望妳確實理解。」

沉默籠罩現場。蕾娜無法動彈，詩織也無法動彈，阿基拉則沒有動作。矢島對這結果感到滿足。

「……很好。那就把槍扔掉。」

「詩織，不可以……唔！」

矢島抓住蕾娜頸子的手用力，代替閉嘴二字。因此蕾娜話才說到一半就轉為痛苦呻吟。

這時矢島像在催促般注視著詩織並更加用力。這下子蕾娜就連難受的呻吟都無法發出，表情則因為痛苦而更加扭曲。

詩織的表情一瞬間轉為悲痛。於是擔心蕾娜的心痛壓過了對矢島的殺意，令她緊蹙眉頭。經過一剎那的時間，詩織鬆手放開了槍。

槍落在地上發出聲音——情勢優劣明確轉變的聲音。

詩織將剩下的槍也扔在地上，隨後把槍朝著矢島踢過去。於是矢島暫且放鬆抓著蕾娜的力道，接著他再度漸漸用力，催促般輕輕搖晃蕾娜的身體。蕾娜因恐懼而表情僵硬，丟掉身上的槍。

詩織持續凝視著矢島，不放過對方任何的疏忽。每當自己和蕾娜捨棄武器，男人便露出愉快的笑容。那模樣令詩織激憤，但為了不放過能救出主人的機會，她努力保持冷靜。

矢島甚至開始面露從容的冷笑，不過他的表情再度轉為凝重。詩織對他的反應感到疑惑，於是將臉緩緩轉向矢島視線凝視之處。

阿基拉默默站著。他的態度甚至顯得相當鎮定，而且手中依舊握著槍。

「……阿基拉先生，非常不好意思，請把槍丟掉。」

儘管詩織直接開口催促，阿基拉也沒有顯露任何反應，只是默默地凝視著矢島。

詩織不由得以慌張的語氣叫喊。

「……阿基拉先生！」

「我有聽見。」

阿基拉並未看向詩織，只如此回答。而且他看起來沒有任何棄槍的意圖。

矢島將蕾娜的臉龐硬是轉向阿基拉，再度慢慢增強勒住蕾娜脖子的力道。蕾娜先是發出痛苦的呻吟，但勒頸的力道漸漸大得讓她連呻吟都無法發出，表情顯得更加痛苦。

詩織驚慌失措，連忙懇求：

「……阿基拉先生！拜託您了！請現在就把槍丟掉！」

阿基拉一句話也沒回答，矢島則冷酷地問：

「我應該確實表達我的要求了，這下談判決裂了？你的意思是讓她死也無妨？」

阿基拉開口：

「你的要求要持續多久？直到你的夥伴趕到，把我們全部殺死為止嗎？」

矢島顯露些微反應。他短暫沉默，放鬆了勒住蕾娜頸子的手，泰然自若地回答：

「……我不曉得你有什麼誤會，但我沒有夥伴。只要你放下槍，我就會慢慢消失在通道另一側。只要拉開充分的距離，我也會放她自由。啊，對了，我剛才沒說明放她走的條件，這是我的疏忽，我道歉。這樣你願意接受了嗎？」

「你打算偷竊遺物吧？」

矢島再度沉默。阿基拉繼續說道：

「你慌了吧？你剛才想殺我的時候，完全沒有騙過我就算了的意思。一見到就毫不猶豫地想殺了我，這代表長相被我看見的同時，不殺掉我就會是大麻煩。」

矢島的表情並未反映他的內心狀況。儘管如此，光靠這個功能無法遮掩一切。現在的反應並非重現過去的表情，而是當下的表情，要隱藏內心想法也有極限。

他也能讓表情變化與大腦活動完全分離。然而事到如今就算擺出面具般的表情，也無異於自白。

「我看遺物大概就藏在這附近吧？你是義體者，之後也能輕易更換臉。儘管如此，你在這座地下街會不計一切想瞞過我、瞞過我報告的本部——也就是都市的職員，十之八九就是這個緣故。」

沉默也是一種反應。他的沉默更勝於雄辯。

「你打算殺光看到你長相的所有人吧？因為一旦現在的長相曝光，都市的職員就會立刻找出你的身分。你會與都市為敵，鐵定會成為通緝犯。為了預防這一點，你非得殺了我們，沒錯吧？」

矢島保持沉默聽到這裡，終於開口。他面露有些傻眼的表情，以開導愚者般的語氣回答：

「你好像有不少誤會。我可以大費周章修正你那些漏洞百出的推理，但不管我怎麼說，你都不會相信吧？」

「你還需要爭取多少時間？夥伴的戰力多強？從你從容的態度來看，想必十分強大吧？大概足以輕易殺光我們。」

「我可以繼續聽你胡言亂語，不過只要你不棄槍，她終究會死喔。」

「一旦殺了她，在那之後你必死無疑。然而你卻這麼從容，想必你的夥伴戰力相當充足吧？」

阿基拉與矢島表情認真地注視彼此的眼睛。短暫的沉默後，矢島用力勒緊蕾娜的頸子，冷酷地下令：

「這是最後一次。把槍扔掉。」

「我不要。」

阿基拉斷然回答。

臉色蒼白的詩織發出不成聲的尖叫。然而，蕾娜的頸子並未因此被扭斷。矢島反而放輕了力道，譏笑阿基拉般露骨地嘆氣。

（……這傢伙是認真的啊。計畫被看穿，滅口的意圖也被看穿了，這下該怎麼辦？也不曉得凱因和涅利亞什麼時候才會到。在這種狀況下，夥伴抵達的同時，那傢伙恐怕會把我連同人質一併射殺。義體的損傷也很嚴重，萬一他開槍，我可沒有自信能閃躲啊。）

矢島隱藏內心的焦急，傻眼般回應：

「這樣的美少女都成為人質了，你這傢伙也太無情了吧。你就沒有正義之心嗎？」

「把美少女當人質的傢伙沒資格說我。」

「我沒關係啊，我是壞人嘛。我做壞事用不著顧忌，這是壞人的特權。正義的夥伴可就不能這樣了。」

矢島先是刻意以輕佻的語氣說道，這時口吻轉為有些嚴肅。

「哎，也沒辦法。看來這人質對你無效，就拜託應該有效的其他人吧。」

語畢，他將視線轉向詩織，語氣立刻變冷酷。

「如果不希望她被殺，就殺了那傢伙。」

在矢島如此開口的瞬間，阿基拉的姿勢轉為同時戒備矢島與詩織雙方。

矢島見狀，立刻將蕾娜當作盾牌，並且稍微向後退。隨後他看準了掉在地上的詩織的槍，朝著詩織腳邊踢過去。

詩織陷入無從排解的迷惘。她愕然交互看向阿基拉與蕾娜的臉。阿基拉已經選擇不棄槍，接下來輪到詩織必須做出抉擇。

阿基拉尚未提起槍口。等一下槍口將會指向蕾娜與矢島，或是指向詩織，結論目前暫且保留。

『……阿爾法，妳覺得詩織會怎麼做？』

阿爾法乾脆地回答：

『我認為她會攻擊你。』

『有什麼理由？』

『因為這樣人質可以活得比較久。如果她抗拒要求，人質一旦失去意義就會被殺。就算對方最終打算徹底滅口，只要人質當下還活著，就有可能在遇害之前救出人質。看她的反應，我不認為她會主動割捨這種可能性。』

『包含理由在內，我的看法和妳完全一樣。可惡，早知道不要嫌說明麻煩，剛才應該立刻殺掉他才對。』

『現在後悔也沒用，做好現在能做的一切吧。最糟的狀況下，一個活口都不留。沒問題吧？』

『了解了。』

阿基拉做好覺悟。

詩織仍未做好覺悟。就算不顧一切攻擊矢島，或是按照要求殺死阿基拉，蕾娜恐怕都難逃一死。詩織理解現況，並且思索救蕾娜的方法，但眼下她找不到勝算。時間經過也許會帶來改變狀況的可能性，詩織只能緊抓住這一縷希望，拖延時間等候未知的勝算。

但是矢島不給她拖延時間的機會。

「……怎麼？對這傢伙也沒用嗎？到頭來人質也沒意義啊。那沒辦法了，就殺掉這傢伙吧。雖然我大概同樣會被殺，不過夥伴會替我復仇的。」

這句話只是幌子，矢島根本不打算乾脆赴死。這一點詩織也明白。但要是她繼續呆站下去，這句話很快就會不只是幌子。

看到詩織悲痛的表情，蕾娜不由得想出聲。然而矢島勒緊她的脖子，讓她無法發出聲音。

矢島以帶著殺意的嗓音說道：

「妳給我安靜。」

不管蕾娜想說什麼，是尋求救助或是自願犧牲，對現在的矢島只會礙事。

為了避免她難堪地求助而被夥伴拋棄；也為了避免她說「儘管開槍」使得夥伴照做；為了不讓她做出任何降低人質價值的言行，矢島緊緊勒住她的頸子。

這個舉動看在詩織眼中，就像是矢島真的打算殺了蕾娜。

詩織採取行動。表情悲愴的她迅速蹲下，撿起地上的槍，將槍口指向阿基拉。

阿基拉也反射動作般行動，大幅扭轉身體逃離詩織的彈道，同時將槍口指向詩織。

槍聲響起，戰鬥開始了。

◆

CWH反器材突擊槍的專用彈自詩織的身旁飛過。詩織毫髮無傷，不過嚴格來說，擦過了衣服。

詩織方才使出渾身解數閃躲。若是一般對手，那個時機應該足以讓她輕易躲過並有充分的空檔反擊。然而，儘管動用了累積至今的訓練與磨練已久的技術，詩織也只能勉強躲過。

詩織的女僕裝並非戰鬥用，而是一般衣物。對上一般防護服都能輕易粉碎的專用彈，衣物無異於紙片。專用彈掠過的部分瞬間迸裂，光是彈頭從旁奔馳而過的餘威都能撕裂女僕裝的布料，穿在底下的強化襯衣隨之外露。

詩織的強化襯衣質地薄得有如緊身衣，但無論在身體能力或防禦力都勝過阿基拉的強化服數階。憑著這樣的身體能力，全速動作卻頂多只能勉強閃躲，這樣的事實讓詩織難掩震驚。

儘管如此，閃躲子彈與擦過身旁的子彈的餘威使她稍微失去平衡的同時，她在開始加速的意識中瞄準阿基拉。從她累積至今的經驗判斷子彈能順利擊中，儘管那不會造成她希望的結果。

然而子彈被躲過了。阿基拉將強化服的效能提高至極限，甚至利用了開槍的後座力，高速向後跳開，完全逃離詩織的彈道。

（居然能追上我現在的動作……！這是何等反應速度！）

詩織感到驚訝時，CWH反器材突擊槍再度指向她。阿基拉一眼也不曾看向後方，卻將背後的瓦礫當作立足點，重整態勢。

詩織立刻衝到一旁瓦礫後方，避開阿基拉的射擊。專用彈直擊其他瓦礫，將之化為更細的碎片，向四周飛散。

槍擊戰持續不斷。詩織挑選了較厚實的瓦礫充當掩蔽，對阿基拉開槍的同時試圖逼近。一旦選錯瓦礫，就會連同瓦礫一起被轟成碎片，不過她盡可能逼近阿基拉。

就算殺了阿基拉，事態也不會有任何改善，反倒是惡化的機率更高。詩織很明白這一點。矢島期待的就是詩織與阿基拉兩敗俱傷，意圖顯而易見。

但是不和阿基拉戰鬥，蕾娜就會被殺。詩織無法忍受。

如果只要犧牲自己的性命就能拯救蕾娜，詩織願意做出任何犧牲。但是光憑犧牲無法解決現在的狀況，這樣的理解使詩織更加走投無路。

被夾在對蕾娜的忠誠與對現況的絕望之間，詩織對自身精神接近瘋狂有所自覺，並且以近乎魯莽的衝鋒拉近與阿基拉的距離。

她的魯莽使得阿基拉失去開槍的空檔。按照剛才的節奏，先換彈匣也來得及應對，但是詩織不畏中彈般的突擊，讓他來不及舉槍確實瞄準。

儘管如此，阿基拉還是重新裝上彈匣，將槍口轉向詩織，扣下扳機。

槍聲響起是在詩織的踢擊確實命中阿基拉的槍身之後。踢擊力道使槍口偏移，子彈自詩織身旁極近之處飛過，而且ＣＷＨ反器材突擊槍從阿基拉手中倏地被彈飛。

詩織成功從阿基拉手中奪走了強力的槍枝，代價則是一瞬間露出了破綻。在這瞬間，阿基拉彷彿早就料到，逼近至詩織面前，同樣以踢擊踹飛了對方的槍。

兩者的槍飛在半空中，手上同樣失去武器。下一刻，兩人的戰鬥從近距離的槍擊戰切換成貼身距離的格鬥戰。

詩織箭步逼近，出手突刺。阿基拉向後跳開閃躲，打算取出ＡＡＨ突擊槍。詩織衝上前嘗試阻止。這時阿基拉配合她的動作，反而一個箭步迎上前去，並非槍擊而是出拳。

阿基拉以強化服的力量使出的一擊命中詩織的身體。然而詩織早已做好覺悟，挨這一拳總比被專用彈射中好。她憑著強化襯衣的防禦力與對蕾娜的忠誠忍受衝擊後，立刻出手反擊。犀利的手刀擦過阿基拉的臉頰。

儘管與對方的距離拉近，武器從槍彈變成四肢，兩人之間的戰鬥還是每一擊都可能致命。雙方都穿著強化服，也沒有穿戴護盔等防具，一旦頭部被擊中就會猝死。

為了抵抗現況，盡可能提高蕾娜免於喪命的可能性，詩織面露悲痛表情繼續戰鬥。

◆

阿基拉與詩織互相廝殺的模糊身影映在蕾娜因淚水而扭曲的視野中。

這場戰鬥是因為蕾娜變成人質才開始，一旦蕾娜死了就會結束。目前她仍活著。

許多感情激烈擾亂蕾娜的心。生殺大權受他人掌控的恐懼、未經思考就輕率行動的後悔，為拯救自己而戰的詩織以及被連累的阿基拉令她感到歉疚，還有自己什麼也做不到的無力感，蕾娜的心靈已經一片混亂。

即使如此，置身混亂、驚慌、焦躁之中，她依舊覺得要解決當下狀況，非得有所作為不可。

這樣的念頭加上蕾娜容易激動、瞻前不顧後的

個性，點燃了她對矢島的憎恨。膨脹的恨意排擠了其他情緒的瞬間，蕾娜面露激憤，以渾身力氣對矢島使出肘擊。

蕾娜同樣穿著強化服，擁有大幅超越常人的身體能力。這一擊也注入了因憤怒而忘我的力道，威力甚至超越了一般槍擊。

然而，要打倒足以承受強裝彈射擊的矢島，這種力量還遠遠不足，只是讓對方的架式稍微瓦解，僅止於此。抓著蕾娜脖子的力道並未減弱，反倒是矢島為了維持平衡，反射動作般更加使勁勒住她的脖子。

那份痛楚再度以恐懼與痛苦覆蓋了蕾娜一度充滿憤怒的臉。

矢島勒緊蕾娜的脖子，並且嗤之以鼻。

「我看起來露出破綻了嗎？還是妳在催促我快點殺了妳？不管是哪個原因，都沒意義喔。這種力道無法傷到我的義體，這種狀態下我也不會殺掉妳這個人質。真是遺憾啊。」

從矢島的語氣感覺不到絲毫憤怒，這更傷害了蕾娜的心靈。

「對了，自殺也沒用喔。妳的身體好像沒改造過，咬斷舌頭也許會死，不過到時候我會假裝妳還活著。我就是為此才讓妳沒辦法出聲。別擔心，不會馬上就穿幫。」

矢島嘲笑蕾娜的抵抗，話語聲傳到她的耳畔，貫穿了她的心靈。蕾娜小小的抵抗隨著意志告終。

失去意志的眼睛止不住地流著淚。

◆

蕾娜受到沉重打擊而失去抵抗的意志，要不是矢島抓著她的脖子，也許她會直接癱倒在地。矢島傻眼地在心中對她嗤之以鼻。

（聽我隨便瞎說就放棄抵抗了嗎？真是簡單的貨色。如果拚死掙扎，也許能讓我露出一點點破綻，況且就算被我殺害，只要在那之前全力哭喊，也能讓夥伴知道自己死了吧。）

就算束手無策，也不構成放棄的理由。一旦失去鬥志，只會任憑逆轉的機會溜走。對抱持這種想法的矢島而言，蕾娜因為這點程度的小事就捨棄抵抗的意志，就算撇開犯了蠢事而變成人質這件事不談，她仍舊只是個沒用的蠢貨。

（哎，多虧有這種笨蛋送上門來當人質。差點被那小鬼殺掉時，我還以為自己的運氣耗盡了。不過看這樣子應該還有轉機。）

現在這個人質甚至沒必要再費心監視。矢島如此判斷後，將意識從監視蕾娜切換為觀察阿基拉兩人。他的表情隨之稍微變凝重。

（……話說回來，那兩個傢伙還真強。在這種地方為何會出現兩個這種水準的強者？這種實力不應該被派來更換照明吧？果真是都市的特務嗎？不，看起來也不像……）

如果都市方事先識破矢島這夥人的計畫，因此派出特務混進交換照明的作業員之中，特務肯定會無視人質，把活捉矢島放在第一順位。更何況兩個特務互相廝殺這種事根本不可能發生。矢島思考至此，撇除了這種可能性。

（假設他們之中真的有特務，八成是那個小鬼，那個女人則是因為某些理由剛好來到這裡。這種可能性倒不是零。）

阿基拉起初並未堅持殺矢島，而是選擇活捉。再加上矢島以人質逼迫時，他也沒有拋棄槍械。這樣想就能合理解釋。

（如果是這樣，還真是走運。因為偶然出現的厲害傢伙會幫忙解決都市的特務啊。）

矢島加深了笑意。阿基拉與詩織的實力不相上下。至少在矢島眼中看起來如此。

如果他們兩人聯手攻擊矢島，矢島想必毫無勝算，但現在他們正在自相殘殺。雙方都死了當然是最好，就算對峙持續下去，也能拖延時間讓夥伴趕到現場，全無壞處。矢島這麼想著，暗自竊笑。

（疲憊吧，消耗吧，就這樣互相傷害吧。那個女的，已經到極限了嗎？再更努力點啊。只要那個小鬼死了，接下來就穩操勝算了。只要妳贏了，我至少會賞妳一個好死。）

矢島竊笑，手緊緊抓著用來保障自身安全的愚蠢少女。

◆

阿基拉正拚了命抵抗詩織的猛攻。詩織臉上掛著哭臉般悲痛的表情，不斷對他施展犀利的攻擊。阿基拉防禦、閃躲並且反擊。

論強化服的性能，明顯是對方更勝一籌。如果直接承受對方的攻擊，恐怕無法免於致命傷。一旦頭部被命中，下場絕不會僅止於劇痛，頭顱將會破裂並向四周灑出內容物。

阿基拉對詩織的實力大為驚愕。其實剛才在進入格鬥戰的瞬間，他以為這場戰鬥穩操勝算。

至今重複無數次的格鬥戰訓練，雖然是訓練、雖然只是模擬戰鬥，阿基拉已經屢次見證阿爾法壓倒性的實力。

現在是阿爾法在操縱強化服，強迫阿基拉的身體模擬那壓倒性的實力。儘管強逼身體高速運動會增加負荷，但終究不影響勝利。阿基拉原本是這麼認定。

然而他的預料遭到顛覆。面對阿基拉在阿爾法輔助下的攻勢，詩織與他不分軒輊，反倒是阿基拉稍微屈居下風。

『她、她竟然這麼強嗎？阿爾法！真的沒問題嗎！』

與阿基拉的慌張對照之下，阿爾法的態度顯得從容不迫。

『別擔心，你只要咬緊牙關撐下去就好。』

『拜託在我的四肢被扯斷之前搞定啊！真的很痛！痛得即使妳說其實早就斷了我也會相信！』

阿爾法越是操縱強化服做出超越阿基拉自身實力的動作，超越的部分就會轉變為對身體的負荷。再加上阿基拉與詩織兩人的格鬥技術造詣可謂天差地別。

為了填補壓倒性的差距，阿爾法將強化服的效能提升至極限，同時估計穿著者肉體的負荷極限，強迫阿基拉的身體做出精密且劇烈的動作。

從遺跡取得的回復藥已經耗盡。構成阿基拉身體的細胞漸次受損，那份痛楚慢慢轉為劇痛。

即使如此，阿爾法依舊微笑著。

『沒問題的。大概。』

『大概是什麼意思！』

見阿爾法微笑著說出讓人不安的話，阿基拉皺起整張臉。

為了對抗高速施展連環攻勢的詩織，阿基拉也必須高速做出閃避動作，並且改變姿勢趁隙反擊。眼前景物變化之快，一瞬間就讓阿基拉眼花撩亂。映於視野的事物迅速變化，甚至讓他無法區分地面、牆壁或天花板。

就算這樣，他依舊能認知阿爾法的笑容，是因為阿爾法永遠在阿基拉的視野中維持固定位置。即便眼前景物上下顛倒，或是一瞬間劇烈旋轉，甚至在他忍不住閉起眼睛時，隨時都能看到面露從容笑靨的阿爾法。

多虧如此，阿基拉雖然慌張，但始終保持一定程度的鎮定。只要阿爾法還笑著，那麼不管阿基拉覺得當下狀況有多麼嚴苛，恐怕都還不至於致命。這樣的認知成為阿基拉的精神支柱。

同時阿基拉雖然沒有自覺，但他的意識正漸漸嘗試追上與詩織的高速戰鬥。身體猛然後仰以閃躲詩織的踢擊時，能感覺到死亡從身旁掠過。在時間流動莫名緩慢的世界，橫向立於半空中的阿爾法對他說明狀況。

『她恐怕用了加速劑。能那麼靈敏地閃躲你的槍擊，從她的反應速度與閃躲動作判斷，應該是比

起效果持續時間，更重視能力上升效果的藥物。』

『原來還有這種藥喔？所以只要支撐到藥效時間過去就好了嗎？』

『沒錯。那樣應該就能獲勝。』

『我的四肢不會在那之前先折斷吧！有種很不妙的感覺正從四肢傳來耶！』

由於剛才結束與矢島的戰鬥後服用了回復藥，藥效讓阿基拉的身體在損傷的同時得到治療，也因此阿基拉的手腳目前還能免於斷裂。

不過藥效不會永久持續。殘留在體內的藥劑已經快要耗盡，無法完全治癒的損傷正透過劇痛告知阿基拉戰鬥的負荷。極限已經逼近。

阿爾法當然也明白這一點，但她仍舊微笑。

『沒問題。大概吧。』

『那個大概到底是什麼意思啦！』

『因為無法確定她是否真的服用了加速劑，也

不曉得效果時間有多長，我只能說大概。別擔心，你只要專心戰鬥，講喪氣話也不會讓狀況好轉。』

『我知道啦！』

阿基拉以苦笑蓋過臉上原本凝重而緊皺的表情，接著又抹上一層自暴自棄般的笑容，藉此提振鬥志繼續戰鬥。

阿爾法都說沒問題了，阿基拉沒有必要懷疑她的判斷。

為了讓她口中的「沒問題」在現實成真，阿基拉也用盡了全力。

阿爾法面露微笑。儘管嚴肅悲痛的表情比較符合當下狀況，只要那表情會削弱阿基拉的鬥志、使狀況更惡化，就算阿基拉瀕臨死亡，她也會擺出微笑。

阿爾法盡一切所能，為了得到更好的結果。

◆

就如同阿爾法的推測，詩織服用了加速劑。

在旁人眼中，她的戰鬥就像是真的想殺害阿基拉，但她不會痛下殺手，佯裝與阿基拉勢均力敵以爭取時間，同時注意觀察矢島的反應，抓住他的破綻，救出蕾娜——這是詩織的計畫。

因此她需要在戰鬥時有多餘的心力注意矢島的動靜，最少也需要足以輕易勝過阿基拉的力量。為了實現這些條件，詩織用了負荷很大的加速劑。

比方說，就算強化服的身體能力強大得足以閃躲自槍口射出的子彈，如果意識來不及反應，那就絕不可能閃躲。若要發揮與身體能力相符的高速且精密的動作，穿著者的意識就必須追上動作速度。

以高性能的強化襯衣強化身體能力；以使用上

需要覺悟的加速劑強化意識。如此一來，無論阿基拉有多少實力，想必都沒有問題。理應如此。

（沒想到竟然這麼厲害！難以置信！）

進入格鬥戰的同時，詩織與阿基拉同樣並未懷疑自身的優勢。

獵人持有的戰鬥技術基本上都是為了與怪物戰鬥。無論是在荒野狙擊遠方的敵人，或是在遺跡中與近距離的對手交戰，同樣都是槍擊戰，一般絕不會鍛鍊專門對人使用的格鬥技術。

但是詩織不同。雖然她陪蕾娜登錄為獵人，投身獵人工作，但她並非獵人，而是蕾娜的隨從兼護衛。

她為此所受的訓練水準相當高。為了在無法武裝的狀態下化解危機，保護要人的訓練包含了形形色色的格鬥技術。

就算阿基拉是獵人等級高達30的強者，只要他只是個單純的獵人，詩織就有自信在格鬥戰中輕取他。

然而她這份自信轉瞬間便瓦解。因為阿基拉展現了顯然受過訓練的動作應戰，而且攻擊又快又準，甚至足以顛覆強化服的性能差距。

阿基拉的刺拳快如子彈，劃碎並扯落女僕裝所剩無幾的布料。近乎斬擊的踢擊一擦過衣物便使之裂開。

若透過強化服的性能不斷提升身體能力，最後就連一般動作都會變得極端困難。若沒有精密的控制技術，裝備者甚至會寸步難行。然而徹底發揮那種身體能力的攻擊接連朝詩織殺來。

詩織聚精會神閃躲並反擊，沒有任何多餘的心力留意矢島與蕾娜。若不集中精神與阿基拉戰鬥，恐怕轉瞬間就會被打倒。

一旦殺死了阿基拉，矢島就會以蕾娜為人質殺害詩織，最後連蕾娜也殺死，所以她不能殺了阿基拉；一旦詩織自己被殺，阿基拉肯定會把矢島連同蕾娜一起殺死，所以她不能死。詩織如此判斷而持續戰鬥，但無論哪一個方向都漸漸迎向死路。

撇開蕾娜的存在不談，阿基拉的實力遠遠超過預期，無法殺死他。詩織完全不能分神注意矢島。這樣下去，一旦加速劑的藥效消失就會被殺。她原本是為了爭取時間等待救出蕾娜的機會而戰鬥，但時間漸漸站在敵人那一邊。

詩織會按照矢島的要求攻擊阿基拉，是因為她認為這麼做，能救出蕾娜的可能性比較高。

如果剛才她選擇二選一的另一個可能性——全速攻擊矢島，在蕾娜遇害之前奪走矢島的性命，憑阿基拉現在展現的實力，恐怕真的能解決。對狀況感到焦急，讓詩織萌生這股雜念，折磨著詩織的精神，使她的動作與意志漸失精采。

（……大、大小姐，就憑我可能沒辦法救大小姐！……該怎麼辦、該怎麼辦才好？）

悲觀開始侵蝕心靈，忠誠漸漸屈服於絕望。直到一切無可轉圜為止，詩織面露悲痛的表情持續掙扎。極限已經不遠了。

克也派蕾娜兩人離開，經過一段時間後萌生異樣的擔憂。不過那和過去他屢次經驗的感受有些微不同，並非必須現在就拔腿奔馳的急迫感，而是微弱而模糊的感受。

由米娜注意到他的異狀。

「克也，怎麼了嗎？你大概覺得只不過是換照明器材，但你可是隊長，別太鬆懈了。」

「喔，不好意思。沒有啦，我從剛才就有種放不下心的感覺。」

由米娜輕嘆一口氣。

「……這次又讓蕾娜她們兩個分頭行動讓你這麼不安的話，乾脆聯絡她們確認一下吧？」

「嗯，說的也是。」

「真是的，滿意後就要好好繃緊神經喔。」

克也想用租借終端機聯絡蕾娜兩人，但是無法通訊，不管試幾次都沒有反應。於是他的擔憂頓時轉變為不好的預感，表情也越來越凝重。

「克也，怎麼了？」

「聯絡不上蕾娜她們……」

「還真怪。因為切換到經由新照明的通訊路徑，發生通訊障礙嗎？等通訊狀況穩定後再……」

「我去看一下狀況。」

「咦？」

克也只拋下這句話就拔腿衝了出去。附近的愛莉也理所當然般跟上去。

「克也，你先等等啊！」

由米娜喊叫制止，但克也並未停下腳步。一同參與照明裝設作業的多蘭卡姆年輕獵人們見到領隊突然離開崗位，紛紛納悶地交頭接耳。

由米娜告知眾人她會去了解狀況，並指示眾人繼續工作，隨後便板起臉，拔腿追逐克也。

◆

擊潰了蕾娜的反抗意志後，矢島不再提防虛弱地垂首的蕾娜，將注意力轉向阿基拉兩人的戰鬥。

自己的運氣好得讓強力的敵人互相廝殺，夥伴不久後也會趕抵現場。這份從容擴展了矢島的思考與觀察的視野。

擴大的視野讓矢島的注意力轉向掉在地上的CWH反器材突擊槍。因為那把槍剛才轟飛了矢島的手臂，一旦注意到就無法視而不見。

（……那把槍的威力會構成威脅，剛才輕易轟飛了我的右手臂。就算是凱因的裝甲，萬一被那傢伙命中幾次恐怕也會受損。只要情況允許，最好能趁現在排除……）

矢島再度確認阿基拉與詩織的狀況。雖然攻防幾乎不相上下，阿基拉似乎漸漸占了上風。

（這樣下去是小鬼頭會贏嗎？這下不妙。）

蕾娜這個人質只對詩織有效。既然阿基拉已經與詩織對打，矢島不認為他會在意她的夥伴蕾娜，他鐵定會毫無顧忌將自己連同蕾娜一起射殺。詩織的動作越來越遲緩，預測遲早會成為事實。矢島如此判斷。

（凱因他們能趕上嗎？可惡，為了阻礙與本部的通訊，使用了情報收集干擾煙幕，不過那也害我無法和那些傢伙聯絡。早知道就應該更催促他們快一點。）

他想支援詩織，但手槍已經連同手臂一起被炸飛，預備的槍剛才也被毀了，也不能抓著蕾娜參加格鬥戰。矢島這麼想著，視線再度轉向ＣＷＨ反器材突擊槍。

（……那女人已經很累了，一條手臂的我也能打贏吧？只要那小鬼一死，也不需要人質了吧？）

矢島戒備著阿基拉與詩織，同時緩緩靠近掉在視線前方的槍。

（要冷靜。還很遠，動作太大會被發現。一旦被發現，那傢伙絕對會優先對付我，鐵定不惜背對那個女人也會攻擊我。不能被發現，要一點一點靠近。）

剛才徹底擊潰了蕾娜的意志，不用擔心她會突然吵鬧。事到如今，她應該不會礙事。矢島這麼想著，一步步逼近ＣＷＨ反器材突擊槍。

矢島的視線集中在那把槍上。那把槍剛才轟飛了自己的右臂，若能用那把槍把阿基拉轟成碎片，會多令人心情爽快？矢島不禁想像了那幅情景。

（就用轟飛我的手臂的那把槍，反過來轟飛那傢伙！）

精心磨練的突襲絕活被阿基拉閃過，讓他對自身技術的驕傲受創。再加上一條手臂被轟飛，這在矢島心中種下了憎恨。

在這之後，蕾娜兩人現身使狀況驟變。原本致命的局面因為驚人的幸運而轉為優勢，使得矢島心態上有所鬆懈。

憎恨與鬆懈扭曲了矢島的思考，使他變得短視，對狀況的觀察有所偏頗，忽視各項要素的風險，只專注於益處與機會。於是，他潛意識不斷列舉在這種局面衝過去撿ＣＷＨ反器材突擊槍的理由。

詩織因為加速劑的效果開始消退，動作明顯

越來越慢。矢島注視著與詩織打得不相上下的阿基拉，提高緊張感，告訴自己轉捩點已經近在眼前。矢島在意識中思考的問題只剩下要在哪個時間點全速衝刺以奪槍。

於是他做出決斷。他撇開會妨礙他全速奔馳的蕾娜，朝著掉在一段距離外的地面上的槍，拔腿奔跑。

晚了一瞬，阿基拉也有所反應。他轉身背對詩織，朝著同一個地方全速奔馳。

（太遲了！是我比較快！）

矢島搶先抓到了ＣＷＨ反器材突擊槍，將槍口指向阿基拉。

義體因為中彈造成的損傷與衝擊力，性能降低，而且只用一條手臂開槍，不過就算是高後座力的專用彈，只開一槍的話絕對沒問題。矢島的義體確實擁有這般水準的性能。

與獵物之間沒有遮蔽物，憑自己的射擊能力，在這距離下絕對不會射偏。阿基拉沒有手段能閃躲射出的子彈。極度集中減緩了時間的流動速度，矢島勝券在握，笑著扣下扳機。

沒有子彈被擊發。

「啥！」

矢島脫口而出的聲音簡潔地表現了他內心的感受。因預料之外的事態而感到驚愕，遭遇不可能發生的狀況時的混亂充斥腦海，臉上則寫滿了震驚。

阿基拉的拳頭猛然擊中那張臉。趁對方過度驚訝而露出破綻的瞬間，阿基拉已經拉近敵我距離，拳頭使勁向後拉，灌注全身力氣往前揮出去。

以熟練技巧將強化服的身體能力與全身力氣集中於一點，這一擊讓矢島的雙腳自地面拔起，被揍得往後飛。ＣＷＨ反器材突擊槍脫離他的手，飛在半空中。

矢島受到如此強力的一擊而被打飛，卻幾乎沒有受傷。他的義體足以承受AAH突擊槍的強裝彈威力，本來就這麼牢固。儘管如此，這一擊還是讓他回過神來，飛在半空中的同時思考。

（為什麼子彈沒有被擊發？他剛剛才換過彈匣啊！子彈不可能已經用完……）

身軀猛然撞上後方的牆面，但因為太過驚訝，讓他繼續思考，彷彿撞上牆根本無關緊要。

（該不會他剛才裝的是空彈匣？是故意的嗎！在那種狀況下？不，那傢伙確實開了一槍！如果是空彈匣，應該沒子彈……難道他在已有一發子彈上膛的狀態下換彈匣？）

應該沒有人會故意隨身攜帶空彈匣。換言之，不可能因為一時失誤而裝上空彈匣。

既然如此，唯一的可能就是：他在卸下子彈耗盡的空彈匣後，佯裝換了其他彈匣，卻故意再次將空彈匣裝上槍身。察覺這一點令矢島更加震驚。

（挑那個時機換彈匣，以及因此被那女人趁隙逼近而慌張開槍，這一切難道都是在演戲？會開一槍也是為了讓我誤以為還有子彈？故意讓槍被女人踢飛，是為了之後讓我撿起沒子彈的槍？這怎麼可能！）

失去平衡難以站立，他只能倚著背後的牆面，但不是因為義體的損傷，而是超乎預期的驚訝。

（是陷阱？從哪邊開始？該不會全部都是？打從女人攻擊他的瞬間開始？這種事怎麼可能……）

進一步的洞察帶來進一步的混亂。因此他甚至忘了自己當下的狀況，不禁繼續思索。

然而他的思考也被迫告終，因為他不由得看向設下陷阱的那個人。在他的視線前方，阿基拉正對他舉起CWH反器材突擊槍。

阿基拉在揍飛矢島之後，迅速抓住還飛在空中的ＣＷＨ反器材突擊槍，隨後立刻換下空彈匣。

『這次就在有人礙事之前收拾掉吧。』

『那當然！』

隨後阿基拉流暢地架起槍，瞄準矢島。有阿爾法的瞄準輔助，在這種狀態下不可能射偏。

束手無策了。矢島理解了這一點。過去屢次突破絕境的經驗正冷酷地告訴他絕對不可能躲過。

至少想知道自己的猜想是否正確，這樣的念頭讓他無意識地開口。

在口中發出有意義的言語前，剛才粉碎矢島一條手臂的子彈這次筆直擊中了額頭。頭顱連同內容物四散，矢島沒有機會開口說出最後的心願，就此喪命。

◆

詩織無法及時理解狀況，近乎呆滯。但在她理解狀況的同時，她鞭策幾乎到達極限的身軀，連忙奔向蕾娜。

「大小姐！還好嗎！」

蕾娜正劇烈咳嗽。因為頸子好幾次被緊勒到不只是窒息，而是差點被扭斷的程度，實在稱不上平安無事。儘管如此，她性命無虞，慢慢重整呼吸。

「……得、得救了嗎？」

蕾娜同樣尚未理解急轉直下的事態，她的聲音不帶有獲救的喜悅。

已經沒事了。詩織想讓蕾娜安心，面露笑容想這麼告訴她。

但是她辦不到，因為阿基拉舉著ＡＡＨ突擊

槍，將槍口對準了蕾娜，緩緩靠近兩人。他的表情不管怎麼看都絕非友善。

◆

阿基拉用ＣＷＨ反器材突擊槍的專用彈轟碎矢島的頭顱後，對身軀與手腳補上數槍。這是為了防範矢島頸部以下的義體按照生前的指示繼續動作。

看到中彈的衝擊力將義體的殘骸轟得四散，阿基拉認為這下總該完全無力化了，才稍微放鬆戒心，面露疲憊的表情。

但他立刻又繃緊神經，改以單手持ＡＡＨ突擊槍，並且將槍口指向蕾娜。

緊接著，他用另一隻手取出回復藥，靈巧地扯斷包裝，直接灌進喉嚨。隨後他隨手丟棄空容器，又再服用一盒以補足較低的藥效。

在這段時間內，他的槍口依舊直指著蕾娜。為了阻止詩織動作，與其將槍口指向詩織，瞄準蕾娜更有效。在剛才與詩織的戰鬥中，阿基拉已經理解這一點。

耗盡目前持有的回復藥之後，他以雙手各持一把ＡＡＨ突擊槍，分別指向蕾娜與詩織。隨後他猛然吐氣，沉默地站在原地。

在剛才的戰鬥中，阿基拉的身體已經瀕臨極限，目前處於無法自主動作的狀態，就連扣扳機都有如重度勞動。

雖然服用了大量回復藥，便宜貨在藥效開始發作前的空檔也較長。阿基拉表情凝重，反覆深呼吸，靜靜等候治療效果傳遍全身。

阿基拉也知道在這裡不可能讓身體狀況完全恢復。儘管如此，在手上持有的回復藥發揮效果前，在剛才戰鬥的疲勞盡可能消除前，阿基拉不想讓詩織有任何行動。

『阿爾法，妳覺得對方的狀態怎麼樣？妳說的那個加速劑，藥效時間結束了嗎？』

『效果應該已經明顯下降，不過效果本身還有殘留吧。』

『這樣啊……也沒有戰鬥的理由了，如果我放下槍，戰鬥會不會就這樣結束啊？』

阿基拉已經十分明白詩織的強悍，也知道這對她而言是不情願的戰鬥。一旦殺害詩織兩人，能對本部說明狀況的人也會減少。最重要的是，這麼做就正中矢島的下懷。這些是阿基拉目前還沒扣下扳機的理由。

不過這些理由還不足以讓他放下槍。這時阿爾法露出有些認真的表情，補充其他可能性。

『剛才的戰鬥你一度已經贏了，是因為蕾娜她們不相信你，才會被推回對峙的局面，之後又因為蕾娜的失誤使得情勢逆轉，而且詩織又為了蕾娜攻擊你，對方認定你懷有強烈恨意也不奇怪。』

『哎，這很正常。』

『若要補充其他理由，剛才你沒有棄槍，哎，讓她懷恨在心的可能性也不是零。現在和剛才不一樣，詩織已經沒有不能殺你的理由。按照常識判斷，蕾娜現在應該深受你憎恨，而詩織想保障蕾娜的人身安全吧。』

『我想也是。』

『加速劑的效果雖然明顯下降，但她身上可能還有追加使用的份。如果她真的持有，就算會因為過度服用的副作用而死亡，她也不會躊躇該不該服用吧。』

『的確是，我也不覺得事到如今她還會珍惜性命。』

『一旦你放下槍，詩織會為了守護蕾娜的安

全，用不惜以命換命的攻擊手段預防你報復……如果你能相信這種事絕對不可能發生，那要放下槍也可以喔。』

『我辦不到。』

自己沒有交戰的意思，以及對方是否願意相信，這是兩回事。從對方的角度來看也相同。

至少對阿基拉而言，完全無法相信「詩織她們願意相信阿基拉沒有殺意」的可能性。

◆

詩織表情異常凝重，觀察著阿基拉的神色。槍口不偏不倚指著自己的眉心。兩人不久前才互相廝殺，她認為阿基拉會警戒是人之常情。

問題在於他為什麼不扣下扳機。如果只是維持戒心但沒有殺意，那一點問題也沒有。畢竟他對蕾娜有救命之恩，若他要為了保險起見對詩織補上幾槍，詩織也毫無怨言。如果他殺了詩織就能一吐怨氣而不對蕾娜下殺手，詩織覺得那也無所謂。

不過也有可能是其他理由。也許他看穿自己使用了加速劑，為了確實殺死自己，便等待藥效結束的時間。又或者單純只是迷惘著是否要痛下殺手。也許是其中一種，當然也有可能兩種都沒錯。

詩織以認真的表情懇求阿基拉：

「……可以請您放下槍嗎？我們沒有意圖與您交戰。」

阿基拉一動也不動，只有視線稍微偏向詩織。

「……阿基拉先生的憤怒合情合理，我願意深切致歉。如果您堅持，要以我的性命來賠罪也未嘗不可。不管什麼要求都請您開口。」

如果自己被殺就能讓阿基拉滿足，詩織完全可以接受自己死亡。不管是一槍斃命還是折磨至死，她都有覺悟接受。

但如果對象包含蕾娜，那就另當別論了。無論動用何種手段，她都必須阻止。

「……危害阿基拉先生的責任全在我身上，還請您大發慈悲，不要追究大小姐的責任。」

阿基拉沒動作也沒回答，對準詩織與蕾娜的槍口從未有任何動搖。只有視線微微挪動，表示他正在聽詩織說話。

詩織將阿基拉的沉默視作拒絕，臉上浮現強烈的焦慮與畏懼。

從某個角度來說，蕾娜是當下狀況的元凶。她阻止阿基拉殺害矢島，之後因疏忽成為人質，而且也是令詩織屈服於矢島威脅的原因。

詩織實在不認為阿基拉會二話不說就寬恕蕾娜。儘管如此，她剛才還是緊抓一線希望嘗試懇求，這時她判斷一切都是徒勞無功。

（果然行不通嗎……該怎麼辦才好……）

如果無法得到寬恕，就只能選擇其他手段。詩織重新做好覺悟——使用備用的加速劑。

但是加速劑在使用上有幾個問題。首先，一旦用了就會因為副作用而有高機率會死亡。她隨身攜帶的加速劑效果顯著，若在短時間內連續使用，負荷就會急遽加重。預備的加速劑並非單純的預備品，而是在絕望的狀況下孤注一擲的最後掙扎。

副作用的問題只要接受死亡就能忽視，然而還有另一個問題。

方才她用的加速劑在事先就做好了隨時能使用的準備，但是要使用預備的加速劑，就必須取出藥劑並且服用。

阿基拉現在用槍口指著自己與蕾娜。在嚴加提防的他面前，如果慢條斯理做出這種可疑的動作，下場可想而知。

再加上詩織剩餘時間有限。加速劑含有在戰鬥中持續維持意識的功效，由於效果強烈，副作用也很強。一旦藥效消失，意識就會迷濛不清，別說是戰鬥，就連保持清醒都會有困難。

如果要使用預備的加速劑，就要在這個時限之前。現在槍口同樣指著蕾娜，不允許失敗。

「阿基拉先生，一切都是我不好。還請您高抬貴手……」

詩織如此說著，壓低上半身打算下跪磕頭。

槍聲響起。詩織渾身僵硬停止動作。開槍的是阿基拉，子彈自蕾娜身旁極近之處飛過。

「不要動。」

阿基拉單純的要求冷酷地向詩織宣告忽視要求將導致的下場。

詩織的臉色轉為慘白。她理解了阿基拉已經洞悉她的企圖，從察覺推導出答案，心中的絕望浮現在臉上。

詩織原本打算在下跪磕頭的同時，伺機取出預備的加速劑。她完全沒打算假裝低頭求饒，而是真心誠意懇求原諒，取出加速劑則是失敗時的備案。

然而阿基拉甚至不允許她下跪磕頭。阿基拉完全不回應她的話語，只要求她不准動作。詩織從他這樣的態度理解到他在懷疑她持有預備的加速劑，而且正等待她的加速劑效果消失。

如此一來，拯救蕾娜的手段沒了。詩織明白了這一點，表情被絕望籠罩，忠誠屈服於現實。同時加速劑的效果完全消退，眼前景物扭曲變形，意識模糊不清，身體癱軟無力。雖然沒有昏迷，但倒在地上無法起身。

蕾娜十分慌張地跑向詩織，想扶起她。

「詩織！還好嗎！振作點！」

這句話並沒有傳進詩織耳裡，但是在幾乎消失的意識中，她理解了明明阿基拉說過亂動就開槍殺人，蕾娜還是動了。

「大小姐……真的很抱歉……拜託了，請快點逃走……」

希望至少讓蕾娜保住性命。詩織如此祈求，放棄掙扎並閉上眼睛。

「…………？」

但是她沒有挨子彈。詩織疑惑地睜開眼睛，發現槍口雖然依舊指著她，但阿基拉並沒有看向她，而是將視線投向大廳的通道。

為何沒有開槍？詩織感到納悶，同時觀察阿基拉的反應。她發現阿基拉對她們兩人的戒備已經明顯降低。

詩織從阿基拉的神情了解了剛才他確實在等她的加速劑效果消失，但並不是為了確實殺害她，只是在遭受反擊的危險性完全消除前無法放下戒心。

也許還有活路。詩織察覺一線生機，取回了意志力。

接下來只要小心避免刺激阿基拉，促使他把兩人交給本部即可。這樣一來，至少能保住蕾娜的性命，這次失誤的代價由自己承擔即可。詩織想到這裡，認為當下就是交涉的大好時機，準備開口與阿基拉交談。

但在這時，只見阿基拉的表情突然轉為凝重，眉頭深鎖，隨即將原本指著詩織的槍口轉向通道，扣下扳機一陣連射。

無數子彈擊中通道的轉角處，發出一連串劇烈聲響。

在這種時候又發生了什麼事？發現狀況再度轉折，詩織感到更加焦慮與困惑。這時通道轉角處傳來人聲。

「蕾娜！詩織小姐！沒事嗎！現在就救妳們出

來！」

「……克也？」

聽見蕾娜這麼說，詩織晚了半拍才理解轉角另一側的來者就是克也，也明白了阿基拉剛才開槍是為了牽制克也。

「又來了啊……」

聽見阿基拉的呢喃，詩織不禁戰慄。因為她從他的語氣察覺到絕不重蹈覆轍的決心。

如果剛才不由分說直接殺了矢島，就不會衍生出這麼多麻煩。輕易就能想像他現在正這麼想。

「5對1啊……還真多。」

聽見阿基拉接下來的呢喃，詩織再度為之顫慄。雖然她明白了由米娜和愛莉大概也一起來了，但那並非重點。

從阿基拉的呢喃，她感受不到要說明狀況的意願，已將交戰作為前提，而且詩織與蕾娜也被算在敵方之中。剛才因為詩織失去戰力而降低的警戒，現在又恢復了。

他看起來不是會把兩人當人質來談判的個性。當他認為五個對手太多，會從誰開始削減敵方人數，答案可想而知。

（克也先生，偏偏挑這種時候……！）

剛才阿基拉看到她們兩人現身時，恐怕也浮現了同樣的念頭吧。詩織不禁如此想著，並且怨嘆狀況的嚴苛。

◆

儘管見詩織因為加速劑效果消退而癱軟倒地，阿基拉還是維持戒心。這時阿爾法笑著告訴他：

『阿基拉，可以把槍放下了。』

『是喔？妳剛才說的額外加速劑之類的危險

性，不用擔心了嗎？』

『在這種狀態下還讓她追加使用加速劑，這種失誤我絕不會犯。哎，即使如此，如果你擔心萬一她真的成功使用，要趁現在開槍也無妨喔。在這個當下也不用擔心遭到反擊。』

『不了，這就算了。』

如果阿基拉想開槍，早就扣扳機了。對阿基拉而言，只要剝奪戰力就很夠了。

『那就預備接下來的事態吧。周遭無法發現敵人行蹤，但是情報收集干擾煙幕的影響還沒消失，不要放鬆戒心。剛才那個男人的態度像是夥伴很快會到，先注意這方面吧。』

『對喔，差點忘了。』

阿基拉看向通道另一頭。白霧般的煙幕已經擴散，幾乎消失，卻還是莫名有種看不清通道深處的感受。

『煙幕的影響還要多久才會消失？只要等一下就好？還是會維持好幾個小時？』

『這就不清楚了。會受到使用量與煙幕種類、周遭地形的影響。持續時間想必會比寬廣的地表環境長，因為這裡近似於密閉空間。直接確認最快，測試能否與本部取得聯繫吧。』

『說的也是。首先就聯絡本部……嗯？』

雖然依舊有通訊障礙，干擾搜敵的影響力已經明顯衰減。阿基拉的情報收集機器捕捉到大廳的其他通道正有人靠近的反應。

『有人正在靠近。是那傢伙的夥伴嗎？』

『大概不是。從方向來看，應該是其他獵人。八成是因為我們和本部失去聯絡，有人前來了解狀況吧。』

就如阿爾法的推測，那反應並非矢島的夥伴，而是克也等人。不算是敵人。

不過對方會不會也如此判斷則是另一回事。當克也自通道轉角探頭看向大廳的瞬間，他便為了救援蕾娜與詩織而舉槍。

但是阿基拉先動手了。他朝著克也一陣濫射，牽制對方。

「又來了啊……」

好不容易剝奪了敵人的戰力，馬上又有其他不速之客，而且是讓自己的狀況惡化的那一方。阿基拉不由得呢喃，吐露心中感想。

為了不再做出錯誤的選擇，阿基拉切換意識，這時他突然感到疑問。

『阿爾法，剛才開槍沒打中是我的問題嗎？我的射擊姿勢已經糟到有妳的輔助也打不準了嗎？』

『不是。是我事先改成牽制射擊了。』

『為什麼啊？剛才對方同樣想開槍打我，就算沒有直接殺掉，至少也要打中才行……』

『對方也有可能只是想牽制射擊。況且在這狀態下是5對1，無謂增加敵人的舉動盡量少做。』

因為阿爾法的輔助，阿基拉也明白了躲在轉角後方的是克也等三人。

他們三人的個人戰力想必比不上矢島或詩織，儘管如此，阿爾法還是判斷現在正面交戰太過不利吧。阿基拉如此分析後，因為再度惡化的狀況而嘀咕：

「5對1啊……還真多。」

剛才阿爾法在蕾娜成為人質時，告訴阿基拉：「最糟的狀況下，一個活口都不留。」這時卻改口：「避免無謂增加敵人。」阿基拉認定這就代表對方的實力，讓他為漸漸惡化的狀況眉頭深鎖。

◆

克也趕到現場時，映入眼簾的是被阿基拉用槍指著，似乎馬上就要喪命的蕾娜與詩織。

他急著想阻止便試圖開槍，卻先受到阿基拉的牽制射擊而無法動彈，頂多只能躲在通道的轉角後方。

「蕾娜！詩織小姐！沒事嗎！現在就救妳們出來！」

克也扯開嗓門喊道，用意是讓蕾娜與詩織知道他們已經來到現場。接著他想重新確認狀況，卻完全搞不懂。

「為什麼那傢伙在和蕾娜她們戰鬥啊？由米娜，妳怎麼想？」

「我也不曉得啊，克也。總之你先不要輕舉妄動。」

克也對由米娜擺出瞪視般的嚴厲表情。

「妳在說什麼！要快點救出她們才行！」

但由米娜回以更加嚴肅的表情。

「我就是為了平安救出她們才這樣說。少廢話，你先冷靜下來。剛才你差點就死了喔。難道你白白丟了性命就能救出她們嗎？」

由米娜肅殺的魄力讓克也為之震懾，因此取回冷靜。

「……好，我冷靜就是。所以，該怎麼辦？」

「該怎麼辦才好呢……愛莉，能聯絡上本部了嗎？」

「聯絡不上。」

由米娜剛才為了辯解克也擅自離開崗位的理由，在來這裡的路上曾試圖聯絡本部。

但是通訊在途中突然斷了。她也無法停留在半路上，於是繼續追逐克也的去向，不過到最後通訊狀況仍然沒有恢復。

「到底是怎麼回事……」

一切都莫名其妙，只知道事態非常糟糕，由米娜對現況頭疼不已。

狀態陷入膠著。克也要求阿基拉投降，但阿基拉沉默以對。嘗試搬出多蘭卡姆的名號施壓，同樣沒有變化。姑且詢問解放蕾娜兩人的條件為何，但他沒有回答，也沒有提出任何要求。

再加上想找破綻也找不到，光是想從通道角落牽制射擊，阿基拉的牽制射擊反而會先飛過來。克也完全找不到改善狀況的手段。

「可惡！到底該怎麼做才好！」

見到克也越來越焦急，由米娜煩惱到最後，下定決心。

「好吧，我來跟他交涉看看。」

「交涉？不管怎麼叫他，他都沒理會吧？」

「包含這些問題在內，我想嘗試看看。愛莉，幫我按住克也。」

「……？知道了。」

愛莉面露納悶的表情，但她想到情況也許會有所進展，便點頭同意，並且站到同樣滿臉疑惑的克也身旁。

於是，由米娜舉起了持槍的雙手。隨後就像要刻意表現給某人看，丟掉了槍。

克也無法理解由米娜這一連串舉動的意義，臉上滿是納悶。但緊接著，當他目睹由米娜的行徑，表情頓時轉為驚慌。由米娜神色肅穆，為了堅定自身意志般輕吐一口氣，隨後便高舉著雙手走出通道轉角。

「妳在幹嘛！」

克也慌張地想把由米娜拖回來，但是愛莉制止了他。現在已經太遲了，克也跟著衝出去只會遭受波及。愛莉這麼認為，全力阻止克也。

完了，已經太遲了。克也這麼想著，預感由米娜會死令他悲痛地皺起臉。

不過由米娜並沒有挨子彈。事態出乎預料，使得克也一臉疑惑。旁邊的由米娜則是因為狀況符合預料而在心中鬆了口氣，稍微放鬆了表情。之後她朝著視線前方的阿基拉喊道：

「我想和你談談，可以嗎？」

由米娜感覺到背後的克也與愛莉的震驚，緩緩朝著阿基拉邁步。

◆

藉由阿爾法的輔助，阿基拉本來就能清楚看見躲在轉角另一側的克也等人。因此他看見了按照常理應該看不見的事物，也清楚看見了由米娜高舉雙手並丟掉武器的行動。

起初阿基拉搞不懂她的用意而感到困惑，但是對方丟棄槍械還是讓他無意識地降低對她的戒心。因此，儘管由米娜走出轉角，阿基拉感到吃驚卻沒有開槍。

「我想和你談談，可以嗎？」

「……什麼事？」

由米娜剛才的動作是為了告知自己丟掉了武器——阿基拉這時終於理解到這一點。

於是阿基拉判斷對方已經察覺他能看見牆後的情況，這樣的驚訝讓他稍微提高對由米娜的戒心。就在由米娜靠近一段距離後，阿基拉像在要求她停下腳步，將槍口轉向她的臉。

由米娜停了下來，彷彿為了安撫阿基拉，微微放鬆了表情。

◆

由米娜並沒有察覺阿爾法的存在。只是因為克也從通道轉角想尋找破綻時，阿基拉的反應就像能清楚看見牆後情況，因此由米娜判斷他大概持有性能非常高的情報收集機器。如果她的判斷失準，那她恐怕早已中彈了。不過對此她也有心理準備了。

再者，阿基拉顯露了幾分可以溝通的餘地，這部分也符合預料，讓她稍微感到安心。在這狀況下他並未射殺蕾娜兩人，由米娜推測他很可能不會殺手無寸鐵的對象。此外，比起手握槍枝躲在通道轉角後面喊叫，身上沒有武裝的安全對象提出談話的要求，應該更容易讓他接納。

目前為止一切順利，但真正的問題還在後頭。由米娜這麼告訴自己，隱藏心中的緊張，以鎮定的表情粉飾，開始和把槍口指著自己的對象談話。

「我們只是來救那邊的蕾娜她們，沒有與你交戰的意思。」

面對阿基拉那完全無法置信的目光，由米娜換了個說法。

「我們救走蕾娜她們，不和你交戰。這種情況可能成立嗎？」

阿基拉臉上擺著狐疑的表情，試圖摸索對方的真正想法跟企圖。見他這種反應，由米娜補充：

「雖然我不知道是什麼狀況，是你打倒了詩織小姐吧？我可不願意和這麼厲害的人交手。」

她像這樣稍微稱讚阿基拉，強化沒有交戰意圖的理由。

『阿爾法。』

『是真心話。』

實際上由米娜也真的這麼想。她會像這樣挺身涉險與阿基拉談話，也是為了避免克也與阿基拉交戰。

剛才那種情況下，克也肯定會不顧自己的生命危險，嘗試救蕾娜與詩織。對方是足以打倒詩織的強者，再加上對方能脅持蕾娜與詩織作為人質，在這種狀態下交戰只會白白送命。這種事絕對要避免。這是她有所覺悟後的行動。

「不過要拋棄蕾娜她們就這樣撤退，就置身幫派的立場來說，恐怕有點困難。哎，所以我們想救蕾娜她們，早早離開。」

『阿爾法。』

『這也是真心話。』

「如果蕾娜她們對你造成了某些麻煩，我們也無法為她們負責，你之後再找這裡的本部或多蘭卡姆的交涉人員談應該比較好吧？你怎麼想呢？」

由米娜認為阿基拉並未選擇立刻殺害蕾娜兩人盡快逃走，要不是因為辦不到，不然就是其實不想殺人。

如果理由是他認為放了蕾娜兩人也無法平安逃離現場，因而感到不安，加上沒有手段能順利解決後續麻煩，她的提議應該能化解僵局。

由米娜知道自己的推測參雜了太多樂觀看法，即使如此，她還是期待這麼做能和平收場。見阿基拉表情雖然嚴肅但也帶有幾分猶豫，一切看起來順利讓她在心中鬆了口氣。

不過這時阿基拉的表情急遽轉為凝重，臉上明顯透出強烈的戒心。

「妳剛才的問題是，救回蕾娜她們，不和我交戰，這樣能不能成立是吧？」

「……是沒錯。」

「就算我和妳之間能夠成立，妳的夥伴認為無法成立的話，多說也沒意義。」

阿基拉的視線朝向由米娜的背後。由米娜的表情緊繃。

（克也，我不是說過不要亂來嗎！愛莉，我不是叫妳按住克也嗎！到底是誰！還是兩個人一起？或者只是嚇唬我？）

阿基拉這句話有一半是在嚇唬她，另一半則是出自對克也等人的不信任。

為了同伴拋下武器，為了交涉不惜挺身面對槍口——阿基拉對這種人也能稍微信賴。但是其他人目前仍然躲在通道轉角後方等他露出破綻。他對由米娜的信賴不包含那些人。

這同時也是在問由米娜：這樣的狀況下有什麼打算？

由米娜絞盡腦汁。雖然上前交涉，最後卻決裂了，這種結果絕對不能接受。事到如今她也無法回頭，阿基拉想必不會坐視她掉頭回到克也等人身旁。這樣下去結果只是平白送對方一個人質。

由米娜的思考從這裡出發。既然自己已經等同於人質，就從這個狀況更進一步。

「只有我和你就能成立吧？我懂了。那我來代替蕾娜她們當人質吧，這樣可以嗎？」

由米娜為了強勢推動狀況，舉著雙手朝阿基拉靠近。

「這樣一來，克也他們必須把蕾娜兩人帶到安全的場所，沒辦法繼續追你。就算你放走蕾娜她們，手上還有我這個人質，應該沒問題。」

「站住。」

由米娜更加靠近時，阿基拉以強硬的口吻制止。緊接著他對停下腳步的由米娜命令：

「強化服。」

由米娜短暫遲疑後，自強化服拆下能源包，讓阿基拉看清楚。如果阿基拉要求她脫下強化服，她也別無選擇。不過那肯定會刺激克也的敵對心，她想盡可能避免。

『阿爾法。』

『她的強化服停止運作了，立刻裝上能源包也沒辦法馬上恢復。』

「…………好吧。背對我，慢慢靠過來。」

由米娜聽令照做後，阿基拉抓住她的後頸。他以右手持ＡＡＨ突擊槍，左手將由米娜當作盾牌般抓住，提防克也兩人的動靜，開始移動。

由米娜舉起雙手的同時，為了讓克也兩人聽見，大聲說：

「克也！愛莉！沒事了！帶蕾娜她們回去！」

克也兩人在與阿基拉和由米娜有段距離的位置，因此尚未掌握狀況。他們兩個半信半疑，慎重地自通道轉角現身。但兩人看到的是剛才告知平安的由米娜被阿基拉當作盾牌般抓著，阿基拉的另一隻手還舉著槍。兩人立刻提高警覺。

「由米娜，這是怎麼回事？」

「我沒事。你們把蕾娜她們帶回大家那邊，向本部說明狀況。」

「……什麼狀況？先解釋現在這個狀況讓我明白啊！」

「少廢話了，動作快點。如果那邊也沒辦法聯絡上本部，身為隊長的你要負責帶領大家。」

由米娜喊話的同時，阿基拉拉著她移動。阿基拉正朝著克也等人來的通道前進。

克也瞪向阿基拉。

「你到底想幹嘛？到底有什麼打算？和艾蕾娜小姐她們一起行動的人為什麼會做出這種事……」

阿基拉沒回答，只是以由米娜為盾牌，以槍口表示警戒，緩緩遠離克也等人。

克也不由得想追上阿基拉，但由米娜凝視著

他，使勁搖頭。

「用不著管我，快點把蕾娜她們帶走。你不惜拋下任務也要來救蕾娜她們吧？既然這樣，就要貫徹始終，知道嗎？」

「…………我知道了。」

克也面露悲痛的表情，做出苦澀的選擇後，由米娜面帶笑容對他說：「這樣就對了。」之後她任由阿基拉拖著走，消失在通道轉角的另一側。

「……混帳東西！」

克也立刻開始行動。他想將回復藥交給看起來傷勢較重的詩織，但她搖頭拒絕。

「請別管我……請立刻……把大小姐，帶到安全的地方……拜託了……請加快腳步……」

詩織留下這句話就失去了意識。蕾娜則驚慌失措。

「愛莉，蕾娜就拜託妳了！我們走。」

克也扛起詩織，愛莉則讓蕾娜搭著自己的肩膀，一行人趕往其他夥伴的所在處。

將蕾娜與詩織交給夥伴們，向本部告知狀況，接著立刻前去救由米娜。克也如此下定決心。

蕾娜自言自語般說了：

「對不起，是我的錯……」

克也開口鼓勵蕾娜。

「妳在說什麼啊？由米娜會被帶走，明明是那傢伙的問題吧。」

「不是……是我不好……都是我……」

心痛的她不斷吐露心中的悔恨，對克也的呼喚也不再有反應。克也見狀也無法對她多加追問。

「到底是怎麼一回事……？」

克也擔心由米娜的安危，臉上帶著嚴肅又困惑的表情連忙趕路。

◆

阿基拉走出大廳後，揹起回收的背包，手抓著由米娜的後頸，就這麼在地下街前進。但在離開大廳一段距離後，他鬆手放開由米娜。

由米娜輕輕吐氣。

「你願意放我走了？」

「不行。繼續向前走。還有，一邊走一邊幫我聯絡本部。」

「沒辦法啊。剛才我在大廳附近也想聯絡本部，但是通訊連不上。」

「那是情報收集干擾煙幕的影響，通訊狀況應該會隨著移動或時間經過而恢復。我的終端機被那傢伙弄壞了，妳來代替我聯絡本部。快點，現在馬上試。」

由米娜按照指示，嘗試與本部聯絡。隨後她搖搖頭。

阿基拉輕聲嘆息。

「現在立刻往本部前進，移動的同時繼續嘗試聯絡本部。快走。」

「我知道了。」

由米娜朝著本部的方向快步前進。雖然無法使用強化服，但因為她沒有負傷，步調相當快。

另一方面，阿基拉儘管身受強化服的恩惠，肉體卻已經瀕臨極限。前進時忍受強逼身體動作的痛楚，因此要追上由米娜的步調都十分吃力。

一段時間後，由米娜發現阿基拉雖然對她保持強烈的戒心，卻沒有要加害於她的意圖。她暗自鬆了口氣，大幅放鬆緊張感，提出剛才無法開口詢問的問題。

「欸，你剛才為什麼會和詩織小姐交戰？發生了什麼事？」

「之後妳去問詩織。」

「有什麼你不能說的理由嗎？」

「妳問我有什麼意義？我這種來歷不明的人不管說了什麼，內容也不值得信賴吧？」

不愉快的阿基拉反過來對由米娜投以過去她對他說過的話。一半原因是洩憤，另一半則是認定反正她不會相信自己說的話，因此萌生的自嘲與自虐使然。

於是，由米娜以真心誠意的語氣回答。

「……對不起。」

阿基拉從未想過對方竟然會誠懇道歉，讓他吃驚得稍微愣住了。

「啊，不會……不好意思。」

在這之後，抓不準彼此距離般的莫名沉默持續著。

這時換阿基拉對由米娜發問：

「為什麼妳寧願自己當人質，也要收拾剛才的狀況？」

由米娜思索對方發問的意圖與該怎麼回答，陷入沉默，阿基拉視之為拒絕回答。

「……哎，不想說也不強迫妳就是了。」

由米娜對阿基拉莫名消極的態度有些意外，不過她選擇誠實回答問題。

「因為剛才看起來只要好好談就能免於戰鬥，而且我只是不想和強得能打倒詩織小姐的人交戰，讓夥伴當中有人犧牲。」

「……是喔？不過就算這樣，萬一我開槍了，妳打算怎麼辦？」

「沒辦法啊。」

「沒、沒辦法……？」

阿基拉再度愣住。他自己也覺得的確是束手無策。不過，他認為這種風險不能用一句沒辦法就帶過。

由米娜對難掩困惑的阿基拉輕描淡寫地說：

「所以我先向你道謝，你剛才沒對我開槍。」

「………喔。」

阿基拉沒想過對方會道謝，花了一小段時間才回答。

阿基拉看著走在前方的由米娜，突然想到。

雖然程度有別，詩織是為了蕾娜，而由米娜則是為了夥伴，她們都為了其他人交出自己的性命，自願犧牲。阿基拉自認辦不到，雖然沒什麼自覺，但他確實懷著尊敬般的感情。

要經歷過什麼樣的人生，才會發展出如此思考的人格呢？阿基拉對此百思不解，嘗試去想像卻毫無頭緒。阿基拉對這一點稍微自嘲。

這時，屢次嘗試與本部通訊的由米娜的努力有了成果。由米娜的租借終端機傳來了本部職員的通話聲。

『這裡是本部……』

就在這瞬間，阿基拉朝由米娜的終端機怒吼：

「這裡是27號！因為與可疑人物交戰，有三人負傷！無法繼續戰鬥！可疑人物死亡！非常可能有其他可疑人物存在！可疑人物群似乎意圖盜取地下街的遺物！盡速派出擅長戰鬥的人員前來救援和支援！」

由米娜因為阿基拉突然怒吼而嚇了一跳，讓她晚了一拍才對報告內容感到驚訝。這段時間，阿基拉依舊不停怒吼。

「27號的終端機在與可疑人物交戰時遭到破壞，正以其他獵人的終端機聯絡！另外，其中兩名負傷者已由多蘭卡姆的獵人帶走！報告完畢！」

租借終端機仍舊傳出本部要求詳細情報的通話聲，但阿基拉不予理會，告訴由米娜：

「就到這邊，接下來隨便妳了。我要去本部。如果妳也要去，我可以送妳一程。」

「咦？啊，不，還是算了。」

由米娜因為吃驚與狀況劇變，最多只能這樣回答。

「這樣啊，那就先給妳一個忠告吧。最好不要回到那個大廳。剛才有個傢伙襲擊我和蕾娜她們，那傢伙的同夥可能已經抵達了。我走了。」

阿基拉只拋下這句話就跑走了。

「等、等一下啦！既然都說到這裡了，就再多說明一點……」

阿基拉話中透露了大廳內發生的事情經過，由米娜連忙想叫住他詢問詳情。然而阿基拉已經消失在通道深處。

租借終端機依舊不斷傳來本部職員要求說明的聲音。雖然職員再三追問，由米娜也不知道詳情，無從回答。

「到底是怎麼了啊……」

由米娜感到些許混亂而嘆息後，決定暫且放棄了解狀況。她將與本部的通訊切換為保留，首先與克也聯絡報平安。

阿基拉打倒了矢島，經過與克也等人的爭執後離開大廳。不久，光是外表就與地下街的獵人大相逕庭的身影出現在大廳。那就是剛才矢島呼叫前來支援的夥伴，凱因與涅利亞。

凱因穿著大型重裝強化服。那並非阿基拉或艾蕾娜穿的那種近似衣物的強化服，外觀看起來像是將小型的人型兵器穿在身上。

身體兩側各有兩條手臂，一共四條，每條手臂都握著重型槍枝。鋼鐵的雙腿則是反向關節構造。雖然分類上是強化服，更近似於戰鬥用改造人的大型擴充零件。

地下街的通道相當寬敞，不過凱因的大型重裝強化服尺寸太大，足以占滿整條通道的寬度，必須折疊四肢，有點勉強地穿過通道。

來到大廳內部伸展四肢後，機體全身看起來大得讓人納悶：他究竟是如何抵達這裡的？操縱如此巨大的機體來到此處，需要相當高明的駕馭技術，也代表了穿著者是個老練的高手。

涅利亞也穿著重裝強化服，但不像凱因那麼龐大。然而那是以厚實裝甲包覆全身的類型，因此身材也十分高大。地下街就地底遺跡來說雖然寬敞，通道上卻凌亂散落著大小不一的瓦礫，稍嫌不方便行動。她能穿著這套強化服輕鬆抵達，證明了本身的實力。

凱因他們兩人是在遺物搬運至地表後負責護送運輸車的戰鬥人員。在地下街的工作原本是矢島的職責，他們倆沒有預定進入地下街。他們裝備戰鬥力高但非常醒目的重裝強化服也是出自這個原因。

凱因以情報收集機器對大廳調查完畢。

「發現了矢島的屍體……正確來說，是被粉碎的義體。因為頭被轟飛了，哎，應該死了吧。總不會只有腦子被取走吧。」

涅利亞不在乎地回答：

「是喔？那就回去吧。」

「藏在這附近的遺物要怎麼辦？」

「有發現矢島以外的屍體嗎？」

「不，沒有。」

「既然這樣，剛才殺掉矢島的傢伙已經離開這裡了。本部至少會發現這裡發生過戰鬥，馬上就會派其他獵人來這裡調查吧。我們又不可能一邊跟那些傢伙戰鬥一邊搬運遺物。」

「……哎，這樣說是有道理。」

「對吧？早點回去吧。」

凱因說出半是傻眼半是疑惑的感想：

「矢島都被殺了，妳反應還真平淡。你們不是情侶嗎？」

「我從不留戀過去。」

涅利亞不在乎地回答。

這時地下街的獵人們出現了。本部發現與阿基拉等人的通訊斷絕而起疑，便指示這群獵人前來確認狀況。

接到了這種指示，又發現了穿著重裝強化服且未分享位置資訊的可疑人物，應對態度自然也十分肅殺。所有人都將槍口指向凱因兩人，強烈警告：

「不准動！你們兩個！在這裡做什麼！」

但是凱因完全不為所動，將重型槍枝瞄準眾獵人，毫不躊躇也未經警告就一陣掃射。轟然槍聲在地下街迴盪，被大量子彈擊中的獵人當場斃命。

涅利亞傻眼地說：
「真是的，你殺人就不能安靜點嗎？」
「妳看就知道了吧？我不擅長細微的作業。」
在凱因動作的瞬間，獵人們也開火了。對抗亞拉達蠍用的強力子彈化為漫天彈雨，灑向凱因。
但是凱因的裝甲彈開了這些子彈，跳彈朝四面八方飛射，有一部分擊中了涅利亞。
「喂，噴到我身上了喔。」
有人甩雨傘害雨滴噴到自己——涅利亞的抱怨近似這種程度。
「跟我抱怨也沒用，去跟他們說。」
凱因也用差不多的態度回答，緊接著對倖存的獵人轟出更猛烈的彈雨。用四條手臂握住的四把重型槍枝一陣濫射，以子彈和榴彈將獵人們連同附近的瓦礫一併轟飛。

◆

阿基拉抵達地面上的本部後，職員要求他鉅細靡遺地報告狀況。
阿基拉說明了與矢島的戰鬥與對話內容，並且告知矢島當時似乎正在等夥伴抵達，職員這才告訴阿基拉方才追加派遣的調查隊遇上了疑似矢島同夥的人，有所死傷。
調查部隊和單純只是發現可疑人物的阿基拉不同，他們事先就知道本部聯絡不上阿基拉的危險事態，之後才往現場出發，因此人數與裝備都齊全得等同於討伐隊，結果卻有多數人死傷。聽職員這麼說，阿基拉表情緊繃。
阿爾法有些像在苦笑地露出微笑。
『真是好險。剛才要是繼續和克也他們對峙，說不定就會剛好碰上。』

一想到要是再晚一些，自己也會變成屍體之一，阿基拉覺得自己僥倖撿回一命，也有種難以言喻的心情。

『真是的……為什麼老是遇見這種生死交關的狀況啊？果真是我的運氣特別差嗎？』

阿基拉如此怨嘆時，阿爾法捉弄般微笑。

『一定是因為美少女成為人質，你卻想見死不救，讓運氣變差了吧。也許是平日行善不足喔。』

阿基拉不滿地答道：

『不要強人所難啦。在那種狀況要是拋下槍，我鐵定已經被殺了啦。』

『光是會遇到這種狀況，就代表運氣已經變差了啊。』

阿基拉險些認同這句話，他拒絕接受般回嘴：

『噢，是喔？就連妳的超厲害輔助也沒辦法彌補我的霉運嗎？真遺憾。』

『哎呀，真是抱歉。雖然我也很努力就是了，不過實在很困難啊。你應該比任何人都明白吧？』

面對阿基拉輕微的挖苦，阿爾法像是毫不在意地笑著回答。

『是啊。』

阿基拉猛然嘆息。剛才問他大廳內發生何種狀況的職員見他突然嘆氣，便對他露出納悶的表情。

阿基拉為了掩飾，只回答自己累了。這也不是在說謊，因此未被懷疑。

化為地下街攻略本部的大樓也設置了診療所。雖然是臨時設施，為了維持戰力，設備相當齊全。

跟本部報告完後，阿基拉前往診療所。他的身體雖然沒有明顯的外傷，內部卻已經千瘡百孔，光靠便宜的回復藥完全無法指望能痊癒。如果可以接受專業治療，他也想先治好身體。

朝診療所移動的途中，阿基拉回憶起職員對他的叮嚀。

『他說，要注意治療不是免費的。哎，這也理所當然就是了。』

阿爾法笑著補充：

『因為本部說治療費的支付，包含保險能否適用，要每個人各自交涉啊。』

『我根本沒有買保險啊。他會特地提醒我，表示這裡也是荒野價格嗎？好像會被狠狠敲一筆。』

阿基拉輕聲嘆息。

診療所是在改建大樓的大廳集合了眾多設施所構成。由各大醫院與製藥公司經營，看上去像是小診療所的聚集地，同時也設有看似小型修理廠房的設備。

雖然同樣名為治療，獵人之中除了阿基拉這種憑著肉體戰鬥的人之外，還有奈米機械類的身體強化擴張者，或是乍看之下無異於普通人的義體者，以及經過明確機械化的改造人，他們需要的處置並非治療，以修理來描述更為貼切。為了滿足多種獵人的廣泛要求，事先備有諸多器材。

肉體的人請往這邊。循著上頭這樣寫的牌子前進，身穿白袍的男人迎接阿基拉。

男人的外表乍看之下並非醫師，而是喜好人體實驗的科學家，全身散發著無法捉摸的可疑氣氛。衣服的名牌上寫著八林，模糊的文字額外降低了男人的可信度。

阿基拉從來沒有接受醫師診療的經驗，所以他沒有標準能判斷對方是不是普通的醫生。儘管如此，八林給人的印象還是讓阿基拉忍不住擔憂：

「是不是找錯人了？」

『……阿爾法，是不是回去比較好？』

對方給人的印象很可疑，所以不建議在此就醫——阿爾法沒有這種判斷標準。她藉由從租借終端機取得的資訊以及現場的設備，判斷對方是否能提供充分的治療。

『阿基拉，其他診所都是以使用保險為前提。肉體再加上沒保險，這種條件還願意認真幫你治療的診療所，很遺憾，大概只有這一間。』

『是、是喔？』

既然這樣，也沒辦法挑剔了。阿基拉做好覺悟，走向男人。這時八林注意到阿基拉是顧客，便和顏悅色地向他打招呼：

「歡迎來到八林診療所崩原街遺跡分店，我是主治醫師八林。我就直說了，你要怎麼付款？」

「直接從報酬扣。」

「知道了。對了，由於久我間山都市營業部的援助，本診所免費看診。不過如果我看完診，而你付不出治療費，所以我沒幫你治療，可別怨我喔。好了，先把衣服脫掉吧。」

阿基拉按照他所說的，脫下強化服。

八林使用形似照相機和掃描器的裝置，以及其他用途可疑的器具，開始檢查阿基拉的身體狀況。

這些器具是否真的適合用於診療，憑阿基拉淺薄的知識無法判斷。不過看診大約十分鐘便告終，八林告知診斷結果。

「你很幸運，只受了輕傷。不過我建議你接受治療。要治療到什麼程度？」

阿基拉匪夷所思。

「我算是輕傷？我的手腳從剛才就痛得要命耶。現在是靠便宜的回復藥才勉強能動喔。」

儘管阿基拉當面質疑診斷結果，八林也不以為意，笑著回答：

「所謂的重傷是手被切斷、腳被扯斷、內臟外露或是破裂等等，這類必須直接送進醫院的狀態。只是骨頭有點裂開、瘀血稍嫌嚴重、肌肉組織過度使用，或是衝擊造成的損傷及區區的極度疲勞，都在輕傷的範疇。」

這番話顛覆了阿基拉腦中對重傷的認知。阿基拉聽完，模稜兩可的表情好像能接受，又好像無法接受。

「……先不管我是不是輕傷，我現在動一下都覺得難受。為了避免妨礙戰鬥，能治多少就盡量幫我治。」

「知道了。話說治療的方法，種類有很多，我個人推薦的是保險不給付的手段。至於我強烈推薦的理由……」

八林為了推薦他偏好的治療方式，正打算對阿基拉詳細說明。但是阿基拉打斷他並告知：

「我沒有保險。」

八林露出有點意外的表情。既然是來到地下街工作的獵人，一般都應該會因為所屬幫派的支援，加入最起碼的保險。

不過他的表情立刻轉為喜悅。那並非醫生面對患者時的表情。

「是喔！這樣的話，可以用我開發的回復藥嗎？我很推薦喔！會算你便宜一點！因為這是我自製的藥品，一般保險不給付，不過你本來就沒有保險的話，那就沒問題了吧？」

八林說完便將一旁的容器拿到阿基拉面前。裡面裝著綠色液體狀的物質。

阿基拉不管怎麼看都覺得那是可疑的藥物。

「我不要。保險不給付是不是因為這東西有危險？」

「不用擔心啦。這是我分析舊世界的遺物後，重現了近似功效的產物，所以某種角度來說也是舊世界製品喔。當然了，安全性我已經用自己測驗過了，效果也非常顯著。一般的便宜貨可是無法相提並論喔。」

八林滔滔不絕地說服。

「保險之所以不給付，只是因為這種保險大多都有製藥大廠當後援，為了讓患者選用自家產品，故意把其他公司的產品排除在保險範圍外，真的不是因為成分有危險之類。」

八林持續說服，其中開始增添了奇怪的說詞。

「所以，可以吧？況且不先累積一定程度的使用實績，就沒有資格成為保險給付對象。如果便宜又有效的藥物能夠普及，對這社會也有益，對吧？為了取回在暴戾的獵人工作中容易流失的美好人性，就趁這機會事先累積一些善行嘛。」

他不停說著的同時，阿爾法補充：

『阿基拉，我還是先告訴你吧。他的身體是肉體，表情也看不出刻意偽裝，而且他也沒有說謊，應該沒有趁機騙取大筆金錢之類的企圖。』

『呃，就算妳這樣說，還是有點……』

『哎，也是啦。』

就算保險機制是製藥大廠憑藉企業實力的壟斷手法，那些藥物仍是經過審核且廣受使用的藥物，同時也代表了安全性。不管那是效果多麼顯著的藥物，初次見面的人聲稱拿自己實驗過，光是這樣還無法抹去不安。

不過阿基拉很明白舊世界製回復藥的效果，他對於八林自稱算得上舊世界製品這點有些興趣，也許值得嘗試的念頭讓他面露幾分遲疑。

八林注意到他的反應，使出殺手鐧。

「好！我懂了！如果你願意用我的藥，我就把我手上的舊世界遺物賣給你吧？這可是用珂隆計價也不奇怪的舊世界製回復藥！我這次就鐵了心，用歐拉姆賣給你吧！怎麼樣！」

八林取出他口中的藥物給阿基拉看。阿基拉對那外盒有印象。

『阿爾法，那是……』

『對，和你之前在遺跡取得的回復藥相同。他看起來沒有說謊，盒子也尚未開封，很有可能是真貨。如果有這機會，最好先買下來。』

「你願意賣我幾盒，要收多少錢？」

「只賣一盒，價格是２００萬歐拉姆。話先說在前頭，這本來是要留給重傷者的藥品，基本上是非賣品。販賣數量和價格都沒得商量。」

阿基拉考慮了很久，最後還是敵不過之前屢次維繫自身性命的舊世界製回復藥。

「我知道了，成交。這盒藥的費用同樣從報酬扣掉。」

「好耶！」

八林喜形於色，開始準備為阿基拉治療，將綠色液體從容器注入針筒中。阿基拉見狀，不禁懷疑自己是否決定得太輕率，但他還是做好心理準備接受治療。

治療本身很快就結束了。只是在身體各處注射藥物後，以沾染綠色液體的繃帶包紮身上各處。

「結束了。先等一段時間，這個嘛，靜養大概一小時左右。亂動也不會要命，不過好好休息可以提升治療效果。此外，我賣你那盒回復藥的事可不要說出去喔。要是其他獵人跑來找我買，我會很為難。」

「知道了。這次治療費要收多少？」

「10萬歐拉姆。效果大可期待。另外，治療費雖然沒有保險補助，但這是已經扣除了臨床試驗報酬後的金額。」

八林面露可疑的笑容，喜孜孜地道謝。

「真的非常感謝您參加臨床試驗，如果有緣可以再來找我喔。我需要使用實績的數據，而且多多益善。」

阿基拉不禁表情僵硬。臨床試驗。從可疑的人物口中聽見這字眼，只會讓人更加不安。

這時四周突然吵鬧起來。許多負傷的獵人被搬運進診療所大廳，其中重傷者也很多，渾身是血的人、失去手臂或腿的人，甚至還有人失去了整個下半身。

八林見狀，表情變得較為嚴肅。

「哎呀，有急診病患。輕傷的傢伙會礙事，離遠一點。我想盡可能救回每個人。」

「……每個人？有幾個人明顯已經死了吧？」

「其實還很難說。有些人事先只把頭部半義體化，或是身體注入維生奈米機械，就算頭部被砍下來也能暫時免於腦死。只要趕緊治療，其實還是來得及的。」

有些重傷患看在阿基拉眼中完全就像屍體，聽八林說他們其實獲救的可能性不低，讓阿基拉相當吃驚。

「不過，前提是付得出治療費。改造人化也不是免費，也許往後的人生都要花費在償還債務上，但我可管不了那麼多。好了，你閃遠一點吧。」

阿基拉離開現場後，看見重傷獵人接二連三被抬進診療所，表情顯得有些緊繃。

阿爾法臉上掛著平常的微笑。

『幸好你只受輕傷，是吧？』

『……是啊。』

若出了任何差錯，自己可能已經加入他們了。阿基拉一想到這裡，再度提醒自己正置身於多麼危險的場所。

阿基拉穿上強化服之前打算先換新的能源包。雖然今天早上才剛換過，剩餘能量已經所剩無幾。

『怎麼好像一下子就快用完了？』

『因為我控制強化服做出相當亂來的舉動。這部分我也沒辦法。如果沒有我的輔助，就算強化服本身已經壞掉也不奇怪喔。』

阿爾法為了保住阿基拉的性命，選擇了確實會縮短強化服壽命的使用方法。因此阿基拉保住了一條命，不過代價也十分昂貴。阿基拉感受著強化服的動作似乎有些不自然，回到本部。

八林的診斷還是能向本部證明阿基拉身體狀況不佳。為了讓阿基拉暫時靜養，就把他調到本部擔任警備人員。

阿基拉心中期待在委託時間結束前不要再發生任何事，默默地從事警備工作。

◆

崩原街遺跡的外圍，雜亂聳立的無數廢墟的陰影處停著一輛看起來能輕鬆運輸戰車或人型兵器的大型運輸車。

裝甲覆蓋的車身看上去十分牢固，輪胎的直徑足足有一個人高。這種荒野用車輛遇上一般的瓦礫都能直接碾碎並強行突破。

運輸車周遭有攜帶武裝的人們正在警戒四周狀況。他們就是矢島的同夥，也就是遺物強盜。由於先前指揮計畫的矢島已經死亡，現在由凱因與涅利亞代為指揮。

車上已經裝載了於地下街取得的大量遺物。他們開鑿出入口，將遺物搬運至地面上，之後為了避免獵人們追蹤，待凱因與涅利亞離開地下街，便將出入口爆破。如此一來，因為計畫提前實施而尚未回收的遺物已經無法從地下街取出。

換言之，凱因等人已經沒有理由繼續待在這裡。接下來只要帶著大量遺物逃走就能得到龐大金錢。而且為了躲避都市的搜查，最好盡快開始移動。這種事所有人都明白。

儘管分秒必爭，凱因等人卻逗留於此，是因為出了某個問題。

從涅利亞的重裝強化服伸出的連接端子與運輸車連接，連接目標是運輸車的控制裝置。她以較強硬的手段連接裝置。刻意用有線連接也是為了這個目的。

涅利亞好一段時間持續作業，凱因毫不掩飾煩躁，對她問道：

「怎麼樣？」

「……不行啊。」

涅利亞告知結果的同時，雙手一攤表明束手無策。

「……他媽的！」

凱因毆打運輸車表達激動的心情。受到強力的重裝強化服的粗壯手臂猛然敲打，車輛裝甲發出響亮的撞擊聲。

「矢島那傢伙，居然留下這種爛攤子！」

運輸車本來就是矢島準備的。荒野規格且馬力充沛的大型車在駕駛上需要高明的技術，不過因為加裝了高性能的控制裝置，門外漢也能輕易駕馭。

然而現在就是控制裝置出了問題，因為矢島暗中追加了某個程式。

一般俗稱是死後報復委託程式。這是一種委託介紹軟體，在東部的網路黑市相當普遍。

啟動方法相當多，但義體者使用時，大多是在生前自己設定報復對象，或是根據義體臨死前取得的影像情報來設定對象，送出這份資訊並執行。

程式接收這份資訊後，會按照事先設定的死亡判斷條件等等啟動。最後當殺害報復對象等條件滿足後，便會依據事先設定支付報酬。自委託人的祕密帳戶轉帳付款，或是告知祕密財產的隱藏地點，這方面隨個人設定。

植入運輸車控制裝置的死後報復委託程式，原本是矢島為了萬一遭凱因等人背叛時，暗中追加的報復手段。

但是矢島死在阿基拉手中，因此死後報復委託程式根據生前的矢島在情報收集干擾煙幕造成通訊障礙前送出的資訊，設定了最可能殺害矢島的人物為報復對象。

控制裝置因為此程式而陷入不殺害報復對象就無法驅動運輸車的狀態。雖然也有更換車輛的控制裝置這種強硬手段，但那需要相當程度的專業技術，而凱因等人既沒有那種技術，也沒有備用的控制裝置。

各軟體確認對象死亡的方法也不同，判斷基準也有差異。若是設計低劣的程式，有可能只需要破壞一具形似對象的假人。反過來說，也有可能殺害了對象卻無法通過程式認證而白費工夫。若是高性能的程式，輸入對象死亡瞬間的影像，就能正確通過認證。

涅利亞剛才嘗試介入死後報復委託程式，想欺騙程式的對象死亡判斷機制。但是她的嘗試全部失敗了。高性能的控制裝置的演算能力，加上不知誰在網路上釋出的高水準程式，兩者相輔相成的效果超越了試圖以作弊突破認證的涅利亞的技術。

矢島這群人之中最擅長這方面技術的人，除了已經死亡的矢島，就是涅利亞。既然連涅利亞也無法突破，在場所有人就都不可能辦到。凱因也很明白這一點，因此煩躁不已。

輕聲嘆氣的涅利亞切換心情後，對凱因等人提議：

「沒辦法了，就放棄吧。」

凱因聽了頓時大發雷霆。

「放棄？開什麼玩笑！妳知不知道這計畫花了多少錢啊！收集到的遺物，只要賣掉最少也值１００億歐拉姆，不，更在這之上！花了大筆金錢才拿到的遺物，事到如今誰要丟掉啊！」

因為他暴怒的模樣而感到害怕的人們慌張起來。要是持有最強火力的凱因自暴自棄開始大鬧，這裡沒有人能阻止他。

但是涅利亞泰然自若，甚至擺出一副有點傻眼的模樣。

「你在說什麼啊？當然沒有要拋棄遺物啊。」

「……妳是什麼意思？」

「我說要放棄的是欺騙程式認證。」

連接到運輸車的控制裝置的顯示器上映著死後報復委託程式的抹殺對象。涅利亞指向那個人。

「就殺了這傢伙吧。」

顯示裝置上映著阿基拉的身影。

阿基拉接受了八林的治療後在本部擔任警備人員，經過一段時間，發現身體狀況大為改善，令他感到吃驚。

痛楚已經消退。根據他之前屢次使用舊世界回復藥的經驗，他直覺理解到那不是因為鎮痛功效而感覺不到痛楚，而是實際上真的治癒了。

他稍微擺動手腳或是注入力氣，也完全感覺不到痛楚或異狀。身體狀況恢復到近乎萬全的水準。

『看來那個治療效果很不錯啊。』

『畢竟他說那是分析舊世界遺物所製成的，雖然可疑但技術似乎不錯。而且也買到了舊世界製的回復藥，好事連連呢。』

阿基拉悠哉地笑了。

『看來這次運氣不錯啊。哎，那麼多倒楣事接連發生，這樣應該算得上抵銷了吧？』

今天的霉運就到此為止了。阿基拉沒來由地這麼想著。

◆

在氣氛顯得有些慌張的本部，地下街攻略的指揮者面色凝重。他顯露幾分煩躁的神情，同時與部下交談。

「還沒辦法聯絡上臨時基地嗎？」

「雖然定期嘗試聯絡，但通訊無法接通。在臨時基地周邊的無色霧濃度降低之前都有困難。我看還是把地下街的獵人派遣到地面上吧？」

「他們大多數人的契約前提都是在地下街活動，那樣很可能違約。我們也沒有權限憑一己的判斷改變工作場所，和那個遺物強盜交戰其實也在違約邊緣了喔。這提議行不通。」

本部正為了應付凱因等人而頭痛。雖然成功把他們趕出地下街，獵人這一方也損傷慘重。

如果是突發狀況還另當別論，已知強盜集團中最少有兩名穿著重裝強化服且持有高火力裝備，要派遣以掃蕩亞拉達蠍巢穴為前提的獵人們到地面上搜索並追擊強盜，這種命令完全超越了現場職員的權限。

況且強盜集團很可能已經逃離遺跡，遠走高飛。事到如今才搜索周遭恐怕只是白費工夫。

「沒辦法了。派人直接到臨時基地告知我們這邊的狀況。如此一來，都市的防衛隊應該就會出動吧。這樣接下來就歸防衛隊的管轄範圍了。選個條件適合的獵人，與之交涉後立刻要求出發。」

「我明白了。」

職員接到指示後，操作終端機開始查詢符合條件的獵人。

不能挑已經派遣到地下街深處的人，把人叫回本部很花時間。隸屬於多蘭卡姆等獵人幫派的人也不行，若要指示契約之外的行動，除了與本人談妥，還要與幫派的負責人交涉，很花費時間。

以個人身分接受委託、位在本部附近、臨時改變工作崗位也對現場影響甚微。當職員尋找符合條件者，運氣很好地馬上找到了合適的人選。

職員立刻前去與那位獵人交涉。

◆

阿基拉再度向職員確認指示內容。

「……所以說，我只要帶著租借終端機前往臨時基地就好？」

「沒錯。正確來說只要靠近到可通訊的範圍就好，這樣終端機會自動與臨時基地聯絡。」

職員如此拜託阿基拉。

「拜託啦。只要東西送到，你今天就可以收工了。況且你好像也接受過治療，身體還沒完全恢復吧？你就早點結束工作，回去好好休息吧。只要回程途中順便去一趟臨時基地就好。」

內容聽起來純粹只有好處，阿基拉感覺自己的運氣變好，為此感到欣喜。阿基拉接受他的請求，馬上開始準備回家。

來到大樓外，跨上停在旁邊的自己的摩托車。今天的最低時數還有大半，但因為與職員交易，今天的剩餘時數都視作已經消化。這樣的交涉成果讓阿基拉覺得自己終於轉運，心情十分愉快。

『只要到臨時基地，今天的工作就結束了。早點回到旅館好好休息吧。』

阿爾法也笑著點頭。

『就這麼辦吧。強化服的狀態也不太好，情況允許的話之後最好能送修。如果可以在靜香的店裡先做些應急修理就好了。』

『那回程也得去一趟靜香小姐的店。』

騎著摩托車前往臨時基地。為了輸送攻略地下街所需的物資，從臨時基地至此的道路已經完成撤除瓦礫等工程，騎起來相當輕鬆。這樣很快就能抵達。阿基拉這麼想著，稍微放鬆了。

情報收集機器顯示的搜敵結果受到無色霧的影響，嚴重惡化。不過這裡是地表上，有阿爾法的輔助應該不成問題。阿基拉這麼認為，就沒有特別留意。

將駕駛摩托車交給阿爾法，他開始回顧今天的種種事件。與矢島交戰、與詩織交戰，他再度體認今天戰鬥的嚴苛。

接著他回想起第一天和昨天都很累人，發現累人的日子接連不斷。他一想到明天以及剩餘的契約期間也許都會同樣辛苦，就有些煩惱。

今天也累壞了啊——阿基拉的心境已經放鬆到無意識地覺得今天已經告一個段落。

今天還沒結束。

摩托車車身突然旋轉九十度，並且壓低到幾乎要翻覆的程度，藉此強行減速。前後兩輪削過地面般橫向打滑，劇烈摩擦發出刺耳聲響。緊接著再度急遽加速，讓前進方向硬是呈直角扭轉。

突如其來的事態讓阿基拉無法反應過來，驚慌失措。

『阿爾法！到底怎麼了……！』

阿基拉不由得轉頭看向阿爾法的臉，表情霎那間凝固。阿基拉跨坐在側向傾斜的車身上，當他看向地面的相反方向，映入眼簾的是碧藍天空與部分崩塌的高樓大廈，還有這個瞬間正朝著自己撒落的大量小型飛彈。

一瞬之後，無數飛彈擊中周遭一帶。穿過大氣，在空中畫出飛行軌跡，擊中後接連爆炸。

原本就半毀的大樓開始倒塌，鋪設完善的道路也被炸毀。轉眼間，周遭一帶被爆炸引發的烈焰與煙塵吞噬。

不久後爆炸聲平息，瀰漫的煙霧也漸漸消散。最後剩下的只有新誕生的瓦礫堆。

◆

凱因與涅利亞站在與小型飛彈的彈著點相隔一

段距離的位置。

內部已經空無一物的飛彈倉自凱因的重裝強化服分離，猛然墜於地面並發出沉重巨響。

在地下街因為尺寸過大而無法使用的裝備，來到地面上就能正常發揮。一般來說，沉重的小型飛彈倉會搭載於專用車輛或戰車上，但只要有凱因的重裝強化服，就能輕鬆裝備。

凱因心情愉快，因為用大量小型飛彈炸飛敵人的快感，再加上排除了妨礙遺物搬運的因素。

『原本還傷腦筋要怎麼殺掉待在地底下的這傢伙，沒想到他居然會自己跑出來！運氣真好！這樣控制裝置應該就能解鎖了吧？』

另一方面，涅利亞的態度一如平常。

『雖然準備了不少入侵地下街的手段，這下都用不到了。哎，能省去麻煩是不錯。』

凱因透過強化服的攝影機看自己一手打造的情景，確信阿基拉已經死亡。他用光一整個飛彈倉，徹底轟炸周遭一帶，目標不可能還活著——他這麼認為。

『涅利亞，運輸車的封鎖解開了嗎？』

涅利亞將強化服的攝影機接收的影像傳到運輸車的控制裝置。事先在途中裝設了小型中繼器，藉此化解了無色霧帶來的通訊障礙，只是要聯絡比臨時基地靠近許多的運輸車，通訊還不成問題。

接下來只要死後報復委託程式分析影像，並且認定阿基拉已死，控制裝置就會解除封鎖。涅利亞確認了分析結果。

『……不行啊。還沒解除。』

『為什麼啊？剛才那樣擺明就是殺掉了吧？』

『別問我。要不是程式無法順利判別他已經死了，就是他其實還活著。凱因，你去那附近找出屍體。只要送出身首異處的影像，一定能通過認證吧。想大肆轟炸是無所謂，但要是讓程式因此無法分辨對象死亡，那可就是你的錯喔。』

『我知道啦。我找就是了，少囉嗦。』

凱因動身前去尋找阿基拉的屍體。鋼鐵的反向關節踩扁細碎的瓦礫，在遺跡內部前進。行進途中，從半毀的大樓掉落的碎片直接打中他的頭，但他的重裝強化服毫髮無傷。

抵達阿基拉剛才現身的場所時，他以機體的攝影機確認周遭狀況。雖然找到了飛濺的血與一部分的身體組織，但找不到屍體。

『沒看到耶。』

聽見凱因的呢喃聲自通訊器傳來，涅利亞發出有些傻眼的聲音回答：

『什麼叫沒看到？一定是埋在瓦礫底下了嘛。看你要挖起瓦礫還是用情報收集機器找都可以。你的機體要搬動瓦礫也很輕鬆吧。』

『我知道啦，等一下。』

凱因用巨大的手抓起瓦礫，朝路旁丟過去。他輕易拋出的瓦礫撞上地面，發出那個重量應有的巨響。

瓦礫底下找不到阿基拉的屍體，但是全毀的摩托車就倒在下面。嚴重損毀的車身證明了小型飛彈的威力。

『那傢伙的摩托車在這裡。一定就在附近。』

『找到摩托車也沒用，找出他本人。』

『正在找了啦！』

凱因這時有點後悔，剛才為了排解煩躁，選擇了過於激烈的攻擊方式。

他重整心情，尋找阿基拉的屍體。為了找出埋在瓦礫底下的屍體，他將機體的情報收集機器的分析範圍縮小，以提升精密度。另外還將可能降低情報收集精密度的物體朝路旁一一扔出，同時放眼掃視周遭。不過他沒有找到阿基拉的屍體，也沒有找到相關痕跡。

『……找不到啊。被氣浪炸飛了嗎？』

他這麼想著，漸漸擴展情報收集機器的範圍，但依舊找不到任何蹤跡。

如果找不到阿基拉的屍體，就無法驅動運輸車。凱因由於焦急與煩躁，有些自暴自棄地一口氣擴展了偵測範圍。於是在稍遠的位置發現了可疑的反應。

『在那裡啊！』

凱因高興地將重裝強化服的頭部攝影機轉向該處。這瞬間，凱因短暫愣住了。

透過攝影機看見的影像中，阿基拉正架著CWH反器材突擊槍瞄準他。

◆

阿基拉受到凱因攻擊時，阿爾法首先盡全力採取閃避行動。

計算了所有小型飛彈的命中位置，判斷無法閃躲後，便朝著傷害最低的場所全速移動。

並且將阿基拉的強化服效能提升到最高，刻意讓摩托車翻覆，順勢使阿基拉的腳著地，順著慣性移動的同時將摩托車舉起當作盾牌。

遭受無數飛彈直擊，摩托車瞬間就化為廢鐵，但也因此防止了爆炸威力直擊阿基拉。再加上不抵抗爆炸的氣浪順勢向後跳開，減輕了衝擊力道，在身體重擊地面前採取防禦姿勢，盡可能降低了對阿基拉身體造成的損傷。

一切都在非常短暫的時間內，以近乎異常的精密度實行。一旦失之毫釐，阿基拉可能早就當場死亡了。阿爾法精確無誤地執行了所有動作。

儘管如此，阿基拉所受的傷害依然沉重。效能全開的強化服強迫身軀動作，對全身施加了強烈的負荷。雖然免於受到小型飛彈直擊，卻無法連爆炸威力的餘波都躲過。他被爆炸的氣浪轟飛，猛然摔在地面上。

所有負荷同時襲向他，他無法承受，失去了意識。在一瞬間的鬆懈就可能致命的狀況下，昏厥了長達數十秒。

即使如此，阿基拉免於死亡，終歸來說只是偶然，某種角度來說純屬幸運。只不過是這次的霉運還在阿爾法的輔助能勉強挽回的程度。

阿爾法的輔助，這份自從與阿爾法相遇就持續至今的幸運，維繫了阿基拉的生機。

阿基拉好不容易取回意識後，用迷濛不清又混亂的腦袋試圖理解狀況。但是儘管臉頰貼在堅硬的地上，他卻連自己正倒地不起都無法察覺。

（……怎麼了？……發生了什麼事？……我睡著了？……什麼時候睡著的？在哪裡？在家裡？我回到家了？……真的回家了？……還是移動中？）

阿基拉在混亂中重複沒有結果的自問自答。雖然混亂，但朦朧不清的意識漸漸恢復。直至此時，阿基拉發現有人正對他不停怒吼。

『阿基拉！快起來！阿基拉！不想死就現在馬上起來！』

阿爾法正在對自己怒吼。在過去的諸多危機中，不管自己多麼悲觀地看待狀況，阿爾法總是面露從容不迫的笑容。那樣的阿爾法正對自己怒吼。理解到這件事的瞬間，阿基拉的意識一口氣清醒。

他首先試圖起身。劇痛傳遍全身，這份痛楚讓他不禁皺起臉，但他不予理會，全力挺起身子。

『快對敵人反擊！就是現在！快點！』

在站起身的同時，阿基拉的手自動伸向掉在附近的ＣＷＨ反器材突擊槍。靠著強化服的輔助，硬是將朝反方向折彎的手指扳回原狀，抓住槍身。

至今的經驗告訴他沒有空檔喊痛。他明白如果不用最快的速度實行阿爾法的指示，接下來必死無疑。他鞭策不斷感到劇痛的身軀，動作盡可能配合在阿爾法的操縱下運作的強化服，迅速架起ＣＷＨ反器材突擊槍。

至於槍口前方的目標到底是不是敵人，阿基拉沒有絲毫懷疑就扣下扳機。

◆

在凱因試圖閃躲前，阿基拉的槍擊已經抵達。ＣＷＨ反器材突擊槍的專用彈命中重裝強化服的軀幹部位。這瞬間，閃光自彈著點朝四周迸射。

那光芒是由衝擊能量的一部分轉換而來，證明了機體受到名為力場裝甲的防禦系統保護。

在威力過剩的槍砲武器橫行的東部地區，正是力場裝甲的存在使得重裝強化服的龐大身軀不是偌大的標靶，而是威脅與恐怖的象徵，也因此其防禦力非常高。

儘管如此，中彈時的衝擊力還是讓凱因嚴重失去平衡，不過靠著重裝強化服的自動平衡維持裝置快速修正歪斜的姿勢，讓機體免於翻覆。

凱因著手反擊。以四條手臂各持一把重型槍枝，要將阿基拉連同周遭一切一併粉碎。以重裝強化服的力量為前提的尺寸、後座力與火力，這些重型槍枝擊發大量子彈。強力的子彈如狂風暴雨，輕易削切、粉碎彈道上的牆壁與瓦礫，恣意破壞。

但阿基拉在凱因的手臂開始動作的下一瞬間就

開始躲避，勉強避開了砲火的風暴，逃出生天。

這時涅利亞傳來通訊。

『凱因？發生什麼事？該不會有怪物出現？』

『是那傢伙！居然還活著！』

『是喔？你為了留下屍體，調整了飛彈的命中位置，結果他沒死透還有一口氣在？所以死前的最後掙扎打中你了？確實殺掉了嗎？』

『不是！那傢伙躲過了我的飛彈！而且還反打我一槍，剛才的攻擊也確實閃過了！力場裝甲的耐久度被削掉一大截了！』

『真怪。帶那種威力的子彈進地下街，也沒派得上用場的對手吧。』

『槍是CWH反器材突擊槍，子彈恐怕是那把槍的專用彈……為什麼會帶那種玩意兒進地下街？難道只有那傢伙是來狩獵戰車？太奇怪了吧！』

對抗亞拉達蠍用的子彈幾乎不可能突破凱因的重裝強化服的耐久度，但是CWH反器材突擊槍的專用彈就另當別論了。原本應該是憑著壓倒性的裝甲單方面攻擊的輕鬆工作，霎那間變成稱得上廝殺的危險情境。

不同於語氣慌張的凱因，涅利亞的口吻依舊鎮定。

『矢島在死前提過，說他也許遇見了都市的特務。或許就是那傢伙。』

矢島的準備工作有疏失，風聲走漏使都市方事先知情，至少讓都市方得以判斷遺物可能遭搶。

於是都市為了預防萬一，事先讓特務人員混進地下街的獵人之中。此外，膽敢與都市為敵者想必持有高性能裝備，因此要求特務事前預備了CWH反器材突擊槍的專用彈。

從涅利亞口中聽了這些推測，凱因回答時語氣慌張。儘管推測不符事實，但目前與現況吻合，兩人無從懷疑。

『如果這是真的，最糟的狀況下，都市的防衛隊會趕來喔。該怎麼辦？再怎麼樣也打不贏那些傢伙啊。』

『如果都市方真的嚴加提防，那傢伙應該不會單獨行動。換言之，只是預防萬一才派他過來。盡快殺了他就沒問題。幸好臨時基地附近的無色霧很濃，他應該沒辦法聯絡。還有時間。』

『快點殺了他，早點走人，對吧？』

『就是這樣。我們走吧。』

凱因與涅利亞開始追蹤阿基拉。在此處逗留可能落得與都市防衛隊交戰的下場，但收集到的遺物能換到龐大的金錢。就算防衛隊真的會來，只要抵達前還有空檔，他們就無法放棄殺害阿基拉。

已死的矢島正慢慢將阿基拉逼入絕境。

◆

阿基拉逃過了凱因的攻擊，在遺跡內部拚了命奔跑。摩托車已經毀壞，除了奔跑別無選擇。

循著阿爾法的指示移動的同時，吞下從八林那邊購得的回復藥。侵蝕全身的劇痛立刻就緩和下來，但單純只是鎮痛作用，依舊遍體鱗傷。

阿基拉以為自己憑著自身意志驅動手腳，但他的四肢已經無法聽從他的意思，實際上是靠強化服從外側支撐身體，藉此強迫身體奔跑。

『阿爾法！那傢伙挨了ＣＷＨ反器材突擊槍也沒事耶！』

『那是力場裝甲。自彈著點發出的光名為衝擊轉換光，力場裝甲承受來自外界的衝擊時，將一部分衝擊能量轉為光能……』

『不是啦！我想知道的不是技術解說，而是該怎麼應付！專用彈被擋下之後的應對方法！』

『只能期待對方也並非毫髮無傷，繼續開火射擊。』

『沒有弱點之類的嗎！』

『就現況來說，答案是沒有。』

阿基拉的表情變得更加凝重。

ＣＷＨ反器材突擊槍的專用彈用在這附近的怪物身上堪稱威力過剩，只要打中就幾乎確定能擊破目標。那威力讓阿基拉安心，不管什麼敵人只要打中就能贏。

但現在攻擊阿基拉的敵人遭到專用彈直擊，豈止沒有倒下，甚至立刻對阿基拉反擊。阿基拉因此驚魂未定。

『現在什麼也不要想，先拉開距離。把回復藥全部用完。只要我能辦到，我就會設法解決，就和過去一樣。』

『……說的也是。拜託了。』

『儘管交給我。』

阿爾法斷然回答，但是她並沒有微笑。

阿基拉在阿爾法的引導下進入半毀的廢棄大樓中，一路奔上三樓，來到對外視野較佳的位置。在這裡，他大量服用從八林那邊購得的回復藥。

阿爾法以認真的表情問：

『阿基拉，身體狀況怎麼樣？』

阿基拉命令手腳稍微動作後，面露苦笑。

『……不會痛，但也幾乎沒有感覺。雖然還會動，我實在不想去想像裡頭變成了什麼樣子。』

就算內部的四肢斷了，強化服還是能動。強化服底下的肉體狀態如何，不脫下強化服就無法確認。不過阿基拉也不想確認。

『你現在盡量不要動，盡可能讓回復藥的治療效果發揮到極限。一旦敵人追上來，就要在這裡迎擊。先做好覺悟。』

『……知道了。看起來應該逃不掉？』

『綜合對方的機動力、搜敵範圍、武器射程等條件來推測的結果，可說是非常困難。一旦被引誘到遮蔽物較少的開闊場所，就對方初次攻擊的表現判斷，勝算是零。現在這樣已經是我利用周遭的大樓、瓦礫以及之前騎的摩托車當盾牌，盡可能減輕傷害的結果了喔。』

『我完全沒有那時候的記憶，原來妳做了這些啊。』

『失去摩托車是最大的損失。如果摩托車沒事，還有逃走這個選項。不過要是為了保護摩托車而讓你死掉，那就本末倒置了，所以我當成必要經費捨棄了。』

『原來是這樣啊……要用跑的逃走，果然不可能嗎？』

阿基拉以打趣般的語氣問道，阿爾法也開玩笑似的回答：

『期待運氣好，對方的機動力剛好非常低；運氣好，對方的搜敵範圍剛好非常小；運氣好，對方武器的有效射程剛好也很短；運氣好，對方剛好已經用完子彈，然後投身勝算極低的賭局，試試全力逃走？』

阿基拉苦笑。

『還是算了。我已經決定往後不要期待遇見阿爾法以外的幸運。』

自己遇見阿爾法已經耗盡畢生剩餘的幸運，所以偶爾會做些看似善行的舉動，藉此補充微不足道的運氣。靠著一絲幸運與阿爾法的輔助，在隨時都可能喪命的獵人工作中度過一天又一天。

再加上阿爾法也提過類似的事，阿基拉其實還算相信這種說法。

總有一天，自己會遇上憑阿爾法的輔助也無法應付的不幸，憑自己的運氣和實力絕對不可能與之抗衡而死去。阿基拉無意識地這麼認為。

當然阿基拉會抵抗到底，也有要抗戰至死的覺悟。

但是這種想法中不只有「就算是沒意義的掙扎也要掙扎到底」的意志，也包含了「恐怕不管怎麼掙扎也無法影響結果」的念頭，那是一種近似聽天由命的態度。

阿基拉以念話回答，並且無意識地送出了這個念頭的一部分。並未化為言語的感情，並非故意地傳給了阿爾法。

阿爾法察覺那念頭，加重了語氣，擺出有點生氣般的態度。

『阿基拉，話先說在前頭，我一點也不覺得會輸喔。難道你以為我的輔助品質低得面對這種事態就束手無策了嗎？』

阿基拉凝視阿爾法，阿爾法也凝視著阿基拉。

阿爾法並非真的存在於此，只是擴增了阿基拉的視野，藉著影像繪圖讓身影彷彿在這裡。明知如此，阿基拉還是筆直凝視著阿爾法。

阿基拉眼中所看到的阿爾法的身影，只是一幅看起來正凝視著他的影像，並非真的以那雙眼睛看著他。

即使如此，阿爾法確實注視著阿基拉。

於是阿爾法笑道：

『阿基拉，做好覺悟吧。如此一來，一切都一如往常。』

那張笑容帶著平常的信賴。

看到那笑容，阿基拉精神的方向性從「面對毫無勝算的敵人抵抗至死」切換為「為了活下去而盡全力」。阿基拉輕吐一口氣，笑道：

『差點忘了，覺悟這部分是由我負責啊。知道了，我剛才是有點懦弱，不好意思。好！我做好覺悟了！』

為了在憑自身實力不可能生還的絕境存活，也為了突破過去已經屢次撞見的致命危機，阿基拉一如往常做好覺悟。

『就該像這樣。』

見到阿基拉的表情拋開了迷惘，阿爾法欣然微笑。那是內心與表情一致的笑容。

以自身的話語成功使阿基拉的意志轉往更好的狀態；基於自身的計算、推測、預測，成功控制、調整、誘導阿基拉的意志。阿爾法確認這一點，欣然微笑。

由於矢島的死後報復委託程式封鎖了運輸車，使凱因等人失去了移動手段。兩人為了解除程式封鎖而襲擊阿基拉，卻讓阿基拉逃走了。

然而凱因運用裝載於重裝強化服的高性能情報收集機器，輕易找出了阿基拉藏身的大樓。

『就是那邊吧？大概是認為在外頭跑步逃命會被我們追上，才逃進那裡頭吧？』

『八九不離十吧。這下省了你追我跑的工夫，就早點收拾掉吧。』

『說的也是。』

下個瞬間，凱因中彈了。

由於重裝強化服的力場裝甲，強烈的衝擊轉換光自中彈部位迸射。不過機體只是輕微失衡，基本上毫髮無傷。這是因為提防敵人的ＣＷＨ反器材突擊槍的專用彈，事先提升了力場裝甲的效能。

槍擊仍然持續。涅利亞躲到凱因身後。

『看來對方也想打一場。』

『瞧不起人啊！』

凱因的重裝強化服的控制裝置從中彈的衝擊推算出狙擊方向，緊接著將情報收集機器朝著該方向提升精密度，偵測敵人位置。緊接著以頭部攝影機確認了自大樓窗口架著槍的阿基拉的身影。

凱因驅動四條手臂，手中四挺重型槍枝飛快轉向阿基拉。大口徑的槍口高速擊出特大號的子彈，彷彿火砲齊射般的破壞力擊中大樓的側面。

若非大型的重裝強化服或人型兵器就無法駕馭

的巨大槍枝，射出的子彈威力就連厚實鐵板也能視同紙片般輕易打穿。如此強力的子彈高速連發。就算躲在牆壁後方，一般來說也無從抵禦。

不過，儘管遭受這等威力的侵襲，大樓牆面只受到稍微凹陷的損傷。

涅利亞感到意外般說：

「這大樓還真牢固，雖然可能只有外牆特別硬。是什麼時候的建築物啊？」

雖然統稱為舊世界的建築物，但建築類型繁多。隨著地區、場所與年代不同，文化與技術也都有明顯的差異。建造崩原街遺跡的文明的時期，至今仍無法正確得知。

涅利亞目睹大樓的牢固程度，感到好奇般如此思索，不過對凱因而言這一點也不重要。他不理會涅利亞那率直的疑問，大喊：

「誰在乎啊！怎麼樣！行了嗎？」

「不行。控制裝置的封鎖還沒解除。」

「又來了喔？可惡，到底是怎麼回事……」

凱因再次挨了一發ＣＷＨ反器材突擊槍的專用彈。躲過剛才那番攻擊後，阿基拉跑過大樓的走廊，從其他窗口再度狙擊。

「越來越囂張……！」

專用彈再度命中凱因，打斷了他的嘀咕。阿基拉預判對方的反擊會慢半拍，立刻射出第二發。

「……混帳東西！」

凱因重新站穩姿勢，開始反擊。涅利亞將凱因當作掩蔽，加入反擊。足以讓尋常戰車全毀的大量子彈朝著阿基拉剛才現身的位置飛去，轟在大樓的牆面上。

濃密彈雨有一部分透過大樓窗口射進室內，在通道的牆面上打穿無數彈孔。

◆

當大量子彈自窗口衝進室內，阿基拉按照阿爾法的指示快速移動並完全躲過。

大樓內部的牆面比外牆脆弱，遭到子彈一番濫射幾乎崩塌。阿基拉見狀，表情緊繃。

『哪門子的威力啊！要是被那種東西打中，別說是原型了，連碎片都不剩吧！』

『雖然比不上ＣＷＨ反器材突擊槍的專用彈，不過應該有近似價格的威力。』

『我的槍只能單發，對方可以連射。我只要中彈就沒命，對方中彈了卻只是稍微搖晃一下。簡直亂七八糟。』

這把槍在地下街發揮了堪稱場合錯誤的過剩威力，現在卻成為只能讓敵人稍微跌跤的武器。

儘管如此，這把槍依然是阿基拉的生命線。憑著使用強裝彈的ＡＡＨ突擊槍，不管再怎麼發射，也會如雨傘擋下雨滴般全部被彈開。現在還得依靠它才行。

不知該欣喜還是該怨嘆，阿基拉短暫迷惘後，看著手中這把槍苦笑。

『之前聽人家說有這把槍和專用彈，連戰車都能獵殺耶。』

『但沒人告訴你不管什麼戰車都能打倒吧？』

『話是這樣說沒錯，但是打中了看起來也沒效果，我會忍不住懷疑自己的攻擊有沒有用啊。到底有多少效果？應該還是造成損傷了吧？』

『大型機體的能源供應器也比較大型。恐怕將大部分的功率都耗用在力場裝甲上了吧。雖然乍看之下不管打中幾發都不起作用，每次命中肯定都強迫對方消耗大量能量。射擊確實有效果，你就別想太多繼續開槍就對了。』

『知道了。』

不管效果高低，既然可用的手段有限，只能持續下去。阿基拉壓低姿勢，滑行般在走廊上移動，前往下一個狙擊位置。

留意著不讓敵人發現並在通道上奔馳的同時，阿基拉突然產生疑問。

『……話說回來，他們也太快找到我了吧？明明有這麼多廢棄大樓，為什麼會被發現？』

『恐怕是以高性能的情報收集機器偵測的結果吧。』

『咦？現在不是無色霧特別濃嗎？』

『無色霧確實會干擾收集情報，不過那只是無法偵測遠方的事物，如果只要調查附近的狀況，精密度不會下降得那麼明顯。』

『等等，我剛才拚命跑了很久。應該拉開好一段距離了吧？』

『問題出在追蹤方法。』

由於凱因的攻擊，爆炸煙塵等物質附著在阿基拉的身體上。只要阿基拉移動，這些物質就會微量殘留於該處。藉由高性能的情報收集機器偵測到飄盪在周遭的痕跡，只要循著反應的線追逐下去，要查出移動目的地並非多麼困難。

阿基拉聽了這些說明，理解了原因般點頭。

『……所以終究逃不掉吧。果然搜敵非常重要啊。』

『哎，現在用這個方法無法掌握阿基拉的精確位置。你就安心開槍吧。』

『了解。搜敵就靠妳了。』

『儘管交給我。』

阿基拉壓低身子在通道上移動時，眼中清楚看見位在牆外的凱因兩人。拜阿爾法這項輔助所賜，將身體從窗口探出並瞄準凱因兩人所需的時間，能縮短到極限。

要是慢條斯理舉槍後再瞄準敵人，阿基拉根本不會有空檔能閃躲凱因的反擊。面對裝備與實力都明顯在自己之上的敵人，阿基拉就如同過去，靠著阿爾法驚人的搜敵能力與之抗衡。

一瞬間的遲滯就會奪走阿基拉的性命。為了維持那一瞬間的空檔，集中所有注意力，甚至能感受到體感時間的扭曲，在這般狀況下反覆進行千鈞一髮的狙擊。

身影在窗口暴露的時間非常短暫，飛快射擊凱因之後就立刻躲藏，連忙趕往下一個狙擊位置。屢次重複的每一次狙擊只要其中一次有了閃失，阿基拉就會死。

在賭上性命的打地鼠遊戲中，阿基拉扮演著地鼠那一方。

◆

凱因扮演玩家追打阿基拉這隻地鼠，他等待阿基拉為了開槍而從窗口現身的瞬間。

握著重型槍枝的四條手臂分別瞄準了四個不同的窗口，等待阿基拉現身。命中的機率是四倍，不過窗口數量多於凱因的手臂數量。儘管凱因完全靠直覺來選擇要瞄準的窗口，不過只要阿基拉從其中一個窗口探出頭來，阿基拉就必死無疑。

再加上凱因受到力場裝甲的保護，就算沒猜中而正面挨了阿基拉的槍擊，也不會喪命。他有本錢一次又一次重新挑戰。

面對壓倒性有利的賭局，凱因態度從容不迫。

第一次沒能猜中。從其他窗口挨了阿基拉的射擊，中彈的衝擊力讓機體搖晃。雖然立刻反擊，但阿基拉在凱因將槍口轉向他現身的窗口之前就再度藏身。

『沒猜中啊。再來。』

再度從其他窗口遭受阿基拉的攻擊。來不及反擊。

大型重裝強化服的手臂相當沉重，手中拿著的巨大槍枝也有符合其尺寸的重量。再加上大型能量產生器的功率著重於力場裝甲，瞄準窗口的動作也變得稍微遲緩。

『又來了。再來。』

凱因承受阿基拉的攻擊，同時不斷嘗試反擊。

凱因原本覺得只要下次打中就好，但是屢次猜錯窗口之後，他的語氣也越來越激昂。

『再來……再來……再來一次！……混帳！再來一次！』

凱因只要猜中一次阿基拉選擇的狙擊窗口就夠了。猜中一次就贏了。

但是他遲遲猜不中。單純以期待值來計算應該足以殺害阿基拉三次了，但是一次也不曾猜中。

凱因原本以為單純是運氣問題，但實際上並非偶然。因為阿爾法事先告訴阿基拉正確的窗口。

阿爾法憑著那搜敵能力分析凱因的射擊姿勢，從槍口的方向精準預測彈道，事先就完全看穿了凱因選擇的窗口。同時她還指示阿基拉前往最容易躲過對方攻擊的安全位置開槍。

凱因之所以無法察覺自己的選擇被對方以某種手段看穿，是因為儘管有阿爾法的精密輔助，阿基拉的閃躲依舊險象環生。

如果自己的攻擊屢次被輕易躲開，凱因自然難免心生懷疑。但見阿基拉表情緊張地拚命逃跑，對當下狀況起疑之前，會先浮現可惜、只差一點的念頭。阿基拉的實力不足讓凱因遲遲未能察覺異狀。

『可惡！可惡！可惡啊！』

『凱因，你很吵。你要大呼小叫的話先把通訊切斷。』

『涅利亞！妳也專心瞄準啊！』

『我正在做了。我也同樣被躲過了。不過居然能躲這麼久，看來能殺掉矢島靠的是真本事吧？也許那孩子真的是都市的特務喔。』

涅利亞從她自己口中吐露的感想開始推測。

『如果真是這樣，他應該用了某些手段看穿我們的動作？剛才能在你的飛彈攻擊下存活，還有現在的攻擊全被識破，都是這個原因？』

凱因聽了，忍不住驚叫道：

『什麼意思啊？就算那小鬼真的是都市的特務，也無法解釋他能躲過我們的攻擊吧？因為是都市的特務，帶著高性能的情報收集機器，用那機器偵測我們的動作？不可能啦。』

覆蓋這一帶的無色霧雖然不濃，依舊有影響。若在這種環境還能精準判讀兩人的攻擊方向，這麼高階的情報收集機器恐怕是在最前線使用的裝備。這種猜測未免太過天馬行空，凱因反駁涅利亞的推測。

不過涅利亞繼續說道：

『不，不是這個意思。哎，不過效果上類似就是了。』

涅利亞的語氣像在賣關子，凱因以難掩煩躁的語氣追問：

『所以到底是怎麼一回事？快說清楚。』

『崩原街遺跡的設備有一部分目前仍在運作，這點小事你也知道吧？看看遺跡深處聳立的摩天大樓就很明白了吧？那附近似乎有在舊時代非常重要的設施，不過現在依然有強力的防衛兵器守衛，沒辦法靠近就是了。傳聞中，久我間山都市的最終目標，就是奪取那座設施。』

『這種小事我也知道。不過和這個又有什麼關聯？』

『聽說都市的部隊從崩原街遺跡帶回的舊世界遺物中，有個裝置能鉅細靡遺地即時顯示遺跡整體地圖……又好像是連接那個整體地圖的技術……到底是哪個啊……』

『這和那小鬼到底又有什麼關聯了？不要兜圈子！』

『真是腦袋不靈光的男人。我剛才不是說了？鉅細靡遺、即時顯示遺跡整體。你也知道舊世界技術有多異常吧？說不定連我們射出的子彈，每一顆都能精確顯示。站在這裡的我們當然也不例外。』

『……所以？』

『簡單說，也許那張整體地圖可以當作崩原街遺跡專用的超高性能情報收集機器使用。只要分析那份數據，或許就能知道我們正瞄準哪個窗口。』

『……妳是說真的？』

『只是推測而已。也許沒關聯，不過當初這傳聞流傳的時期，有另一個傳聞，那就是崩原街遺跡的怪談之一，誘惑亡靈。用某種方法連上那張整體地圖，就會看見亡靈，被附身而死的傳聞。』

圍繞誘惑亡靈的傳聞其實不少，涅利亞所說的則是其中之一。

『說不定就是因為都市想獨占崩原街遺跡的利益，為了隱蔽已經外流的連接手段，才刻意釋出這種傳聞。所以說，也許都市的特務就擁有未公開的連接手段……』

涅利亞有些愉快地述說自己的知識。這時她注意到凱因的沉默，語氣納悶地問道：

『……凱因？喂，凱因？』

凱因突然扯開嗓門。

『…………竟敢瞧不起人！』

打地鼠遊戲中的地鼠事先就知道鑽哪個洞會倒楣。如此解釋的凱因為了發洩被對方玩弄在股掌之間的氣憤，展開了重裝強化服的武裝。

『看我把你炸飛！』

於是他像是要發洩心中所有激動的情緒，從武器釋放猛烈的砲火，要阻塞地鼠出沒的每個洞口。

◆

阿基拉正朝下一個狙擊位置移動時，阿爾法以緊張的表情指示：

『阿基拉！立刻往大樓更裡側的方向逃！』

同時操控他的強化服，讓他跑向大樓內側的房間。阿基拉並未違抗動作，從該處全速逃走。

阿基拉快速跑過各種物體凌亂散落的房間，盡可能遠離剛才置身的通道。從阿爾法的表情察覺了危險程度，阿基拉拚了命奔跑。

晚了一瞬後，阿基拉後方傳來無數的爆炸聲，爆炸烈焰與氣浪肆虐。被炸飛的瓦礫從阿基拉身旁飛過，隨後爆炸的煙霧吞噬了他的身影。

◆

凱因的重裝強化服上裝載的兩具飛彈倉射出了大量飛彈，全數命中阿基拉所在的大樓。

朝著大樓的側面，奔向阿基拉所在樓層的所有窗口，同時衝進大樓內部，撞上牆面並引發劇烈爆炸。由於飛彈的爆炸威力被壓縮在較為狹小的大樓內部，爆炸煙霧自窗口反向竄出。

涅利亞傻眼地說道：

『等等，你在做什麼啊？我說過了吧？萬一把屍體炸成碎片，也許會無法通過死後報復委託程式的認證。』

凱因大聲反駁：

『少囉嗦！如果是都市特務的裝備，遇到這種爆炸一定也能保住原型啦！』

『哎，也許真是這樣沒錯。』

『況且，程式應該已經認知到解鎖鑰匙的人物就在現場。如果那樣還沒判定死亡，是不是就代表認證功能根本沒有正常運作啊？話說結果呢？認證通過了沒？』

『稍等一下，我確認看看……沒有喔，認證沒過。』

『哼！根據程式的判斷，意思就是他還沒死是吧？矢島那傢伙為了不讓認證通過，絕對事先動了手腳吧。』

『就我的調查來看，認證功能沒有受到竄改的痕跡。』

涅利亞從凱因的態度理解了他煩躁的程度，輕嘆一口氣。

『……真沒辦法。我親自過去看看狀況吧。只要能在極近距離拍攝屍體的一部分，想必就沒問題了吧。萬一真的還活著，我就順手殺掉再回來。你待在這裡。』

『涅利亞妳要一個人去？』

『要是你又一陣狂轟把屍體炸得不成原型，那可就傷腦筋了。我來動刀比較確實。』

涅利亞的重裝強化服的後方開啟，半裸的女性從中現身。那端正的容貌要稱之為妙齡美女也不為過，造型有如藝術品的肢體包覆在布料面積狹小的半透明緊身衣底下。

裸露的肌膚上有數個連接端子的連接口，細長的傳輸線從連接口延伸到重裝強化服內部，一眼就能看出那身軀並非肉體。涅利亞與矢島同樣是義體者。

有些義體者只把自己的身體當成衣物，因此對於裸露肌膚沒有抗拒感。就像一般人會穿著款式符合喜好的衣物來妝點並展現自身，義體者之中也有人會活用人造身軀的優勢，展現美艷與豐滿。

此外，為了說服自身或他人儘管身體為人造物，但與肉體沒有差異，也有人會刻意增加肌膚裸露，還有人沐浴在煽情的視線下會產生自己的身體無異於肉體的安心感。

涅利亞的外觀同時滿足這兩者。

她從身上拆下傳輸線，舒展四肢般伸了個大懶腰，隨後抬頭仰望凱因。

「有什麼問題我會聯絡你。為防萬一，你就幫忙顧著大樓周遭吧。」

凱因用外部音響回答：

「知道了。妳打算像平常那樣不用槍嗎？如果要用，我的可以借妳喔。有點大把就是了。」

語畢，凱因像在炫耀自己的巨大槍械，稍微抬起槍示意。

涅利亞愉快地笑了。

「不用了。對我來說只會礙事。」

隨後她從自己的重裝強化服中取出裝備品的固定腰帶，裝備在身上。上頭已經插著數把看起來未開鋒的短刀，以及刀柄般的物體。

「我的強化服就先放在這裡，你可別亂碰喔。啊，要是有怪物出現就幫我趕跑，別讓我的強化服被弄壞了。」

留下這句話，涅利亞以義體的身體能力，在滿是瓦礫的地上發揮更勝一般車輛的奔馳速度。

◆

遭到凱因的小型飛彈攻擊造成的爆炸煙幕吞噬後，被炸飛的阿基拉狠狠摔在地上，俯臥倒地。

倒地的阿基拉挪動手臂。雖然身體有痛覺，意識仍然相當清楚。

「……又來了啊。這次可沒有昏過去。」

一天之內就被爆炸煙幕吞沒了兩次，他為此怨嘆的同時，讚賞自己這次的應對已經比上次像樣許多，並且撐起身體，正好與蹲下身子看著他的阿爾法四目相對。

『阿基拉，還有意識的話就快點起來。』

『知道了。』

阿基拉從阿爾法的表情理解到自己暫時逃離了致命級的狀況，但也理解他尚未脫離危險狀況。

『一起來就馬上使用回復藥。先不用移動，待在原地休息。』

『知道了。不過我記得回復藥已經用完了。』

『便宜貨還有剩吧？總是比沒吃藥好。』

阿基拉按照指示，從背包中取出了便宜的回復藥服用。隨後他不經意地讀了回復藥包裝盒上的注意事項，為之苦笑。

避免短時間內大量服用。包裝盒上如此明確記載。

『……這樣鐵定對身體不好吧。感覺會像之前被艾蕾娜小姐她們救的那次一樣昏倒。』

阿爾法輕聲笑道：

『如果和那次一樣，你昏倒也是在打倒敵人，狀況安全之後。就期待能得到同樣的結果吧。』

『說的也是。』

捏扁已經空無一物的藥盒並隨手拋棄。這樣一來，連便宜的回復藥都用完了。回復效果只剩殘留於體內的份，在治療當下的傷勢後那些藥效也會消失。下次再受重傷，就會直接成為致命傷，奪走阿基拉的性命。

阿基拉靜靜待在原地，盡可能提升回復效果時，突然萌生疑問。

『阿爾法，話說他們為什麼攻擊我？妳有什麼頭緒嗎？』

『很遺憾，我也不知道。這只是猜測，他們大概是你在地下街殺掉的那傢伙的同夥。他不是說過，就算自己死了，夥伴也會為他復仇嗎？也許他在死前用某種方法傳達了消息。』

『那些傢伙還真夠義氣。如果真是這樣，只要他們以為剛才的攻擊殺了我，就會回去了吧？換作是正常人應該已經死了吧？』

『你已經好幾次受到正常人應該會死的攻擊卻沒死，還動手反擊。只要沒有確定殺掉了、絕對已經死了的證據，他們或許會追殺到底。』

『差點忘了……早知道就待在地下街還比較好。真是不走運。果然就是那個原因嗎？因為想捨棄人質害運氣變差了？反正最後人質也活著，何必這麼計較呢……』

阿基拉險些就相信了自己隨口呢喃的話語，猛然嘆氣。阿爾法目睹他的模樣，也面露苦笑。

◆

已經進入大樓內部的涅利亞在通道途中停下腳步。

涅利亞的義體內含情報收集機器，當下也對周遭持續搜敵。但是性能低於重裝強化服的裝置，要調查大樓內部顯得力不從心。

（受到無色霧的影響，精密度也大幅下降，這種程度的話還是乾脆關掉比較好吧。）

因為內藏的情報收集機器停止運作，涅利亞只能靠著模仿五感的感測器來觀察四周，搜敵的精密度大幅下降。

儘管如此，涅利亞還是愉快地笑著。這份從容來自於她悄悄帶來的遺物。她將原本裝在運輸車上的一部分遺物偷偷據為己有了。

而且涅利亞剛才對凱因提起的可連接崩原街遺跡地圖的連線裝置也包含在內。

（沒想到這麼快就有機會用上。讓我瞧瞧性能怎麼樣。）

涅利亞啟動了那具連線裝置，轉換從中取得的資訊後，適用於自己的擴增視野。於是大樓整體的狀況鉅細靡遺地擴增顯示在她眼前。

一如預期的效果讓涅利亞笑意更深了。

（很順利啊。因為把顯示範圍侷限於這棟大樓，加上限制數據大小，憑我的處理性能似乎也能應付。不過數據量還是相當大就是了。）

一般就算能啟動連線裝置，也無法將取得的數據反映於自身義體。這是出自涅利亞極度高等的處理技術。

（數據量這麼大，沒辦法與情報收集機器同時使用啊。哎，也無所謂。接下來就找出那孩子吧。人在哪裡呢？）

雖然範圍僅限於這棟大樓，現在的涅利亞就像是得到阿爾法輔助的阿基拉，能清楚看見牆後的狀況。當然她馬上就找到了阿基拉。

於是涅利亞看到阿基拉他們，稍微露出訝異的表情。她立刻聯絡凱因。

『凱因，你那邊有狀況嗎？』

『什麼狀況也沒有。妳呢？找到那傢伙的屍體了嗎？』

『凱因，死後報復委託程式的認證判斷沒有

錯。那傢伙還活著。』

『妳說什麼！』

『那傢伙恐怕真的是都市的特務。大概用了少年型的高性能義體吧。就是用那具義體的能力，防禦或閃躲了你的攻擊。』

『為什麼都市的特務會刻意用少年型的義體？性能會比成人型低吧？至少性價比應該會下降。』

『大概是為了隱瞞特務身分，躲藏在小孩獵人之間吧？聽說地下街裡頭有不少多蘭卡姆底下的年輕獵人。』

『原來是這樣啊……所以說，都市事先就掌握了一定程度的情資，為防萬一才派了特務潛伏吧。風聲是從哪裡走漏的？』

『誰曉得。不過，那傢伙會自己離開地下街，大概就是為了向臨時基地報告我們的襲擊。因為無色霧造成通訊障礙，才會親自跑這一趟吧。』

『能在半路上逮到他，是我們夠幸運吧。只要攔住他，待在臨時基地的防衛隊就會更晚抵達才對。話說該怎麼辦？如果是都市的特務，實力恐怕非比尋常喔。』

『當然是殺掉。這還用問？你以為我會輸嗎？你就待在那邊看守周遭，我立刻就收拾他。』

『知道了。動作快。』

涅利亞切斷通訊後，再度看向阿基拉他們，面露意外卻也愉快的從容表情。

「話說回來，原來有兩個人啊。所以會逃到這裡並非偶然吧？為了和同伴會合才刻意來這裡？」

涅利亞的視覺捕捉到位在好幾面牆壁後方的阿基拉，以及他身旁的阿爾法的身影。她之所以沒有告訴凱因，是因為她想到一旦告訴凱因，也許他會發現她擅自竊占遺物。

「哎，不管有幾個人都沒差。」

阿基拉受到凱因的攻擊，逃進大樓內側，用完剩餘的回復藥，為了盡可能治癒傷勢而一動也不動。這時他突然注意到阿爾法的裝扮變了。

『阿爾法，為什麼要換服裝？』

『心血來潮想穿和你同款的裝扮。怎麼樣？』

阿爾法的服裝看起來像是將阿基拉的強化服調整為女性用款式。阿基拉和阿爾法在性別和體格都大不相同，因此款式也非完全一樣，不過基本設計相仿，一眼就能看出是同種類的製品。

『妳要這樣問，我也答不上來。普通吧？』

阿基拉回憶起阿爾法身穿舊世界製強化服的模樣。那是裸露程度超越大膽，讓人不禁受到文化衝擊的設計。

和那打扮相比，現在的阿爾法看起來非常普通。舊世界強化服有著配合豐滿胸部設計的凹凸部位，那裡還有用途不明的開口。和那種設計相較之下，這服裝不會令人特別在意。

阿爾法的反應顯得有些傻眼。

『普通……我看你在這方面還是多學習一點比較好喔。』

『妳這樣講我也沒辦法，況且也不是現在該討論的事情吧。』

『這倒也是。那就來談符合現況的問題吧。阿基拉，其中一個敵人進入大樓內部了，是重裝強化服比較小型的那個人。較大型的那個在大樓四周把守。』

阿基拉的緊張升高，服裝的問題自腦海消失。

『他們果然不會就這樣收手啊。不過雖然妳說比較小型，其實也很大吧？那具機體就這樣擠進來了？』

『對方先脫下強化服才進來的。引誘敵人進入狹小場所，使其強化服失效的作戰計畫奏效了。不過，這招能削弱對方多少實力還是未知數。對方應該是判斷沒有強化服也能殺掉你，才會進入大樓內部。』

擁有那種程度的裝備，卻判斷不需要那套裝備也能殺害阿基拉，進而親自進入大樓追殺。阿基拉為此感到戰慄，同時也做好覺悟，刻意以樂觀態度看待。

『那跟穿在身上的戰車沒兩樣，光是能剝掉那件強化服就很夠了。如果沒有強化服，用ＣＷＨ反器材突擊槍的專用彈打中，應該就能殺掉。』

剛才的對手就算打中也無法分辨是否有效果，還得磨耗精神反覆狙擊，兩者相較之下要好上太多了。阿基拉這麼想著，認為有勝算而萌生希望。

在阿基拉的希望經過樂觀的推測轉為願望之前，阿爾法叮嚀：

『目前只是有勝算，你並沒有因此占上風。不要鬆懈了。』

『我知道。對方比我厲害，我不會鬆懈。』

阿基拉繃緊神經般堅定地答道。

阿爾法滿足地微笑。

『要盡可能引誘對方進入夠長的走廊，從走廊另一頭狙擊。要不停移動直到適當的位置。』

『現在對方在哪裡？』

『在那邊。』

阿爾法指向涅利亞。雖然那個方向只有牆壁，但在阿基拉的擴增視野中清晰顯示了隔著數道牆的涅利亞的身影。

阿基拉提高面對強者的警戒心，但是與涅利亞之間的牆壁與距離，加上對方應該看不見自己的想法，讓阿基拉的警戒心有了一絲鬆懈。

然而下一瞬間，阿基拉立刻提升警戒。因為他和隔著數面牆壁的涅利亞四目相對。涅利亞正看著阿基拉，面露笑容。

『趴下！』

阿爾法的叫聲響起時，阿基拉全速撲向地面。阿爾法控制的強化服與阿基拉自身動作兩者吻合，以驚異的速度壓低姿勢。

前一刻，阿基拉看到了涅利亞正要揮出短刀的模樣。

短刀的刀身長度就連涅利亞眼前的牆面都無法觸及。就算短刀砍中了牆壁，牆面牢固得足以抵擋凱因的重型槍械的子彈。而且阿基拉和涅利亞之間隔著好幾道牆，就常識來看，就算涅利亞揮刀也砍不到阿基拉。

儘管阿基拉腦海中這麼想，卻反射動作般選擇閃避。遭到一刀兩斷的寒意湧現，讓他遵照自己的第六感行動。

阿基拉的第六感——來自無法自覺的思考領域的判斷，主要有兩個原因。

第一，因為涅利亞的動作沒有絲毫迷惘。她的動作顯露她心中確信站在那裡也能砍中對方。

另一點則是源自經驗，過去阿基拉也做過類似的舉動。

下一瞬間，涅利亞快速揮動短刀後，散發藍白光芒的刀身射出光之刃。帶有切斷能力的光波化為閃光之刃疾馳，不只是眼前的牆壁，就連大樓的外牆都在一瞬間被切斷。

阿基拉勉強躲過了那道光波。光刃自阿基拉背部上方極近距離處通過，將他揹著的背包連同內容物一併切斷。

阿基拉倒地時，背包中的物品紛紛灑落。彈匣連同子彈被切斷。被切斷的子彈切口異常平滑，散發著經過細心打磨般的光澤。

光刃似乎單純切斷，或者是消滅了通過路徑上的物體。

『居然帶著那種武器……不，她是想盜取地下街遺物的盜賊同夥，有這種武器也不奇怪吧。』

雖然讓對方脫下了重裝強化服而降低防禦力，攻擊卻變得更加劇烈了。阿基拉這麼想著，表情凝重地撐起身體時，注意到在地上擴展開的血液。

（……血！被砍中了？不是躲過了嗎？）

阿基拉連忙確認自己的身體，但身體完好無缺。那到底是誰的血？阿基拉心生疑問，抬起臉，表情頓時凍結。

「阿爾法！」

染紅地面的大量血液，來源正是軀體被一分為二的阿爾法。

◆

涅利亞以舊世界製的短刀結束攻擊後，透過擴增視野看著倒地的阿基拉他們，愉快地笑了。

「得手了！……不對，只砍到行李？……哎，也沒關係。反正殺掉他的夥伴了。」

釋放了所有能量，迎來極限的短刀刀身無聲地崩解，朝地面掉落的同時化為塵埃，在落地之前如輕煙般消失無蹤。

「是說居然能躲過剛才那招，果然對方應該也能掌握我的動靜啊。」

涅利亞從阿基拉的動作判斷對方和自己一樣能

掌握敵人的位置與動靜。若非如此，就無法解釋他如何躲過剛才那一擊。

涅利亞神色愉快地丟掉只剩刀柄的短刀。

「真是的，都為了殺你消耗了一把遺物，結果居然還活著，你這條命還真是值錢啊。」

隨後她雙手握住腰帶上的其他短刀。短刀只有刀柄，上頭沒有刀身。

「哎，也無所謂。我還有其他舊世界製的武器能用。」

涅利亞控制雙手的刀柄，於是自刀柄流出的液體金屬無視重力般形成刀身。銀色液體沿著刀身流向刀尖，隨即凝固，如此不斷延長刀身，最後形成了刃長約兩公尺的長刀。

「等著吧，我馬上就切碎你。」

涅利亞將雙手上的長刀揮向眼前的牆壁。銀色刀刃有如切割果凍般割裂牢固的牆壁。

朝著刻下割痕的牆面，涅利亞發揮義體的身體能力使出猛烈的踢擊。已被切斷的牆面承受了踢擊的衝擊力而猛然碎裂，四散紛飛。

涅利亞穿過洞口進入房內，接連割裂並破壞她與阿基拉之間的牆壁，臉上掛著笑容，朝著目標一直線前進。

◆

並非實體，純以影像構成的存在；沐浴在槍林彈雨中也應該毫髮無傷的存在。這樣的阿爾法現在身軀被一分為二，躺在自己流出的血泊之中。

目睹不可能發生的情景，見到不願相信的模樣，阿基拉完全忘了敵人的存在，放聲大叫。

「阿爾法！」

他慌張地跑向阿爾法，想抱起她的上半身。然而他的手穿過了阿爾法的身體，觸及地面。

『冷靜下來。我的外觀只是模擬影像，你忘了嗎？』

異樣混亂的阿基拉聽見阿爾法一如往常的說話聲，因而恢復理智。阿爾法依舊上半身與下半身分離，只有頭部轉向阿基拉並露出微笑。

『如果我擁有活生生的肉體存在於此，直接遭到剛才攻擊的下場——你現在看到的只是模擬的結果。』

阿爾法呈現慘遭腰斬的淒慘模樣，但那只是影像，就本質來說無異於更換服裝。

阿基拉理解了阿爾法平安無事後，放心似的放鬆了表情，但臉上立刻又浮現疑問。

「為什麼要這麼做……？」

阿爾法想必不是單純為了嚇阿基拉才選擇這個模樣，肯定有某些用意。他這麼想著而繼續提問，但阿爾法制止了他。

『之後再問。我沒事。戰鬥進行中，敵人接近中。只要理解這些，準備迎敵。對了，我的模樣會維持這樣一段時間，但是對話一切正常，對你的輔助也沒有影響。這方面你大可放心。』

敵人。聽見這字眼，阿基拉也切換了意識。他拋開所有疑問，將意識集中於正逼近自己的敵人涅利亞。

阿基拉迅速起身，對著涅利亞舉起ＣＷＨ反器材突擊槍，但是大樓的牆壁阻擋在那個方向上。阿基拉短暫躊躇後，瞄準涅利亞的身影扣下扳機。

專用彈伴隨著轟然巨響命中極近距離的牆壁。彈著點大幅凹陷，放射狀的龜裂自彈著點向外延伸。但是損傷僅止於此，就連一個洞都沒打穿，更別提擊中涅利亞。

牆壁之牢固令阿基拉感到吃驚。

『還真硬！那傢伙是怎麼劈開這牆壁的？』

『她用了舊世界製刀刃。你以前也用過吧？』

阿基拉以前曾經用舊世界製的短刀，將襲擊他的人連同大樓牆壁一併斬斷。但當時他砍的只是隔著一面牆的對手。

涅利亞不只割裂了複數的牆壁，甚至連同能擋下凱因攻擊的大樓外牆都割裂。涅利亞使用的遺物性能比阿基拉之前用的還要高出數階。

『舊世界製的刀刃啊。拿在敵人手上還真是有夠棘手，該怎麼辦才好？』

『只能想辦法讓敵人進入彈道上。要來了喔。不知道靠你的強化服能跟上對方的動作到什麼地步，但鐵定無法免於非常粗暴的操控。你就咬緊牙關忍耐吧。』

『知道了！拜託至少在我的手腳斷掉之前先收拾掉啊！』

阿基拉自暴自棄般回答。回復藥已經完全用盡，下次挑戰極限恐怕真的會撕裂阿基拉的四肢。

阿爾法維持遭到腰斬而倒地的姿勢回答：

『我會盡力。』

阿爾法的話語聲聽起來和平常站在自己身旁沒有兩樣，這讓阿基拉稍微恢復鎮定。他恢復些許從容，輕笑後回嘴：

『這句話拜託妳回答得像平常充滿自信啊！』

『別擔心啦……就算稍微斷掉，只要還穿著強化服就有辦法走回去。』

阿基拉警戒著涅利亞，凝視著那個方向，看不見現在影像呈現倒地模樣的阿爾法的表情。

不過她肯定就像平常那樣，露出有幾分彷彿在捉弄人的微笑吧。阿基拉沒來由地這麼想著，面露苦笑。

◆

涅利亞劈開了無數面牆壁，在大樓內筆直前進，最後終於來到阿基拉所在的房間隔壁。

涅利亞能看見牆後的阿基拉。阿基拉與牆壁保持距離，舉著槍等候涅利亞現身。

他就在等她切開牆壁進入房間的瞬間。這點小事涅利亞也明白。

涅利亞在牆壁前方停下腳步，愉快地笑著。

「既然你呆站在這種地方，就表示你認定同樣的招數我無法再度施展吧。你沒猜錯，我手上已經沒有那類遺物。要是在砍了你同伴時你也一起去死，那就簡單多了。真是的，讓人多費工夫。」

涅利亞舉起雙手上的長刀。

「你的槍沒辦法隔著牆壁攻擊我。我的刀雖然能砍斷牆壁，但距離上不能把你一刀兩斷，所以彼此就此陷入僵持狀態。也許你正這麼認為？」

隨後她當場跳舞般旋轉一圈並揮動長刀。觸及與牆壁一樣堅硬的物體，銀色長刀同樣輕易穿透般割裂。

「只要繼續僵持不下，一旦無色霧隨著時間飄散，通訊狀態恢復之後，就會有夥伴來救你，只要撐到那時候就好。也許你正這樣想？不好意思喔，我們現在有點趕時間。」

涅利亞將一條腿向上抬高過頭，妖豔地笑道。

「所以我馬上就過去你那邊。」

隨後她使勁將腿往下壓，踩在地面上。被畫出圓形刀痕的地板因為衝擊力而朝樓下墜落。涅利亞面帶微笑，隨著地面一起墜落。

◆

阿基拉看見位在同一樓層的涅利亞往樓下墜落，短短一瞬間面露狐疑的表情。

但在他察覺涅利亞行動的意圖時，表情便立刻緊繃。他幾乎在察覺的同一時間向後跳開原本的位置。

晚了一瞬，銀色刀刃自地面伸出。刀刃切斷了觸及的所有物體後，縮回樓下。刀刃切斷的物體包含房間的地面與空氣，再加上阿基拉的些許瀏海，以及阿基拉心中「位在房外的涅利亞無法砍中自己」的幻想。

涅利亞以雙手的長刀自樓下攻擊阿基拉。憑著義體的身體能力跳到天花板的高度，在半空中朝著位在天花板另一側的目標出刀。

涅利亞雙手中握著的銀色長刀的銳利度，就連足以承受ＣＷＨ反器材突擊槍專用彈的牆壁都能輕易割開。憑阿基拉的強化服當然無法抵禦，一旦被砍中，就會和牆壁一樣被割開。

阿基拉拚了命閃躲自地面衝出的銀色刀身。不只是阿基拉本身，ＣＷＨ反器材突擊槍也不可以被砍中。一旦失去攻擊手段，勝率就會降低到教人絕望。

先前將強化服的效能全開，加上絞盡力氣毆打矢島時，別說是殺害了，就連剝奪戰鬥能力都辦不到。涅利亞恐怕也相同吧。阿基拉認為那絕非赤手空拳能勝過的對象。

涅利亞的長刀自由自在地切割地面，為了割裂阿基拉而緊追不捨。阿基拉則是使出渾身解數不停閃躲。

若是尋常的刀刃，不斷切割材質堅硬的地面，刃部很快就會損耗，漸漸失去銳利度。

但是這兩柄銀色長刀是舊世界的遺物，是舊世界的技術結晶。儘管涅利亞屢次切割地面，銳利度也不會因此降低。

長刀是將特殊的液體金屬以力場定型。每次揮動就會重覆融解與定型，保持最佳的銳利度。

阿基拉正遭到來自地面下方的連續攻擊。無法反擊。地面和牆壁同樣非常堅硬，就算用ＣＷＨ反器材突擊槍的專用彈射擊，子彈也只會嵌進地面。再加上就算想瞄準位在正下方的涅利亞，過長的槍身也會撞上地面而無法瞄準。現在他只能專心走避，盡可能不斷閃躲。

將自己的性命放在最優先，千鈞一髮的閃躲不停持續。一旦被砍中就會喪命的身體雖然重要，一旦軌道暢通就能殺死對方的ＣＷＨ反器材突擊槍也很重要。萬一這把槍被破壞，對方鐵定會回到同樓層，盡情揮刀砍向阿基拉。

因為閃避時懷著這種想法，ＡＡＨ突擊槍成為銀刀的犧牲品。長刀的速度就像切過幻影般，彷彿並未遭受任何阻力，將堅硬的金屬塊一分為二。鏡面般的切口映出阿基拉的臉龐，臉上的表情因為那堪稱異常的銳利度而緊繃。

『阿爾法！這樣下去我的腳會撐不住！』

阿基拉為了閃躲涅利亞的斬擊，屢次重複急加速與急減速。負責動作的關鍵部位——雙腿承受著莫大的負荷，痛覺之外的感覺早已經麻痺。極限已近，無論是肉體或是強化服都不例外。

阿基拉語氣慌張，兩相對照之下，阿爾法的聲音依然鎮定。

『要忍耐。沒事的，還沒斷掉。就快了。』

『妳的意思應該是反擊的機會快到了吧！不是說我的腳已經快要斷了吧！』

『那當然。反擊後的狀態無法保證就是了。』

『拜託妳保證！』

『有點難度啊。』

雖然有反擊的機會，代價也許不小。阿基拉這麼解釋，露出非常厭惡的表情，同時繼續拚命閃躲涅利亞的斬擊。

◆

涅利亞一次又一次試圖斬斷阿基拉，但每一次都被躲過。不過她對此雖然感到震驚，臉上卻仍舊掛著占上風的笑容。

乍看之下，涅利亞只是一味追殺阿基拉，但她揮出的斬擊除了直接攻擊，其中一部分隱含了其他目的。

她的目的就是對天花板加工。她在切割天花板——也就是阿基拉腳底下的地板時，循著巧妙的角度出刀，使得部分地板雖然與周遭地板分離，但因形狀卡住而不至於墜落。

涅利亞打算引誘對方進入該處，從立足點下方使出踢擊，使敵人無法動彈。將阿基拉連同地板一起踢飛，使他在半空中架式瓦解而無法閃避，趁機一刀兩斷。

完成事先準備後，她調整了對阿基拉使出的斬擊方向，誘使他的閃躲方向朝著她設下的陷阱。

若不朝著容易閃躲的方向移動，就會無法躲過而被砍成兩半。阿基拉只能順著對方的意圖移動。

就在阿基拉來到陷阱正上方的瞬間，涅利亞加深笑容，猛然跳躍。在半空中使出了活用義體性能的強烈踢擊。位在正上方的阿基拉腳底下，已被切割分離的地板受到了威力足以彎曲鋼鐵的踢擊，因而裂開。

天花板承受強烈踢擊後，會按照涅利亞的計畫連同阿基拉一起向上飛——但事實並非如此。那塊天花板與其他地面已經完全分離，加上涅利亞以身體能力超越尋常強化服的義體使勁往上方踢擊，但已經與周遭切割的部分仍舊停留在原處。

「什麼！」

目睹出乎意料的事態，涅利亞露出驚愕的表情驚叫出聲。踢擊的反作用力令她失去平衡。原本應該被踢飛的部分停留在原處，使得踢擊的反作用力也跟著增加。

那部分原本就在涅利亞的斬擊下變得脆弱，這時又受到強烈衝擊，天花板化為碎裂的瓦礫，崩塌墜落。

涅利亞在墜落的瓦礫隙縫間，看到阿基拉和自己一樣在半空中失去平衡。而阿基拉的眼睛正直視著涅利亞。

◆

涅利亞對準加工完成的天花板，從下方猛然往上踢的同時，阿基拉也從上方踢向腳底下的地板。阿爾法識破了涅利亞的計畫，將計就計趁機反擊。

在踢擊地面的瞬間，阿基拉將ＣＷＨ反器材突擊槍朝正上方開槍。以強化服承受後座力，又將強化服的身體能力效能提升到極限，兩者力量合而為一踢向地面。

阿基拉這次踢擊的威力與涅利亞以戰鬥用義體使出的踢擊，兩者威力不相上下。

原本只是卡在原處的天花板被涅利亞踢了卻一動也不動，是因為也被阿基拉踢擊，上下同時受到衝擊。

阿基拉因為踢擊的反作用力飛到半空，在矛盾的時間感覺中，看著瓦礫以異樣緩慢的速度墜落。那些瓦礫不久前是阿基拉踩在腳底下的地面。原本就因劇烈攻擊而受損的地面這下化為大塊碎片，開始緩緩墜落。ＣＷＨ反器材突擊槍下一發子彈上膛所需的時間長得令人焦急。

阿基拉看見涅利亞的半透明身影浮現在瓦礫的對面。換言之，彈道被瓦礫擋住了。

（該怎麼辦？開槍也打不中那傢伙。繼續這樣會掉下去。墜落途中就會被砍？要怎麼閃躲？在半空中也無從施力。要怎麼辦……）

一瞬間的思考感覺似乎異常漫長，同時阿基拉的身體擅自動作。是阿爾法操縱他的強化服。

阿基拉靠踢擊的反作用力跳向半空中，兩腳踩在天花板。這個瞬間，他用雙腳踹了天花板，朝著樓下縱身跳躍。

同時他還將ＣＷＨ反器材突擊槍朝向正上方，扣下扳機。靠著擊發時的後座力，將阿基拉更加速朝正下方彈飛。於是阿基拉伴隨著他與涅利亞之間的瓦礫，一同往樓下墜落。

涅利亞為了在空中對阿基拉反擊，原本想將雙手上的長刀投向阿基拉，但是遭到高速飛來的阿基拉與隔在兩人之間的瓦礫猛烈撞擊，並未成功。

阿基拉與涅利亞劇烈撞擊樓下地面，反作用力將兩人彈向半空中。雙方都因為劇烈的衝擊力而鬆手放開武器。兩人在空中重新抓住武器，重整架式並落地。

阿基拉與涅利亞手持武器對峙。涅利亞的右手中握著只剩刀柄的長刀，阿基拉右手上也握著同樣的物體。

涅利亞看著阿基拉而笑。她笑著操縱右手上的刀柄，液體金屬再度自刀柄流出，形成銀色刀身。

「真是遺憾啊。只有刀柄你想做什麼？該不會以為只要握住就會自動長出刀身？舊世界的武器好歹也設有保險裝置，所以說，不知道怎麼解除就沒辦法使用。這可不是稍微調查就能得知……」

阿基拉無法使用這柄長刀。涅利亞如此認定而笑著，但是見到阿基拉右手中的刀柄同樣長出刀身，便面露意外的表情。

「……喔，原來如此。你也知道方法啊。這應該不是尋常獵人會知道的情報，機密程度也不低，就算你是都市的特務，照理來說應該也無法得知才對……你到底是什麼身分？」

阿基拉不知道，知道的是阿爾法。至於阿爾法為什麼知道，阿基拉不曉得，也沒興趣過問。

如果對方問自己的身分，自己只是平凡無奇的獵人。讓自己變得不尋常的是阿爾法。這件事無法說出口，因此他什麼也不能說。阿基拉只是保持沉默。

涅利亞將阿基拉的沉默視作拒絕回答。

「是喔？這樣的話，難得有這機會，可以至少告訴我你的名字嗎？這也算是一種緣分，我會記住你的。」

阿基拉短暫猶豫後回答：

「……我叫阿基拉。」

「喔，我叫涅利亞。我會記住你的名字直到你死為止。這個嘛，具體來說還有三十秒左右吧？」

下一瞬間，涅利亞滑行般縮短與阿基拉之間的距離，剛才壓低到幾乎觸地的刀鋒倏地向上揮。

阿基拉側跳閃躲。如果他看準刀身的長度選擇後跳，現在已經被砍中了。因為向上揮起的刀刃短短一瞬間伸得比原本長度更長。

涅利亞的長刀畫出銳角軌跡，追向側跳的阿基拉。阿基拉以右手的長刀防禦。刀刃劇烈碰撞，涅利亞的長刀在撞擊位置折斷。折斷的瞬間，銀色刀刃化為液體飛散。

涅利亞跨出箭步逼近的同時，刺出折斷的刀身。阿基拉壓低身子閃躲。剛才折斷的刀身在涅利亞突刺結束時已經恢復原本長度。如果阿基拉剛才退後閃躲，已經被銀色刀刃刺殺了。

阿基拉架式失衡，同時犀利地橫揮出劍。涅利亞向後跳開閃躲。阿基拉的長刀刀身沒有伸長。

兩人再度對峙。阿基拉臉上的表情異樣凝重；涅利亞臉上的笑容不失從容。她調整雙方之間的距離，面露意外的笑。

「一般來說剛才這招就該死了。你到底是什麼身分？你看起來知道這武器該怎麼閃躲啊，而且動作也像是明白用劍的技巧。一般獵人應該不會特地學這種技術才對。」

阿基拉沒有回答。不知道的事情，他也無從回答。

『阿爾法，反擊的機會要等到什麼時候？』

『目前暫且脫離了只能單方面挨打的狀況。其實原本的計畫是在墜落的同時用ＣＷＨ反器材突擊槍的專用彈擊中對方，但是瓦礫裂開的形狀不理想，計畫無法實行。很遺憾，運氣不太夠。如果運氣再好一點，彈道暢通，剛才就已經贏了。』

『我的運氣殘量真的所剩無幾了吧，難怪會一直遇到這種倒楣事。話說回來，為什麼我這把劍沒有變長？』

『因為組成刀身的液體金屬殘量太少了。可能是她從樓下攻擊你的時候，由於慣用手等等原因，武器使用次數有明顯偏頗。』

『我抓到的這把武器殘量比較少，是因為對方知道哪一把比較多，先選了那一把？還是單純只是二選一？』

『大概只是二選一。』

『這樣啊。我的運氣到底是怎麼搞的？』

『我也會盡力應對。』

『真的要麻煩妳了。』

當阿爾法也無法應付自己的霉運時，自己就會輕易喪命。也許狀況已經非常吃緊了。阿基拉沒來由地這麼想著，看著涅利亞依舊不改充滿自信的笑容，為了改變局勢，為了不死心地掙扎，為了盡可能扭轉劣勢，他想削減對方的冷靜而嘗試以挑釁的語氣說道：

「三十秒已經過了喔。」

聽見弱者的挑釁而心生煩躁，也許能稍微瓦解那游刃有餘的笑容，說不定能讓涅利亞的動作變粗心。阿基拉對此懷抱著不小的期待，努力擺出譏笑般的表情。

不過涅利亞依舊愉快地笑著。

「你因為能在我的記憶停留的時間變長而感到開心吧？我好高興。」

阿基拉的表情緊繃。

（……要怎麼思考才會冒出這種回答？）

聽見超乎想像的回答，讓阿基拉受到衝擊。反倒是涅利亞滿臉喜色地繼續說道：

「話說回來，你居然能那麼俐落地躲過我的攻擊，真讓我吃驚，刀劍戰鬥的技術甚至能和我對等。年紀還這麼小，真是了不起。或者你真的是用少年型的義體，實際上年紀不小了？哎，這不重要就是了。話說你有情人嗎？」

面對突如其來的突兀疑問，阿基拉以狐疑的表情反問：

「妳在說什麼？」

「如果沒有，要不要和我交往？我正好情人剛死了，現在單身喔。我喜歡厲害的人，你的實力無從挑剔。」

「還能開這種玩笑，看來妳覺得很輕鬆啊。」

阿基拉把涅利亞這句話完全當成玩笑，稍微取笑般笑著回應。

不過涅利亞開心地笑著。

「哎呀，我可不是在開玩笑喔。我是認真的，我真的在追求你。你決定怎麼樣？」

就算涅利亞的話是為了誘使阿基拉驚慌的謊言或演技，配合她搞不好會讓狀況有所改善。阿基拉這麼想著，納悶地反問：

「……妳的意思是，如果我和妳交往，妳就會饒我一命？」

對於這問題，涅利亞理所當然般果斷回答。

「不，我會殺了你。這是兩回事。我會殺了你以及你要和我交往，這兩件事完全不相關吧？」

涅利亞愉快地笑著，同時漸漸縮短與阿基拉之間的距離。阿基拉表情僵硬至極，緩緩後退。

聽著眼前的人口吐動搖自身常識的話語，阿基拉好不容易擠出看似苦笑的僵硬表情。

「妳在追求無論如何都要殺掉的對象嗎？腦袋該不會有問題吧？」

「會嗎？人就連長年陪伴身邊的摯愛都能殺死，要殺死剛開始交往的戀人也不奇怪吧。況且不管是悲劇或喜劇，你不覺得能和戀人互相廝殺是很難得的經驗嗎？這是足以讓人生遠離無趣的寶貴經驗。畢竟人生僅此一次，得多增添一些色彩嘛。」

不知道為什麼，阿基拉不覺得涅利亞在說謊。雖然他想過詢問阿爾法，但他打消了念頭，因為他不想聽阿爾法斷言她沒有說謊。

涅利亞口吐令人難以理解的思考，反倒讓阿基拉受到震懾。原本是為了讓對方失去冷靜才開始對話，現在卻成了反效果。

涅利亞臉上擺著咄咄逼人的笑容，繼續拉近與阿基拉的距離。

「所以呢？你怎麼想？」

為了抹消湧現心頭的些許恐懼，阿基拉以強硬的口吻斷然回答：

「……我拒絕！」

「是喔？真可惜。」

涅利亞面露看起來並非假裝的婉惜笑容，緊接著一口氣逼近阿基拉，出刀斬擊。阿基拉閃躲後反擊。

即便是足以承受CWH反器材突擊槍專用彈攻擊的物體，兩人使用的遺物也能輕易切開。如果一次也不曾使用，變賣可換得非常高的金額。

舊世界的遺物價格昂貴。儘管如此，一旦使用，消耗了必要的成分與能量等，價格也會隨之下降。萬一損壞，價格就會更加降低。

阿基拉與涅利亞為了奪取對方性命，不斷降低遺物的價值。隨著遺物的價值降低，對方的死亡、性命就有越多價值。換個角度來說，這是一場非常奢侈的互相廝殺。

第58話 撤退時機

涅利亞為了殺害阿基拉，進入大樓後，凱因持續看守大樓一帶。

透過重裝強化服配備的情報收集機器隨時偵測周遭狀況的變化，偵測結果顯示在他的擴增視野中。其中一部分正告訴他這一帶的無色霧濃度已經降低許多。

無色霧很快就要散了。這對凱因等人非常不利。無色霧正阻礙地下街與臨時基地的通訊，在無色霧散去使得凱因等人的存在被都市防衛隊發現之前，他們非得先撤退不可。

「太慢了。涅利亞到底在幹嘛？憑她的實力應該不會出問題才是……」

凱因對涅利亞的實力評價相當高。特別是在近距離戰鬥上，他認為鮮少有人能勝過涅利亞。

若是在無法使用重裝強化服的狀況下近距離戰鬥，憑她一人要殺光他們所有人也絕非不可能。憑她這樣的實力，應該馬上就會殺掉阿基拉回來。凱因原本這麼認為。

但是涅利亞前往對她有利的交戰環境，卻遲遲未歸。對凱因而言這已經稱得上異常狀況了。

不久後就會接到聯絡吧。在戰鬥中主動聯絡會妨礙到她。凱因如此判斷，避免主動聯絡。但是到了這個當下，他開始覺得狀況有異，便打消了這個念頭，聯絡涅利亞。

『涅利亞！到底還要多久！』

涅利亞以心情愉快的話語聲回應。

『凱因，現在我打得正開心。如果沒有急事，可以晚點再說嗎？』

『當然是因為有急事！無色霧漸漸開始散了！雖然要看設施的設備水準，但是最糟的狀況下，通訊也有可能已經恢復了。不要再玩弄獵物了，快點收拾掉！還是妳把屍體切得太碎了，認證手續很麻煩？』

『我才沒有玩弄獵物呢。我沒有那種興趣。』

『那是認證上出問題了嗎？矢島那傢伙果真動了手腳，讓認證絕對無法通過嗎？』

『也不是這個問題。』

凱因理解了涅利亞那邊的狀況，難以置信地呢喃：

『……不會吧。』

『就是你想的那樣。沒想到在這種場所打近距離戰鬥，居然有人能和我幾乎不相上下。也難怪矢島會被殺掉。他雖然比不上我，但也滿強的耶。所以他才會負責進入地下街啊。矢島也真不走運。就這樣了，我會分心，話就說到這裡，要切斷通訊了。晚點見。』

與涅利亞的通訊就此中斷。

凱因仔細審視自涅利亞的對話中得到的情報。

「……光是矢島被殺就已經偏離計畫了，再加上這種狀況。來自同志的情報有誤嗎？還是意料外的事態重重疊加造成的結果？無論是哪種狀況，計畫都需要修正。」

沒有人聽見凱因的自言自語。那口吻與他和涅利亞等人交談時判若兩人。

◆

涅利亞切斷了與凱因的通訊後，飛快衝上前去逼近阿基拉，出刀攻擊。

「讓你久等了，不好意思喔。我的夥伴剛才在催我，稍微講幾句話而已。會不會覺得很久？」

與凱因交談時，涅利亞與阿基拉保持距離。雖然不明顯，動作確實也稍微變得遲鈍。

也許對方也同樣漸漸逼近某些極限，因此拉開距離並觀察狀況？也許是認為這場戰鬥利益不符風險，正在考慮撤退？阿基拉原本萌生幾分期待，但他的期待馬上就被敲得粉碎。他表情緊張地應戰並回嘴：

「不用客氣，要聊多久都沒關係！」

涅利亞使出犀利斬擊的同時，面露魅惑的表情，發出誘人的嗓音。

「好無情喔，好冷漠喔。這種態度沒人會喜歡喔。」

「遇到喜歡和戀人互相殘殺的傢伙，我寧願沒人喜歡！」

「我才沒有那種興趣。我剛才不是說了？那是為了增添人生的色彩。枯燥乏味的人生真的很無聊耶。」

「很遺憾我現在就過著驚滔駭浪的每一天！」

「是喔？那就更該好好享受呀！」

涅利亞臉上掛著發自內心感到喜悅的表情，提刀斬向阿基拉。那具重視機動力更勝防禦力的戰鬥用義體柔韌地彎曲，兼具機能美與女性美的四肢使液體金屬的利刃飛馳。

當薄到彷彿能看見另一側的輕薄刀刃遇上堅硬的瓦礫，令人不禁懷疑瓦礫是否存在般輕易切穿，刀刃繼續奔向阿基拉。

阿基拉的四肢已經感覺不到痛楚，但並非因為回復藥的鎮痛功效。靠著強化服逼迫四肢動作，閃躲涅利亞的刀刃。對身體施加的負荷過重，一旦強化服的能量耗盡，他連一根指頭都動不了。

儘管現在正在戰鬥，大腦卻不停建議他立刻昏迷。阿基拉拚死掙扎，抵抗發自本能的自衛反應。

阿基拉的極限已近。相對來說，涅利亞仍餘力充足。若這樣的狀況持續下去，阿基拉幾乎可說必死無疑。

但是比阿基拉更早抵達極限的事物，改變了這樣的狀況。那就是阿基拉與涅利亞戰鬥的場所。

天花板已經被涅利亞屢次切割，再加上阿基拉與涅利亞的同時踢擊，破壞了其中一部分。地面也在兩人交戰過程中屢次遭到割裂，強度大幅下降。

首先瓦解的是天花板。崩塌的天花板化作大小不一的瓦礫，墜向阿基拉與涅利亞。憑兩人的實力要躲過這些瓦礫並非多麼困難。

但是，雙方同樣在等對方閃躲瓦礫而露出破綻，在這種狀況下就另當別論。雙方都明白那個破綻將會招致致命一擊。阿基拉和涅利亞都為了占上風，放棄閃躲朝自己墜落的瓦礫。

自天花板崩塌的瓦礫的撞擊波及了已經十分脆弱的地面。阿基拉與涅利亞兩人凝視著彼此，互相提防著對方的動靜，就這麼被捲進天花板與地面的崩塌之中。

◆

堆積在樓下的瓦礫一部分有了動靜。涅利亞推開瓦礫站起身。

「真是的，竟然打擾我們的幽會，真是不解風情的瓦礫。」

涅利亞看向握在右手中的刀柄，刀身已經不復存在。她再度操作刀柄想重組刀身，但銀色刀刃並未成形。

遭受衝擊而損壞、構成刀身的液體金屬耗盡、能源用完了，原因應是其中之一，總之就是派不上用場了。她將刀柄拋向一旁，確認周遭狀況。

看不見阿基拉的身影，大概被埋在瓦礫底下了吧。在那種狀況下，彼此應該同樣都無法閃避瓦礫並準備突襲——她如此判斷。

涅利亞掃視周遭時，阿爾法的身影映入眼簾。她的軀幹被一分為二，上下分離的身軀躺在瓦礫上頭一動也不動。

涅利亞自崩原街遺跡的地圖取得資訊並擴增顯示於視野中，她能看見阿爾法的身影。

（那是他的夥伴，那時殺掉的那傢伙吧。消耗了昂貴的遺物殺掉她沒有白費啊。雖然不知道她的實力強弱，但如果實力與他同等，2對1的條件下我已經輸了吧。）

涅利亞凝視著阿爾法。阿爾法的身影短短一瞬間從她眼前消失，隨即恢復原狀。剛才她短暫將視覺訊號的來源切換至單純只依靠義體功能。

（憑我義體的感覺器官沒辦法察覺她的存在，代表她裝備了相當高階的迷彩功能啊。就連周遭的血都看不見了，這種迷彩功能不同於單純的光學迷彩，恐怕是舊世界的技術。是認定對方絕對不會察覺自己，疏於防範而露出破綻，才遭到我那一擊命中吧？）

涅利亞判斷阿爾法是實際存在的，因為她確實看到了阿爾法被她一刀兩斷的樣子。

若只是影像就無法切斷。既然如此，對方肯定具有實體。涅利亞這麼認為。流出的血也十分自然，光從視覺判斷，沒有懷疑的餘地。

狀況確認結束後，涅利亞將視線轉向優先順序最高的對象，也就是阿基拉。他正從瓦礫後方緩緩撐起身子，隨後又癱軟倒下。

涅利亞搖搖晃晃地靠近阿基拉。涅利亞的義體也因為瓦礫崩塌，承受了劇烈的負荷。

「……哎，其他事就等之後再想。首先——」

涅利亞挑起嘴角淺笑。阿基拉手中並未握著長刀，而是以ＣＷＨ反器材突擊槍代替拐杖，試著站穩。

「——得殺了你！」

涅利亞朝著阿基拉拔腿奔馳。動作因為義體損傷而些微失衡，但她判斷要殺現在的阿基拉並不構成問題，決定繼續戰鬥，為了分出勝負，笑著拔腿飛奔。

◆

阿基拉爬出瓦礫底下之後，身體不聽使喚地倒下。他連忙想站起身，但身體動作遲緩，遲遲無法擺出迎戰架式。

為了應對涅利亞的攻擊，對阿基拉的身體與強化服都施加了劇烈的負荷。加上剛才遭到瓦礫崩塌波及，造成這般結果。

『阿爾法，身體不聽使喚。妳沒辦法控制強化服嗎？』

『很遺憾，現在辦不到。因為至今為止的劇烈動作和剛才的攻擊，強化服的一部分功能與控制裝置遭到破壞，現在強化服完全不接受我的指令。』

阿爾法對這套強化服的輔助大部分失效了。換言之，自己的戰鬥能力已經劇烈降低。理解這一點，阿基拉苦笑並咬緊牙關。

『偏偏在這時候。應該不是完全不能動吧？』

『由你來操縱沒問題，因為和我使用的指令系統不同。強化服的能量也還有剩，只要你還有想動的意志，應該就能動。』

『是這樣喔？所以身體倒地只是因為我的鬥志不夠？』

『各部位的損傷使得強化服較難駕馭也是事實。我這邊也會多方嘗試，想辦法繼續控制強化服。我會準備能反擊的破綻，在那之前你要用盡全力爭取時間。』

『了解了。拜託快一點。』

把躺在附近的ＣＷＨ反器材突擊槍當作拐杖，阿基拉勉強撐起身體。傳遍全身的劇痛不斷妨礙他動作。他咬緊牙根忍受疼痛，並且凝視著正在靠近的敵人。

涅利亞的義體效能已經大幅降低，儘管如此，她逼近的速度還是遠勝常人。

阿基拉舉起ＣＷＨ反器材突擊槍並扣下扳機。但是忍耐劇痛的同時又沒有阿爾法的輔助，舉槍的動作和剛才閃躲涅利亞的長刀時相比，慢得無法相提並論。

在阿基拉扣下扳機之前，涅利亞已經踢中了槍身。槍口被踢向一旁，自槍口衝出的子彈甚至無法擦過涅利亞，飛向全然無關的方向。ＣＷＨ反器材突擊槍也從阿基拉手中被踢飛，掉落在一段距離外的地面上。

涅利亞連環出招。阿基拉絞盡全力不斷防禦。

經過與阿爾法的訓練，阿基拉的格鬥技術有顯著的成長。不過尚未抵達足以對涅利亞反擊的水準。他只是拚了命不停防禦。

每次擋下涅利亞的攻擊，阿基拉的骨頭就嘎吱作響，肌肉纖維漸漸損傷。發現阿基拉只守不攻，涅利亞趁勝追擊，攻勢更加凌厲。

見到阿基拉的動作犀利程度低落到和剛才簡直判若兩人，涅利亞高估了對方的負傷狀況。

（剛才閃躲我的長刀時的靈敏度完全不見蹤影！看來傷害不小！在他重整態勢之前殺掉！）

原因單純只是失去了阿爾法的輔助，現在的動作才是阿基拉原本的實力，不過涅利亞無法得知這麼多，笑著繼續攻擊。

此時阿基拉待在原地招架涅利亞的猛攻。他沒有選擇逃離，並非單純提防涅利亞從背後襲擊，而是因為CWH反器材突擊槍就掉在一旁。

一旦逃離，那把槍就會落入涅利亞手中。屆時失去有效攻擊手段的阿基拉會失去所有勝算。

凱因正把守在大樓外頭，他裝備的重裝強化服足以承受CWH反器材突擊槍的專用彈。一旦敵人知道阿基拉失去有效的攻擊手段，凱因鐵定會毫不在乎中彈與否，直接來殺阿基拉。

阿基拉的眼睛與意識能及時應對涅利亞的攻擊，但是身體並非如此。疲勞與劇痛使動作遲緩，涅利亞的攻擊突破不夠紮實的防禦，更加折磨阿基拉的身軀。強化服本身也因為接連而來的高度負荷，漸漸開始損壞。

無論是身體或強化服哪一方先抵達極限，在那瞬間阿基拉就會被殺。

『阿爾法！我已經快撐不住了，妳剛才說要準備的反擊破綻還要等多久！』

『機會次數並不多，時機就快到了。你看她的背後。』

阿基拉看向涅利亞的背後。在距離涅利亞一段距離處，阿爾法站在那裡。

阿基拉不由得面露納悶的表情。涅利亞不會察覺阿爾法的存在，阿爾法就算出現在涅利亞背後也無法轉移她的注意力。況且沒有實體的阿爾法從她背後突襲也無法造成任何傷害。阿基拉無法理解阿爾法這麼做有何意義。

這時，涅利亞從阿基拉的表情與視線判斷有人出現在她背後，但是義體的感覺器官告訴她該處沒有任何人。

然而，涅利亞因為曾經砍中阿爾法，使她誤判自己背後有個迷彩性能高到義體的感覺器官無法捕捉的某人。

同時她透過連接崩原街遺跡地圖的連線機器察覺了位在自己背後的阿爾法的動靜。她也從對方的舉動即時判斷，對方尚未察覺她已經識破其意圖。

涅利亞瞬間轉身，順勢使出迴旋踢。正要從背後突襲自己的那人肯定始料未及，完美的一記反擊。涅利亞原本這麼認為。

涅利亞三度震驚。從背後突襲她的敵人，竟是自己認定已經確實殺害的敵人；擊中那人的踢擊沒受到任何阻力，穿透了對方的身體；就在她踢中空無一物之處而失去平衡時，阿基拉完美配合她架式瓦解的瞬間踢飛了她。一切都始料未及。

阿基拉以全力使出的踢擊將失去平衡的涅利亞整個人踢飛。涅利亞的義體構造並未脆弱到阿基拉的踢擊足以造成損傷，但是這一擊顛覆了狀況。

涅利亞陷入極度混亂。震驚與隨之而來的無數疑問充斥腦海，暫時剝奪了冷靜的思考能力。身體被踢飛並墜地撞擊瓦礫也無法平息這陣混亂，但是舉起槍口指向她的阿基拉與她四目相對，終結了她的混亂。

阿基拉踢飛涅利亞之後，飛快奔向ＣＷＨ反器材突擊槍，抓起了槍身。緊接著他以靈敏的動作舉槍，瞄準涅利亞扣下扳機。

擊發的專用彈直擊涅利亞的軀幹。腹部遭到粉碎，機械零件朝四周飛散。身軀從中彈部位被撕裂成上下兩半，上半身與下半身被中彈的衝擊力轟飛，分別倒在地面上。

阿基拉緊接著對涅利亞繼續射擊，一直射擊到彈匣中的子彈耗盡，然而他只破壞了涅利亞的下半身與雙臂，一發也沒有命中頭部。

那並非他故意為之。他雖然瞄準了涅利亞的頭部，但全部都射偏了。

阿基拉咂嘴。涅利亞是義體者，這是一目了然的事實。那麼最少也要粉碎頭部才能放心。

當阿基拉的踢擊命中涅利亞的時候，是阿爾法操縱著阿基拉的身體。那時阿爾法已經取回了阿基拉強化服的控制。

阿爾法沒有立刻恢復對阿基拉的輔助，是為了誘使涅利亞輕敵。就算有阿爾法輔助，若沒有涅利亞的鬆懈，在那狀況下阿基拉不可能出其不意。

多虧阿基拉在涅利亞的猛攻下展現超乎預期的毅力，阿爾法才能徹底找出對方的破綻。這份辛勞最後開花結果，阿爾法的計策奏效，阿基拉絕處逢生而逆轉情勢。

阿基拉也注意到阿爾法已經取回對強化服的控制，認為在射擊方面的輔助應該也恢復了。

但是不管怎麼射擊，都遲遲沒有命中涅利亞頭部。焦急與疑惑同時浮現在阿基拉臉上。

『……打不中！到底是怎麼了！』

『強化服的效能降低，開槍時的後座力使瞄準點偏移了。因為使用的是專用彈，後座力也很強。憑著幾乎損壞的強化服不可能駕馭那後座力。剛才能打中對方的軀幹，如果沒有我的輔助也幾乎不可能辦到喔。』

聽阿爾法如此說明的同時，阿基拉換彈匣。

『那該怎麼辦？』

『只能更靠近再射擊，不建議置之不理。雖然她變成這樣，只要再度穿上她在外頭裝備的那件重裝強化服，還是能發揮充分的戰力。』

『如果殺掉那傢伙，剩下那個人會不會直接逃走啊？』

『那當然是最好。』

雖然嘴上說著希望性的推測，但阿基拉和阿爾法都認為事情不會如願。

◆

凱因在大樓外頭持續戒備周遭。在這段時間內，無色霧的濃度下降到一般數值了。

臨時基地與地下街的通訊恐怕已經恢復。涅利亞也沒有追加聯絡。從這樣的狀況下，凱因做出了結論。

「該收手了。」

凱因的重裝強化服的背部敞開。乍看之下凱因並非穿著重裝強化服，而是被安裝在機體內成為控制裝置。只見凱因自內部彈出，原本雙手雙腳都摺疊起來，但他在空中伸展四肢，順利落地。

不同於重裝強化服的粗獷外觀，凱因的模樣非常纖瘦。手腳細長如昆蟲，軀幹也同樣纖長，頭部沒有頭髮和皮膚。那並非讓外觀逼近人類肉體的義體，一眼就能看穿他是戰鬥用改造人。全身與人類最相似的部位是有五根手指的雙手，不過就連雙手也是裸露的金屬骨架。

凱因的重裝強化服背部射出了重機槍和狙擊槍。兩挺大型槍都並非為了讓人類肉體使用而設計，從外觀就能理解其重量。

凱因用纖細的手臂各自輕易提起一把槍。只用單手就提起理應相當沉重的槍枝，但姿勢毫無歪斜之處，證明了他的身軀藏有從那纖細外表難以想像的高功率與高性能。

涅利亞的重裝強化服逕自開始步行。凱因見

狀，判斷涅利亞正從大樓內部遙控，確信自己的推測正確無誤。

凱因遙控自己的重裝強化服，將巨大的重型槍枝指向涅利亞的重裝強化服。自特大口徑的槍口射出的無數子彈，轉瞬間就將涅利亞的強化服化為碎片。

「抱歉了，這是為防萬一。要是留下線索就傷腦筋了。」

凱因將自己的重裝強化服留在現場，獨自一人離開大樓。

◆

涅利亞失去了下半身和雙臂，但依舊活著。涅利亞的身體是只剩頭部也能存活數天的義體，這種程度的損傷還不至於喪命。

但要問能否活著突破現況，答案近乎絕望。因為手持CWH反器材突擊槍的阿基拉正在靠近。

阿基拉打算確實殺死涅利亞。涅利亞之所以還活著，不是因為他打算慢慢折磨涅利亞，而是因為疲勞或受傷、裝備損壞等緣故，雖然瞄準對方的頭但遲遲無法擊中目標。這一點涅利亞也明白。

阿基拉舉槍、瞄準涅利亞的頭部扣下扳機、射偏而用力皺起臉、保持戒心更加靠近。他不斷重複同樣的流程。

照理來說，只要一口氣靠近到絕對不會射偏的位置，將槍口直接緊貼在目標的額頭上再扣下扳機，這樣就結束了。不這麼做的理由，單純只是阿基拉非常提防涅利亞。

因為對方的實力明顯勝過自己；剛才的戰鬥一直屈居劣勢；在沒有下半身與雙臂的狀態下，也無法斷言她已經失去戰鬥能力。這些要素造成的警戒，延遲了涅利亞的死期。

涅利亞在這狀態下依舊笑著。在阿基拉眼中，那表示在這種狀態下仍有勝算的從容不迫。阿基拉更提高了戒心，放慢靠近涅利亞的步調。

然而涅利亞並非因為有勝算才面露笑容。那笑容只是體現了她不將自身死亡視為特別事物的精神構造。一旦死了就到此為止，就這麼單純罷了。因為這樣的認知讓她依舊笑得從容。

不過涅利亞也不想死，她打算盡全力掙扎。儘管她不認為能趕上，還是遙控命令大樓外的重裝強化服靠近。

然而她與重裝強化服間的通訊突然中斷了。

（……我的強化服被破壞了？外面發生了什麼事？）

凱因對涅利亞發出通訊。完全是內部通訊，外界無法聽見。

『涅利亞，妳那邊狀況怎麼樣？』

『凱因？其實我這邊不太順利。不好意思，可以來幫個忙嗎？』

涅利亞回答得輕描淡寫，因為她必須盡可能提高改善狀況的可能性。

但是凱因輕易看穿了她的謊言。

『這樣啊。妳輸了吧。』

一旦正確告知現況，凱因就不會來救援。涅利亞知道這一點，以一如往常的態度否認：

『只是有點棘手罷了。你能動作快一點的話，我會很高興喔。』

但是凱因鎮定的說話聲傳來。

『妳的損傷最少也到了無法正常動作的程度吧？而且還是妳最擅長的近身戰鬥。若非如此，妳也不會呼叫在室內戰鬥會礙事的強化服過去妳那邊。對了，我已經破壞了妳的強化服，所以妳想等妳的強化服抵達也沒用喔。』

『哎呀，好過分。我應該有叫你別亂碰吧？』

『抱歉。我也有我的理由。』

涅利亞語氣平淡地說道，凱因也語氣平淡地回答。這之中有一種不只輕視他人性命，就連自身性命也置之度外的異常。

凱因繼續說道：

『哎，擅自弄壞妳的強化服是我不好。我會派我的強化服過去當作賠罪。』

『真是多謝了……派過來？』

『沒錯。只有我的重裝強化服會過去，用自動駕駛。我要逃了。在近身戰鬥能勝過妳的對手，我可不想交手。我順便設定讓它隨機破壞。無色霧馬上就要散了，接到聯絡的都市防衛隊可能已經來到附近。只要我的強化服大鬧一場，至少能成為吸引那些部隊靠近的誘餌吧。就這樣，自己保重。』

語畢，與凱因的通訊就此斷絕。涅利亞嘗試再度連接，但只是白費工夫。她有些傻眼地呢喃。

「……真是的，如果要把強化服派過來，至少把控制碼一起給我啊。」

涅利亞在死亡邊緣冷靜思考，摸索能夠活下來的最佳手段。阿基拉的子彈擊中涅利亞旁邊，讓她被轟飛一小段距離，不過她依舊不慌不忙，一點也不害怕地繼續思考。

「哎，就盡量試試看吧。」

將希望寄託在自己想到的計策上，涅利亞愉快地微笑。

阿基拉再度瞄準涅利亞的頭部扣下扳機。子彈擊中目標旁邊，衝擊力把涅利亞轟飛一小段距離。

『……又打歪了！』

阿爾法為了讓阿基拉冷靜，笑著對他說：

『冷靜一點。焦急的話，原本能打中的都會打不中。』

『不能靠妳的輔助來解決嗎？』

『強化服因為受損，處於不穩定的狀態。在這狀態下，要是我繼續增加粗暴的外部控制，有可能會讓強化服的動作發生異狀。說不定會扭斷你的雙臂喔，這樣也無所謂嗎？』

『別這樣。』

阿爾法已經變回平常的穿著，站在阿基拉的身旁。

阿基拉的槍擊破壞了涅利亞用來連接崩原街遺跡地圖的連線機器，現在涅利亞無法察覺阿爾法的存在。阿爾法也明白這一點。

阿基拉再度舉槍瞄準涅利亞。這時，涅利亞笑著開口，拉高音量讓阿基拉聽見。

「要是殺了我，你也會死喔。」

阿基拉毫不猶豫就扣下扳機。子彈的衝擊力讓涅利亞再度被轟飛一小段距離。儘管如此，涅利亞繼續說道：

「我的同伴背叛了我，想要把你連同我一起殺掉。他將重裝強化服設定為自動駕駛，命令強化服衝進大樓裡面。那傢伙的強化服裝載了能與敵人同歸於盡的自爆裝置，想逃也沒用。在殺掉你之前，它會追逐到底。一旦進入殺傷範圍就會立刻自爆，威力差不多足以炸毀整棟大樓，最起碼也能讓大樓倒塌。」

阿基拉毫不理會，靠近涅利亞並開槍。子彈擊中涅利亞的上半身，將她頸部以下的身體化為碎片。只剩頭顱的涅利亞因為衝擊力道飛了出去。

「若要阻止自爆，必須破壞強化服的控制裝置，或者介入控制裝置使之停止。要打穿那個的裝甲並且破壞位在軀幹某處的控制裝置十分困難，但是我能入侵強化服的控制裝置，停止它的機能。我現在已經開始介入了，正在持續阻止重裝強化服的自爆。殺了我就會立刻自爆喔。」

阿基拉不理會，靠近涅利亞並開槍。子彈擦過只剩頭部的涅利亞的耳朵，擊中地板。衝擊力讓涅利亞再度飛向一旁。

「這樣啊。那就隨便你吧。能和追求的對象死在一起，倒也不錯。」

語畢，涅利亞面露微笑。臉上掛著跟剛才對阿基拉求愛時同樣的笑容。

已經來到涅利亞不遠處的阿基拉走到她身旁，抓住只剩頭部的她的頭髮，將她向上提起。隨後與她四目相對，凶惡地瞪向她。

「有證據？」

「沒有啊。」

阿基拉問道：那不是為了保住性命的謊言嗎？妳怎麼證明自己說的話是真的？

涅利亞回答：沒有任何證明手段。如果不相信我說的話，要怎麼處置都隨便你。

究竟是事實還是謊言，阿基拉無法分辨。在阿基拉迷惘時，阿爾法表情凝重地發出指示。

『阿基拉，先移動再說。立刻開始。』

阿基拉遵照阿爾法的指示，抓著涅利亞的頭部連忙拔腿跑走。

大樓猛然搖晃。震動的來源是凱因的重裝強化服正硬擠進大樓的內部。

以自動駕駛動作的大型重裝強化服毫不介意機體的損傷，從大樓側面受損的部分，受到凱因的攻擊而變得脆弱的位置，硬是將那鋼鐵的龐大身軀擠進建築內。

任憑大型機的頭部與手臂嵌進大樓的天花板和牆面，以自身的重型槍枝破壞障礙物，朝著建築深處強行推進。完全不在乎剩餘的能量，無視安全標準將機體的力量提升到極限，以驚人的力量朝著阿基拉前進。

機體並未正確掌握阿基拉的位置，但因為無色霧消散，藉著功能恢復的情報收集機器，憑大致正確的精準度掌握阿基拉的粗略位置。

身高比樓層天花板高的大型無人機裝備的所有槍砲同時朝著阿基拉的方向濫射。自大口徑槍枝發射的特大號子彈不斷粉碎周遭的物體。

大樓的內牆不若外牆那樣牢固。碎裂的牆壁、地面、天花板化為瓦礫朝四周飛散。自動操縱的機體完全不考慮剩餘彈量，只會一味射擊直到預備彈藥全部耗盡。

阿基拉連忙逃離，躲過了凱因的重裝強化服的攻擊。他一面逃一面追問涅利亞：

「為什麼要追殺我到這個地步？還是說那只是你的夥伴為了逃離這裡才派來爭取時間？」

「不是啊。是因為不殺你就無法搬運遺物。」

「搬運遺物和我的性命到底有什麼關係？」

「你殺掉的那個叫矢島的男人把你登錄在死後報復委託程式了。如果不殺掉你，裝載遺物的運輸車就沒辦法發動。」

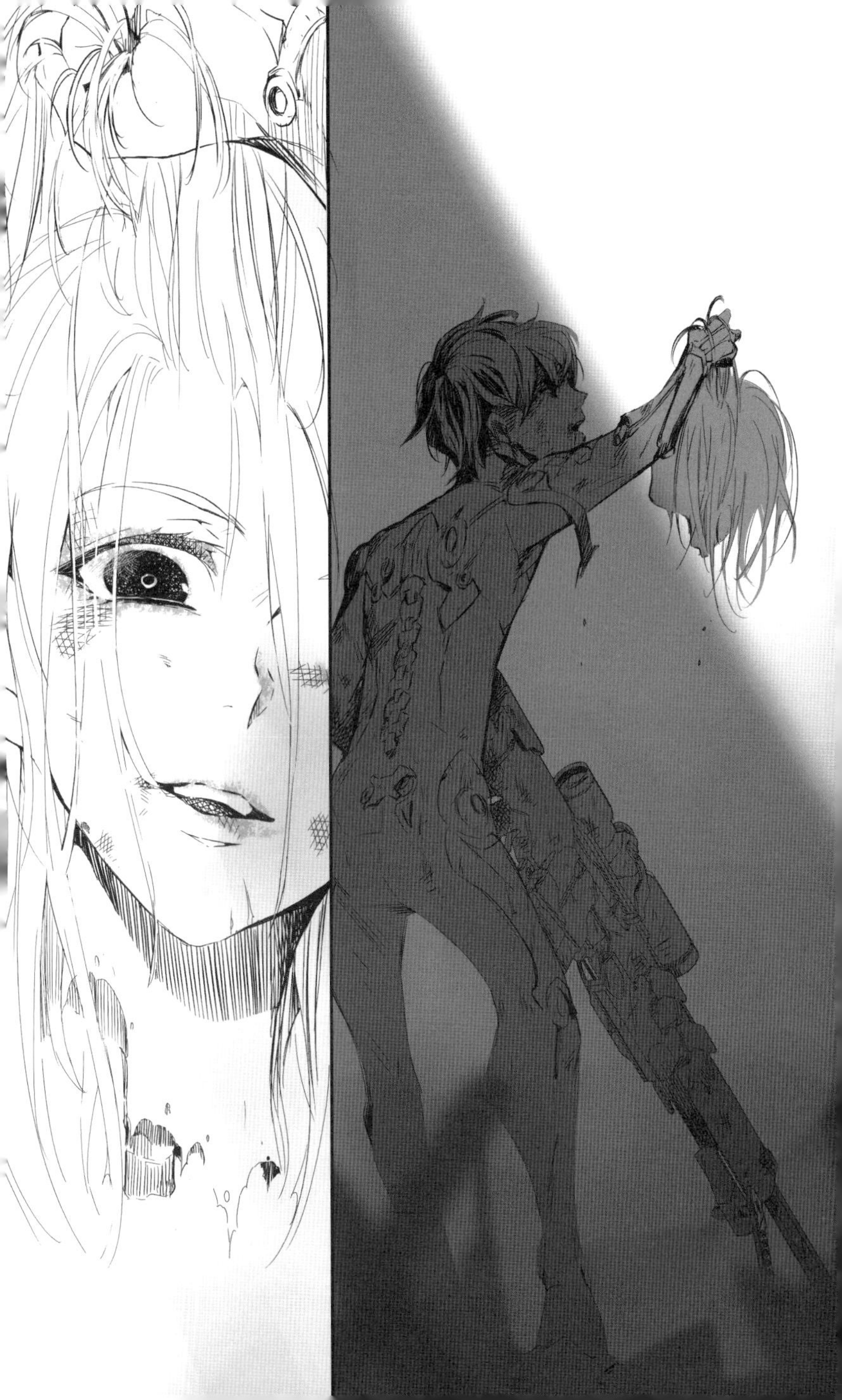

阿基拉回憶起自己殺死的矢島的言行。矢島曾經說過，就算他被殺了，夥伴也會為他復仇，原來那不只是口頭上的威脅。理解到這一點，阿基拉厭惡地皺起臉。

「……真煩人。真的有那種程式喔？」

「就是有啊。如果沒有這種理由，我也不會特地來殺你。既然嫌疑洗清了，和我做個交易吧。我來阻止凱因的重裝強化服，但你要救我一命。」

「……我直接逃走就好了。趁那傢伙被卡在大樓內部，離開大樓就足以逃掉。」

「你原本就是判斷逃不了，才會躲進這棟大樓吧？」

「如果妳真的能奪取那具重裝強化服的控制權，要怎麼保證妳在掌控之後不會攻擊我？只要殺掉我就能拿到遺物吧？」

「這部分只能請你相信我了。我都已經被打得這麼慘了，可不想再和你打下去。」

涅利亞雖然只剩下頭部，臉上依舊擺著一派輕鬆的笑臉。

「我和你都能保住性命，這筆交易還不錯吧？對了，我就退讓一步，不加上必須與我交往的條件吧。我沒有威脅別人與我談戀愛的興趣。」

涅利亞到了這地步還不忘記提起戀愛，令阿基拉表情僵硬。

『阿爾法，她剛才說的自爆裝置，妳覺得是真的嗎？妳某種程度能看穿對方的謊言吧？』

阿爾法微微搖頭。

『很遺憾，就和我之前說的一樣，要從表情判斷義體者的謊言非常困難，所以我只能回答不知道。啊，不過戀人云云應該是真的喔。』

『……這部分根本不重要。』

阿基拉苦苦思索。如果接受了涅利亞的提議，有可能讓好不容易逼入絕境的對手有機會逃走甚至反擊，但是逃到大樓外頭也不保證能存活。被凱因的機體輕易追上並殺掉的風險相當高。

『……賭一把拜託她，或是賭一把逃走……』

阿基拉迷惘時，阿爾法添加其他選項。

『還有一個選項喔。賭一把和它戰鬥。』

『但是只要戰鬥，它就會自爆吧？』

『這還很難說。』

阿爾法說明她的根據。

首先，機體是否搭載了自爆功能仍不明。假設真的有這功能，她也不一定能阻止爆炸。

在這個假設下，既然機體尚未爆炸，爆炸的殺傷範圍可能設定得相當狹小。只要與對方保持充分的距離，就有可能不會爆炸。

此外自爆方法也不明。也許是引爆裝載於機體內部的炸裂物，也有可能將機體的剩餘能量轉換為爆炸威力。

若是後者，機體的能量同時也消耗在維持力場裝甲上。只要用ＣＷＨ反器材突擊槍的專用彈持續攻擊，讓機體為了維持力場裝甲而耗盡剩餘能量，也許就能抑制爆炸的規模。如果一切順利，說不定還能破壞控制裝置。

阿爾法並沒有確切的證據，只是列舉出思考可及的其他可能性。不過選項確實增加了。

『拜託她，或是逃走，要不然就是戰鬥。三選一啊。』

『我能做的只有列舉選項。每個選項都含有大量的運氣要素，沒有一個特別建議。你來選吧。不管你怎麼選，我都會用盡全力輔助你。』

『知道了。』

阿基拉把只剩下頭部的涅利亞扔在地上。

「我會先掙扎看看再拜託妳。妳就在那邊等著吧。」

阿基拉拋下這句話便跑走。為了戰鬥。

只剩下頭顱的涅利亞在落地時恰巧頸部朝下。涅利亞看著阿基拉跑遠的身影，臉上掛著笑容。

凱因的重裝強化服是以自動駕駛行動，但舉動稱不上聰明。攻擊對象的指定並不明確，只設定為大樓內的某人或者某物，依靠情報收集機器尋找大略符合條件的目標，一味朝著該處開火攻擊。

自動駕駛程式並非明確認知阿基拉的存在並且攻擊，只是用機上的情報收集裝置找出人型的存在，依照事先設定的優先順序。

就算機體與對象之間遭遇阻隔也不會繞開，而是以手臂或槍擊破壞障礙物並前進。四條手臂所持的重型槍枝中，已經有兩把槍耗盡彈藥，成為純粹的鈍器。

阿基拉的視野經過阿爾法輔助擴增，眼中映著正於一段距離外大肆破壞的重裝強化服。從那破壞的手段，阿基拉也能立刻察覺一部分的武裝已經耗盡彈藥。

『看這樣只要等下去，它應該會自己把彈藥全部用完吧？』

『前提是它不會在彈藥耗盡的同時自爆。萬一這棟大樓倒塌可就不妙嘍。』

『感覺滿有可能的。沒辦法，只能上了。』

因為重裝強化服的狂轟濫射，大樓內部已經千瘡百孔。阿基拉躲在遮蔽物後方，反覆開槍射擊。

ＣＷＨ反器材突擊槍的專用彈直擊大型機的軀幹部位。在狹窄大樓內，大型機的機體移動時時受到瓦礫阻礙，因此動作相當遲緩。阿基拉的身體狀況雖然非常糟糕，如果只需要擊中動作遲緩的大型標靶，勉強還能辦到。

機體的力場裝甲防禦了專用彈的衝擊力，朝四周釋出巨響聲與衝擊轉換光。機體嘗試對阿基拉反擊，但因為手臂和槍身被瓦礫等物體卡住無法敏捷反擊，多虧如此，阿基拉輕易就能再度藏身。

阿基拉反覆開槍與移動，一次又一次將專用彈轟向目標。機體每次都為了反擊，朝四周胡亂射出特大號的子彈。牆壁碎裂，天花板崩塌，子彈四處飛竄。

乍看之下是阿基拉單方面攻擊對方，但對方射出的子彈每一發都足以致命。另一方面，凱因的重裝強化服儘管屢次遭到阿基拉的專用彈直擊，依舊毫不動搖地還手。

再加上阿基拉能藏身的位置被對方的攻擊粉碎而漸次減少。阿基拉從來不認為自己占了上風。

命懸一線的戰鬥持續到最後，突然間重裝強化服遭到專用彈直擊發出的中彈聲有了明顯變化。能量不足使得力場裝甲效能降低，子彈突破了力場裝甲的防禦抵達了機體內部。於是重裝強化服的動作明顯變得更加遲緩。

阿基拉不放過這次機會，將專用彈一發接一發打進機體的軀幹部位，最後終於使控制裝置受損。

故障的控制裝置朝機體各部位發出異常的命令。於是鋼鐵巨人就像因為劇痛而掙扎，以毫無章法的動作胡鬧。

阿基拉見狀便更加快速度持續射擊，臨死慘叫般不斷發出怪聲的巨大重裝強化服終於安靜下來，不再動作。

阿基拉繼續把專用彈打進對方的軀幹。鋼鐵巨人因為衝擊力而翻覆，在轟然巨響中倒地不起，響亮地宣告阿基拉的勝利

阿基拉更換彈匣並且仔細觀察對方。看起來沒有再次啟動的徵兆。

『贏了嗎……？』

『大概吧，十之八九不用擔心。至少已經不再是你的威脅了。』

『好耶！』

阿基拉歡喜不已。那是絕處逢生的歡呼，也是打倒了超乎預期的強敵的喜悅。

『阿基拉，還沒完全結束。在收拾一切之前，還不可以鬆懈喔。』

『我知道。走吧。』

阿基拉清楚回答後，為了收拾一切而奔跑。

◆

涅利亞只是靜靜等待。她能辦到的只有等待她的計策的結果。

於是，結果來到了涅利亞的感知範圍內。

涅利亞笑著迎接阿基拉。

「你回來啦。看來你打倒了凱因的重裝強化服啊。在這種狀態下，真虧你能辦到。」

就如涅利亞所說，阿基拉已經滿身瘡痍。無論是肉體、強化服和槍都非常逼近極限。儘管如此，阿基拉依然活著，站在這裡。

阿基拉見到死期已近卻依舊面露從容笑容的涅利亞，因此感到費解，做出他自己的解釋：

「還真輕鬆啊。意思是妳不怕死嗎？」

「我是不怕啊，雖然覺得不願意。」

「這樣啊。我也不願意。」

「真談得來。我看我們還是交往吧？」

「我拒絕。我沒興趣追求要殺的對象，也沒興趣和死人交往。」

阿基拉斷然拒絕後，對涅利亞舉起了ＣＷＨ反器材突擊槍。在這個距離不會射歪，接下來只要扣扳機而已。現在的自己也還能辦到。阿基拉確信自身勝利。

但是涅利亞依舊面露笑容。

「這件事不用擔心。」

阿基拉不由得暫停正要扣下扳機的手指，面露納悶的表情。

「……什麼事不用擔心？」

在涅利亞回答這個問題之前，阿爾法先阻止了阿基拉。

『阿基拉！絕對不要動！』

下一瞬間，阿基拉手中的槍被彈飛了。

阿基拉震驚時，一個男人突然出現在他的視野中。在原本沒有任何人的位置——至少阿基拉的認知中沒有其他人——突然現身。

男人手中舉著槍。就是這個男人開槍彈飛了阿基拉的槍。

阿基拉震驚不已時，與男人裝備同樣武裝的一群人接連從看不見的空間現身。

『阿爾法！這些傢伙是從哪裡冒出來的？剛才明明沒看到啊！』

『就是剛才進入大樓的。所有人都有迷彩裝備，你才會沒辦法注意到。』

『迷、迷彩裝備……？』

『將熱光學迷彩和流體控制迷彩、隔音消波迷彩等系統組合，用以躲避敵人搜敵的裝備……』

『不是啦，我不是想問這些……』

阿基拉想知道的答案，從其中一名男人口中說出：

「不准動！我們是久我間山都市防衛隊！乖乖投降！若不遵從本指示，就視同與都市敵對！這同時也包含了即刻驅除對象的認定！」

他們是久我間山都市的防衛隊隊員。更多追加人員現身，包圍阿基拉與涅利亞。

自地下街攻略本部派往臨時基地的聯絡人員，除了阿基拉之外還有複數人。雖然阿基拉的聯絡失敗了，但其他人平安抵達臨時基地。

接獲地下街受到襲擊的情報，臨時基地的指揮官認為事態嚴重，馬上決定派遣手上的最強戰力——都市防衛隊。

防衛隊立刻就前往搜索地下街攻略本部與其周邊地區。就在移動途中，派遣部隊的成員發現了爆炸聲響與煙塵，判斷應是某些戰鬥的痕跡。

那些就是凱因攻擊阿基拉與涅利亞所在大樓的餘波。考慮到遺物強盜可能正與怪物交戰，一部分的防衛隊前往現場確認。

防衛隊員趕到此處，撞見了阿基拉手持ＣＷＨ反器材突擊槍指著涅利亞的這一幕。

阿基拉看到包圍自己的防衛隊，不禁嘆息。每個人的裝備與身手顯然都在自己之上，一整群隊員包圍著自己，毫不鬆懈地舉槍對準自己。一旦顯露任何可疑行徑，性命就會立刻消散。這點小事阿基拉也明白。

『我覺得之前好像也遇過這種事。』

『真巧，我也是。』

那就是阿基拉一度將矢島逼入絕境時的事。當時立刻開槍才是正確的做法。當時選擇錯誤，導致後來被迫與詩織廝殺。

話雖如此，在那時雖然是正確解答，現在可不能選擇同樣的做法。

阿基拉在涅利亞開口前就先舉起雙手大喊。他想避免對方搶先開口使得事態更加複雜。

「我叫阿基拉！我是地下街攻略本部僱用的獵人！在前往臨時基地聯絡的途中，遭到遺物強盜襲擊，和他們交戰！和本部確認一下！」

「限制行動！一旦抵抗，允許射殺！地下街有多數獵人犧牲，也有人身亡！不要放鬆戒備！」

「真的不是我……」

數名防衛隊員制伏了毫不抵抗的阿基拉。阿基拉乖乖地接受束縛。雙手雙腳都被銬上牢固的鐐銬，就這麼被隊員拖著離開現場。

阿基拉知道自己緊繃的精神已經完全放鬆。無論接下來結果如何，事情都過去了。肉體或精神都已經抵達極限，阿基拉的意識漸漸放鬆。

一度放鬆的意識立刻屈服於極度疲勞，逼迫阿基拉休息。阿基拉的雙眼無法承受而閉上。

在阿基拉的意識消失之前，阿爾法對他說：

『儘管放心。你就好好休息吧。』

阿爾法為了讓阿基拉放心，溫柔地微笑。沒有危險——以微笑如此告知他。

『……這樣啊……晚安。』

阿基拉放心之後隨即失去意識。他突然全身癱軟，防衛隊員連忙攙扶。

「對象失去意識！」

「確認生命現象！採取適度的維生措施！非常可能是遺物強盜犯！在問出所有情報之前絕對不能讓他死！聯絡醫療班，要他們待命！部隊要分成兩班！A班將對象運送至地下街攻略本部，轉交給醫療班！B班搜索大樓內部！可能有其他遺物強盜犯正潛伏於此！徹底搜索！一旦遭遇，盡可能活捉！情況不允許就殺掉！」

遵循隊長的指示，部隊隊員迅速展開行動。

涅利亞的待遇也和阿基拉同樣，被防衛隊束縛。雖然涅利亞只剩頭部，還是被裝上阻隔外界通訊的機器。

涅利亞動彈不得，而阿基拉被搬運的場面偶然間映入眼簾。

（我不是說過了嗎？不用擔心嘛。）

涅利亞暗自竊笑。一旦爭取時間到防衛隊抵達，至少就有可能存活。涅利亞如此認為，並且實行計畫，成功活下來。

涅利亞的運氣讓她得以存活，又或者是阿基拉的運氣讓涅利亞得以存活。如果死亡代表不幸，在這當下她仍屬幸運的一方。

◆

凱因提早獨自一人逃離，躲過了都市防衛隊，已經來到遺跡外。他並非盲目逃竄，來這裡有其目的。

這裡有數名男性正在等候凱因，所有人都全副武裝，雖然程度各有不同，身體都經過改造，氣氛有如身經百戰的士兵。

男人們注意到凱因，以整齊劃一的動作敬禮。

「同志！辛苦了！」

凱因也靜靜地回禮。

「辛苦了，同志。報告狀況。」

「是！事先布署的人員已全數撤離。關於事先潛入那群人的同志，也已接到安全脫離的報告。」

「這樣啊。那麼我們也撤退吧。為防萬一，我們不回久我間山都市，前往其他都市。出發了。」

「不用收拾那群人嗎？」

那群人，指的是先前與凱因同夥的遺物強盜。他們現在仍在運輸車旁等候凱因與涅利亞歸來，而且他們已經不再是凱因的同伴了。

「是啊，都市防衛隊會收拾他們吧。由我們親手解決，會讓我們的存在更容易曝光。撇開我不談，一旦其他同志的身分曝光，將有礙活動。」

「了解了。出發！」

凱因與男人們一起離開。移動時其中一名男人對凱因問道：

「同志，不久前同志仍回報計畫順利進行中，可以請同志說明計畫受挫的理由嗎？」

「直接的原因是名叫矢島的男人被殺。他是移動時的關鍵。從他的死亡衍生出的不利因素最終難以排除，雖然遺憾，只能中止本次計畫。」

「那男人的死亡是避無可避嗎？」

「在當初計畫中沒有問題。計畫中他會活到遺物運送到我們這裡……同志，如果你的意思是指我的無能使我無法事先預測他的死亡，因而招致計畫失敗，那麼我願意虛心接受。」

「不、不是。發生了同志的傑出能力也難以處理的突發性狀況，這點我也非常明白。我願意撤回招致誤會的用詞並致歉。」

男人判斷自己惹惱了凱因，放棄繼續追問。

凱因在移動的同時思索：

（到頭來是為何失敗？根據事先潛入久我間山都市的長期戰略部門的同志捎來的情報，在那裡應該沒有實力勝過矢島或涅利亞的獵人。難道同志的情報有誤？很難想像同志會故意給我假情報……）

事實上，凱因拿到的情報沒有可疑之處。是因為在阿爾法的輔助下，阿基拉的實力即便是都市的長期戰略部也無法掌握。

（涅利亞曾提及都市的特務可能已潛入多蘭卡姆的年輕獵人當中。多蘭卡姆的獵人們最近產生了新的派系，也有情報指出該派系是以非常優秀的年輕獵人為中心……）

近來的多蘭卡姆正在加深與都市的關聯，更進一步擴大勢力。人稱事務派系的幫派成員正順利攏絡防壁內側的人們。

（為了從內部控制多蘭卡姆，都市派遣特務潛入其中嗎？我們只是偶然和那個特務交戰嗎？如果是都市的特務，有那種實力也是合理……需要調查啊。）

凱因對男人問道：

「同志，聽說在臨時基地周遭的掃蕩作業中，多蘭卡姆的年輕獵人立下了很大的功績。因為該對象是年輕獵人，也許透過簡單的政治宣傳就能拉進我方陣營……曾有其他同志如此策劃。你對該對象有多少認知？」

「我知道。對象的名字……應該叫克也。據說他持有遠遠超乎小孩子的實力，在救援隊的活動中獨自一人救出了多位獵人。需要相關資料嗎？」

「不需要。我之後會自行閱覽並審視，有需要會另外下指示。」

「明白了。」

為了避免再度惹惱凱因，男人沒有繼續多說。

凱因的誤會在這時解開的機會就此喪失。

凱因一行人就這麼離開了崩原街遺跡，消失在荒野中。

◆

涅利亞遭到都市防衛隊捉拿後，現在被收押於單人牢房。牢房位在久我間山都市管理的設施內，完善的設備要收押戰鬥用改造人也沒問題。

涅利亞至今仍然只有一顆頭。她被固定在單人牢房的桌面上，別說是無法動彈了，就連可動作的身體都沒有。

許多管線連接到只剩頭顱的涅利亞的頸部。不過絕大多數都是為了維持生命，沒有通訊用的線路。因為與外界的通訊被遮斷，涅利亞無所事事。

男人走進這間單人牢房。他並非守衛，身穿著套裝，面帶笑容，隱隱約約有種輕佻的態度。不過他散發著一股組織上層者特有的氛圍，儘管外表年輕，舉止看起來經驗豐富，歸類於小夥子會令人感到矛盾。

那男人對涅利亞投以友善的微笑。

「呃，妳應該就是涅利亞小姐，沒錯吧？我叫柳澤。今天心情還好嗎？」

涅利亞也笑著回答：

「稱不上多好，很無聊啊。要透過監視也沒關係，可以給我一條通往外面的線路嗎？」

柳澤笑著搖頭。

「不好意思，很遺憾這超越了我的權限。不過我可以陪妳打發時間，正好想找個人開心聊天。說穿了就是對妳訊問，但也沒有規定不可以開心地聊吧？」

「能說的我都已經說完了喔。哎，要聊天是沒關係啦，不過這算是交易喔。既然我花時間陪你，你就要幫我減刑。」

語畢，涅利亞面露無畏的笑容，柳澤對她親切地回答：

「那當然，我認同惡棍同樣有人權。提出這類交易的權利，應當得到保障。交易，這很重要。能與人交易，這是聯繫人與人之間的重要因素。即便是立場上敵對者，也能藉此有許多交流。如果連交易都辦不到，那就只能視同怪物了。畢竟連交易都不行嘛。」

涅利亞對柳澤的態度萌生不好的預感。她斂起笑容，試探般問道：

「……所以呢？你想問什麼？」

「對喔，我想深入了解名叫凱因的那個人。」

「我之前就說過了吧？我再說一次同樣的話也可以？」

「我確實聽過了。從妳口中聽過了，從妳的夥伴們口中也聽過了。然後我們也曾根據這些情報，追尋妳說已經逃走的那個名叫凱因的男人，也試過調查他的動向和身分。」

這時，柳澤擺出深感意外的誇張表情。

「於是，令人震驚的事情發生了，調查結果顯示這個男人根本不存在。並不是『凱因這個名字是假名』這類小問題。如果只是這樣，用凱因這個假名自稱的人終究還是存在嘛。」

「你們自己調查能力有問題，怪到我頭上也沒用吧？」

突然間柳澤不再說話，默默凝視著涅利亞。那沉默與笑容令涅利亞感到不安。

涅利亞不由得神色狐疑地開口：

「……怎樣？」

「話說，妳覺得妳的下場會怎樣？」

「……這個嘛，被裝進都市方握有管理者權限的義體中，被迫勞動吧？工作現場大概是都市管理的遺跡中非常危險的場所。在我還清於這次事件造成的債務之前，被上頭當作消耗品使用，過著忙於回收遺物的每一天。大致上就是這樣吧。」

柳澤愉快地點頭。

「大致上沒錯，但有個大前提，妳必須只是個遺物強盜犯，只不過是試圖搶奪所有權在久我間山都市手中的遺物；只不過是放眼整個東部來說，隨處可見的小惡棍。」

涅利亞的表情轉為凝重。不管是阿基拉用槍口抵著她，或者是險些喪命的時候，她都不曾露出這種表情。

「……什麼意思？」

柳澤誘人不安的笑容變得更深了。

「我們認為，名叫凱因的那男人是建國主義者的一員，而且還不是尋常的小嘍嘍，而是幹部等級的人。」

涅利亞面露輕微的驚訝表情，柳澤以更加愉快的態度繼續說道：

「在東部引起類似事件的建國主義者其實不少。教唆隨處可見的小惡棍去搶奪都市管理的遺物後，他們再出手奪走那些遺物。作為建國主義者的資金來源，損害金額已經達到統企聯無法視而不見的水準。這妳知道嗎？」

「……知道。」

「背後應該有某人在指揮這些事件。應該存在，卻無法查出其身分。我們懷疑你們口中的男人凱因，也許就是那個人。那時包圍你們的防衛隊的裝備相當精良吧？其實那些裝備就是為了捉拿那個人，也就是建國主義者的幹部。」

涅利亞腦海中不好的預感直線上升，表情也隨之扭曲。柳澤注視著涅利亞的反應，愉快地繼續說道：

「我們現在正懷疑妳，妳也許和疑似建國主義者幹部的嫌犯十分熟識。也許妳持有能辨別該人物身分的情報。妳現在的嫌疑並非只與單一都市敵對，而是統企聯的敵對組織的一員。」

「所、所以……？」

「若無法解開這個誤會，妳的下場會很令人痛心。具體來說，妳會成為重組(Rebuild)技研的實驗材料。」

涅利亞的臉色變得鐵青，因恐懼而支支吾吾。

「那、那個不是，已經解散了嗎……？」

「當然，重組技研已經按照公告解散了。但是既沒有殺光所屬的研究員，研究成果也沒有作廢。他們現在也同樣持續研究喔。那些實驗已經遠比過去更加符合倫理，將研究成果列入考慮後，可以讓人睜一隻眼閉一隻眼。實驗現在仍在進行。」

重組技研究竟是什麼，實驗又是什麼？涅利亞的畏懼顯示她非常明白其內容。

「他們目前在統企聯的管理下，只需消費極少數人的人權，持續繳出龐大的成果。當然了，這裡的極少數的人就是從罪大滔天的人物挑選。主要是與統企聯敵對，並且對東部造成莫大損失，比方說，建國主義者或其相關人等。」

儘管涅利亞因為恐懼而幾乎失去溝通能力，她還是用顫抖的聲音擠出話語：

「我、我……我不是……」

柳澤笑著點頭。

「我想也是。妳一定不是吧，想必和建國主義者毫無瓜葛。所以妳接下來就要努力對我證明這件事，提出讓我相信的證據。」

隨後他以露骨的演技裝出笑容，嘆息道：

「就像我剛才說的，我認為惡棍也有人權。變成肉醬而死、服用劇毒而死，或是被怪物生吞活剝，這類最起碼的人權應該不能少。所以就我個人來說，當成實驗體交給重組技研這種慘無人道的行徑，我實在無法苟同。」

隨後，他擺出了全無誠意可言的「我也是百般不願意」的苦笑。

「但是我也有職務在身，所以希望妳也為了妳自己好，幫我這個忙。此外，被送到重組技研的最終下場，其實我也不太清楚。畢竟那是統企聯的機密。」

見到涅利亞因為恐懼而凍結，柳澤笑著催促她開口。

「就這樣啦，可以請妳開始解釋了嗎？別緊張，時間多的是，況且妳應該很閒吧？別擔心，這段時間很快就會結束。」

在這之後，涅利亞為了自己存活至今感到後

悔，並且費盡唇舌解釋自己的清白。

涅利亞的運氣讓她得以存活，又或者是阿基拉的運氣讓涅利亞得以存活。至於這究竟是幸運或不幸，結論目前尚未揭曉。

阿基拉置身純白的世界中。雖然意識矇朧，但他直覺地理解到這裡是夢中世界，而且自己過去也曾見過同樣的景色。

阿爾法位在一段距離外的位置。和先前的夢境一樣，阿爾法沒有注意到阿基拉。

阿爾法不知正說著什麼。

「開始評估第四百九十九號試驗。估算對象抵達目標的機率，未達百分之一。估算對象未達目標而生存的機率，不足百分之一。不合格。繼續提升對象戰力。」

她面無表情地繼續說道：

「擬定本對象的誘導方針。前對象撕毀與我方契約的行動原理需列入考量。前對象決定並肯定自身行動的要素推測如下：前對象之行動成功時可能造成的不特定多數人的幸福與救濟之實現以及其持續。需留意避免本對象獲得與前對象採取相同行動之思想。」

語氣平板地繼續說：

「但評估本對象的人格，判斷本對象獲得與前對象相同思想之機率甚低。理由在於本對象的懷疑他人、輕視他人、自我優先等思考傾向。本對象萌生與前對象同等的倫理、寬容、道德、博愛精神的機率低於危險域。」

最後她的話語收尾。

「為避免重現第四百九十八號試驗，需留意對象的人格變化。完畢。」

阿基拉的意識漸漸淡去。世界變為一片漆黑，夢境至此結束。

阿基拉在病房內睜開眼睛。雖然覺得自己似乎作了個夢，內容卻完全沒有殘留在記憶中。只剩下過去似乎曾見過類似夢境的模糊感覺。

病房是為了一般人的身體而設計的個人病房，阿基拉從他躺著的床上起身後，阿爾法微笑著對他說道：

『早安，阿基拉。睡得舒服嗎？』

『早安，阿爾法。是啊，感覺很久沒有睡得這麼飽了。』

睡意已經完全消失，感覺通體舒暢。身上傷勢完全痊癒，一點也不痛。身體處於絕佳的狀態。

阿基拉環顧房間。窗口沒有設置鐵窗。房間的監視攝影機不是為了防止逃脫，而是用來確認患者狀態。待遇似乎不差。不過這還不足以讓他正面看待當下處境。

『話說，這裡是哪裡？』

『都市的醫院。為了讓你接受治療，你被搬運到這裡。』

『是這樣喔？』

久我間山都市中設有都市與獵人辦公室共同出資的大型綜合醫院。除了治療一般的肉體外，也能修理義體者與改造人的身體，因此必然會成為規模龐大的設施。

這間綜合醫院的主要功能並非治療疾病，而是治療傷勢。對戰鬥中失去四肢者提供非常昂貴的再生治療、義體的修理與調整、換裝其他義體的處置、更換或改造成更強力的改造人零件。此外也提供將肉體更換為義體的轉換處置。

患者大多數都是在荒野活動的獵人，或是危險地區的警備人員，諸如此類需要戰鬥技術的人們。

阿基拉被都市防衛隊的隊員移送的途中失去了意識。當時他被視作遺物強盜的嫌疑犯，醒來時發現自己置身牢房也不奇怪。

『然後呢？我現在被當成什麼人？』

『這些事之後會有人來對你說明。你現在置身於安全場所，也沒有被誤會是遺物強盜的一員。這部分你可以放心。』

『那就太好了。』

阿基拉鬆了口氣。

雖然身體狀況很好，他也不能就這樣隨便走出病房。他與阿爾法閒聊以打發時間時，都市的男性職員走進病房內。是木林。

木林的心情好得不得了。

「又見面了啊。看來你還是老樣子橫衝直撞，真是太好了。」

阿基拉不記得木林。因此見到陌生人態度親暱地對他搭話，他露出狐疑的表情。

木林從阿基拉的神色理解了狀況。

「是我啊，我是木林。記得吧？在那次緊急委託時，我給了你一輛摩托車當作預付報酬吧？不記得了嗎？」

『自崩原街遺跡湧現的怪物襲擊久我間山都市時，阿基拉接下了緊急委託，獨自一人騎著摩托車前去救援，對吧？他就是那時候的獵人辦公室的職員。』

阿基拉根本不記得木林的長相，但是經過阿爾法說明後，終於從模糊不清的記憶中找出了木林的存在。

「我想起來了。我記得你就是駕駛巡邏卡車的獵人辦公室的職員吧？」

木林開心地點頭。

「沒錯。想起來了吧？那時候我待在那邊的身分是獵人辦公室的職員，不過現在來這裡的身分是都市的職員，多多指教。」

木林對阿基拉伸手示意要與他握手。阿基拉與他握手後，木林顯得心情非常愉快，用力上下擺動握住的手。

「那麼，雖然我個人想和你多聊聊，但在那之前有正事要辦。今天我是來和你談生意的。」

「談生意？」

「沒錯。在開始談生意之前，首先要說明你現在的狀況。比方說你待在這裡的原因；那之後遺物強盜犯怎麼了，你有很多事想知道吧？」

「是啊。告訴我吧。」

阿基拉使勁點頭回應木林的話語。

木林將數張紙遞給阿基拉。那是詳細記述了本次事件已知詳情的資料。

「詳細內容就寫在那上面。哎，你就一邊讀一邊聽我說吧。」

木林手上拿著同樣的資料，開始對阿基拉說明狀況。

阿基拉和涅利亞被都市防衛隊捉拿後，被移送至地下街攻略本部的醫療班，接受緊急治療。在那之後，兩人都被視作嫌疑重大，被運送到久我間山都市。

涅利亞是遺物強盜犯的一員這件事很快就水落石出，因為其他遺物強盜犯坦承了一切。

此外涅利亞本人對於調查也極端配合。遺物強盜計畫的細節、同伴的人數與結構、遺物的藏匿場所與數量、運輸車的位置等等，對所有問題都誠實且正確地回答。

此外就連沒人問的部分，她也給了有益的情報。當然她也事先要求減刑當作提供情報的回報。

阿基拉對於曾與自己激戰的涅利亞的態度感到納悶。

「她叫涅利亞吧？那傢伙真的那麼老實喔？」

「是啊。據說她的態度非常配合。儘管把自身的減刑當作條件，未免也太過配合了，據說負責訊問的職員以外的其他職員曾問她，為何這麼配合調查。」

「她怎麼回答？」

「她的回答是，我從不留戀過去。」

阿基拉面露傻眼與敬佩交雜的表情。

「該說她奸詐狡猾，還是順應時勢啊？原來世界上也有這種人。」

「多虧她這麼配合，調查進行得非常輕鬆。你的嫌疑輕易洗清就是拜她所賜。一般來說應該要經過更嚴密的調查。哎，也許只是訊問涅利亞的職員非常優秀就是了。」

「就算這樣，我也不想感謝那傢伙。那時候差點就被殺掉了……然後呢？那個涅利亞會受到什麼處置？聽你剛才說的，她好像爭取到不少減刑，她能保住性命嗎？應該不會馬上就被釋放吧？」

「怎麼可能呢。只是不會處以極刑而已，會在都市的管理下強制勞動。」

涅利亞日後的工作將會是偵察危險遺跡，或是討伐危險怪物等，受到形同消耗品的待遇。被裝在都市的權限高於使用者權限的義體上，大腦也被裝設炸彈，不只是生殺大權，就連身體的自由都被剝奪的狀態下被迫勞動。

不過，形式上還是有刑期。嚴格來說，刑期是直到她還清本次事件造成的負債為止。

因為與都市為敵，其負債也高得超乎想像。基本上和至死方休的強制勞動沒有差別。

木林像是要安撫阿基拉，如此簡單說明涅利亞的待遇。

「哎，視她努力的成果也許能重獲自由，但十之八九會先死。」

「……這樣啊。」

阿基拉聽了這番話，對於沒能給涅利亞致命一擊不再心懷芥蒂。但同時也留有一股難以釋懷的心情。

雖說是自作自受，那等實力的強者今後甚至會失去身體的自由，無止盡地被迫勞動。阿基拉對此懷著近似輕微不滿的感情。

木林注意到阿基拉不太愉快的情緒。

「怎麼了嗎？」

「……沒事。」

「喔，你是為了沒辦法親自下殺手而不滿吧？她的處置已經交到都市手上了，千萬別想找到她再殺掉喔。最糟的狀況下，剩餘的負債會落到你頭上喔。真要動手，先等她刑期結束再說。」

「不用擔心。我不會因為這點小事就和都市唱反調。」

「那真是太好了。畢竟偶爾還是有這種人。哎，那種心情不是無法理解就是了。」

木林如此說完，繼續說明：

絕大多數的遺物強盜都輕易落網。運輸車也被都市發現，裝載的遺物也已回收。有幾個人攜走少量遺物，目前仍在逃，不過都市方根據涅利亞提供的情報，已經掌握那些人的動向，落網只是遲早的事。

但是，凱因的去向完全不明。都市方根據涅利亞所知的人物情報進行調查，但只發現所有內容都經過竄改。

遺留在現場的重裝強化服也已經過分析，但完全沒找出能查明身分的線索。關於凱因這號人物，只知道他是計畫主謀矢島帶來的人物。

針對遺物強盜犯的調查在阿基拉失去意識的期間已經大致結束。得知阿基拉與遺物強盜犯毫無瓜葛後，不再是嫌疑犯的阿基拉就這麼在醫院接受治療，最後在剛才恢復意識。

木林針對遺物強盜犯與他們的計畫的相關說明就到此為主。

「……說明大概就這樣。有什麼問題嗎？」

阿基拉短暫思考，回想起一件事。

「那個叫凱因的傢伙，重裝強化服已經調查過了吧？知不知道機體內部有沒有裝自爆裝置？」

「自爆裝置？……你等一下。」

木林操作自己的資訊終端機，閱覽調查資料。

「資料中沒有記載這類情報。至少都市防衛隊的技術班調查重裝強化服後，沒有發現你說的那種內部機構。」

涅利亞口中有關自爆的一切，全部都是謊言。

理解到這一點，阿基拉稍微板起了臉。阿爾法也面露苦笑。

『被她擺了一道啊。』

『……哎，反正最後是我們贏。就算了吧。』

阿基拉的表情與這句話並不一致。

涅利亞說謊，而自己被騙了。對方比自己更有一手，就這麼單純罷了。雖然阿基拉這麼想，嘴角還是不滿地扭曲。

木林注意到阿基拉的反應，對他問道：

「怎麼了？」

「沒什麼。」

「是喔。話說，你幹嘛問這個？」

「……也沒什麼。只是它不管防禦或閃避就直衝過來，我原本以為它也許會自爆。」

「大概只是為了爭取時間或當誘餌吧。當那種大塊頭衝過來，想必不得不設法應付啊。」

「這樣啊。哎，我想問的大概就這些了。」

阿基拉如此簡短答道，木林判斷交涉必須的前置說明已經結束，便稍微繃緊精神，開始與阿基拉談生意。

「那麼就進入正題吧。你先看一下我給你的那疊紙的最後那張。」

阿基拉按照他說的，看向那張紙。始自這瞬間，阿基拉的臉色明顯地轉為鐵青。那是給阿基拉的請款書。

阿基拉被送進醫院後，接受了許許多多治療。請款書上記載了治療內容的細節與每一項治療費。此外，他失去意識的期間長達一星期，這段時間的住院費也算在裡頭。

再加上委託的取消費也一併計算。亞拉達蠍巢穴的討伐委託契約期間一共是七天，阿基拉必須支付失去意識的四天份的委託取消費。不過請款額絕大多數都是治療費，整體來看取消費只是零頭。

請款額合計約６０００萬歐拉姆，金額十分足以讓阿基拉臉色慘白。

阿基拉一瞬間險些失去意識，但他勉強支撐精神。如果他現在身體狀態並非萬全，這打擊說不定會讓他昏過去。

木林見到符合預料的反應，輕笑道：

「這是你當下背負的負債。也許你對請款金額有不滿，不過我先告訴你，就算想殺價也沒用。」

照慣例在患者急需救治卻沒有意識的狀況下，醫院可逕自判斷是否要進行治療以及其治療手段。

因為患者失去意識而無法同意治療，會使得原本能救的性命平白喪失。雖然這慣例是為了防止這種狀況，不過必要治療的範圍有許多解釋的餘地，當支付能力甚高的重傷者被送進醫院時，醫院故意施以效果顯著但也昂貴的治療，這種案例目前並不少見。

儘管如此，治療上沒有疏失，治療費價格也正當，而且治療也已經實行，阿基拉有義務支付——木林如此強調。

阿基拉顫抖著回答：

「就、就算這樣，這、這麼多錢，我怎麼付得出來……！」

那反應也和木林的預料相同。他像是要讓阿基拉安心，笑著安撫阿基拉。

「你冷靜點。醫院當然也不會幫擺明付不出錢的傢伙做這種過剩的治療。又不是辦慈善事業，更何況慈善事業也要有錢才能辦。簡單說，醫院認定你一定有錢，而且也付得起。具體來說，會從你的報酬中扣除。」

「報酬？」

「對，報酬。我一開始就說了吧？我是來談生意的。」

木林如此說道，愉快地笑了。

「從結論開始說吧。只要你接受我方的條件，在扣除這些款項之後，還能帶著1億歐拉姆走出醫院。怎麼樣？很划算吧？」

阿基拉先是得知自己背負了6000萬歐拉姆的負債，隨後又聽木林說扣除負債還能拿到1億歐拉姆，這下阿基拉的冷靜也被轟飛。他愣然無語，呆滯地一語不發。

『阿基拉，你也該回神了。』

「…………啊！」

聽見阿爾法的呼喚，阿基拉恢復神智。木林目睹那模樣，苦笑道：

「既然你回神了，我可以繼續說明了嗎？」

「可、可以。你的要求是什麼？」

「要求很單純。希望你將本次的戰鬥經歷出讓給我方。」

阿基拉在地下街與遺物強盜犯的交戰中，活躍程度令人懷疑他是都市特務。希望他轉讓這次的所有戰鬥經歷，這就是木林的要求。

「具體來說，你會被視作在地下街沒發生過什麼特別的事，只是正常地擔任警備，在工作中負傷而被送進醫院。」

雖然同樣被視作無法完成委託而被送進醫院，在地下街遭到亞拉達蠍襲擊而負傷，或是擊退遺物強盜而負傷，兩者的評價可說是雲泥之差。戰鬥經歷被抹消的意義十分重大。

「獵人辦公室中你的獵人用個人頁面的委託履歷，也會修改成交易後的內容。你出售的戰鬥經歷會被視作其他獵人的戰鬥經歷，也可能列入該獵人的履歷。」

獵人辦公室的情報非常有信賴度。以口頭說明的戰鬥經歷就算荒唐到令人嗤之以鼻，只要記載於獵人辦公室的個人頁面上，就能受到信任。這樣的履歷會被消除，一般來說難以接受。

「當然了，你也不能告訴別人『那其實是我幹的』。你必須背負守密義務。不可以告訴別人這件事，要是有人問你委託過程中的經歷，你只能簡單回答你在防衛據點擔任警衛，或者說礙於守密義務無法回答。」

木林說明至此，等候阿基拉的反應。他知道自己說的這些話惹人暴怒也不奇怪，因此他慎重地觀察阿基拉的臉色。

但是阿基拉沒有顯示多麼激烈的反應。反倒是沉默了好半晌，等候木林繼續說明，最後才察覺說明已經結束。他擺出納悶的表情狐疑地反問：

「……就這樣而已？」

聽見這句話的瞬間，木林再也無法忍受似的發出噗哧一聲，隨即愉快地笑了起來。他舉手掩著嘴，克制自己不要仰天大笑。

阿基拉完全不覺得自己說了什麼奇怪的話，面露百思不解的表情，木林好不容易按捺笑意，繼續說道：

「對！就這樣而已！只要你放棄擊退遺物強盜的三名主謀的戰鬥經歷就夠了！而且其中兩人還裝備著重裝強化服，你卻只靠一個人全部打倒——你只要放棄這種戰鬥經歷就夠了！」

雖然獵人等級能代表獵人的實力，但戰鬥經歷也很重要。擊退強力怪物的實績以及昂貴遺物的變賣履歷等，都是不受獵人等級左右的實力指標。

對怪物戰鬥與對人戰鬥所需的戰鬥技術大相逕庭。高等的對人戰鬥的經歷，在要求對人戰鬥實力的委託人眼中評價不凡。

擊破戰鬥用義體者或重裝強化服裝備者的紀錄，更是不同凡響，可大幅提升對該獵人的評價。而且獵人辦公室與久我間山都市會保證該紀錄的正確性，其價值非常高。

簡而言之，木林要求阿基拉出讓的事物，遠比阿基拉想像中還要貴重。即使阿基拉看起來尚未理解其價值，但他那視如敝屣般的態度，讓木林的愉快心情急速攀升。

「看來你還是老樣子荒唐逞強又魯莽，我很高興喔。這種程度的戰鬥經歷對你來說根本不算什麼嗎？要是這種戰鬥經歷被抹消了，只要是獵人應該都會暴怒。」

不同於木林的反應，阿基拉不認為那份戰鬥經歷有多麼寶貴，顯得有些疑惑。

「在我看來，這種要求也不值1億歐拉姆，不對，加上預扣的請款金額是1億6000萬歐拉姆吧？如果不是詐欺之類，包含金額的合理性一併說明給我聽。」

阿基拉覺得背後似乎另有玄機，稍微加深了疑心。基本上他無法拒絕這筆交易。一旦拒絕，就必須背負6000萬歐拉姆的負債。雖然之後應該能拿到地下街委託的部分報酬，但阿基拉不認為足以抵銷負債。

對自己身體施加的諸多昂貴治療，就是為了讓他無法拒絕這次交易。露骨至此的手段，阿基拉當然也看穿了。不過儘管他理解這一點，終究無從抗拒。

考慮到這些要素，阿基拉不認為木林會乾脆回答自己的疑問。

但是木林二話不說就回答：

「可以啊。不過這些說明也在守密義務的範疇，所以要在交易成立之後才能說明。可以視作我

們的交易成立了？」

「嗯，可以。」

「那就在這份文件上簽名吧。」

木林將一份文件與筆遞給阿基拉。阿基拉接過後，原本打算詳讀文件上的內容，但是細小的文字密密麻麻爬滿了整張紙，讓他立刻就放棄詳讀。

阿爾法代替阿基拉詳讀了文件內容後，向他告知結果：

『不用擔心，上面沒寫什麼奇怪的東西。萬一告訴別人了就可能被視作與都市為敵，自己當心。若要最粗略地說明，上面只是詳細列了這方面的注意事項。』

阿基拉聽了，安心地在文件上簽名。木林接過已經簽名的文件後，愉快地笑了。

「很好！這樣交易就成立了！我的工作也解決了！先等等，我等一下就為你說明。要先報告交易

成立才行。其實上頭一直在催。」

木林取出資訊終端機並發出通知，不久後其他職員進入房間，收走了剛才遞給阿基拉的資料，連同阿基拉簽名的文件一起放進公事包中，整個帶離病房。

結束了本次工作後，木林放鬆了態度，稍微伸展筋骨。

「這樣一來，我的評價也跟著直線攀升。如果你有什麼追加要求，儘管開口。因為你很爽快就答應了，我也能為你通融。別看我這樣，其實我擁有不少權限喔。像上次我給你那台摩托車當作報酬的預付款吧？那其實需要不小的權限喔。」

「總而言之，先說明我剛才的問題。」

「哎呀，差點忘了。1億6000萬歐拉姆，這價格確實讓你覺得有點太高也不奇怪，會認為背後可能有些算計也很正常。哎，至於背後的算計嘛，說穿了，裡面包含了封口費和宣傳費。」

語畢，木林繼續說明。

地下街的遺物強盜事件表面上已經落幕了。就都市方而言，損害十分幸運地停留在足以評為輕微的範圍內。

不過綜觀事件全貌，都市方的疏失多得不勝枚舉。並未盡速回收於地下街發現的遺物；任憑遺物強盜犯長期潛伏於地下街的獵人之間；都市的諜報部門未事先察覺遺物強盜的計畫。本事件中都市方顏面盡失。

不可能隱蔽本事件。加入幫派的獵人中有複數人身亡，而且也派遣了都市防衛隊。

但都市方也無法直接公開事件的全貌：偶然間待在地下街的獵人偶然擊退了遺物強盜犯的主嫌之一，而且還在地面上擊破一名主嫌，迫使另一名主嫌撤退。都市方的成果頂多只是善後處理，功績實在稱不上光采。

都市方雖然無能，但是憑著數項偶然同時發生，幸運地得以順利解決——這樣下去，都市的高層就必須對外公開如此難堪的報告。

對支付昂貴的防衛費居住於久我間山都市的眾多顧客、定期互相交換情報的其他都市的高層，以及都市的上級組織統企聯，一旦提出這種報告，久我間山都市恐怕會遭受沉重的打擊。

都市高層接獲報告後，開始摸索改善現況的手段。在許許多多的調查與人事異動進行的同時，他們得知了遺物強盜犯的主謀層級誤會阿基拉是都市的特務。他們絞盡腦汁想降低對都市的傷害，決定利用這一點。

並非偶然間來到地下街的獵人偶然擊退了遺物強盜犯，而是都市事先掌握了遺物強盜的情報，祕密派遣特務進入地下街，該名特務擊退了如同情報出現的遺物強盜。如果這才是事實，那麼都市的評價反而會上升。

而且他們也發現幸好要如此竄改事實所需的勞力輕微。簡單說只要阿基拉接受要求就可以了。

阿基拉是以個人身分接受委託，並非隸屬於幫派等組織。只要與阿基拉談判，讓他接受條件，剩下的只有都市內部的事務問題。

而為了降低談判的難度，對阿基拉施加了需要昂貴費用的治療。因為都市方保證會支付費用，院方也不擔心阿基拉能否支付治療費，對阿基拉實施了昂貴的治療。結果使得阿基拉背負了將近６０００萬歐拉姆的負債。

以這份負債當作威脅，再加上只要同意交易不只能抵銷負債，還能得到一大筆錢的誘惑，軟硬兼施之下，再從其他諸多要素估算收購戰鬥經歷的適切價格，最後得到了戰鬥經歷的收購價。

阿基拉完成了販賣戰鬥經歷的交易後，自木林口中得知了本次事件的大略經過。

不過木林也並非將背後的祕密全盤托出，就算只是大綱也不能讓局外人得知的部分，他就省略不提。儘管如此，阿基拉想知道的內容大致上都得到說明。

雖然知道了都市為解決本次事態而在背地裡動了許多手腳，阿基拉一點也不在意。因為無論都市方要怎麼扭曲事實，那基本上都發生在與阿基拉毫無瓜葛的世界，對阿基拉並沒有實際上的損害。

久我間山都市整體或其他都市，甚至牽扯到統企聯的問題，對於不久前還在貧民窟生活的阿基拉而言，就像是發生在其他世界，他既沒有興趣，也覺得與他無關。

木林為說明作結：

「哎，大致上就是這樣。如果你還想知道更多的話，我可以幫你問問看。不過接下來就不能免費了。畢竟是都市方的內部情報，必須耗費相對的費用。需要嗎？」

「不用，很夠了。」

「這樣啊。如果還有事情想問，或是其他追加要求的話，拜託你這個當下就要全部提出喔。之後再提出也沒得商量，當我和你之中任何一方離開這房間就結束。還有要求就要趁現在說喔。」

「雖然你這樣說，我也無法馬上就想到……」

「哎，畢竟機會難得。不管什麼要求都好，姑且說說看吧。啊，提升報酬金額這點不行，都市方的資金也不是無窮無盡。如果對金額不滿，在簽字前就該先商量。反過來說，不花錢的事我都能幫你通融。因為我很中意你啊，可以給你特別待遇。」

見到木林對自己特別優待的態度，阿基拉搞不懂理由而顯得有些納悶。他不解地問道：

「我身上有什麼讓你這麼中意？」

於是木林喜孜孜地開始說明理由：

「你問哪裡？就是你的人生啊！逞強、荒唐、魯莽！活得轟轟烈烈，轟轟烈烈地死！非常精彩！很合我的胃口！」

木林憑藉他身為獵人辦公室職員的權限，甚至能閱覽獵人本人設定為非公開的資訊。記載於該處的阿基拉的戰鬥經歷，讓木林不禁拍手叫好。

只靠著AAH突擊槍這類武裝就與加農砲機械蟲交戰；獨自一人衝進亞拉達蠍群占據的大樓；在地下街討伐亞拉達蠍的數量估計破500；甚至只憑一己之力就擊退了遺物強盜犯的三名首腦，三人還都是戰鬥用義體者或重裝強化服裝備者。

而且當他被都市防衛隊帶走後，發現他的身體殘破不堪，完全治癒甚至需要6000萬歐拉姆。這代表他並非單純身手高強，而是根本沒那麼厲害，卻在生死邊緣闖蕩至今——只需稍微調查就能找出無數證據。

無論哪一項戰鬥經歷都輕易超越了木林受人批評的原因——高風險高回報的委託內容。逞強、荒唐、魯莽，恰好就是阿基拉戰鬥經歷的寫照。

「我用我的權限看過你的活動履歷了。那可不是區區20級獵人的實績。30級也辦不到吧。哎，不過因為太亂來，你好像也滿身瘡痍了，能治好算走運喔。雖然照你這樣子，大概很快又會弄得渾身是傷吧，以後這方面最好當心點。」

阿基拉面露有些厭惡的表情問道：

「……我的身體真的那麼糟？」

「是啊。所以治療費才會高到6000萬歐拉姆。我剛才說明了吧？治療是真材實料。治療方法有一部分甚至用了再生治療，一般是用在失去手腳等肢體斷裂的狀況。多虧這次的治療，現在的你和中階區域的居民差不多健康喔。但如果沒有這次治療，哎，雖然不至於這一兩天就死掉，但剩餘壽命也不到一年了吧。」

阿基拉啞口無言。他從來沒想過自己的身體狀況糟糕到這種地步。

木林享受著阿基拉的反應，繼續說道：

「你現在一定覺得通體舒暢吧？那就是拜治療所賜。你是貧民窟出身吧？以前吃的大多數都是配給所發配的東西吧？」

「是、是沒錯……」

「那個喔，運氣不好可能會吃到非常不妙的東西。像是尚未證實安全性的怪物肉、研究中的舊世界遺物、原理和製法都搞不懂的食物生產設施製造的食物。雖然應該不至於發配一吃下去就猝死，不過長時間大量攝取可能對身體有害。」

某種角度來說，這是眾所皆知的事實，阿基拉也已隱隱約約有所察覺，不過聽別人當面說明，心裡還是覺得很受打擊。阿基拉因厭惡感而皺起臉。

木林毫不介意地繼續說下去。

「有時候甚至會引發輕微的突變喔。有人認為原因是怪物肉含有無法徹底清除的奈米機械；或是可疑的食物生產裝置產出的食物中，可能含有當下的技術無法檢驗的奈米機械。也許你自己也有感覺吧？」

阿基拉稍微板起臉。若問他有沒有自覺，其實他心裡有數。

阿基拉是舊領域連結者。那也可視作一種突變。也許是現在的技術無法檢驗的某種東西、舊世界的某些莫名其妙的成分，導致了難以名狀的突變。

假設真是這樣，那也是阿基拉能遇見阿爾法的原因之一，不過阿基拉還是無法因此額手稱慶。

「……都市發這種食物給人吃喔？」

「世上沒有比免費更貴的東西。食物費用與人體試驗的協助費互相抵銷。感謝您的協助——其實配給所的招牌和食物包裝上都偷偷這樣寫喔。」

當時自己不識字，但是上頭確實寫著某些文字。阿基拉回憶起過去吃的食物。

「哎，識字的傢伙們大多數都不需要吃那些東西，知情的傢伙也不希望引發騷動害配給停止，所以不會四處張揚。」

如果配給停止，自己早就死了。阿基拉雖然明白這一點，還是有種耿耿於懷的感覺。

「雖然也有些善心人士發配正常的食物，不過數量不多，而且這種消息馬上就會傳開，被貧民窟的有力人士之類的獨占。哎，這就是貧民窟的秩序。找我抱怨也沒用。」

都市方基本上不會介入貧民窟的秩序。只要不對都市整體的活動造成負面影響，基本上袖手旁觀。貧民窟的治安可說完全交由居民自治。

貧民窟是都市的低階區域，但位置非常靠近荒野，某種角度上被視作無異於荒野的場所。所以強盜也會在光天化日下襲擊阿基拉。

但要說貧民窟是完全的無秩序地區，倒也並非如此。如果力量至上，在東部最具實力的就是統企聯，在阿基拉等人住的貧民窟則是久我間山都市。

而統企聯和都市都不樂見治安惡化。一旦貧民窟的治安惡化，都市方判斷貧民窟的存在有百害而無一益，那麼貧民窟就會整個地區連同居民一起被炸飛。

正因如此，貧民窟雖然處於危險的狀態，但依舊有其秩序。貧民窟中有許多幫派勤於管理地盤，維持最起碼的治安，也是出自這個原因。

「不曉得原因是不是那些食物，你身上奈米機械的殘留數值好像也很糟喔。雖然獵人會變成藥罐子算是一種職業病，不過你一定用了很大量的回復藥吧？」

「是啊。不用就會死。」

「反正你接下來還是會濫用。建議你至少每個月檢查一次，接受殘留奈米機械的除去處理。賣給獵人的藥大部分都含有奈米機械。像是回復藥、加速劑、強化劑之類的，裡頭都加了不少喔。」

「殘留真的那麼糟糕嗎？」

「有例外，也要看程度。雖然有種類之分，不過基本上殘留就是瀕臨汙染，可以視作有害。」

木林對阿基拉說明其危險性。

奈米機械與當事人的契合度甚佳的罕見狀況下，奈米機械會近乎永久維持有益效果，積存於身體內部。這種狀況稱為適應。反過來說維持有害效果而積存於體內，則稱之為汙染。

殘留指的是已經停止運作的奈米機械並未順利排出體外，累積在體內的狀態。雖然有不少人誤以為既然已經停止運作，想必沒有害處，但實際上時常會阻礙新攝取的藥物發揮功效。

當藥效因此降低，就必須服用更大量的藥物，使得殘留量更加上升，因此陷入惡性循環。也有案例惡化到藥物完全失效的地步。此外甚至可能與不應該並用的其他奈米機械發生反應，導致嚴重的副作用。

自從投身獵人行業後，阿基拉持續大量服用回復藥。從未遵守建議服用量，一次又一次濫用。不知不覺間代價已經累積在阿基拉體內。

木林正色勸告：

「獵人這行業，身體就是本錢。因為可以憑自己的意志逞強，有些人會把照顧身體放在其次，但如果不想死，自己的身體最好也用心保養。」

希望阿基拉日後繼續提供更多樂趣。出於這樣的心情，木林以真摯的態度建議。

「就和保養槍枝一樣。只要疏於保養，子彈就會往無關的方向飛過去，說不定還會爆炸。一旦開槍便可能爆炸，就會淪落到每次扣扳機都要賭運氣。你因為這種無聊的原因而死，我也覺得無趣。最好自己多注意點。」

「我知道了……嗯？槍？」

阿基拉這時注意到，完全沒見到自己的裝備。現在的阿基拉身上什麼也沒有。身上穿的也不是強化服，而是醫院的住院服。

他再度掃視病房內，同樣找不到自己的私人物品。

「欸，你知道我的裝備在哪裡嗎？」

木林也不曉得阿基拉的裝備放在何處。他用資訊終端機聯絡其他職員，多方詢問調查。調查的結果讓阿基拉為之傷透腦筋。

「……沒了？」

「對。不只是裝備品，你的持有物為零。把你從現場帶走後，並未回收該場所的所有物品，至於回收的裝備與強化服等等，這些裝備都在調查你的來歷的過程中被拆解，現在好像放在證據品的保管場所。要領取是沒問題，但是手續之類的最快也要一個月，況且聽說你的裝備本來就破破爛爛，已經沒有紀念品之外的意義了。」

「我的獵人證之類也沒了？」

「不曉得。要不是沒被回收，不然就是放在證據品的保管處。不管是在哪裡，我看重新申請比較快。」

「我懂了。我有追加要求。申請新的獵人證、立刻就能用的資訊終端機，還有隨便一套獵人用的衣物。我這個打扮就像從醫院逃出去的患者。」

「知道了，我叫人之後送過來。還有嗎？」

阿基拉向阿爾法確認。

『阿爾法，還有什麼嗎？』

『不拜託他準備槍和強化服之類的裝備嗎？』

『不知道為什麼，裝備品我想在靜香小姐的店裡買。』

阿爾法也知道阿基拉只是單純想圖個好兆頭。不過只要對阿基拉有意義，她也不打算多加置喙。

在重新取得槍枝之前將手無寸鐵，但阿爾法也判斷醫院到靜香店裡這段路程，只要自己確實從旁輔助就沒問題。如果就連這種程度的狀況都需要視作危險，接下來阿基拉將會連外出都辦不到。

『這樣的話就請他介紹為獵人設計的出租房屋吧。你也差不多該脫離旅館生活了。』

阿基拉同意並告訴木林：

「幫我介紹獵人用的出租房屋。我目前的獵人等級還不太容易租到像樣的房子，幫我找個便宜的好地方。此外，對了，報酬立刻支付給我，我要用這筆錢買回裝備。追加要求就這些了。」

「知道了。對了，報酬已經匯進你的帳戶。獵人證和資訊終端機送到後，你再確認一下。我的聯絡方式會加在預設資料中。至於租屋問題，我會給你都市底下的不動產業者的聯絡方式。詳情會傳到你的獵人編碼，拿到資訊終端機再自己確認吧。」

完成這些安排後，木林做最後確認：

「還有嗎？沒事的話我要離開嘍？一旦我走出

房間，追加要求就結束了。真的沒問題？」

「沒問題。」

「這樣啊。那就自己多保重。祝你狩獵愉快。再用你的逞強荒唐與魯莽幫我找樂子吧。」

木林輕輕擺了擺手，走出房門。

數分鐘後，阿基拉感到強烈的空腹感。因為住院期間他什麼也沒吃。治療時營養完全靠點滴等方式補充，胃部空無一物。

一發現自己空腹，阿基拉的肚子開始叫了起來。不過他手上沒有錢，就算手上有錢，在獵人證等物送抵之前，他也只能在病房等候。

『……糟了，早知道就拜託他給我吃的。』

『仔細一想，你已經一星期什麼都沒吃了吧。早知道就先說一聲。』

『妳也沒注意到嗎？』

『我不需要吃飯，你什麼也沒說，我還以為你不會餓。我沒辦法察覺你的飢餓感。就看開一點，繼續等吧。我想應該不用太久。』

『啊，忘記問他大概要等多久了……這種事總是事後才發現啊。』

『大家都是這樣。』

阿基拉忍受著飢餓，在房內等候他要求的品項送到。大約一小時後，都市的職員送到他面前。

◆

靜香在自己的店裡一如往常地看店。將商品販賣給需要裝備與彈藥的獵人們，藉此維持生計，過著一如往常的日子。

不過，她注意到自己的嘆息比平常頻繁，她自己對原因也心知肚明。因為阿基拉已經大概一星期沒到店裡露臉了。

若只是一星期沒來店裡，這種事之前也發生過。但這次是發生在阿基拉出發前去討伐亞拉達蠍之後；一開店就來補充大量彈藥然後出發之後。

店裡生意還算興隆，不少熟客都在她這邊購買裝備並前往荒野。靜香身為老闆，也希望能盡量滿足每位客人的所有需求。

儘管如此，穿著自己販賣的裝備的獵人們沒有活著回來，這種經驗她也已經體驗過好幾次。

其中有些人是屢次買賣商品後有了交情；有人找她討論裝備事宜，她為對方推薦武器，因此變得熟識；其中也有人追求她，甚至向她求婚。形形色色的獵人追逐金錢與名聲而前往荒野，被荒野吞噬而死去。靜香還記得他們。

靜香因為其工作性質，同時也為了她的精神衛生，她刻意不去惦記這些人的死亡。她選擇的顧客就是這些隨時可能死去的人們。要是時時惦記著他們的死，在這行業撐不下去。

雖然難免短暫傷心，但幾乎不會因而失去平靜。要說靜香冷漠無情，她也許無法反駁，但靜香就是能承受這些逝去。

正因如此，只不過是熟識的獵人一段時間沒在店裡露面，就因此多嘆幾口氣，在靜香身上其實並不常見。

（……放太多私人感情了。是為什麼呢？）

靜香看店的同時思索。許多理由浮現腦海。

他還是個小孩子，也許刺激了自己的保護欲；也許是因為他救了友人艾蕾娜與莎拉的性命，對他心存感謝；也許是因為在近距離見到那滿身的傷疤；也許是因為在那孩子穿著自己賣的裝備動身前往荒野前，自己曾經緊緊擁抱過他。

但這全都不是決定性的理由。

不管怎麼思考都無法釐清理由，反而越來越難以理解。靜香不斷兜圈子的思考因為造成原因的人物現身而中斷。阿基拉的態度顯得有些畏縮，怯生生地走進店內。

「歡迎光臨，阿基拉。好久不見了呢。」

靜香面露一如往常的微笑，以一如往常的口吻迎接阿基拉。至少靜香自認如此。

「咦？啊，嗯。好久不見。」

但是阿基拉見到靜香的微笑似乎受到些許壓力，口吻生硬地回答。

靜香因為阿基拉的態度而納悶的同時，一如往常般接待顧客。

「今天也要補充彈藥？上次你接的委託還在持續中？ＣＷＨ反器材突擊槍專用彈的庫存還很充足，還有很多能賣給你，不過就時期來看，上次的委託應該已經結束了吧？」

「啊，是的。委託已經結束了。」

「對喔。這樣的話，平常慣用的普通子彈與穿甲彈的組合就好了嗎？」

「啊～～關於這個，其實喔……」

阿基拉不由得語帶躊躇。隨後與滿臉疑惑的靜香四目相對，他的眼神暫時遊移，之後再度看向她的眼睛，做好覺悟般開口。

「……我失去了一整套裝備，可以請妳幫我估一套嗎？」

靜香表情納悶地反問：

「你說一整套，具體來說是少了哪些？」

「全部的槍、強化服、背包和裡面裝的一切、之前用的資訊終端機、艾蕾娜小姐賣給我的情報收集機器，總之就是全部。我現在身上持有的，就只剩現在穿的衣服、帳戶的資訊終端機，再加上獵人證而已。」

靜香十分吃驚。靜香也知道阿基拉將絕大多數的報酬都耗費在更新裝備上。當他說失去了所有裝備，就等同宣告他失去了大部分的財產。

「等等，到底發生了什麼事？」

「那個，發生了很多事。所以說，可以請妳幫我估一套裝備嗎？」

「可以是可以……有多少預算？」

得知阿基拉只剩身上這套衣物，靜香也覺得可憐，但是她不能因此免費提供商品，也不能讓他先賒帳。靜香也要維持生計，而且這是生意。身為老闆也身為商人，這是無法退讓的一線。

盡可能在少許的預算範圍內推薦最佳的裝備吧。靜香這麼想著，向阿基拉詢問預算額度。

因為她這麼想，阿基拉接下來說出口的金額令她萬分震驚。

「預算最多到８０００萬歐拉姆。」

「……對不起。為了避免我會錯意或者聽錯，為防萬一，我可以再問一次預算嗎？」

「最多８０００萬歐拉姆。」

既不是玩笑話也不是會錯意，更不是聽錯了。阿基拉毫無疑問說出了８０００萬歐拉姆。理解到這一點，靜香的表情不由得轉為凝重。

靜香筆直凝視著阿基拉。阿基拉雖然有些畏縮，還是正眼迎向靜香的視線。

靜香從阿基拉的反應理解這筆預算並非來自做虧心事。不過這也代表阿基拉以正當手段賺到了８０００萬歐拉姆。這不是新手獵人能拿出的金額，就連老練獵人也很難立刻拿出這麼大一筆現金。

靜香無法想像，到底要冒多大的危險，才能得到這麼龐大的報酬。

靜香以強硬的口吻逼問阿基拉。

「阿基拉，到底發生了什麼事？阿基拉應該也知道吧？你剛才說的金額非比尋常。說是之前那次委託的報酬也不合理。就算你打倒了成千上萬的亞拉達蠍，由於彈藥費是由委託主支付，報酬額應該會偏低才對。你到底是冒了什麼危險才拿到足以支付8000萬歐拉姆預算的報酬？」

靜香逼迫般的口吻代表了她心中的擔憂。阿基拉為此感到欣喜的同時，以歉疚的表情回答：

「不好意思。因為和委託人的守密義務，這方面的事情我不能說明。因為攸關往後的信用，對靜香小姐也不能說。我不是不信任靜香小姐，但契約內容基本上是什麼都不能說，就連說『因為有守密義務而不能說』都算是踩線邊緣……」

不想對靜香說謊的心情，與希望盡可能誠實面對委託內容的想法，兩者折衷之下，阿基拉判斷了透露也無所謂的極限，好不容易才如此表明。

靜香凝視著神色歉疚的阿基拉，默默思索。

（……阿基拉口中的委託人，就是久我間山都市吧？十之八九又接了什麼非常危險的委託，不過既然都市方不准他說出口，硬逼他開口也對他不好意思。）

她這麼思考著，再度觀察阿基拉的外表。

（身上看起來沒有外傷，氣色看起來也不差。雖然很想知道背後細節，但是說穿了就只是阿基拉成功解決委託而拿到一大筆錢。我無法單純為此稱讚他，是因為我覺得一旦誇獎，也許會促使阿基拉更逞強亂來，但這也是我的自私吧……）

「……你說發生了很多事，沒有受傷的後遺症之類的吧？」

阿基拉使勁點頭，清楚回答：

「身體沒問題。接受了很有效的治療，身體狀況反倒比接委託之前還要好。」

聽他這麼說，靜香也暫且放心了。阿基拉那邊想必也發生了不少事吧。即使如此，現在阿基拉的確仍然平安。既然這樣，自己身為老闆提供優質的商品，對阿基拉才是最好的。靜香這麼思考，表情轉變為平常那親切的笑容。

「知道了。整套裝備的內容，只要不超出預算都交給我自由定奪？畢竟金額不低，我真的會自作主張決定，到時候後悔也來不及嘍。」

靜香說著，面露惡作劇般的笑容，阿基拉也笑著回答：

「沒關係，我想一定會比我煩惱到最後做出的選擇好。真要說的話，體格稍微變化也能使用的強化服比較好。我希望下次換新是在幾年之後。」

「知道了。就算你想打消主意，現在也太遲了。那你等一下。」

靜香說完便走進店內後場，提著兩把槍回來。

「在新的強化服送到之前先用這個吧。肉體也能使用的建議武器就這兩挺，ＡＡＨ突擊槍和Ａ２Ｄ突擊槍。ＡＡＨ突擊槍之前已經說明過，這次就略過不提，要聽Ａ２Ｄ突擊槍的說明嗎？」

「拜託妳了。」

靜香一開始就猜到阿基拉會這樣回答，一如往常般喜孜孜地開始說明Ａ２Ｄ突擊槍的特色。

Ａ２Ｄ突擊槍是以ＡＡＨ突擊槍為基礎，以提升威力與命中率為目標而設計並製造的槍枝。不同於ＡＡＨ突擊槍，為了不須改造就能使用穿甲彈與強裝彈，各零件的強度等都經過調整。

此外原本設計上就附有榴彈發射器，可發射各種榴彈。重量上也控制在未穿著強化服等裝備的獵人也能憑肉體使用的程度，作為ＡＡＨ突擊槍的進階版本廣受歡迎。

因為ＡＡＨ突擊槍的改造零件有一部分也能直接沿用，運用上相當便利。

「雙方都是未改造品。在沒有強化服的狀況下，先試用看看順不順手。如果對重量有不滿，最好避免會增加重量的改造。就算在購買強化服之後，還是需要身體未經強化的狀態下也能使用的槍枝。比方說強化服在遺跡深處故障時，如果沒有肉體能駕馭的槍，可就麻煩大了喔。」

「瞄準鏡是不是趁現在換新比較好？」

「如果想要像之前那樣和情報收集機器連動的話，之後再換比較好。以肉體使用的話，原本的瞄準鏡性能其實沒有那麼差。情報收集機器也在我之後會準備的全套裝備之中，瞄準鏡也會配合其他裝備來挑選。還是說你想自己挑情報收集機器？」

「不了，整個都交給妳。」

「我知道了。估價單擬定之後，我會再聯絡你，稍微等一下喔。商品送達的時間你就先估在大概兩星期之後。」

阿基拉在這段時間必須回到沒有強化服的生活，阿爾法叮嚀他：

『我想你應該也明白，在新裝備送到之前，獵人工作要暫時休業喔。』

『我知道啦。我可不會低估我的運氣差勁的程度。我也不想在這個狀態下，和怪物群或穿著重裝強化服的傢伙們戰鬥。』

只是到都市外頭訓練就遭遇怪物群；只是接個委託就被迫與重裝強化服交戰。因為有過這類經驗，在能夠完全接受阿爾法的輔助之前，阿基拉同意應該暫時躲在比較安全的都市。

在這之後阿基拉在靜香店裡買齊了當下需要的裝備品。將回復藥與預備彈藥、槍枝保養工具等等塞進新背包中，揹起新買的槍枝。

這些品項合計起來的重量並不輕，壓在阿基拉的身上。感受到那沉甸甸的重量，讓阿基拉再度體會到強化服提升身體能力的效果。

新的資訊終端機也已經與靜香交換聯絡方式。同時阿基拉也告訴靜香，聯絡不上終端機的時候，可以聯絡他的獵人編碼。

靜香打量著阿基拉，這套暫用的裝備和當初他初次來到店裡時相比，水準提升許多。

不過在靜香眼中，這模樣讓人難以放心。她覺得近來環繞在阿基拉身旁的危險狀況的程度與次數漸漸提升，憑現在的裝備恐怕不足以應付。

「阿基拉打算暫時用這套裝備戰鬥嗎？」

如果他這麼打算，就要以強硬一點的態度勸他不要逞強。靜香原本這麼想。

阿基拉搖頭。

「沒有，直到整套新裝備送到為止，我想先暫停獵人工作。我的實力還不足以在準備不萬全的狀態進入荒野。」

「是喔，那就好。畢竟你好像也發生不少事，偶爾也該好好休息。」

靜香得知阿基拉不打算主動做出魯莽或逞強的行為，便安心地微笑。阿基拉低頭行禮後轉身離去，她目送阿基拉離開後，回想起艾蕾娜兩人也正擔心著阿基拉。

「阿基拉現在連情報收集機器也沒了，選裝備就找艾蕾娜她們徵詢意見吧。況且我一個人決定的話她們大概會有怨言。既然知道阿基拉還活著，她們的心情也會好轉吧。」

靜香取出資訊終端機，在訊息寫下「為了幫阿基拉選一套裝備，想徵求意見」等內容，傳送給艾蕾娜她們。

◆

阿基拉走出靜香的店後，決定到謝麗爾的據點露個臉。

因為他住院了好一段時間，再加上換了資訊終端機，謝麗爾無法聯絡上阿基拉的狀態至今依然持續。她認為阿基拉已經死了也不奇怪。在奇怪的誤會產生之前先露個面會比較好吧。他這麼想而決定前往。

走在貧民窟，他回顧剛才自己花錢如流水的模樣。

『是說，治療費大概6000萬歐拉姆，裝備費8000萬歐拉姆啊。賺到的錢一瞬間就用光了。我的金錢觀念到底出了什麼問題？』

要是不久前的自己得知這件事，肯定會昏倒吧。阿基拉這麼想而苦笑。

阿爾法見狀笑道：

『你就為了自己變得能賺這麼多錢而開心吧。在加上我的輔助也非常不利的賭局中，把阿基拉的性命和持有裝備全部都擺到賭桌上當籌碼，好不容易獲勝才得到這些錢，考慮到這些，我想這還不算非常充分的金額。』

『會嗎？哎，也許吧。』

『不過這樣一來，你的裝備應該會充實許多。身體也接受了高品質的治療，已經不用擔心過去多次亂來而累積的舊傷。雖然過程艱辛，從結果來說我覺得還不差喔。』

『嗯～～這部分有點難判斷耶。』

阿基拉在這次的戰鬥中失去了所有持有物。雖然程度高低有別，但同樣都是賭上性命才得到的東西。其中有些也讓他覺得格外珍惜。再加上過程中好幾次差點丟掉性命，讓他無法歡天喜地。

這時，阿基拉回憶起在靜香店裡買的護身符。

（我記得那好像是舊世界賭博時的護身符。）

基本上所謂的賭博，當賭注越高且勝率越低，贏得的金額會隨之增加。而阿基拉好幾次瀕臨死亡，最後賺回了鉅款。

（……如果這次就是那個護身符的功效，如果那功效會呼喚更大的賭局的機會……）

即便那是超乎想像的高風險高報酬的賭局，如果想要超越自己一無所有的出身並出人頭地，光是有機會上賭桌就十分幸運了。絕大多數的人就連那份機會都無法得到，只能垂頭喪氣地死於失意落魄。阿基拉也明白。儘管明白，也難以為此歡喜。

（一旦輸了就沒命，贏了也只有蠅頭小利。一般來說這種機會特別多。從這角度來看，護身符的確有功效……不過，可是……）

阿基拉放棄繼續想，因為對精神衛生有害。

況且那個護身符已經不在身邊了，再繼續介意也沒有意義。他這麼決定，轉換心情。

見到阿基拉的反應，阿爾法面露感到不可思議的表情。

『阿基拉，你剛才在想什麼？』

『啊，沒什麼。我想到之前在靜香小姐的店裡買的那個護身符。』

阿基拉用念話如此回答時，無意識間額外送出了許多思緒。

護身符的存在；也許因為那功效而屢次遭遇生死交關的戰鬥；雖然真的拿到了一筆鉅款，但是那種戰鬥還是應該能避則避。

此外，阿基拉還記得建議他買下那個護身符的就是阿爾法。

透過念話接到這個念頭，阿爾法露骨地自阿基拉身上挪開視線。

『這可不是我的錯。』

『我知道啦。』

第62話 謝麗爾的焦慮

自家幫派位在貧民窟的據點中，謝麗爾待在據點的私人房間內處理身為幫派老大的工作。

指派要借給葛城的人力、販賣熱三明治所得資金的管理與活用、籌劃下一筆生意等等，幫派老大的工作多得處理不完。

她擺著一副心情極度惡劣的表情，像是為了逃避某些事而刻意埋頭於工作之中。

不只是今天，謝麗爾最近這陣子一直都是處於這種狀態。

幫派中每個人都知道謝麗爾心情惡劣的理由。因為最近阿基拉都沒在據點露面。

謝麗爾傾心於阿基拉，這在幫派中是廣為人知的事實。而且前陣子阿基拉將摩托車寄放在據點，頻繁前來取車而在此露面。

不過最近他改借出租車輛或搭巴士前往崩原街遺跡，因此到據點露面的機會急遽下降。謝麗爾就是因此情緒惡劣。孩子們樂觀地這麼想。

然而謝麗爾以非常悲觀的態度看待現況。

謝麗爾的煩躁只是演戲。她的演技對部下們產生了相當充分的效果。阿基拉可是幫派的生命線，重要的後盾已經好一段時間沒有露臉，但她的演技成功讓部下們誤會目前事態還在讓她心情相當不好的程度。

然而這對謝麗爾本人的效果已經瀕臨極限。

現在待在房內的只有謝麗爾一個人，沒必要為了欺騙部下而佯裝不愉快。

儘管如此，謝麗爾依舊佯裝自己的表情。刻意浮現心情惡劣似的表情。不是為欺騙別人，而是為了矇騙她自己。

也許阿基拉已經死了。一旦這種念頭湧現，無法否定的當下狀況就會無止盡地產生焦慮、不安與恐懼，現在她正假裝自己單純只是見不到阿基拉才心情不佳，用演技讓自己暫時視而不見。

因為阿基拉一段時間沒有露臉，謝麗爾也曾用他給的資訊終端機嘗試聯絡。但是不管怎麼試，都無法聯絡上他。

感到不安的謝麗爾懷著被罵的覺悟前往阿基拉下榻的旅館，但在該處找不到阿基拉。而且他並未辦理退房，房內私物還因為逾期遭到清理。那是獵人死去時很常見的事。

一旦長時間聯絡不上，就當作我已經死了。阿基拉曾經這樣告訴謝麗爾。失去音訊至今已經一個星期。謝麗爾心中焦慮、不安與恐懼不斷增長，對她來說一個星期已經算得上很長了。

自己正劇烈且深刻地依賴著阿基拉。她能發揮足以勝任幫派老大的能力，也是因為有阿基拉這個心理支柱。一旦失去這個支柱，自己恐怕支撐不下去。這樣的自覺將謝麗爾逼向絕境。

自己的精神支軸正發出駭人的聲響漸漸傾折。在折斷的瞬間，自己恐怕會聲嘶力竭地哭叫吧。查覺到自己的精神狀況，更是讓謝麗爾走投無路。

腦袋中仍然冷靜的那部分，不關己事般告訴謝麗爾在支軸折斷前還有多少剩餘時間。最長還能撐上幾個星期，快一點的話只要幾天，最糟的話只剩數小時。在腦袋中倒數計時的呢喃聲，不斷磨耗著謝麗爾的精神。

謝麗爾正用盡全力避免自己正視這樣的現況。躲在自己房內埋頭工作也是出自這個理由。她已經沒有心力能直視現實。

這時，耶利歐來到謝麗爾所在的個人房間，沒有敲門便逕自進入室內。為了遮掩充滿不安與畏懼的心境，謝麗爾回應時在表情和語氣中過度添加了不愉快的成分。

「耶利歐，我不是說進來前要先敲門嗎？」

謝麗爾的魄力震懾了耶利歐，讓他表情緊繃。

「不、不好意思啦。我會注意。」

「然後呢？什麼事？」

「阿基拉先生來了。叫他直接來這裡就好？」

這句話讓謝麗爾剛才散發的魄力轉瞬間煙消雲散。

◆

阿基拉被帶到謝麗爾的房間，坐在沙發上面露困擾的表情。謝麗爾再度從正面抱緊他，這部分還在預料之中，不過她使出的力道超乎預期。

謝麗爾跨坐在阿基拉的大腿上，雙臂環抱著他的頸子，緊貼著他並且放鬆了表情，那張臉龐上絲毫沒有方才的不悅。

謝麗爾的擁抱力道異樣地強，讓阿基拉回想起先前她在旅館拚了命緊抱他不放的往事，於是他暫且先不抵抗，任憑她擺布。

就這麼過了一段時間後，謝麗爾得到某種程度的滿足，將雙手擱在阿基拉肩膀上，稍微拉開距離，把臉朝向阿基拉的正面，欣然笑道：

「讓我再說一次，能見到你真的很高興。我也知道你應該很忙，但如果可以，希望你能更頻繁來找我。啊，我有聯絡過你，不過聯絡不上。最近很忙嗎？我可以問你發生了什麼事嗎？」

「喔。我差點就死了。」

阿基拉說得像是細枝末節的小事般輕鬆。因此謝麗爾聽起來只覺得他隨口在開玩笑。謝麗爾罕見地對阿基拉擺出有些不滿的表情。

「……這個玩笑話之前聽過了，不好笑喔。」

對謝麗爾而言，只要有關阿基拉的生死，就算是隨口說說的玩笑話也無法一笑置之。她面露憂傷的表情，以嚴肅又沉痛的語氣請求。

「拜託你，就算是開玩笑也不要講這種話。」

謝麗爾的表情有一半是刻意為之。視線、舉止、表情、嗓音。為了營造出自己意圖給予的印象，憑著日積月累的技術調整。

就算這樣，話語無庸置疑發自真心。她的表情與語調也只是為了確實傳遞心中想法而加上有些誇張的裝飾。正因如此，一切看起來渾然天成。

如果對部下的孩子們使用同樣的手段，謝麗爾的美貌會更加強化這門技術的效果，說了無謂的玩笑話讓謝麗爾傷心會讓人心生罪惡感，同時得到謝麗爾這般美少女的殷切擔憂，也會讓人湧現強烈的喜悅。

但是阿基拉平淡地回答：

「這不是說謊也不是開玩笑，我是真的差點死了。」

謝麗爾愣了一下。緊接著她從阿基拉的表情理解那真的不是謊言，頓時慌得手忙腳亂。

「沒、沒事嗎！」

「沒事。傷口還會痛的話就不會讓妳抱住。」

見到謝麗爾毫無矯飾又異樣慌張的模樣，阿基拉覺得她的反應太過誇張而有些吃驚。

謝麗爾從阿基拉的態度理解了他是真的沒事。於是她放心地吐氣，再度用力抱緊阿基拉。

「……請不要讓我擔心。」

「妳這樣講也沒用啊。獵人這行本來就離不開危險。有時候就是會遇到這種事。」

「話、話是這樣說沒錯……」

謝麗爾顯露稍微鬧彆扭的模樣。

「我們畢竟是戀人嘛，緊緊抱住我，說些讓我安心的話也沒關係吧？」

「咦？」

阿基拉發出了非常納悶的疑問聲。見到阿基拉那副「妳到底是在說什麼？」的態度，謝麗爾有些消沉的同時掩飾道：

「……因為你成為了我們的後盾，在外人眼中就是這麼一回事。」

「喔喔，差點忘了。原來是這個意思。」

見到阿基拉如此解釋，謝麗爾在內心大嘆一口氣。她再度抱住了阿基拉，將下巴擱在阿基拉的肩頭，讓他看不見自己的臉。因為聽見阿基拉親口否認兩人並非戀人關係，失望比想像中還要沉重，她現在沒有自信在臉上維持笑容。

原本她有些期待能順勢成為戀人，發現事與願違而感到遺憾。到底是哪邊不行？她開始了這樣沒有結果的自問自答。

儘管謝麗爾像這樣抱著阿基拉，但阿基拉的反應未免也太平淡。雖然她自認姿色過人，那畢竟只是就貧民窟的標準來看，她也曾經懷疑過，也許自己的姿色根本不算什麼。

之前葛城向她提過阿基拉的眼光很高，以及他認識其他美女獵人的傳聞，都讓她加深了懷疑。

但是到了當下，她見過了自己販賣熱三明治時顧客的反應，一度認為那是多餘的操心。同時也判斷自己的姿色至少能普遍博取他人的好感。

像這樣緊抱著他的時候，只要他願意出手，謝麗爾也願意獻出自己的身體。雖然她這麼想，但阿基拉從來沒有表現對她出手的意圖。自己到底是哪邊不好？謝麗爾相當認真地煩惱。

阿基拉根據謝麗爾的反應來推測。彆扭的思考模式最終得到的，自然是彆扭的結果。

阿基拉認為謝麗爾對他如此積極獻殷勤，是為了維持並發展幫派。他知道在貧民窟生活有多麼艱辛，很能理解她如此努力的理由。

雖然那原本是阿基拉強加於她的立場，但是要坐穩幫派老大的位子，需要有強力的獵人當後盾。考慮到這一點，謝麗爾這麼努力想維持與阿基拉的關係，阿基拉不認為有需要懷疑她的動機。

此外他也認為，一旦謝麗爾的幫派實力成長到不需要自己這個後盾，關係想必會越來越疏遠。

基於這種想法，阿基拉推測謝麗爾這態度的理由後，給出他認為的建議。

「因為我說過會幫妳，只要我還活著，就會某種程度上幫忙。不過既然我幹的是獵人這行，就算不想死，會死的時候還是會死。為了我什麼時候死掉都沒關係，謝麗爾還是事先強化幫派實力比較好喔。」

謝麗爾再度稍微放開阿基拉，正面看向阿基拉的臉。她以帶著悲痛的表情凝視著阿基拉。

「……我有計劃強化幫派。我也知道阿基拉幫了很多忙，知道自己非常依賴阿基拉的實力。但是，請不要提起阿基拉死掉之類的事。」

「……嗯？知道了。」

阿基拉隱隱約約明白自己說錯話了。但同時他還搞不懂自己到底說錯了什麼。

因為不知道什麼才是正確回答，阿基拉沉默不語，謝麗爾則再度抱住阿基拉，不再說話。

在謝麗爾哭著向阿基拉求助，而阿基拉答應之後；在謝麗爾尋求依賴對象，而阿基拉接受之後；在謝麗爾憑藉著阿基拉給予的救贖、安心與依賴，重新構築了被嚴苛現實打碎的心靈之後——謝麗爾的行動乍看之下無異於過去，但行動原理已經截然不同。

謝麗爾會著手強化幫派，是為了將成長後的幫派帶來的利益獻給阿基拉。

現在謝麗爾已經對阿基拉雙手奉上自己的身體，但是阿基拉拒收。

謝麗爾的容貌完全稱得上是美少女。就貧民窟居民而言，除了身體的某個部位外，發育相當良好，服裝也潔淨整齊。綜合而言容貌水準大幅超越都市低階區域的平均水準。打從過去受到西貝亞庇護時，她就一直生活在較優渥的環境，因此與生俱來的美貌並未因為貧民窟的生活而明顯折損。

儘管自己曾同意阿基拉隨意擺布她的身體，阿基拉卻說「遭到怪物襲擊時算不上戰力，也沒辦法當誘餌」而一口回絕。謝麗爾無法以肉體來維繫與

阿基拉的關係，也無法用肉體償還日積月累的人情債。

從謝麗爾的角度來看，完全搞不懂阿基拉為何對她伸出援手。她當然想像不到，阿基拉的動機毫無根據，純粹只是想圖個好兆頭，認為做些看似善事的行為也許能稍微改善自己的不幸。謝麗爾只覺得阿基拉只是出自些微的一時興起，再加上懶得拒絕才出手幫她。

現在的謝麗爾給不出任何利益以回報阿基拉帶來的恩惠。同時阿基拉帶給謝麗爾的恩惠，換言之就是人情債，在這當下仍然持續膨脹。

一定要擴大幫派的規模，用那份力量產生的利益來回饋阿基拉；一定要讓阿基拉認為當初幫助她是正確選擇。否則遲早有一天，恐怕阿基拉會輕易拋棄自己。謝麗爾這麼認為。

阿基拉對謝麗爾棄之不顧的傾向沒有謝麗爾想

的那麼強，謝麗爾拋棄阿基拉的想法也沒有阿基拉想的那麼強。兩人都認為對方會輕言斷絕與自己的緣分，這樣的誤會增強了謝麗爾對阿基拉的執著。

為了排解剛才那對話之後的尷尬沉默，謝麗爾提出其他話題。

「那個，我之前想和你聯絡，但聯絡不上。」

「喔，我之前用的資訊終端機壞了。今天我只是來告訴妳新的聯絡方式。」

阿基拉推開謝麗爾，取出了資訊終端機，謝麗爾也將擺在桌上的資訊終端機拿過來。兩人交換了聯絡方式。

謝麗爾先是坐在阿基拉身旁，但馬上又想跨坐在阿基拉的大腿上，與他面對面。

「先等一下。妳還想抱著我？」

「是的。因為聯絡方式已經交換好了啊。」

「剛才都分開了，沒必要再貼上來吧。」

「我不要。聽到阿基拉差點死掉讓我剛才非常擔心，在精神上的疲勞恢復之前，我不會放開你。光是指揮幫派已經讓我心力交瘁，抱住你的時間會比平常更久。」

謝麗爾情緒恢復平常後，刻意放縱自己的欲望。強勢的態度讓阿基拉有些不知所措。

「妳應該也有正事該做吧？」

「我正在實行優先順序最高的正事。抱住你以消解累積的疲勞，同時向幫派的眾人昭告我們的關係良好。為了讓我坐穩老大的位子，也為了與貧民窟其他幫派的往來，這是非常重要的工作。」

「沒有其他人看到，應該就沒什麼效果吧？」

「那我叫其他人來吧？」

「別這樣。」

阿基拉能理解那確實有其重要性，但他也不願意主動展現自己被謝麗爾緊緊抱住的模樣。還沒辦法拋開顧忌到那種地步。

只要兩個人在房內獨處，周遭旁人自然會多做臆測吧。這已是阿基拉的妥協點。

這時，耶利歐確實先敲過門才進房。

謝麗爾對耶利歐投出冰冷的視線。

「……耶利歐，我的確說過進房之前要先敲門，但我的意思其實是指，要先得到房內的人許可才能進來。」

「不、不好意思。」

感受到和上次不同的壓力，耶利歐顯得畏懼。

「所以呢？有什麼事？」

如果是無關緊要的瑣事，絕不會輕易饒過你。謝麗爾的視線中帶著這樣的威嚇，使耶利歐無謂地畏縮。

「葛城先生來了，他說要找妳。我先帶他到待客室了……還是要告訴他，妳正在忙？」

雖然不及阿基拉，葛城也是重要的貴賓。幫派的主要收入來自葛城介紹的工作，不能草率對待。

「……告訴他我馬上到。」

耶利歐連忙走出房間，留下了似乎有些放心的阿基拉，以及表情看來不滿又不愉快的謝麗爾。

◆

葛城坐在據點待客室的沙發上。謝麗爾與阿基拉隔著桌子坐在他對面，耶利歐與艾莉西亞則站在兩人身後。

現在耶利歐兩人的待遇近似於幫派幹部，負責統領幫派的其他人，因此當謝麗爾在據點與志島或葛城等幫派外部的重要人物會面時，耶利歐兩人也會一同在場。

兩人總有一天必須代替謝麗爾出面協調幫派內

外的爭執，不過現在頂多只能站在謝麗爾身後。

謝麗爾面露親切微笑，先開了口：

「為了避免讓葛城先生等候，希望能勞煩您事先捎來聯絡。我也不一定隨時都待在據點。啊，如果葛城先生之前就已經對我的某個部下提過了，那是我們這邊的疏失，我願意致歉。」

「沒有啦，我只是剛好來到附近，順道拜訪一下而已。不好意思啦。」

「請別介意。話說有什麼事嗎？」

葛城先是瞄了阿基拉一眼，回答：

「我說了啊，只是剛好來到這附近，順道拜訪罷了。哎，既然阿基拉剛好也在，我跟阿基拉聊個幾句就回去。」

「這樣啊。」

葛城事先給了謝麗爾的部下少許零用錢，藉此探聽阿基拉平常出入據點的頻率。他得知了阿基拉好一陣子沒有現身，因此前來看看狀況。

如果阿基拉已經與幫派斷絕關係，葛城也不打算繼續與謝麗爾往來。他會著手回收先前投資的成本。

他未事先聯絡就現身，就是為了方便從謝麗爾等人身上找出這方面的反應。一旦事先告知自己的來意，可能會讓近來難以輕視的謝麗爾有空檔採取某些手段。他這麼認為才突然造訪。

謝麗爾當然也明白對方的來意，不過她不打算多加追問。明明沒問題，卻因為自己無謂的疑心白跑一趟——讓對方這樣想，對謝麗爾較為有利。

「是說，阿基拉，收集遺物這方面怎麼樣了？你真的有打算收集遺物轉賣給我嗎？還是說你還在忙有關臨時基地的委託？」

「那方面的委託已經結束了。我也不打算繼續接同樣的委託。」

「那真是太好了。」

「話是這樣說，不過在我新買的裝備送來前，獵人工作暫時休業。聽說要花上兩星期。遺物收集要再等一下。」

這時葛城擺出不滿的態度。

「裝備換新了？喂喂喂，要更新可以找我買嘛。你明知道我是做這行的。」

「買裝備固定光顧的店家，我之前就已經選好了。不好意思。」

葛城擺出更不滿的態度。雖然有一半是演技，但是他協助謝麗爾就是為了讓阿基拉將來能成為自己的好主顧，自然不樂見阿基拉向其他店家購買裝備。他不希望對謝麗爾的投資付諸流水，另有所指般加重了語氣。

「……我說啊，阿基拉。你不賣遺物給我，也不買我店裡的商品。你要用這種態度的話，我也會

考慮要不要繼續維持交情喔。就算曾經一起闖過生死關頭，優惠還是有限度。」

很有道理。雖然阿基拉這麼想，不過他還是不打算在靜香以外的店家購買裝備品。

然而他也認為，如果自己什麼也不買，或者是沒有交易的餘地，想必無法平息葛城的不滿，於是他姑且提出應該能從葛城手上買到的品項。

「知道了。那就賣回復藥給我吧。」

「你以為偶爾買一些便宜貨就夠了喔？」

葛城露骨地擺出對這種小生意非常不滿的態度。不過他的態度馬上被下一句話炸飛。

「我出１０００萬歐拉姆。」

「……啥？」

聽了阿基拉開出的金額，葛城不由得流露出訝異的聲音和表情。

阿基拉以認真的表情繼續說道：

「我要的不是那種不曉得有沒有效果的便宜回復藥，而是骨折之類的傷勢也能當場治癒的那種，和舊世界製同樣高性能的回復藥。你的貨品不是從最前線運回來的嗎？店裡有沒有這種回復藥？」

葛城擺出商人的表情反問：

「怎麼付帳？」

「如果你接受用獵人證付款，我現在就付。東西呢？」

「我有一盒２００萬歐拉姆的回復藥。店裡就有現貨，不用等貨送到。只是從店裡拿來而已。」

「給我五盒。」

阿基拉取出獵人證。葛城接過卡片，放到自己的獵人證用終端機上，完成結帳手續。

在結帳手續正確完成之前，葛城對阿基拉是否真能支付１０００萬歐拉姆感到懷疑。但是一見到支付手續正常完成，他馬上眉開眼笑。

對於和獵人做生意的人們來說，結識有本事賺大錢的獵人比商品收益更有價值。葛城的眼神飄向謝麗爾，暗自想著：

（為了買回復藥，一出手就是１０００萬歐拉姆現金啊。很不錯的生意。就算只是想在謝麗爾面前裝闊也無所謂，看來我的投資有了回報。拜託日後也要像這樣喔。）

葛城將獵人證還給阿基拉，站起身。

「好了。我這就回去拿，你等一下。你會待在這裡吧？」

「會啊。」

走出房間前，他回頭看向阿基拉。

「……話說你付錢付得那麼乾脆，萬一我就這樣捲款潛逃，或是拿品質低劣的商品給你，你有什麼打算啊？」

阿基拉誠實且平靜地回答：

「你要是逃走我會追殺你，要是你拿了莫名其妙的東西來，我會考慮斷絕關係。」

「原來如此。看來我們今後還是能維持好交情。」

葛城滿足地笑著，走出房間。

耶利歐和艾莉西亞目瞪口呆地看著１０００萬歐拉姆的交易在眼前上演。

基本上耶利歐等人工作一整天的報酬非常微薄。扣除了葛城的仲介費與幫派的抽成等等，實際拿到的連１０００歐拉姆都不到。目睹金額與自己的收入差好幾位數的交易在阿基拉與葛城之間輕易談妥，兩人懷抱複雜的心情。

耶利歐他們也知道阿基拉原本也是貧民窟居民。照理來說無論年齡或際遇都和他們沒有太大差別，現在卻在他們眼前表現出無從追趕的差距。

如果運氣夠好，也許自己也能變得和阿基拉一樣。這幅情景不只帶給他們這樣的希望，更加強烈的感情是：自己明明和阿基拉沒有太大差別，為何沒辦法變得和他一樣。

謝麗爾表面上佯裝平靜，內心其實十分焦急。因為阿基拉的收入超過了謝麗爾的預期。

收入足以隨手支付１０００萬歐拉姆的獵人，實力顯然遠遠凌駕於隨處可見的平庸獵人。謝麗爾他們從未支付適當的代價，領受實力非凡的獵人帶來的恩惠。

一旦拿不出充分的回饋，阿基拉遲早會棄他們而去。謝麗爾這麼認為。而必須拿出的回饋會隨著獵人的實力等比例放大。

面對最少也能輕易賺取１０００萬歐拉姆的獵人，到底要拿出多少回饋才算充分？謝麗爾實在無法想像。

等了一段時間後，葛城帶著商品回來。

「久等啦。這就是一盒２００萬歐拉姆的回復藥。」

擺在桌面上的回復藥的包裝盒，每個都是一隻手就能拿起的尺寸，內容量看起來也不多。不過效果想必高到不愧對其價格吧。阿基拉充滿興趣地打量著盒子。然而當他清點藥盒數量後，板起了臉。

「……我應該買了五盒吧？」

擺在桌上的回復藥一共是四盒。與阿基拉購買的數量差距一盒。

「我回去確認庫存發現只有四盒。所以——」

葛城說完，額外取出其他的盒裝回復藥擺到桌上，一共三盒。

「為了賠罪，我就補上一盒１００萬的回復藥，一共給你三盒。合計１１００萬歐拉姆的回復藥，算你１０００萬歐拉姆。這樣你能接受嗎？」

「……哎，也好。無所謂。」

「抱歉啦。」

對阿基拉來說，既然得到了超過支付額的回復藥，就沒有任何問題。對葛城來說，比起只賣２００萬歐拉姆的回復藥四盒，這樣營收更高，因此還在可妥協的範圍內。

不過對葛城最重要的還是抹消自己的失誤。明明已經收了錢，卻無法按照訂單提供商品，這對商人來說可不是退錢就能了事的問題。

解決了心頭上的擔憂，葛城的話鋒轉向下一筆生意。

「話說回來，如果以後你預定會買同樣價位的回復藥，我可以先幫你叫貨。怎麼樣？」

「如果我有錢能買藥，而且你那邊剛好也有庫存，我大概會買。如果有錢卻沒有庫存，我大概會去找別家吧？至於我手上有沒有錢，礙於獵人這行業的性質，我也沒辦法預料。庫存數量你自己拿捏。這是你的專業吧？」

「確實如此。我會心懷期待等你造訪。有錢能買就聯絡我吧。」

如果單純說要買，就等同預約。阿基拉敷衍帶過，避免一言既定。葛城在心中輕聲咂嘴，擺出業務用的笑容回答。

葛城切換了態度，改變話題。

「啊，對了。在你重啟獵人工作後，還會再去遺跡吧？除了遺物之外，較少人知道的遺跡場所，或是那個遺跡的內部地圖，這類情報我都願意出錢收購。如果你還沒有這方面的交易對象，就拿來給我吧。我會出錢。」

說到這方面的情報，阿基拉也心裡有數，他顯露些微的反應，葛城見狀判斷他有興趣，笑著繼續說道：

「我可以代替你把情報出售給其他獵人。由我代為處理商談價錢之類的麻煩事，當然我也會收仲介手續費和抽成，不過我覺得會比你自己兜售情報要輕鬆喔。」

「就算要賣遺跡的內部情報，情報收集機器的檔案之類就可以了嗎？檔案格式之類的問題要怎麼解決？」

「我和分析這類檔案的業者有些管道，只要不是太特殊的檔案應該沒問題。這樣一來，雖然努力探索遺跡，但是沒找到值錢的東西——就算遇到這種事也不至於全無收穫。哎，就算是已經眾所皆知的遺跡，只要有更詳細的情報，好歹也能賺點零用錢。」

「知道了，有需要會再找你。話說你做的生意種類還真多。」

「若要成為統治企業，除了錢還需要很多東西啊。當然錢是多多益善。我隨時都接受融資喔。」

「不好意思，我沒那麼多錢。」

「我想也是。」

在這之後，葛城與阿基拉交換了新的聯絡方式後離去。

阿基拉將他購買的回復藥塞進背包中，抓起了最後剩下的那盒１００萬歐拉姆的回復藥，就在他要放進背包時，他的手停止動作。

經過短暫思考，他把那盒回復藥遞給謝麗爾。

「給妳。隨便妳用。」

「真、真的很謝謝你。」

謝麗爾努力回以笑容。換言之，她為了面露笑容而用盡力氣。

因此那笑容顯得有些僵硬，和謝麗爾較為親近的人一眼就能看出她在強顏歡笑。至少那不是謝麗爾平常對阿基拉擺出的笑容。

阿基拉見到謝麗爾那怪異的表情，也注意到自己似乎又搞錯了什麼事。不過這次他依舊搞不懂自己哪裡會錯意或做錯了什麼事。

『阿爾法，我又搞砸什麼了嗎？我只是想說讓謝麗爾他們受傷時有藥能用，才把免費贈送的藥送給她……』

『在我看來行動本身沒有問題。這個嘛，阿基拉和謝麗爾在其他人眼中，要表現得像是戀人或情婦之類的關係吧？』

『是沒錯。』

『送給這種對象的禮物選了毫無情趣可言的回復藥，也許在氣氛上不太對吧。此外，如果把半價折扣的商品送給別人，感謝與愛情也會跟著打對折的話，實質上免費的贈品，感謝與愛情也許也是免費？不，這應該是多慮了吧。』

『有必要考慮這麼多喔？真是麻煩。哎，也有道理啦，如果不是免費的贈品我也不會給她。』

『當她需要實物來證明你們的情侶或男女關係時，若問戒指或項鍊等裝飾品類跟昂貴的回復藥哪種比較好，要以回復藥的盒子當作物證，面子上也許有些掛不住喔。』

『喔喔，原來如此。哎，畢竟我答應過要幫她了，之後再隨便送她一些比較像樣的東西吧。』

他們討論的內容稍微偏離了重點。

謝麗爾看著她以雙手捧著的回復藥，心中暗忖：這樣一來還不完的恩情又增加了。支付充分回饋給阿基拉的難易度再度上升。

一隻手就能輕鬆拿起的藥盒讓她覺得異樣沉重，甚至好像能壓垮她。

謝麗爾滿心焦慮。

謝麗爾拿著阿基拉給她的一盒１００萬歐拉姆的回復藥，一段時間內愣住不動，在她恢復神智的同時，她立刻把耶利歐與艾莉西亞趕出房間。

表面上只是叫兩人回去工作，但是耶利歐兩人都從謝麗爾身上感受到「馬上滾出去，不准進來」的無言威嚇，連忙離開房間。

謝麗爾自座位站起身，來到阿基拉面前。阿基拉原以為她又要抱住自己，但謝麗爾只是在他對面再度坐下。隨後以認真的表情問道：

「阿基拉有沒有什麼事情希望我去做？」

「還真突然。」

「因為平常總是受到你的照顧，又給了我這麼好的東西，但我好像沒有給過你任何回報。不管是對我本人，或是對我們的要求都可以。」

話雖如此，阿基拉從謝麗爾身上感覺不到獲贈高價物品時的喜悅，反倒是散發著一種緊張兮兮的感覺。

雖然謝麗爾的態度讓阿基拉感到有些納悶，他還是姑且動腦想了想。不過他真的完全想不到。

「目前沒有啊。要是我想到有事要拜託妳，到時候再說吧。」

若是平常的謝麗爾，只要阿基拉這樣說，她就不會繼續追問。但這次不同於平常。她以更認真的表情堅持追問，態度已經近乎懇請或哀求了。

「真的什麼要求都沒有嗎？不管什麼都好。簡單的小事也好，強人所難也沒關係，可以請你隨便提一個嗎？」

謝麗爾過去總是認為，要回報阿基拉成為幫派後盾的恩情，等到幫派的規模更加成長，擁有充分的實力也不遲。就算稍嫌曠日費時，在日後交出更大的利益，肯定能給他更好的印象——謝麗爾心中懷抱的樂觀看法，已經從她的腦海消失無蹤。

一定要現在，不管什麼都好，如果不給他某些利益就會被拋棄。但是她不知道自己到底該怎麼做。那股焦慮逼迫她採取行動。

雖然與阿基拉重逢的喜悅讓她暫時忘記了，其實謝麗爾原本之後要將販賣熱三明治賺得的利益交給阿基拉。不過金額還不足２００萬歐拉姆——也就是先前阿基拉代為支付給志島的和解金，加上剛才他給的回復藥的合計金額。

光算有形的金錢就已經不足以償還。若要算上其他無形的協助，就算給他一點蠅頭小利，說不定會被他認定自己想敷衍了事。

既然阿基拉隨手就把價值１００萬歐拉姆的回復藥交給自己，對阿基拉來說這點錢想必只是不重要的小錢。

謝麗爾這麼思考而陷入絕境，於是她放棄思考，直接問阿基拉該怎麼做才好。

謝麗爾不願被阿基拉拋棄，只要她能辦到阿基拉的要求，不管再怎麼困難她也會毫不躊躇地實行。就算要求她全裸趴下舔他的腳趾，她也會毫不猶豫地照辦。她已經懷有這種程度的覺悟。

阿基拉卻回答「沒有」。這答案讓謝麗爾走投無路，讓她更急迫地拜託阿基拉提出要求。

阿基拉受到謝麗爾的魄力所逼，感到不知所措的同時仔細思考。阿基拉也懂了：不管什麼都可以，如果不提出要求，她絕對不會退讓。

不過，他同時也認為「按摩肩膀」之類的請

求，想必無法令她折服。謝麗爾的魄力對她的目的造成了輕微的反效果，讓阿基拉無法隨便提出簡單的要求。

阿基拉就這麼思考了好一段時間，最後突然想到一個提議。於是他決定姑且提出。

「這個嘛，那就給貧民窟的小孩子像樣的食物，教他們讀書寫字吧。」

謝麗爾訝異地愣住了。雖然她有覺悟不管聽見什麼要求都要去做，但這內容未免太過超乎預料。隔了一小段時間後，她百般疑惑地反問：

「……這個要求就好了嗎？」

這對阿基拉到底有什麼益處？謝麗爾完全搞不懂。

阿基拉也面露有些意外的神色。

「我覺得我提了一個強人所難的要求就是了，不過妳覺得很簡單的話，就拜託妳去做吧。內容的規模和水準，全部交給謝麗爾妳去判斷，拜託妳在實際上能辦到的範圍內努力。」

謝麗爾以認真的表情回答：

「我明白了。我會盡我所能去做。」

「啊，對了。因為是我叫妳做，妳才去做。這種話妳不要跟別人說。如果有人問妳為什麼要做這種事，妳就隨便找藉口蒙混過去。」

謝麗爾使勁點頭。

「我明白了。我絕對不會說出去。」

謝麗爾搞不懂阿基拉為何要拜託她這麼做。阿基拉不像對這類行善有興趣的人。如果想靠著行善博取名聲，刻意隱藏名號就失去意義了。謝麗爾左思右想，始終搞不懂這對阿基拉有何利益可言。

不過對謝麗爾來說這不是重點。重點在於，既然阿基拉認為這是強人所難，實行這件事就能成為對阿基拉的充分回饋。

謝麗爾懷著堅若磐石的決心，不惜排除萬難也要達成阿基拉的請求。

◆

阿爾法面露疑惑的表情，對阿基拉問道：

『我說阿基拉，為什麼要拜託她做這種事？』

阿爾法隨時都在觀察阿基拉，試圖完全掌握他的基本行動原理。因為觀察有成，現在阿爾法已經某種程度上能預測阿基拉的行動。

但是阿基拉剛才的要求，大幅超脫了阿爾法目前理解的阿基拉的行動原理。那麼，為了更正確地掌握其行動原理，就必須了解他採取這種行動的理由。

阿爾法在心中如此強烈警戒，同時完全不讓這般心境顯露在態度上，輕描淡寫地問道。

聽她這麼問，阿基拉不經意地回答：

『噢，剛好想到而已。只是覺得這也許能讓我的運氣稍微好轉。』

『什麼意思？』

『該怎麼解釋才好啊。呃～～給貧民窟的小孩子食物和知識算是善行吧？』

『哎，一般來說應該是吧。』

『我想說，只要我拜託謝麗爾去做這些事，雖然只是間接的，但也算是行善，這樣也許或多或少能改善我的不幸。』

換言之，阿基拉就像是發包請人代為行善。

如果教唆他人做壞事是壞事，那麼教唆他人行善理應屬於善事。出自這種想法，阿基拉期待自己教唆謝麗爾行善，能稍微改善自身的不幸。

撇開追求的是幸運這種迷信或超自然的事物，阿基拉的想法其實純粹出自利己的念頭。

『那為什麼拜託她不要提起自己的名字？』

『因為一旦用了我的名字，之後好像會招惹麻煩事啊。』

阿基拉拜託謝麗爾不要提起他的名字，是為了避免之後被麻煩事牽連。

不求回報地幫助別人，不告訴對方名字就離去。阿基拉扭曲的觀念會這麼解釋這種常見的美談：不透露身分應該是為了預防其他多數人也找上門來求助。

阿基拉將輕率的善行可能衍生的麻煩全部推給謝麗爾承擔，自己則想從中獲取不知道是否存在的利益。他會認為自己對謝麗爾的要求相當於強人所難，就出自類似的理由。

阿爾法接受了阿基拉的說明，知道他並非突然思想改變而行善，讓她放心了。思考稍微偏向利己，阿爾法也比較容易控制阿基拉的行動。要是突然變成善人會讓她傷腦筋。

『原來如此，我懂了。雖然效果值得懷疑。』

『我也沒有多麼期待，只是剛好想到而已，就算沒有效果，對我也沒有實際損害。』

『這麼說也對。哎，就算你突然轉念想行善，只要別犧牲自己的性命來保護別人就沒關係。因為我就只有你能幫我，可別因為這種理由死掉喔。』

阿爾法說著面露意味深長的微笑。阿基拉注意不讓謝麗爾看見，對阿爾法回以些微苦笑。

『我不會做那種事啦。我可是無情到能對無關的人質見死不救，妳也知道吧？』

『說得也是。』

在地下街當蕾娜成為人質時，阿基拉也沒有放下武器。阿基拉確實理解自己的無情之處。

不過阿爾法知道。過去有個男人在謝麗爾的據點口頭暗示要危害靜香時，阿基拉毫不遲疑就開槍射殺；先前怪物群朝都市前進時，阿基拉一度拒絕了擊退怪物的緊急委託，但在得知艾蕾娜等人也參加了防衛戰之後，突然又獨自一人接下委託。

如果成為人質的是靜香、艾蕾娜、莎拉這三人其中之一，阿基拉會不會對人質見死不救，這一點阿爾法還無法判斷。

再者就是謝麗爾。雖然那是免費的贈品，阿基拉給她的畢竟是一盒價值100萬歐拉姆的回復藥。這行為只是在實行他要幫助謝麗爾的承諾，又或者出自其他理由，這部分的判斷還很難說。

起初是阿爾法建議阿基拉對謝麗爾伸出援手。當時是為了更加了解阿基拉的行動原理，阿爾法想透過謝麗爾得到機會。

當時的判斷也許有誤。阿爾法產生了些許的憂慮。

◆

阿基拉走出據點的待客室後，在謝麗爾的房間內再度被她抱住。因為正事已經辦完，他原本打算就此告辭，但在謝麗爾的強勢逼迫下，被她硬是帶回房內。

當下與對阿基拉的回饋有關的擔憂告一段落，謝麗爾取回了原有的聰明，注意到阿基拉因為將難事硬推給她而顯得有些歉疚。她便聲稱想和阿基拉商量這方面的問題，面露強勢的笑容把阿基拉帶回房間內。

當兩人一面閒聊一面繼續談這件事，房門再度傳來敲門聲。這次門沒有未經同意就開啟。

「門沒鎖。」

聽見謝麗爾回答，艾莉西亞進入房內。見到

阿基拉與謝麗爾的模樣，她覺得自己似乎打擾到兩人，不過她還是先說明來意。

「謝麗爾，妳的洗澡時間到了，妳現在還不想洗嗎？如果不洗，其他人要先洗了喔。」

謝麗爾等人的據點有浴室。雖然眾人輪流使用，但是浴室的數量與內部大小和幫派人數完全不成比例。除了打掃與換水時，幾乎隨時都有人在使用。最近因為幫派成員增加，就算複數人一同泡澡，也難以讓每個人都能每天洗澡。

在這樣的狀況下，謝麗爾動用老大的特權，每天都能獨自一人悠哉地泡澡大概一小時。在泡澡前會先叫部下們打掃浴室並且換水，讓她每天都能泡在乾淨的洗澡水中。就貧民窟的孩子而言，算得上相當豪奢的生活。

儘管如此，謝麗爾還是留意著在每天固定的時間入浴。雖然只要她願意，隨時都可以洗澡，但是動用強權把部下們趕出浴室還命令他們打掃，甚至不定期地屢次獨占浴室，恐怕會無謂加深部下們的不滿。

謝麗爾身為幫派的首領，為了幫派的存續與發展，她不會吝惜動用強權。但是她的地位並未穩固到讓她為了滿足私欲而屢次濫用強權。

浴缸已經清潔過，洗澡水也換好了。但謝麗爾卻沒有出現在浴室，因此艾莉西亞前來看看阿基拉與她的情況。如果謝麗爾還不洗澡，艾莉西亞打算先和耶利歐一起入浴，之後再讓其他人洗澡。

抱著阿基拉而忘記了時間的謝麗爾有些吃驚地回答：

「已經這麼晚了？知道了。我要洗澡，稍等一下。」

謝麗爾放開阿基拉，開始準備入浴。目睹那模樣，阿基拉呢喃道：

「泡澡啊……我也回去泡澡吧。」

阿基拉的泡澡欲望受到刺激，他伸手拿起背包立刻打算離去。

但這時阿爾法提醒他：

『阿基拉，你想回哪裡去？』

『回哪裡？就是平常住的旅館啊。』

『之前預付住宿費的天數在你住院期間早就過了。別說是回旅館，得從找個新旅館開始才行，不然你可沒地方能過夜喔。』

阿基拉動作戛然而止。不只是無法回去已經住慣了的旅館，擺在旅館的個人物品也全部都沒了。明白到這一點，他輕聲嘆息。

『……現在要找旅館啊。哎，努力去找總是能找到吧。』

現在已經天黑了。有浴室的好房間很可能已經客滿了。只設有淋浴間的便宜房間，或者是一晚要價十幾萬歐拉姆的高價房間應該還有空房，不過他實在不想住在那種房間。

阿基拉想像著自己為了尋找能接受的房間而在都市的低階區域四處遊蕩，霎那間失去了付諸行動的幹勁。

由於他剛才已經切換心態，準備要回去好好休息，裝滿預備彈藥的背包頓時讓他覺得異樣沉重。因為他沒有穿著強化服，那份重量沉甸甸地壓在他背上。

謝麗爾注意到阿基拉的模樣。

「阿基拉，怎麼了嗎？」

「沒事，只是發現我接下來得去找個能住的旅館。」

謝麗爾從阿基拉的態度推測了他的心情，笑著提議：

「不嫌棄的話，你今晚要不要住在我房間？雖然沒有旅館那樣的設施，至少有床鋪能睡。」

「真的可以？啊～～不過我想舒舒服服地泡澡啊……」

從阿基拉迷惘的神色，謝麗爾憑著她的聰穎推測他迷惘的原因後，不抱期望地姑且提議道：

「如果現在和我一起進浴室，能一直泡到其他人的洗澡時間喔。浴缸也滿寬敞的，可以讓你充分伸展手腳。這裡應該也沒有笨蛋敢偷阿基拉的東西。如果覺得不安，擺在浴室附近就沒問題了，因為隔著毛玻璃看得見外面。」

阿基拉依舊猶豫不決。猶豫的理由大部分來自擔憂自身安全與持有品的安全。

雖然這裡是貧民窟，但並非道路旁，而是謝麗爾的據點內部。阿基拉還不確定這地方究竟有多麼安全。不過他認為安全到值得考慮的程度，同時也認為並未安全到不需懷疑的程度。

謝麗爾的提議雖然如同她的意圖，減輕了阿基拉的擔憂，但還沒有足以讓他下決定的效果。

這時阿爾法提供判斷根據。

『搜敵方面我會按照平常實施，不用擔心。萬一阿基拉的東西被偷，我也會馬上知道。』

『是喔？這樣的話，應該沒問題……吧？』

阿基拉心中迷惘的天秤大幅傾斜，謝麗爾注意到這一點，笑著在其中一邊的秤盤添加新的砝碼。

「入浴時間正不停縮短喔，你決定要怎麼？」

看見阿基拉的表情，謝麗爾在他開口之前就知道了答案。

最後阿基拉還是屈服於自己想泡澡的欲望，決定和謝麗爾一起泡澡。現在他正浸泡在據點浴室內的浴缸中。舒展四肢，讓脖子泡到水面下，用全身享受著舒適的水溫與感觸。

阿基拉的身體才剛在醫院接受治療，但他卻感受到理應不存在的疲勞自身體流出，溶解在洗澡水中。無論那是精神上的疲勞或單純只是錯覺，同樣都是療癒效果。

他的持有物都放在更衣間。為了避免有人對阿基拉的私物動歪腦筋，耶利歐和艾莉西亞在外頭看守。

看守並非特例，謝麗爾與幫派的少女們平常入浴時也會有人看守。目前已經有人因為試圖偷看謝麗爾洗澡，被逐出幫派。

阿基拉望向前方的迷濛雙眼中，映著謝麗爾正仔細清洗身體的模樣。阿基拉剛才也和謝麗爾借了肥皂等用品，清洗過身體後才泡澡。

真有必要洗得那麼一絲不苟嗎？正被泡澡的快感侵蝕的阿基拉的大腦中，浮現了這個單純的疑問，但疑問轉瞬間就消失。因為那對現在的阿基拉而言一點都不重要。

謝麗爾細心地清洗身體與頭髮。因為她很明白，想在與他人交涉等場合占上風時，自己的姿色很能派上用場。再加上現在有阿基拉在場，她比平常更仔細地保養自己的身體。

葛城送給她的化妝品與肥皂的試用品，就貧民窟的標準來看都是效果不凡的高品質用品。謝麗爾天天都用這些用品保養自己的外貌。肌膚與頭髮的色澤之前因貧民窟的生活而稍顯黯淡，現在完全取回了應有的光采。

謝麗爾的裸身經過溫水沖洗後顯得更加紅潤，美艷但不失秀麗。住在貧民窟的少年深知置身幫派的恩惠卻選擇賭上這份恩惠，只為了一睹這副美貌。那魅力確實有這份魔力。

此外少年因為在這場賭局敗北，沒能見到謝麗爾的裸體，一無所有地被踢出幫派據點。為了自身

的選擇而後悔，怨嘆著在被放逐之前至少也該先看到一眼。

洗完身體後，謝麗爾走向浴缸。因為視野內的人影有明顯動作，阿基拉的視線轉向謝麗爾。感覺到那道視線，謝麗爾的臉頰在泡熱水之前就發紅了。

雖然謝麗爾自己也同意，但是裸體讓同年齡的異性看見，還是叫她害臊。儘管如此，她也不曾用手遮蔽自己一絲不掛的裸身，走向浴缸，雖然害臊還是對阿基拉大方展現那勻稱有致的姣好身軀，進入浴缸內。

隨後她觀察阿基拉的反應。阿基拉單純只是用視線追逐視野內有所動作的物體，在目標不再明顯動作後，他便將視線轉回正面的半空中。

除了身體的某部位——正確來說是胸部的大小，謝麗爾對自己的身體相當有自信。也因此見到阿基拉對她的身體毫無興趣的態度，讓謝麗爾的心裡受到幾分打擊。

儘管如此，她還是吞吞吐吐地問道：

「……那個，你覺得怎麼樣？」

阿基拉聽她這麼問，稍微掃視浴缸後回答：

「……很寬敞。」

阿基拉的意識開始溶解於溫水中。以稍微過熱的腦袋自行解釋並補足謝麗爾那指稱不明的問句，愣愣地思考著與原本意思相距甚遠的問題，給出回答。

謝麗爾立刻就明白了阿基拉這回答的意思。就是寬敞的浴缸讓他十分滿足。這同時也代表了他對謝麗爾的裸體毫無興趣。

謝麗爾強忍著害羞，問他對自己的裸體有何感想，卻發現自己在他眼中只被當成稍微占用浴缸空間的物體，謝麗爾有點消沉地將她的身體深深浸泡到水面下。

（……我剛才的確說明過浴缸滿大的，但正常來說會這樣解讀嗎？）

移動到水面下的嘴唇冒出嘀咕，盛滿浴缸的溫水為她將話語轉變為氣泡。

謝麗爾對阿基拉投出有幾分不滿的眼神。阿基拉因此察覺自己再度說出了錯誤的回答，不過阿基拉的心神已漸漸被溫水奪走，無法仔細思考妥當的疑問內容與回答。

謝麗爾雖然能夠再問一次，但是看他這樣子大概沒用，便打消了念頭。

她的預料正確無誤。阿基拉曾在類似的情境下，對阿爾法只回答胸部很大。換作是謝麗爾，答案只會變成胸部小而已。謝麗爾做出了正確的選擇，讓她免於遭受無謂的精神打擊。

因為對方完全不把自己的裸體放在心上，謝麗爾的害臊也漸漸淡去，她切換了心態，心平氣和地打量著阿基拉的模樣。

泡在浴缸裡頭，放縱身心沉浸於泡澡的快感，臉上掛著覺得很舒適似的表情，現在的阿基拉看起來毫無戒心。

就像是個隨處可見的小孩子。至少不像是隨手就能支付１０００萬歐拉姆的幹練獵人。

謝麗爾看著眼前的阿基拉，心想：

如果阿基拉只是區區少年，就算手段稍嫌強硬，只要趁現在強勢進逼，一旦用身體成功攏絡他，也許就能免除許多煩惱了吧？

抓住阿基拉的手，貼向自己的肌膚。讓彼此的雙腿交纏，嘴唇相印，如此一來也能挑動阿基拉的情慾吧？

自己的姿色對大多數的異性而言有充分的魅力，這點絕不會錯。阿基拉想必也不會發自內心抗拒才對。

她這麼想著，想像真的誘惑他的情境。想像中的阿基拉只是嘴巴上抵抗，接受了她。

阿基拉乍看之下毫無戒心的模樣，使得謝麗爾的思考輕視眼前對手，將預料與假設轉變為順從自身願望的妄想。與平常不同的環境，使得謝麗爾平常聰穎的判斷力略為失常。謝麗爾沒有自覺，她正處於輕微的興奮狀態。

就在她想朝阿基拉伸出手而微微動作，她注意到阿基拉看著她的眼神。

阿基拉正筆直凝視著謝麗爾，觀察著她的動作。以平靜的眼神，審視眼前對象究竟是否為敵人。

阿基拉下意識地察覺了謝麗爾那稱不上意圖加害的念頭。剛才謝麗爾面前那個隨處可見的少年消失無蹤，不假思索就殺害敵人的無情獵人現身了。

謝麗爾愣住了。同時剛才存在於腦海中的樂觀想像也頓時飛散。

於是，阿基拉看著謝麗爾的眼神也恢復平常。

阿基拉沒有察覺自身的變化。因此他只覺得謝麗爾的態度有點不對勁，面露納悶的神色。

「怎麼了？」

「沒、沒事。沒什麼。」

「嗯？是喔？」

儘管謝麗爾回答時語氣僵硬，阿基拉也只是隨口回應，並未特別介意。他再度讓身心放縱於泡澡的快感，面露舒暢輕鬆的表情。因為警戒心而一度回到體內的靈魂，再度溶解於洗澡水中。

目睹這樣的阿基拉，謝麗爾鬆了口氣。

（……真是好險。我剛才想得未免也太美了。到底在想什麼？如果只是稍微勾引就能搞定，他早就對我出手了吧？我得小心點才行。）

謝麗爾再一次想像自己撲上去的結果。想像中的阿基拉以一隻手握住了謝麗爾的脖子，將她整個人舉了起來。在想像中的自己被猛力砸向地面前，謝麗爾打斷了接下來的想像。

（……看來除了阿基拉主動出手，最少也要先得到他的同意才行。）

總之，目前和阿基拉的關係已經縮短到願意一同入浴的程度。謝麗爾決定目前就此滿足，剩下的入浴時間只是倚著阿基拉。

因為之前好幾次被她抱住，阿基拉早已習慣，因此他也沒有刻意推開謝麗爾。

入浴時間結束，謝麗爾為了回自己房間而與阿基拉一同走在據點內。

阿基拉因為睡意而意識迷濛，她牽著阿基拉的手向前走，途中她注意到少年們對阿基拉投以非常羨慕的視線。為了昭告她與阿基拉的關係良好，她攬住阿基拉的手臂，於是投向阿基拉的視線變得更加尖銳。

受到那視線的刺激，阿基拉的意識清醒過來，他神色狐疑地掃視四周。視線的來源紛紛慌張地飛快逃離。

謝麗爾開心地笑著，帶著即將再度敗給睡意的阿基拉就這麼回房間。

一回到房間，阿基拉已經幾乎屈服於睡魔。

「……謝麗爾，我要睡了。那邊的沙發可以借我嗎？」

謝麗爾愉快地笑著提議：

「可以用我的床啊，很大的。」

「……是喔？謝謝。」

阿基拉把行李擺在床畔的地面上，馬上就要鑽進被窩中。謝麗爾的話語含有她也會睡同一張床的意思，不過阿基拉沒有注意到。謝麗爾則是明知如此卻故意省略。

謝麗爾視阿基拉的反應，提出更進一步的要求：

「你可以脫掉衣服嗎？衣服的髒汙要是沾到床單上，要清洗很麻煩。」

「……知道了。」

思考能力已經被睡魔削弱，阿基拉沒有思考後果就脫下衣物，只剩下內衣褲就鑽進被窩中。被睡意向下拉的眼皮沉重到幾乎闔上。

謝麗爾的表情欣喜但又難掩遺憾。能和阿基拉同床共枕，以及他完全不把她當作異性看待令她五味雜陳，心中滋味浮現在臉上。

「請好好休息吧。晚安。」

「……晚安。」

阿基拉睡意深重地回答後，立刻就落入夢鄉。

謝麗爾在阿基拉睡著之後，好一段時間繼續幫派老大的工作。

確認分配給部下的工作進度，確認工作結果，並分配新的工作。若有問題就要擬定改善方案，綜觀幫派整體活動而調整計畫，仲裁部下之間的爭執。

雖然工作量無法單純比較，幫派中工作最多的還是謝麗爾。

結束了今天的工作後，她回到自己房間，為房門上鎖。之後她脫下外衣，只剩內衣褲後，鑽進阿基拉正熟睡的被窩中，注意著避免驚動阿基拉，靜靜地抱住了他。

現在阿基拉的體溫已經加熱了床鋪。再加上兩人身上都只穿著貼身衣物，更能清楚感受對方的體溫。

謝麗爾享受著傳向自己的溫度，滿足地微笑。隨後她閉起眼睛，回顧今天發生的種種。

（……雖然發生了很多事，但今天還算不錯的一天。為了不被阿基拉拋棄，明天也要好好努力才行……）

謝麗爾思考著日後的事情，不久後意識也被睡魔吞噬。

謝麗爾滿臉幸福地落入夢鄉。

◆

隔天早上，阿基拉清醒時發現自己不只置身陌生的場所，而且還莫名地難以動彈，讓他面露疑惑的表情。

這時阿爾法笑著對他說：

『早安，阿基拉。睡飽了嗎？』

『……早安。阿爾法，這裡是哪裡……啊，對喔。我昨晚睡在謝麗爾的房間啊。』

安心至極的謝麗爾正攀附著阿基拉，他把謝麗爾從身上剝離後，下了床，先穿上衣服。

這時，只穿貼身衣物的謝麗爾映入眼簾。雖然她還沒清醒，但是能抱著阿基拉入睡似乎讓她非常高興，睡臉洋溢著喜色。

見到謝麗爾這模樣，阿基拉的反應是輕微的無奈。

『不知道為什麼就抱住我，昨天還一起泡澡，又只穿內衣褲就睡同一張床，這傢伙到底把我當成什麼了？難道她覺得我不會對她出手嗎？』

未免也太沒警覺心了。阿基拉這麼想著而覺得傻眼，但是阿爾法同樣擺出傻眼的表情看向他。

『阿基拉，你是在說什麼啦。她這樣就是在等你出手啊。她之前不是說過了嗎？要怎麼擺布她都沒關係。』

阿基拉疑惑地反問：

『……是這樣喔？等等，就算真是這樣，也沒必要自己主動送上門來吧？』

『一旦你對她出手，也許會萌生感情。她大概是這樣想吧？實際上我也覺得會。』

阿基拉面露複雜的表情，看著謝麗爾。

『會嗎？等等，就算真是這樣……』

『哎，只要你對她不會迷戀到把我的約定扔到一旁，我覺得你要對她出手也無所謂就是了。如果你想要，希望你注意這一點。』

『不用擔心。我一點也不打算因為這種事打破和阿爾法的約定。』

阿基拉以普通的態度回答。不過在話語中沒有一絲謊言。

透過阿基拉的表情以及無意識間以念話送出的心情，阿爾法理解了他並未說謊後，非常欣喜地笑了。

『那真是太好了。不過話說回來，同年齡的異性只穿著內衣睡在旁邊，阿基拉一點都不介意？不會覺得好奇嗎？』

『就是因為那個吧？因為某人老是全裸在我眼前晃來晃去，讓我有抵抗力了。』

語畢，阿基拉挖苦般淺笑。於是阿爾法便面露頑童般的愉快笑容。

阿基拉有種不好的預感，但還來不及阻止，預感馬上就成真了。阿爾法消除了衣物，展現一絲不掛的裸體。

阿爾法的身影實際上並不存在，純粹是人工的影像資訊，透過堪稱藝術的緻密演算以表現女性特徵的極致美感。再加上她隨時都在阿基拉身旁觀察，外觀反應了阿基拉的嗜好。純就視覺上來說，對阿基拉而言沒有人能超越阿爾法。

而現在阿爾法誘惑般注視著阿基拉，擺出煽情的姿勢，妖豔地微笑。

阿基拉有點臉紅，自阿爾法身上挪開視線。見到那顯得有些不甘心的表情，阿爾法愉快地笑道：

『不是有抵抗力了嗎？』

阿基拉遮掩害臊般，故意擺出了不開心的表

情，抱怨道：

『妳很囉唆。有時間場合對象之分啦。快點穿回去。』

阿爾法確實觀察了阿基拉的反應之後，將衣物恢復原狀。阿基拉的不滿純粹出自遭到捉弄，找不到其他方面的不滿。

阿爾法在阿基拉身旁魅惑般耳語：

『想看的時候，隨時都可以跟我說喔。』

阿基拉鬧起彆扭，再度轉開視線不看阿爾法。

阿爾法隨時都觀察著阿基拉，知道阿基拉也有等同於常人的性慾與對異性的好奇心。

謝麗爾毫無疑問是魅力十足的美少女。然而阿基拉的反應卻異樣遲鈍，不管是被她緊緊抱住，或者是一起入浴，見到她只穿內衣褲毫不設防地躺在身旁，阿基拉也不為所動，單純是因為在阿基拉眼中謝麗爾不屬於那一類對象。

阿基拉基本上把他人區分為兩類。是敵人，或者不是敵人。然而這兩類都不會讓阿基拉產生對異性的興趣。

但是有極少數不屬於這兩類的例外。對於自己人或者類似的對象，阿基拉也會顯露一般的反應。

比方說不含任何算計為他擔心的靜香、曾經救了他性命的艾蕾娜與莎拉、對他提供無數支援的阿爾法。

單就阿爾法所知，阿基拉對這四人的態度與尋常少年沒有不同。

像是在艾蕾娜與莎拉的家中見到衣物單薄的莎拉；見到艾蕾娜穿上清晰顯露身體輪廓曲線的強化服；阿爾法以視覺擴增讓艾蕾娜與莎拉的裸身顯示在他眼前；以及剛才見到全裸的阿爾法等等的情境下，阿基拉雖然態度上顯得有些彆扭，但那反應就如同年齡相近的少年。

一旦因為某些原因，使得謝麗爾的定位移動到例外的分類時，阿基拉就有可能轉瞬間落入謝麗爾的掌控。阿爾法這麼認為，而趁著這次機會稍加試探，並且得到了現況下的結論。

除非發生重大轉折，謝麗爾在阿基拉心目中的分類，從「不是敵人」發生變化的機率非常低。

無論謝麗爾的真正意圖為何，只要阿基拉還把謝麗爾這人物分類為有點緣分的利害關係，就不用擔心阿基拉對謝麗爾的態度生變。

目前這樣應該不用擔心才是。阿爾法如此判斷。

謝麗爾比阿基拉晚了一些才醒來。起初臉上還掛著喜孜孜的笑容，但她在半夢半醒間察覺原本抱在懷裡的阿基拉已經消失，臉上浮現一絲疑惑。隨後她無意識地朝四周伸手摸索，試著尋找阿基拉。

但她的手最後只是在床單上徒然遊移，臉上神色浮現一絲哀戚。

這時謝麗爾的意識漸漸清醒，她終於撐起身子。掃視房內，發現已經完成出發準備的阿基拉。

坐在沙發上操作著資訊終端機的阿基拉也注意到謝麗爾。

「妳醒啦。早安。」

「早安……你這麼快就要出發了嗎？想吃早餐的話可以準備給你吃喔。」

「不用了。我會到外頭隨便吃。」

一旦自己在這裡用餐，就會讓某人吃的分量變少。阿基拉深知在貧民窟的食物有多麼寶貴，於是決定只心領這份好意。

「知道了。那麼我送你到據點大門吧。」

阿基拉苦笑道：

「……用這副打扮？」

聽他這樣提醒，謝麗爾才察覺自己只穿著貼身衣物，有些害臊地連忙穿上衣服。

◆

離開謝麗爾的據點後，阿基拉簡單填飽了肚子，決定直接前往木林為他介紹的不動產業者的事務所。請木林幫忙找租借房屋的後續消息已經傳來了。

在途中，阿爾法對阿基拉問道：

『阿基拉想住什麼樣的家？對方一定會這樣問，最好趁現在先想清楚。』

『這個嘛，首先我想要夠大的浴室。考慮到之後買車，也需要夠大的車庫。也需要擺放裝備和預備彈藥的空間。此外有個擺東西的地方和床鋪就夠了吧？』

『再來就是租金。對方應該接到了木林的聯絡，不過要是因此認定阿基拉有1億歐拉姆預算而推薦房屋，那也很傷腦筋。』

『這樣說也對……仔細一想，我光是昨天就花了9000萬歐拉姆啊。之前為了20萬歐拉姆慌張的我到底去哪了？』

『你並沒有奢侈揮霍。就當作是成長的證據吧。』

聽她這麼說，阿基拉的表情浮現一抹陰霾。

『……成長喔？老實說我沒什麼實際的感覺。我真的有在成長嗎？畢竟我老是依靠妳，只是裝備性能越來越高，我的實力應該沒什麼改變吧？』

阿基拉不覺得自己變弱了。他也認為自己變強了。不過若要捫心自問，和過去的自己相比之下究竟變強了多少？他只能給出「有一點」、「還算有」這種欠缺自信的回答。

好幾次闖過生死關頭，打倒駭人的強敵，賺回了難以置信的大筆金錢。不過這一切的前提都是有阿爾法的輔助。儘管有了足以讓平凡的小孩子自遺跡生還的輔助，還是需要賭命才能實現的幸運結果。

若論單純的自身實力，自己究竟變得多強了？和過去倒在巷弄裡那時候相比，也許沒有太大差別吧？這種不安總是在阿基拉腦海中揮之不去。

阿爾法像是要阿基拉安心般微笑。

『放心吧。阿基拉確實有所成長了。』

阿基拉雖然相信這句話，但是無法完全拂拭自己依舊弱小無力的不安。阿爾法察覺他的想法，繼續說道：

『與其感到不安而煩惱，不如把心力放在訓練上。比起高估自己的實力而鬆懈，低估實力並且提高警覺更好。然後要更懂得拜託我。』

阿爾法笑著作結。

『別擔心。獵人這行本來就是賭命。會不安也是當然的。正因如此，勿忘初心，一起努力吧。』

『……這樣啊。說的也是。以後也要拜託妳了。』

聽了阿爾法這番話，阿基拉心裡舒服了些，他重振心情，對阿爾法輕笑回答道。

阿基拉來到不動產事務所，在櫃台告知木林的名字後，接待員立刻就現身了。

接待員見到阿基拉後顯得有些吃驚。因為阿基拉還是個孩子，而且看起來不像是能透過久我間山都市介紹房屋的獵人。

不過接待員立刻恢復鎮定，親切地開始接待顧客。因為是都市介紹的客人，便帶阿基拉來到貴賓用的待客室，詢問他對房屋的要求條件並與他簡單討論後，安排他實際去看符合條件的房屋。

介紹給阿基拉的房屋位在低階區域中比較靠近荒野的地區，是一幢獨棟房屋。

在東部雖然閒置的土地唾手可得，但是安全的土地極端稀少。防壁內外的地價高低無法相提並論，原因就出在這裡。

都市低階區域的房租，基本上越靠近荒野就越便宜，越靠近防壁就越昂貴。雖然也有例外，不過大部分都是民間警備公司勤於維持治安的區域，同樣都為了安全而必須支付昂貴的警備費用。

接待員為他介紹的房屋讓阿基拉一個人住稍嫌太大。浴室相當寬敞，車庫也很大。有許多附設的家具，用不著額外添購就能直接入住。完全滿足了阿基拉的要求。

阿基拉有些興奮地在家中四處觀察，接待員態度和善地為他說明房屋的狀況。

這是為獵人設計的住宅，使用的建材特別牢固，就算發生槍枝爆炸等意外，也能將損害降到最低。

要為了自衛設置警備用的重型槍砲是個人自由，不過若因此與鄰近的獵人起爭執，租屋公司一概不干涉。

雖然訂立契約的民間警備公司會在這一帶進行治安維持工作，但是就算遭到強盜襲擊，基本上也只能自己獨力應付，要求支援需要額外計費。房屋因為戰鬥而損毀，以及屍體的處理等等，聯絡公司就能收費代為服務。

房租是每個月50萬歐拉姆，已含自來水費、電費、警備費以及各種保險。強化巡邏與緊急時的武力支援則需另外選購。

這房屋一般只介紹給等級30以上的獵人，不過考慮到阿基拉是木林介紹的顧客，因此特別為他介紹。接待員如此總結其說明。

「說明大致上就到此為止。請問阿基拉先生有沒有其他問題？」

照常理來說這是絕對不會介紹給自己這種新手獵人的房屋。也不曉得木林的介紹效力會持續多久，恐怕放過這次機會就沒有下一次了。阿基拉這麼想著，決定現在就定下來。

「我想就選這間。什麼時候可以住進來？」

「在租金轉帳完成的同時。如果您現在就支付，現在就能直接租給您。」

阿基拉將獵人證遞給接待員。

接待員接過卡片，用隨身攜帶的機器讀取卡片資訊，辦理契約手續。結束後將獵人證還給阿基拉，深深低下頭。

「款項已經確實收到了。非常感謝您租用本公司的房屋。這是大門鑰匙，遺失時請盡速聯絡本公司。」

阿基拉滿懷感慨地接過那把鑰匙。從這一刻起，雖然只是租借，但阿基拉擁有了屬於自己的家。

「自下個月起房租將會直接從您的戶頭扣款。就算付款只晚了一秒，租借契約也會即刻解除，房屋內所有物品的所有權亦轉移至管理公司。請務必多加注意。」

因為這是為了隨時都可能喪命的獵人而設計的契約，在這方面的對待特別嚴格。

「您可以自由處置屋內既有的家具。若您不需要，本公司也提供收購服務。」

「該不會這裡的家具就是……」

「是的。就是上一位入住本屋的顧客使用的家具。」

阿基拉再度掃視室內。房內許許多多的家具都是之前住在此處的獵人的遺物。如果阿基拉死了，就會成為阿基拉的遺物。

「那麼我就告辭了。有什麼需要請儘管聯絡我。本公司誠摯感謝您的惠顧。」

接待員再度對阿基拉深深低頭，然後離開。

阿基拉關門上鎖。回到房內，放下行李，卸下裝備，坐到附近的椅子上，感觸良多地猛然吐氣。

「……家啊……我的家。」

阿爾法像是要慰勞阿基拉至今為止的努力，笑著說：

『恭喜你，阿基拉。終於擁有自己的家了。』

隨後像是輕微的激將法，微笑說道：

『哎，不過還是租來的。』

阿基拉並不介意，依舊笑著。

「沒關係啦。租來的同樣是我家。我以前在貧民窟路邊生活，現在住在只屬於我的家裡頭了。」

自從立志得到比今天更好的明天，為此投身獵人工作後，真的發生了許多事。自從衝出巷弄而奔向荒野，在遺跡遇見阿爾法之後，盡是些難以置信的事情接踵而來。阿基拉這麼想著，回顧那段日子。

更在過去夢想之上的生活，現在成為現實了。

阿基拉對著阿爾法的方向，端正站姿，擺出認真的表情低下頭。

「全都是多虧了阿爾法，謝謝妳。還有，從今以後還要多多指教。」

阿爾法面露一如往常的微笑回答：

『不客氣。之後也多多指教。』

對阿基拉而言，今天是意義重大的日子，是重要的里程碑。

但是對阿爾法而言，只是一個沒有特別意義的必經過程。

　彼此的差異清楚顯現在阿基拉和阿爾法的表情上。

　之後，阿基拉當天就到都市的低階區域購買了食物、日用品與居家服等等；設定新的資訊終端機讓阿爾法也能操作；將家中每個房間再度看過一次。忙碌度過了一天。入夜時，阿基拉已經完成了在新居展開新生活的準備。

　作為今天一整天的總結，阿基拉在新居的浴缸中泡澡，消除疲勞。按照阿基拉提出的條件，浴缸相當寬敞，阿基拉悠悠伸展四肢，悠然浸泡在水中。

　雖然只有影像，不過阿爾法也同樣浸泡在浴缸中。阿基拉今天早上見到阿爾法的裸體時雖然有點慌張，但現在毫無反應。對阿基拉而言泡澡就是這麼一回事。

『阿基拉，關於明天起的計畫，從明天到裝備送達的這段時間內，要躲在家裡上課和訓練喔。』

「知道了……訓練是要做什麼？」

　射擊訓練和近身戰鬥訓練在家中恐怕都辦不到。尚無車輛停放的車庫中也許勉強能做格鬥訓練，但是既然還沒有強化服，訓練想必會十分受限。阿基拉這麼想著，顯得一頭霧水。

　這時，阿基拉聽見了完全搞不懂意思的說明。

『為達成主動壓縮體感時間以及其切換，在有意識或無意識狀態下控制或建立反應制約等等的訓練。』

「……抱歉，我聽不太懂。簡單來說要怎麼做？」

『哎，實際上試過就明白。明天再說吧。』

「知道了。」

阿基拉完全無法想像訓練的目的與內容。不過既然阿爾法都這麼說了，實際試過就會明白吧。他這麼認為而沒有詳細追問。這代表了阿基拉對阿爾法的信賴。

見到阿基拉這樣的反應，阿爾法心滿意足地微笑。

隔天，阿基拉的訓練在自家車庫內開始了。阿基拉只穿著防護服，身上並未帶槍，阿爾法在他面前開始說明訓練內容。

『接下來要開始的訓練是，自由控制自身體感時間的技術。』

阿基拉完全無法理解而一頭霧水，阿爾法對他詳細說明。

例如在死亡逼近等狀況下，由於進入極度的集中狀態，偶爾會產生時間感覺上的矛盾。外在世界彷彿慢動作般緩緩前進的同時，只有自己的意識依舊按照同樣的步調前進，諸如此類的感覺。訓練的目的就在於，刻意引發或是在滿足特定條件時，確實使該狀態發生。

在學會這項技巧後，接下來要訓練提升體感時間的壓縮率。讓現實中的一秒感覺起來有如十秒，甚至像是一百秒。

目的是壓縮，而非縮短體感時間。並非因為過於熱中而忘了時間流動；也不是在緩慢流動的世界中因為恐懼而手忙腳亂、驚慌失措。完全冷靜地維持平常的精神狀態，無限提升一秒的濃度。同時要盡可能降低負荷，並且長時間維持。

實際上做到的時候，阿基拉的戰力飛躍性地提升。

阿爾法說明的口吻聽起來理所當然。但是阿基拉無法輕易接納。

「說起來是很簡單……我真的能辦到這種事？坦白說我沒自信喔。」

阿基拉覺得阿爾法這次提出的訓練比之前的念話還要誇張。在阿基拉眼中，這莫名其妙的內容就像叫他現在馬上飛起來。

不過阿爾法以笑容打消了阿基拉的疑問。

『辦得到啊。正確來說，其實在無意識之間你已經辦到了。接下來只要學會自己觸發那種狀態而已。』

「……我已經會了？」

『對啊。舉個簡單易懂的例子，之前和詩織與涅利亞戰鬥過了吧？』

阿基拉回憶起與兩人的戰鬥。當時阿爾法操縱強化服展現精湛的戰鬥技巧，阿基拉為了盡可能跟上強化服的動作；為了盡可能追上遠超越自身實力的超常舉動，他使盡全力鞭策自己的身體動作。

『當時的詩織服用了加速劑，而且恐怕是相當高性能的種類。藉此壓縮體感時間，同時飛躍性提升反應速度，讓她辦到精密的高速戰鬥。涅利亞則是為了駕馭能高速戰鬥的義體，在轉換手術的同時接受了腦改造吧。』

「和這些有什麼關係嗎？」

『當時阿基拉用視線追逐著對方的動作，而且努力讓自己身體的動作配合我操縱的強化服。阿基拉只是太過拚命而沒注意到，不過在正常的時間感覺下，不可能辦到喔。』

對著震驚的阿基拉，阿爾法有點得意地笑了。

『恐怕是感受到死亡危險使你極度集中所造成的吧。為了逃離性命危機，當時你無意識間成功壓縮了體感時間。』

阿基拉雖然訝異，但也接受了阿爾法的說明。還算可以聽信的內容出自值得信賴的阿爾法口中，讓他相信了這番說明。

無論事實為何，藉由如此相信並如此認定，那在阿基拉的意識中已經成為不會動搖的事實。

那就代表著在阿基拉心中，那已經從「辦不到」轉換為「辦得到」。

當驚訝自阿基拉臉上消退時，剩下的只有毫無迷惘的表情。阿爾法對此滿足，開始說明具體的訓練內容。

『首先要讓阿基拉做的是，欺騙自己的大腦，讓大腦誤會現在正處於危機狀況。以這個認知為契機，讓過去你在無意識下使用的體感時間控制，變成收放自如的技巧。如此一來往後不管在何種狀況，都能憑自己的意志去控制體感時間。』

「……要做的事情我是懂了，不過具體來說要怎麼做？」

『實際嘗試就會懂。馬上就開始吧。』

語畢，阿爾法換上了訓練用的打扮。那模樣近似於裝飾過剩的禮服，或者該說是布條異常繁複的舞孃的舞衣。裸露的肌膚頂多只有臉龐，雙腳被觸及地面的長裙包覆，雙手則被非常長的袖子遮蔽。

她的雙手握著劍。看上去非常銳利的刀身自長袖的前端伸出。

阿爾法將右手持的劍尖擺到阿基拉眼前。儘管阿基拉明白利刃不存在於現實中，但是目睹那銳利的光芒，身子還是不由得向後傾。

『接下來我會在阿基拉面前跳舞，途中突然出刀砍你，你要躲過我的攻擊。阿基拉要仔細看我跳舞。懂了嗎？』

「懂、懂了。」

『這是壓縮體感時間的訓練，不可以拉開距離閃躲。就算我靠近了，也不可以離開原位喔。』

「知道了。」

『很好。那我們開始吧。』

阿爾法退後數步，對阿基拉畢恭畢敬地行禮。隨後在那張五官勻稱的臉龐掛上肅穆的表情，翩翩起舞。

大量的布條在半空中飄動，阿爾法的舞姿洋溢著神祕的美感。散發光澤的布條與裝飾隨著四肢的動作劃出幻想情境般的光條，優雅揮動的刀身揮灑著美麗的片片刀光。

不須特別叮嚀阿基拉仔細看，阿爾法的舞姿令阿基拉看得目不轉睛。

阿爾法雙眼輕閉，臉上依舊掛著肅穆的表情，舞姿沒有一絲紊亂，從那身影之中甚至能感覺到超越信仰與崇拜的祈禱。

儘管優美舞蹈的場所是與那服裝或洗鍊舞姿毫不相襯的車庫，但是一點也不影響阿基拉看得入迷。

在阿基拉回過神的時候，阿爾法的攻擊已經結束了。阿爾法以右手的劍橫揮，掃過了阿基拉的頸子。

阿基拉完全無法反應。如果那柄劍是實體，他在死前就連自己被砍中都沒發現。

對著目瞪口呆的阿基拉，阿爾法戲弄般笑道：

『要仔細看才行喔。』

「……知道了。」

阿基拉切換心態。有個揮著利刃的人就在附近，自己卻沒有絲毫危機意識，這樣根本無從訓練。不能只是呆呆看著阿爾法，必須觀察她的動作，將精神專注在她的動作上。阿基拉以堅定的意志，將意識集中於阿爾法身上。

阿爾法再度與他拉開距離，阿基拉為了不看漏任何細微變化，一臉認真地注視著她。

阿基拉的表情浮現一抹狐疑。因為有一片裝

飾布條自阿爾法的服裝剝落。在空中輕盈飄盪的布條，在觸及地面之前化作光芒消失。

阿爾法的服裝只存在於阿基拉的視覺之中，純粹是阿爾法製造的影像。服裝的一部分不會無緣無故剝落。換言之那是阿爾法故意卸下導致。

「……阿爾法，為什麼要拿掉那塊布？」

『只是稍微降低難度而已。我這套有大量布條裝飾的服裝，會讓你更難看清我的動作。比方說隱藏攻擊前的預備動作。如果能看清楚對手身體各部位的動作，應該就會比較容易察覺攻擊吧？』

「是這樣沒錯，不過這次的訓練不就是為了察覺對方的攻擊後，反射性壓縮體感時間來閃躲嗎？」

『沒關係啦。如果阿基拉對我的攻擊根本無法反應，那就無法察覺自己置身危機吧？至少也要察覺對手攻擊，認知到自己正被攻擊，否則就無法觸發體感時間的切換。』

「……哎，有道理。」

『接下來每當阿基拉被我擊中，我就會減少一塊我服裝上的布料喔。』

「……啥？」

『如果想盡情欣賞我的裸體，你可以徹底放水也沒關係喔。』

阿爾法艷麗地笑著說道，在有點著急的阿基拉面前再度跳起舞。

阿基拉直盯著阿爾法華麗的舞姿，為了不讓自己的想法浮現臉上，他板著臉持續凝視。

訓練持續著。阿基拉為了不看漏對方攻擊的任何徵兆，細心注意著阿爾法的每個動作。

即使如此，他一次也不曾躲過阿爾法的攻擊。

大量布條將衣物妝點得璀璨華美，同時也遮蔽了阿

爾法的身體與劍的動向，讓他非常難以分辨攻擊動作。再加上阿基拉的眼睛也追不上阿爾法的動作。因為這兩種原因，他總是在察覺攻擊前就中劍。

阿基拉也拚了命聚精會神，想要看穿阿爾法的動作。但是和他在生死關頭不顧一切拚命戰鬥時的專注程度相比，他現在的專注力只能拿到相當散漫的評價。

阿爾法識破了阿基拉些微的鬆懈，持續使出精準的攻擊。就按照事先的說明，布料一條接一條自阿爾法的衣物上剝落。原本有大量布料華美妝點的舞衣上，布料接二連三剝落，裝飾用的布很快就全部消失。

隨著布料減少，阿爾法的肌膚也越來越裸露。從手臂和腿部開始，背部與腰肢、胸前的深谷、臀部的股溝等處，隨著阿爾法舞蹈的動作，在所剩無幾的布料間若隱若現。

當裸露度越來越高，舞蹈中誘人煽情的動作也越來越多。阿爾法像是要迷媚對方般大幅舞動四肢，面露妖豔的笑容，頻送秋波。下一個瞬間，出劍割裂對方。

阿基拉一心想集中意識閃躲攻擊，但是在他集中意識的期間阿爾法不出手。而專注力也無法長久持續。持續專注到極限，或者是專注力稍微放鬆的瞬間，立刻就挨劍。

維持不至於分神的專注力，並且從阿爾法舞姿中細微的預備動作洞悉攻擊的前兆，依此觸發反射動作以壓縮體感時間，在時間緩慢流動的世界中目視對方的斬擊並閃躲。這就是訓練的目的，但目前為止全都失敗。

阿基拉的反應越來越遲鈍，到最後肉體和精神上都抵達極限，即便阿爾法揮劍，他也無法做出任何像樣的反應。

確認了他的疲勞程度，阿爾法決定結束訓練。

『今天就到此為止吧。』

阿基拉並未掩飾疲態，猛然吐氣。他再次看向阿爾法的模樣，深深嘆息。

阿爾法身上只剩下不適合用來遮蔽肌膚的閃亮飾品。原本那麼多的布條，已經幾乎全部消失了。那艷麗的身姿簡單易懂地顯示了阿基拉的不中用。

見到阿基拉顯得有些消沉，阿爾法笑得一如往常，安慰他：

『這不是一朝一夕就能辦到的，訓練也不會是白費工夫。拿出耐心慢慢練習吧。』

「……說的也是。我知道了。」

垂頭喪氣也無法讓事態轉好。阿基拉這麼想著，硬是打起精神，擠出鬥志。

『休息一下之後，就回房間繼續上課吧。還是說今天要休息？』

「不了，拜託繼續幫我上課。我的獵人工作暫時休業，我想趁現在先多學一點。」

『知道了。今天要教你什麼才好呢……』

在這之後，阿基拉回到房間內充分休息後，準備接受阿爾法的課程。

『今天就上數學課吧。身為獵人，一定要學會計算報酬金額才行。』

「……先暫停，妳打算維持那個打扮到什麼時候啊？」

阿爾法的打扮依舊是訓練剛結束時的妖豔模樣。至少不是適合上課的模樣。

阿爾法戲弄般笑著。

『因為你沒叫我換衣服，我還以為你特別中意這個打扮，就維持這個樣子了。』

「知道了。下次訓練一結束我就會馬上提醒妳。」

『用不著客氣呀。』

「少說廢話，快點換衣服。」

阿爾法將服裝改為教師風格的打扮。裸露程度確實大幅下降了，不過胸口大膽地敞開，而且窄裙的開衩非常深。這打扮其實也十分美艷，在各方面都十分挑逗。

阿基拉見到阿爾法這副打扮，感想只是「哎，就這樣吧」。人類是隨時間習慣的生物。

阿基拉今天同樣置身於種種超乎常識的環境中，一如往常般繼續學習。

阿基拉租房子後過了五天。在這之間他持續進行控制體感時間的訓練，沒有明顯的成果。

開始訓練時阿爾法那身裝飾過剩的打扮最後變成幾乎全裸，阿基拉的反應因為疲勞變得嚴重遲鈍而結束訓練，這樣的日子一天又一天過去。

阿基拉依舊一次也不曾躲過阿爾法的攻擊。雖然反射性的動作有若干成長，但那成長是與控制體感時間無關的部分，並非訓練意圖的成果。

結束訓練後，休息中的阿基拉臉上表情難掩心中不甘。

阿爾法說他能辦到。既然如此，自己應該就能辦到。但是自己現在依舊辦不到，就連一點徵兆都沒有。置身於遲遲得不到訓練成果的狀況下，阿基拉對自己有點失望，吐出稍微沉重的嘆息。

這時阿爾法對阿基拉告知了一件怪事。

『阿基拉，有一件指名你的奇怪委託喔。』

「奇怪委託？」

『對，奇怪的委託。你看一下內容。』

阿爾法指向資訊終端機。畫面內容在阿爾法的操作下不斷切換，顯示了獵人用網站中阿基拉的個人頁面，上頭顯示了訊息，告知阿基拉有新委託。

阿基拉伸手拿起資訊終端機，確認了委託的內容後，面露納悶的表情。委託來自詩織。

內容主旨是「多種商談的委託」。大綱與細節的部分則寫著希望能見面後詳談，同時記載了餐廳的場所，報酬則是代為支付該餐廳的用餐費用。

「……這是什麼啊？」

阿基拉一頭霧水，重新審視委託內容，但上頭確實這麼寫著。

『誰曉得呢。大概是為了討論委託內容的前置委託吧。只有問她本人才知道。』

「我覺得這個提議看起來像是說，她願意請客，要我和她吃飯聊天。」

『也許是這樣。』

「她想談什麼？」

『你問我，我也不知道。』

一度斷殺的對手送來意圖不明的委託，讓阿基拉與阿爾法都感到不解。

『然後呢？你有什麼打算？接受委託去見她？因為她指定的場所特性，我認為赴約應該也沒有危險。』

她指定的餐廳位於久我間大樓的高樓層。與防壁一體化的高樓大廈中設有久我間山都市最大的獵人辦公室，一旦引發騷動可不是鬧著玩的。

不管詩織的用意為何，既然指定在那種場所見面，阿基拉也明白對方完全沒有與他動武的念頭。

『一口回絕也可以，視而不見也是一個選擇。照阿基拉的喜好去做吧。』

阿爾法對阿基拉提出了各種可能的選項。去見詩織也許能讓他轉換心情，不過阿爾法不打算強烈建議，真的認為任憑他的喜好選擇即可。

只要阿基拉的行動不會阻礙她的目的，阿爾法會尊重阿基拉的自主意志。

阿基拉一面重讀委託文章，不斷煩惱著要不要接受委託。在煩惱了好一段時間後，他決定接受委託。

詩織特地經過獵人辦公室發出這樣的委託，背後的用意讓阿基拉好奇。既然能確定場所安全，要接受委託也無所謂吧。他這麼判斷而決定。

除此之外，詩織邀他造訪的場所是高級餐廳，而且對方會支付用餐費，不用花費自己的血汗錢就能吃到昂貴料理，這也是決定的理由之一。

至於那在判斷材料中占了多大的比例，阿基拉對這一點決定視而不見。

久我間大樓是與久我山間都市的防壁一體化的大廈，內部有許多專為居住於都市中階區域的高等級獵人開設的店鋪。

其中甚至有些店家不准獵人等級不到規定等級者進入。這種高級店鋪齊聚的樓層，基本上不是阿基拉這種低等級獵人會涉足的場所。

高級餐廳修特利亞娜就位在這類高樓層。雖然入場未限制獵人等級，但那單純是因為主要客群是居住於防壁內側的富裕階層，這間一流餐廳的常客盡是企業幹部或高等級獵人等等擁有金錢與權力者。

與詩織約定見面的當天，阿基拉來到修特利亞娜前方，目睹那擺明了非常高級的外觀，令他裹足不前。

阿爾法捉弄阿基拉般笑著。

『還是乾脆回去？』

『……不，我要進去。又不是要進遺跡，沒必要害怕。』

阿基拉如此回答，有一半是為了說服自己，走進店內。

店內裝潢的高級氣氛與低階區域無數的餐廳截然不同。換作是隨處可見的酒吧，剛從荒野歸來的獵人就算滿身塵土或沾著怪物噴出的血跡而有些骯髒，直接入店也不成任何問題。但是在這裡要是有同樣的舉動，好像會被趕出店門。阿基拉顯得有些緊張。

實際上店員只會請求客人除去身上髒汙並更衣而已。店裡也為此設有淋浴間等設施，能租借潔淨的衣物，也能拜託餐廳幫忙洗淨衣物。在以獵人為顧客的高級餐廳中，這並非多麼罕見的服務。

店員立刻就注意到阿基拉，展現符合一流餐廳名號的誠摯待客。

「非常歡迎您本日造訪本餐廳。請問您是已經預約的客人嗎？」

店員親切地對阿基拉問道，阿基拉有些慌張地回答：

「咦？啊？呃～～應該有個……叫詩織的人……應該吧。」

「您是說詩織小姐？可以請教這位客人尊姓大名嗎？」

「我叫阿基拉。」

「我明白了。那麼阿基拉先生，我們將代為保管您的行李。」

阿基拉離家時，就按照平常出發去荒野時做好準備。先將裝滿彈藥的背包交出去後，店員再度對他伸出手。

『阿基拉，槍也要。』

『啊，喔喔。對喔。』

阿基拉稍微猶豫，但還是把槍交給店員。

「非常感謝您的配合。現在就帶您到位子上。請往這邊來。」

之後，阿基拉在店員的帶領下走在店內。店內飄盪著優雅的氣氛，放眼所見的一切都顯示此處與尋常餐廳不同水準。就連鋪在地面上的地毯的柔軟觸感，都讓阿基拉每踏出一步就覺得彷彿置身異世界。

餐桌之間間隔寬敞，形形色色的客人在桌旁享用著顯然很貴的餐點。甚至有擺明了無法飲食的改造人坐在桌邊，而這類人物面前同樣擺著種類豐富的料理。

目睹那情景，阿基拉萌生單純的疑問：

『阿爾法，妳覺得那個人到底要怎麼吃那些料理啊？』

『也許外觀不像，但其實是有飲食功能的機體。或者是誤會自己正使用日常生活用的義體而造訪餐廳，又或者是讓同伴品嘗，請對方把味道的數據傳送給自己，還有明知道不能吃但至少用視覺來享受，有很多可能性。』

『原來如此。不過我覺得最後那個不太可能。看起來很好吃的大餐擺在眼前卻不能吃，這算是一種拷問吧？』

『人人的想法都不同。很多事若非當事人就無法理解理由。』

阿基拉雖然對真相十分好奇，但也不能為了確認而靠近觀察。他放棄深究，跟在店員後頭。

詩織已經坐在事先預訂的餐桌旁。店員帶阿基拉到桌邊，為他拉開椅子，請他就座。阿基拉有些手足無措地坐到椅子上，店員在詩織與阿基拉面前各擺上一份菜單。詩織沒有觸碰菜單，對店員告知：

「決定之後再叫你來。」

「我明白了。」

店員行禮後離去。已經習慣這類場合的兩個人自然而然地交流時，唯獨阿基拉一人被屏除在外。

修特利亞娜由於其位置，有時會有彼此敵對的強大獵人為了在談判交涉時避免武力衝突，特地選擇此處。

就算彼此關係已經劍拔弩張，視線對上的瞬間就可能互相殘殺，但至少也明白與都市和獵人辦公室雙方為敵絕非上策，因此在這空間彼此都會盡可能冷靜談判。就這用途而言，修特利亞娜同樣稱得上是高級店。

詩織穿著洋溢著整潔感的套裝。包含她現身於此處這一點，她給人的印象就是在都市中階區域這類安全場所生活者。而阿基拉的打扮看起來一走出店門就前往荒野也不奇怪，兩者完全相反。

阿基拉看著詩織的打扮，再度不由得感到納悶：她明明也能打扮成這樣，為何在地下街要穿女僕裝？不過他轉念一想，也許是因為穿女僕裝造訪這裡會被當作是店員吧？於是他便不再深究。

同時他仔細一看，詩織的手裸露在外，看起來並未穿著強化襯衣。因此阿基拉降低了對詩織的戒心。

反倒是詩織見到阿基拉的打扮，提高了戒心。他穿著看起來性能不怎麼高的防護服，但防護服同樣是戰鬥服。詩織認為這打扮等同於阿基拉的某種宣言。

不過阿基拉根本沒有這種意圖。他會穿著這件衣服，只是他拜託木林為他準備獵人用的適當服裝的結果，純粹是他沒有其他衣物能穿來赴約。

要友善談話也許有困難。詩織如此判斷後，重新做好覺悟，以肅穆的表情看向阿基拉。詩織的表情中，有一股發自深藏內心的堅定意志而生的美感。

「阿基拉先生，非常感謝您願意接受我的委託。按照委託中的約定，我會支付餐飲費用，請儘管點您喜好的菜色。」

聽她這麼說，阿基拉一度看向菜單，不過他收回注意力，將視線轉回詩織身上。

「先談正事吧。最後會不會談出能領取報酬的結果，這還很難說。」

他果然沒有放下戒備。詩織提高緊張感。

「……我明白了。那麼就先進入正題吧。」

語畢，兩人都繃緊神經之後，詩織對阿基拉深深低下頭。

「前些日子對阿基拉先生造成了光靠口頭致歉實在無法彌補的諸多損害，真的非常對不起。同時也十分感謝您拯救了大小姐的性命。」

表達發自內心的謝意後，真心誠意地懇求：

「阿基拉先生對我和大小姐想必有許多怨言，但一切的責任都在我身上。只要阿基拉先生要求，要我交出財產、身體或是性命都無所謂。因此，我在此懇請您大發慈悲，對蕾娜大小姐的過錯網開一面。」

這也是詩織的真心話，她也已經有了覺悟。

因為蕾娜輕率的行動，阿基拉不光是已經到手的勝利被逆轉，還一度與詩織交戰。

幸運的是，最後阿基拉、蕾娜和詩織都得以倖存。但是阿基拉因此萌生深重恨意也不奇怪。如果僕從的責任必須算在主人身上，他也有可能把詩織的責任算在蕾娜頭上。

唯獨這種事態非阻止不可。

阿基拉也知道詩織這句話絕非只是口頭上的敷衍。為了讓他不把怨恨的矛頭指向蕾娜，詩織不惜交出她擁有的一切也要拯救蕾娜。面對詩織那真摯且嚴肅的態度，阿基拉稍微屈居下風。

「在回答之前我有一個問題。為什麼妳找我出來談這個，要特地透過獵人辦公室向我提出委託？」

「因為我判斷，若阿基拉先生決定接受委託，就會誠實回答我的問題。」

詩織在地下街一度僱用過阿基拉。當然阿基拉雖然因為口頭批評蕾娜而惹惱了詩織，但那是因為阿基拉不願意敷衍粉飾，甚至考慮到可能與詩織交戰，依舊秉持阿基拉心目中的誠實以回應詩織的委託。

詩織有必要得知阿基拉的真正想法。就算目前受到阿基拉敵視，也必須有所掌握。表面上佯裝毫不在意，背地裡策劃殺害蕾娜。唯獨這種可能性必須阻止。

詩織願意對阿基拉交出金錢、身體和性命，如果這樣能讓阿基拉息怒，那也無所謂。畢竟阿基拉也是蕾娜的救命恩人。用自己這條命就能了事的話，她覺得可以接受。

不過，如果無法就此結束，即便阿基拉是蕾娜的救命恩人，詩織也必須再度做好覺悟。為了保護蕾娜，不惜與阿基拉同歸於盡的覺悟。

正因如此，詩織必須問清楚阿基拉的真正想法。

阿基拉無法這麼詳細地掌握詩織的意圖。儘管如此，阿基拉也明白了詩織安排這次會面，是因為不希望阿基拉說謊。

「這樣啊。先不管妳會不會接受我的說法，我會誠實回答。妳先抬起臉聽我說。」

詩織抬起臉，面露做好覺悟的表情，等候阿基拉的回答。

見到詩織那嚴肅的表情，阿基拉有些難以啟齒地回答。

「關於不曾發生的事情，我不會有任何打算，也不會有任何想法。就這樣。」

「……啊？」

詩織不禁放鬆表情，發出了簡潔表達心境的一聲。

阿基拉表現出有些尷尬的模樣。

「啊，嗯。也對喔，要說明才行啊。我知道

了。我接下來會盡可能說明，所以妳先暫且把問題放一旁，聽我把話說完。」

「……我知道了。」

「既然妳能經由獵人辦公室對我委託，表示妳知道我的獵人編碼吧？妳現在就到獵人辦公室的網站，查一下我在之前的委託，也就是我在地下街的戰鬥經歷。能辦到嗎？不行的話我的資訊終端機借妳用。」

「沒問題。我明白了。請稍等一下。」

詩織雖然費解，但她還是取出了資訊終端機，查詢阿基拉的戰鬥經歷。霎那間，詩織的表情充滿了驚訝。

「……怎麼會！」

阿基拉在地下街的戰鬥經歷顯示在網站上，但是內容與詩織所知的相去甚遠。

接受都市的委託後，在地下街度過三天，於第三天負傷而被送進醫院。阿基拉在獵人辦公室公開的地下街的戰鬥經歷，僅只於此。

嚴格來說並無謬誤。但是資訊有決定性的闕漏，稱不上是正確的內容。然而因為這是獵人辦公室刊載的資料，這就是官方認定的一切。

此外，詩織等人的戰鬥經歷幾乎詳實記載。唯獨有關阿基拉的部分，敘述上都以其他獵人作為代稱，至於該獵人的資訊則因為當事人設定非公開，不開放瀏覽。

再加上與阿基拉起爭執的部分，敘述上只提到多蘭卡姆旗下的獵人與外部獵人發生爭執，細節則因為多蘭卡姆與該獵人的交涉而不對外公開。

對著一頭霧水的詩織，阿基拉繼續說明：

「由於我對委託人，也就是久我間山都市的守密義務，我不能告訴妳細節，不過這就是我在地下街的戰鬥經歷。什麼事都沒發生吧？既然什麼事都不曾發生，我也不會因此有任何打算，或者是有任何想法。因為根本沒發生過。」

由於阿基拉與木林的交易，阿基拉在地下街的戰鬥經歷已經被改寫為不值一提的平庸內容。再加上阿基拉也不打算對外張揚這件事。他打算把改寫後的「什麼事都沒發生過」當作事實來行動。

也因此，在阿基拉心中，與詩織等人的爭執也等同未曾發生過。至少他不打算翻舊帳。雖然他心中對詩織與蕾娜並非完全沒有疙瘩，不過他也不打算因此採取任何行動。這方面他已經完全接受了。

「如果妳沒辦法接受，那妳就自己去問都市。當然，不要牽連到我。我可不想對都市挑釁。」

如果他因為地下街的事情對蕾娜她們有所報復，就等同與都市為敵。所以阿基拉什麼也不會做。阿基拉添加了這樣的言下之意，總結他的說明。

詩織的視線在顯示於資訊終端機上的阿基拉的戰鬥經歷，以及眼前的阿基拉之間來回游移，仔細思考以求掌握當下狀況。

謊言或自己的疏忽、誤會或彼此默認間的差異，仔細審視這些可能性會不會使事態發生致命性的惡化。最後她面露認真的表情，僅只一次向阿基拉確認：

「……什麼也沒發生過。我這麼認為真的沒問題？」

阿基拉沉沉地點頭。

「對啊。因為真的沒發生過。」

「我明白了。那麼當作答謝您耗費時間陪我確認什麼也沒發生過，就請您點喜歡的餐點吧。」

詩織微笑著示意要阿基拉拿起菜單。

「既然這樣，我就不客氣了。」

阿基拉說完便拿起菜單。詩織見狀，鬆了口

氣。

這同樣也是交易。既然交易已經談妥，將來阿基拉也不會推翻「什麼也沒發生過」的前提吧。至少他不會因為那次爭執加害於蕾娜。她如此判斷而安心了。

阿基拉朝菜單伸手，表示了收下報酬的意願，交易便成立了。如此一來詩織剩餘的擔憂也隨之消失。

阿基拉看著菜單呢喃低語。雖然菜單上寫著許許多多料理的名稱，但阿基拉就算讀了那名詞，也完全搞不懂那是何種料理。

『阿爾法，網烤亞郎迪斯的新帕里耶斯風佐以耶利涅斯，這是什麼料理啊？』

『不曉得。應該是某種肉類料理吧。』

『哎，因為寫在肉類料理的那一頁，這應該不會錯啦……』

見到阿基拉盯著菜單而表情凝重地呢喃低語，詩織面露和善的微笑，出言相助：

「阿基拉先生，我想點今天的推薦套餐。基本上味道都不差，如果您覺得難以選擇，要不要選同樣的呢？如果覺得分量不夠，還可以額外追加，我認為不妨先嘗試餐廳推薦的菜色。」

「……那就拜託了。」

阿基拉很明白自己的壞運氣。要憑著運氣從菜單中隨便挑一項也是一個辦法，不過要是因此選了難以言喻的料理，可就白白浪費這次機會了。他這麼認為，決定接受詩織的好意。

詩織叫來店員並點餐。等了一段時間，許多道料理送上阿基拉與詩織面前。

桌上的料理中沒有任何一道是阿基拉曾經見過的菜色。每一道看起來都非常昂貴而且非常美味。

阿基拉的喉嚨咕嚕作響，將叉子伸向純白盤子上頭那令人食指大動的料理，緊張兮兮地細心品味。

有如暴力的美味撲向阿基拉。未知的衝擊自舌尖傳來，讓阿基拉差點失去理性，但他使盡意志力勉強把持自己。喪失冷靜會導致死亡。讓阿基拉切身明白這一點的諸多經驗在此生效。

阿基拉慢條斯理地咀嚼著他不知道原料也不知道調理方法的料理，仔細品味並吞嚥。那美好的用餐體驗彷彿會徹底改寫阿基拉的味覺。在貧民窟絕對不可能品嘗到的幸福就在舌尖上。

見到阿基拉感動的程度超乎想像，阿爾法擔心地問道：

『阿基拉，你還好嗎？』

「還、還好。」

阿基拉不由得把念話的內容脫口說出。換言之他現在絕非沒事。

聽見莫名其妙的發言，詩織顯得有些納悶。

「……阿基拉先生，不合您的胃口嗎？」

阿基拉依舊舉止怪異，連忙搖頭。

「咦？啊，我、我沒事。只是太好吃讓我嚇到而已。」

阿基拉的反應雖然讓詩織難免疑惑，但她放心地放鬆了表情。

「看來我推薦的菜色似乎合阿基拉先生的胃口，真是太好了。這裡沒有時間限制，請慢慢品嘗。」

「好、好的。」

阿基拉好不容易擠出回答，繼續用餐。緊接著他再度因為太過美味的料理，反應突破了令人微笑的等級，來到讓人不禁擔心的程度。這回阿爾法也不再對他多問。因為要是輕率搭話，阿基拉大概又會穿幫。

詩織一面進餐一面觀察阿基拉的模樣。

阿基拉眉開眼笑地將料理送進口中，這幅模樣讓詩織難以聯想到那一天的阿基拉——儘管詩織動用了她的殺手鐗加速劑，還能與她打得平分秋色的厲害角色。

眼前的他只是隨處可見的小孩子，看起來比印象中更年幼的少年。

但是，儘管見到這模樣，詩織並未因此降低對阿基拉的戒備。反倒是因為這次會面，讓她更提升了對阿基拉的評價與警戒。

阿基拉在地下街的戰鬥經歷經過改寫，變成了與實際狀況相去甚遠，甚至稱得上難堪的糟糕內容。

那可是獵人辦公室公開刊載的資訊。即便是久我間山都市，也無法未經本人承諾就擅自竄改。肯定進行過某些交易。

同時從阿基拉對她說明這件事的態度找不到對都市的反感或不滿。可以判斷他從中獲得了足以蓋過這些負面感情的利益。

所以說，都市並非選擇威脅，而是以利益換取阿基拉的承諾。換言之，都市認為阿基拉的實力值得這麼做。如果他被判斷是微不足道的獵人，都市也只會採取與評價相符的對待。

多蘭卡姆的事務派系為了幫派的發展並擴大派系本身的勢力，正在著手增強年輕獵人的勢力。目前也正積極拉攏優秀的年輕獵人入幫。

但是他們卻沒有邀請阿基拉的跡象。阿基拉這種實力高強的年輕獵人，就算素行上有些問題，應該還是會邀請入幫才對。詩織如此思考著，對多方面加深了懷疑。

單純只是多蘭卡姆的探子偶然沒發現阿基拉

嗎？又或者他身懷某些嚴重問題，嚴重到擁有那等實力也無法兩相抵消？她認為兩種可能性都存在。

（需要調查嗎……不過這可能反而會導致不好的結果。我得避免事態波及蕾娜大小姐……）

詩織和阿基拉不同，並未因為美食而心慌意亂，而是冷靜地持續思考著該如何應付眼前這號人物。

而阿爾法正筆直凝視著詩織。

阿基拉對兩人的反應渾然不覺，只是沉浸在難以承受的幸福之中，繼續享用美食。

阿基拉在修特利亞娜繼續用餐，直到滿足感與飽足感填滿了胃部，讓他漸漸對美食產生抵抗力的時候，桌面上剩餘的料理也只剩甜點而已了。

雖然還能額外點餐，但阿基拉擔心自己也許沒辦法吃完，掙扎到最後打消了額外加點的念頭。眼前只剩加工得有如藝術品的甜點，他一點一點地細細品味，每次送進口中，表情便隨之綻放喜色，同時為了至福時光將盡而沉浸在傷感之中。

詩織品嘗著同樣的甜點，對阿基拉問道：

「所以阿基拉先生進入獵人這行後一直都獨自工作？」

遭到甜點奪走大半心神的狀態下，阿基拉回答道：

「是啊。一直以來都一個人。雖然說一直以來，其實我當獵人的時間還沒有很久。」

「沒有計劃要招集夥伴，或是加入某個幫派嗎？不管是討伐或收集遺物，獨自一人想必辛勞也特別多吧。」

「哎，是這樣沒錯啦，不過目前我覺得一個人工作比較合我個性。一個人就不用為了分配報酬之類的問題傷腦筋，而且我也是常常擅自行動的那種人，與其參加集團行動鬧出爭執，現在這樣比較好。」

詩織為了盡可能取得阿基拉的情報，趁著閒聊時提出許多問題。在和善的微笑底下，慎重且用心地收集情報。交談的內容在阿基拉看來只是閒聊範圍，但是詩織在提問前都經過深思熟慮。

阿基拉也提出了許多他當場想到的疑問。關於詩織她們目前加入的幫派多蘭卡姆，他隨口提出疑問。

「哦～在召集年輕獵人啊。」

「是的。多蘭卡姆目前幫派發展的政策就是擴大招募年輕獵人。近來招募範圍似乎擴大到外行人。」

「我沒資格這樣講，不過一整群只是拿著槍的外行人，也只會很快就死掉吧？」

雖然同樣以外行人這個字眼描述，詩織所說的外行人和阿基拉口中的外行人，其實有著天差地別。因此兩人的認知發生了若干出入，但還不致於讓對話本身偏離軌道。

「如果直接把外行人送進荒野，結果確實會如您所說。不過在多蘭卡姆內部設有研修期間，解決這個問題。此外也會出借裝備品等等，藉此補足實力。」

「……裝備啊。裝備的確很重要。」

阿基拉感觸良多地回答。他曾一隻手拿著粗劣的手槍就前往崩原街遺蹟而險些喪命，在他看來出借裝備品的確是讓人願意主動加入的優渥條件。

「該怎麼說，我以為獵人幫派都是些把小弟當作消耗品的組織，原來還有這種幫派啊。我有點意外。」

「因為長久來看，這是對多蘭卡姆也十分有利益的做法。不過因為對年輕獵人太過優待，似乎讓資深獵人傳出不滿的意見。」

借給新人的裝備品絕非免費，陪伴新人訓練也賺不到錢。這些成本上的負擔，無可避免地落在當下有賺錢能力的獵人身上。

再加上新人們加入幫派時就置身優良的環境

中，傾向於理所當然般享受這份優待。這使得老手與新人間的鴻溝日漸加深。

「不過這個政策成功招攬了多位有才幹的年輕獵人，這也是事實。再者決定幫派方針的幹部群絕大部分也都是資深獵人，很難把問題全部推給老手或新人。」

阿基拉腦海中浮現了西卡拉貝與克也的身影。兩人的關係似乎相當惡劣，原來有這種背景嗎？他沒來由地想著。

「那兩個人好像叫西卡拉貝和克也吧？他們也是因此鬧翻的嗎？」

詩織的表情不滿地稍微歪曲。

「西卡拉貝先生和克也先生啊。西卡拉貝先生以前負責帶領新人小隊，與克也先生一起行動。聽說他們個性上非常處不來。雖然克也先生並不是壞人……」

話題直接轉向有關克也的內容，阿基拉從詩織口中聽到了近乎抱怨的話。

克也已經拿出了難以想像出自新人的豐碩戰果。在地下街也被重新布署於討伐隊，拿出了與其他老練獵人相比也毫不遜色的成果，展現了他的過人實力。多蘭卡姆的事務派系也將克也視作栽培新人的成功案例，大為讚賞。

光是這樣的話，詩織也不至於柳眉微蹙。問題在於功績的副產物。他在異性之間的人氣非常高。

克也是多蘭卡姆的年輕獵人中首屈一指的強者，未來大有前途，不只是受到幫派中事務派系的重用，外表也俊俏。

光是這樣就已經湊齊了高人氣的要素了，再加上他總是率先衝向危險以拯救他人，那身影更是讓克也的人氣高漲。

當然獵人這行無法免於危險。身陷絕境而一心渴求他人救助的人也很多。

在這種危機狀況下，見到有人毫不猶豫地奔向現場，挺身拯救自己，為了自己還活著而欣喜，而且還不求回報。不分同性異性自然會湧現感謝與尊敬之意，若是異性當然就更容易再加上好感與戀慕。

此外還有人原本為了利用而靠近他，卻受到感動；也有人認同其實力而使得好印象轉變為好感。對克也懷抱強烈情感的人，包含還沒有自覺的人在內，人數已經累積不少。蕾娜也是其中一人。

詩織的表情透露著苦澀，口吻略微尖銳。

「如果克也先生願意誠實與大小姐交往，我就連一句話也不會多說。但是他沒有意願與特定的對象交往，每當有人對他有所表示，就說些誘人遐想的台詞，也不明確拒絕，就這樣天天增加人數喔！這已經不是沒有自覺就能獲得諒解的程度了！」

「呃，喔，這樣喔……」

阿基拉曖昧不明地回答後，品嚐餐後的咖啡。他已經喝到第三杯，甜點也吃完了。詩織則是額外多點了兩盤甜點。

「克也先生確實擁有罕見的才華，主動對他人伸出援手的思想也值得讚賞。會受到異性歡迎也是理所當然的吧。」

因為平常沒有機會能提起這種話題，詩織像是要吐露累積在心中的不滿，稍微拉高了音量。

「然而！又不是自己主動勾引！只是對方自己湊上來！這種藉口根本就不是問題！阿基拉先生不這麼認為嗎！」

阿基拉發自內心認為無所謂。況且在攸關性命的狀況下一起行動，關係或多或少加深也是人之常情吧？

阿基拉雖然這麼想，但是坦白說出口只會讓對方心情無謂變差，為了不重複過去的失敗，在不違反自己接受了委託就應該誠實應對的原則下，他盡可能委婉表達自己的意見。

「呃，那個，我這個人只要能吃飽就滿足了，對這些事其實不太懂，妳向我徵求意見我也很傷腦筋……沒有啦，那個，我不是想幫克也說話，只是獵人這行就是時常發生攸關生死的狀況，我想總是容易情不自禁嘛……」

「而且克也先生居然甚至對我甜言蜜語喔！還是大小姐就在旁邊的時候！另外還有……」

也許克也並非主動對她甜言蜜語，再者克也可能根本不是那個用意。也許只是她自己如此解釋罷了。儘管阿基拉這麼想，但是為了避免刺激現在有些激動的詩織，他選擇沉默。

「那未免太過……嗯？抱歉。」

詩織取出了資訊終端機，不知確認了什麼後，突然取回鎮定般恢復了平靜的態度。

「非常不好意思。剛才我接到了同事的聯絡，因為諸多原因我必須就此失陪了。阿基拉先生有什麼打算？如果想要追加點餐的話，恐怕現在就是最後的機會了……」

「不了，我已經吃得很飽了，我也該走了。謝謝妳請我這一頓大餐，非常好吃。」

得救了。阿基拉這麼想著，誠懇地對她低下頭。

如夢似幻的美妙時光結束了，阿基拉被拖回現實。現在他走出店外，感觸良多地看著修特利亞娜的外觀。

『真的很好吃。我以前有時候會想，那些有錢人平常都在吃什麼，原來他們都吃這種東西啊。』

阿爾法意味深長地微笑。

『真的那麼中意的話，下次就自費來吃啊。』

阿基拉板起臉。

『……拜託，這怎麼可能。』

阿基拉剛才聽見了詩織在結帳時與店員的對話，那金額讓他不由得懷疑自己是不是聽錯，或者是幻聽。發現人居然願意為一頓飯出這麼多錢，讓阿基拉內在的金錢觀再次受到衝擊。

阿爾法語帶期待般笑道：

『只要以後能輕鬆賺到這點錢就好啦。要加油喔。』

為了達成阿爾法的委託，自己究竟需要變得多強？程度至今依舊不明，但至少需要足以輕鬆賺到本日餐費的實力。想到這裡，阿基拉擠出笑容回答：

『我會努力啦。』

『我很期待喔。』

阿爾法愉快地笑著說道，阿基拉與她一同踏上歸途。

在店門口與阿基拉告別後，詩織取出資訊終端機，向同事聯絡。

「是我。請告訴大小姐，我現在要回去了。」

同事的輕佻語氣自終端機傳來。

『知道啦。話說妳沒事嗎？手或腳沒被扯斷吧？小姐在擔心喔。』

如果只是正常交談，內容應該也不會讓蕾娜擔心，況且詩織原本就指示，她出來與阿基拉見面一事沒必要特地告知蕾娜，因此詩織稍微繃緊了表情。

「我沒事。香苗，妳沒對大小姐多嘴吧？」

『只是聊聊天順便掌握現況而已啦。』

「選了什麼話題？」

『很多啊。像是小姐的獵人工作，還有小姐最近迷戀的那個叫克也的獵人。還有在地下街的事情。我還聽說大姊差點沒命喔。大姊剛才就是和那傢伙見面吧？』

詩織表示心中不悅。

「……我應該指示過了吧？和大小姐交談時，要避開地下街的話題。」

『只是聊著聊著就剛好提到而已。我和大姊不一樣，我是武力人員，要我顧到生活上的細枝末節只是強人所難喔。如果覺得不滿，請馬上回來這邊。』

「我馬上就回去。」

詩織一說完便切斷通訊。

◆

久我間山都市的中階區域，位在防壁內側的某間公寓的房間內，名叫香苗的女性看著結束與詩織通訊的資訊終端機，輕笑著呢喃。

「不高興喔～～」

那稚氣未褪的笑容中，透露著一抹頑童以惡作劇取樂般的惡劣。那是因為她近乎正確地想像了詩織的表情。

香苗就像地下街的詩織一樣身穿女僕裝。不過這套女僕裝的布料是以防刃、防彈、抗衝擊性能優秀的強化纖維織成，性能上無異於獵人們身穿的防護服。

這套女僕裝的製造目的是為了在緊急狀況下，以自身作為盾牌守護護衛對象。自裙襬下方可見的黑色緊身衣也是強化襯衣。

香苗於此的職務是蕾娜的護衛。雖然就蕾娜的護衛這角度來說與詩織沒有不同，但詩織同時也是負責照顧蕾娜的女僕，香苗則是被派遣至此的純戰鬥人員。

香苗與詩織聯絡後，回到蕾娜身旁。為了不讓蕾娜聽見對話內容，她沒忘記拉開距離。

多蘭卡姆的年輕獵人雖然基本上都住在幫派的宿舍，但並非強制規定。只是在該處能得到幫派的補助，住起來比較便宜。

蕾娜聽從詩織的請求，另外租了房間。起初她認為幫派的宿舍也沒什麼不好，但是她現在覺得當初在外租房的選擇沒有錯。因為在幫派宿舍要帶著兩名女僕一起生活，實在是不太方便。

再加上現在她因為地下街的事件，獵人工作暫時休息。在這狀態下在幫派宿舍閉門不出，想必難免流言蜚語。

蕾娜正在客廳一隻手拿著教材學習，香苗對她說道：

「小姐，大姊說她現在要回來了。」

「大姊？喔喔，妳是說詩織。那個，她沒事吧？」

「好像也沒受傷。她說馬上就會回來，沒事喔。」

蕾娜放心地輕輕吐氣，對香苗投出責難的目光。

「太好了。真是的，都是因為香苗講些怪話，害我這麼擔心。不要嚇我啦。」

也許詩織沒辦法活著回來。香苗剛才這麼說，讓蕾娜感到不安。

香苗毫無歉意地回答：

「人會死的時候就是躲不過啊。幹獵人這一行更是這樣。既然要離開防壁到外頭去，就需要有所覺悟喔。」

蕾娜的臉因為不滿而微微皺起。

「……是沒錯啦。」

詩織沒有對蕾娜告知去向就出門，讓蕾娜感到不安，才找香苗詢問詩織為何出門。

而香苗省略了職務上無可奉告的部分之後，以她的想法回答蕾娜提出的問題。

蕾娜慌張地指示香苗確認詩織的安危。但是發現詩織一切平安，蕾娜覺得香苗剛才的回答只是玩笑話或怨言之類。

香苗從蕾娜的表情判斷她內心的想法後，注意著不讓感想浮現在臉上，同時在心中呢喃：

（……大姊已經發出指示，萬一超過24小時無法聯絡，就要視她已死亡並採取行動。死亡時增派的補充人員也安排好了。大姊的死亡其實是設想範圍的事態，小姐的認知還是太天真了啊～～）

實際上詩織已經完成了萬一自己死亡時的交接事項與諸多指示，她充分理解其必要性，做好覺悟才前去會見阿基拉。

在香苗眼中，蕾娜是個被寵壞的小孩子。

不過香苗對此沒有不滿。說得難聽點，香苗就是為那天真的小孩子擦屁股善後，以此賺錢謀生。再加上只要蕾娜因為她的天真而再度惹禍上身，香苗本身喜好的狀況應該也會增加。

香苗有戰鬥狂的傾向，香苗對此也有自覺。對於提供充分報酬與適當戰場的雇主，沒必要抱持反感。

當她聽聞蕾娜在地下街同樣惹出爭執，她的感想是如果當時自己也在場，肯定會非常好玩。

教育蕾娜避開不必要的危險，這是詩織的工作。香苗完全不打算糾正蕾娜的危機意識。

詩織回到家中，首先換上和香苗同樣的女僕裝，之後便向蕾娜仔細說明她外出的理由等等。

阿基拉可能造成的危險雖然已經告一段落，但是不理解狀況的蕾娜要是哪壺不開提哪壺，很可能讓事態回到原點。因此她對此相當仔細地解釋。

蕾娜聽完說明後，再度確認般對詩織問道：

「……呃，妳的意思是阿基拉沒有生氣嗎？」

「對於沒發生過的事情，自然不會有任何感想。就這麼單純。這就是阿基拉先生的立場。為防萬一我必須叮嚀您，關於地下街的經過，蕾娜大小姐對阿基拉先生不可以道謝也不可以道歉。請避免提起當時的一切。」

「道謝也不可以？」

「不可以。什麼事都沒發生。阿基拉先生對都市負有守密義務，就算是感謝的話語，一旦被他認定您想提及官方認定不存在的事項，他有可能會誤會您故意找他麻煩。請千萬多加注意。」

對拯救了自己和詩織的恩人，就連口頭上的道謝也不能表達，一旦開口甚至可能為他招惹麻煩。這對蕾娜來說相當不好受。

不過她也知道不能恣意而為。雖然覺得對阿基拉心有歉疚，但她還是點頭。

「……好。我知道了。」

詩織明白蕾娜內心的感受，安慰般微笑道：

「對阿基拉先生的道謝和致歉已經由我代為完成了。阿基拉先生似乎也相當享受用餐。所以說，大小姐也沒必要心懷芥蒂。」

香苗愉快地笑著插嘴：

「要是因為他對妳見死不救覺得不爽，我可以去偷偷扁他一頓喔。」

蕾娜和詩織對香苗投出責備的視線。香苗半開玩笑地裝出畏縮的舉動。

「哎呀，沒人同意喔？剛才就是那個啦。我只是出自善意想排解兩位心頭的疙瘩，畢竟兩件事不相關，一碼歸一碼。又不是聖人君子，心中也不是完全沒有怨言吧？啊，是我誤會的話，我道歉就是了。」

蕾娜和詩織對香苗投出嚴厲的目光，異口同聲說了：

「不要亂來。」

「不准亂來。」

若要說蕾娜和詩織對阿基拉純粹心懷感激，那並非事實。雖然阿基拉於情於理都沒錯，但是他畢竟一度對蕾娜——詩織的主人見死不救。在彼此之間確實留下了心結。

但是原因終究在蕾娜與詩織身上，再加上就結果來看，是阿基拉保住了兩人的性命。而且在事後冷靜回顧當時的狀況，阿基拉很明顯為了讓兩人都能生存而盡了全力。

明知如此還要將遺留心底的不滿發洩在阿基拉身上，這種恬不知恥的行為，蕾娜和詩織都不願去做。

香苗不在乎地道歉。

「開玩笑的啦。是我太胡鬧了，對不起啦。」

香苗聽說阿基拉能與動用了最終手段的詩織打得不相上下，讓她對阿基拉的實力十分好奇。

她原本打算裝作毫不知情，之後找機會向阿基拉挑釁以試試他的身手，不過見到兩人的態度，讓她打消念頭。

（先撇開小姐不談，對小姐這麼溺愛的大姊都這種態度。那個叫阿基拉的傢伙，真的那麼危險嗎？嗯～～真教人好奇。）

香苗對雇主與護衛對象並未抱持詩織那般的忠

誠心。儘管如此，她認為雇主對她有恩，同時也有為保護蕾娜而死的覺悟。

不過那源自於她對於工作的態度，前提是能得到符合風險的報酬與舒適的勞動環境。單論對主人的心態，香苗與詩織截然不同。

香苗也很明白詩織對蕾娜的忠誠心。正因如此，阿基拉一度對詩織盡忠的對象選擇見死不救，詩織應該會對他懷恨在心才對，但是詩織卻不曾顯露一絲這樣的情緒，讓香苗十分吃驚。

香苗推測其理由。可能是因為，綜觀事件是阿基拉救了蕾娜的性命，詩織對他的感謝與怨恨兩相抵銷了；或者是因為詩織對阿基拉的戒心強到讓她連吐露怨言都必須躊躇。香苗不知道哪一邊才是詩織的真正想法。

不過香苗期待事實是後者，暗自淺笑。

◆

在多蘭卡姆的設施房間內，表情嚴肅的克也正表示強烈不滿。

「什麼事也沒發生，這是什麼意思！」

克也向多蘭卡姆報告地下街的事件時，水原指示他這件事幫派會另外調查，不要輕率行動，先等候結果。

多蘭卡姆也有面子要顧。要是幫派獵人的性命遭到外部獵人危害，幫派就有必要做出相對應的處置。而為了決定如何處置，有必要清楚調查事件經過。

所以先要等待調查報告出爐。聽水原這樣說，克也雖然不願意但也只能等待。

然而經過漫長等待後，好不容易等到的調查報告內容卻是「什麼也沒發生過」。

克也無法接受而情緒激動，水原對他低下頭深深致歉。

「對不起。我也知道你無法接受。在這方面我的心情也和克也一樣。但是，我也只能這樣告訴你。」

「這、這樣說我也……」

見到實際上沒有錯的人以懇切真誠的態度當面道歉，克也也難以維持怒氣，原本拉高的音量頓時降低，也不再咄咄逼人。但是不滿的表情並未消失。

水原繼續連連道歉。

「真的非常不好意思，但多蘭卡姆已經確定採取當時沒發生過任何事作為官方見解。雖然遺憾，但這個決定不會更改，憑我的力量無法顛覆。而且克也同樣是多蘭卡姆的一員，需要你配合幫派的政策。」

「這、這種要求……」

「對不起。真的很對不起。」

克也當然不認為錯在水原身上。見到水原如此連番道歉，他也只能放棄追究到底。

「……我知道了。」

水原安心地吐出一口氣，微笑道：

「謝謝你。幫上大忙了。」

「沒有啦，我也知道對水原小姐洩憤沒有意義。我也該道歉。」

「別在意。告知這些事項也是我的工作。如果還有什麼問題，隨時都可以向我提出。」

「好的。打擾了。」

克也走出房間後，由米娜正在外頭等他。

「克也，你滿意了嗎？」

「……總而言之，多蘭卡姆的上層不知道做出了什麼決定，不管我說什麼都沒用。」

克也擔心由米娜般問道：

「由米娜覺得無所謂嗎？明明被那傢伙抓去當人質。」

對於這個問題，由米娜輕笑著淡然回答：

「我只要克也沒事就滿足了。」

聽她這樣清楚斷言，克也不禁有些害臊，顯露幾分慌張。

「是、是喔。」

「是啊。所以說，別因為沒辦法接受就鬧出無謂的騷動喔。」

「我知道了啦。」

既然由米娜都決定忍受這樣的結果了，自己也沒必要過於執著吧。把心力放在讓自己變得更強，不要讓由米娜再度遭遇這種事，這點更重要。克也這麼想著，壓抑心中的不滿。

多蘭卡姆將地下街的事件視作從未發生，由米娜同樣覺得意外。

不過她和克也不同，對此並未感到任何憤慨。因為她推測當時的真相，判斷阿基拉八成其實是被害者。

阿基拉與詩織一度互相殘殺是確定的事實，無論怎麼想，蕾娜當時也遭受牽連。在這種狀況下，如果很明顯是阿基拉有錯在先，由米娜認為詩織絕不會善罷甘休。光是多蘭卡姆的攔阻，想必無法阻止她動手報復。

但是在事件之後，在她自己調查和打聽的範圍內，詩織看起來沒有對阿基拉採取任何行動。既然如此，可以推測是蕾娜她們有錯在先，或者是在偶發的意外狀況下，因為運氣不好而一時交戰而已。

但這樣一來，在那狀況下蕾娜和詩織都沒有喪命，很可能是因為阿基拉那一方刻意不下殺手。在這樣的局面中，自己等三人預設了敵對立場而介入其中，他會採取那種做法也不是無法理解。從這個角度來看，由米娜也能諒解。

同時，由米娜沒有將她的推測告訴克也，是因為輕率告訴他反而可能產生無謂的爭執。無法相信這種說法，要找他本人當面對質——萬一克也因此去找阿基拉逼問事實，這才是由米娜最不樂見的狀況。

由米娜總覺得，只要克也與阿基拉接觸的機會增加，爭執也會跟著增加。既然如此，受到上級指示而無法向阿基拉追問真相，維持這樣的狀態反而比較好。克也自己也不至於沒事去找阿基拉吧。

由米娜這麼判斷，打定主意不要對克也多嘴。

成功說服克也後，水原輕吐一口氣，面露微笑。

「這樣就沒問題了。還真是走運。」

久我間山都市派遣木林與阿基拉締結交易之後，為了營造虛假的特務，開始對多蘭卡姆施壓。

不過這對多蘭卡姆而言其實也有益。雖然原因是遭到強盜以人質逼迫，但是自家所屬的獵人聽命於遺物強盜攻擊其他獵人，這般失態能以「從未發生」的名目抹消。

雖然在都市的機密情報仍會留下紀錄，但是都市與多蘭卡姆同樣不願公諸於世。接下來只要封住所屬獵人的嘴就大功告成。

關於蕾娜與詩織，已經得到兩人承諾。幫派也已接獲情報，詩織與該名獵人私下進行交易，而對方也已經答應。

接下來就只剩克也等人，這部分也算解決了。

多虧於此，事務派系的勢力不會因此受創。反倒因為與都市成為共犯，加深了關係。

雖然在地下街任務中出乎預料的事態頻傳，水原對結果心滿意足。

◆

阿基拉泡在浴缸中，愉快地笑著。他的心情比平常更愉快，是因為回憶起修特利亞娜的大餐。

「真的好好吃……還想再去一次。賺錢的理由變多了啊。」

阿爾法一如往常與他一起泡澡。稱之為女神也不為過的美女就在身旁展露一絲不掛的裸體，但阿基拉正值食慾更在性慾之上的年紀，他正忙著回憶料理的味道，對阿爾法的注意力比平常更稀薄。

「話說回來，在店裡看到的改造人，真有辦法吃到桌上的料理嗎？就算真的能吃，吃下肚的料理又會怎樣？」

『如果是內藏有機轉換爐的義體，食物應該會被分解並成為能量或仿生零件的材料。如果身體沒有這方面的機能，之後就要從身體取出。』

「取出之後呢？」

『十之八九會丟棄。』

阿基拉面露複雜的表情。

「所以純粹是為了娛樂而用餐嗎？有錢人真是不一樣。」

不吃就會餓死。因為過去在貧民窟過著這種生活，這種行為甚至讓阿基拉覺得詭異。

這時阿爾法補充道：

『雖然身體從肉體改成義體，食慾不會跟著消失。其中也是有不得已的部分。』

「是喔？」

『是啊。你自己也說過吧？看到美味的大餐擺在眼前卻吃不到，感覺就像極刑一樣。就算吃了無法得到營養，為了緩和那份痛苦，用餐這種手段還是有其必要性。』

實際上這對義體者是很重要的問題。市場需求大到企業特地開發改造人食品，對義體者的精神安定不可或缺。

阿基拉也點頭表示理解。

「原來如此。使用義體的傢伙們雖然很強，其實是付出這些代價才換來的實力啊……」

『哎，義體離不開這方面的代價。雖然完全沒有這類代價的義體也存在，但價格當然也非常驚人。買得起那種東西的只有大企業的幹部，或某處的富豪，或者是在東部的最前線大發橫財的獵人，這類非常少數的人。』

「……聽起來就很貴啊。就算賣掉成堆的遺物好像也買不起。那些傢伙不惜與都市為敵也想賺大

錢。是不是想用來當成購買這種高性能義體的資金啊？」

也許矢島他們不幸遭遇事故或是怪物襲擊而成為義體者，過著無法食用美味食物的日常生活。

也許他們想變賣遺物購買具有用餐功能的高性能義體，夢想著再度品嘗過去曾經嘗過的至高料理。

阿基拉沒來由地這麼想。雖然只是想像，但在親身體驗了美食帶來的無上幸福後，那對阿基拉已經是非常合理的動機。

當天夜裡，阿基拉作了個夢。

在夢中，阿基拉與涅利亞戰鬥。在瓦礫凌亂散落的大樓內，拚了命閃躲對方接連不斷揮出的斬擊。

面對涅利亞的猛攻，他完全找不到反擊的機

會。面對實力明顯有差距的對手，絞盡全力抵抗，竭盡所能延長性命。

涅利亞雙手握著長刀，但阿基拉手無寸鐵。而且涅利亞不是赤手空拳就能戰勝的對手。

阿基拉的踢擊和拳頭，每一擊都無法損傷對方的義體。輕率與對方挑起格鬥戰，只會反倒落得手腳被砍的下場。阿基拉也很明白，他慌張地詢問阿爾法：

「槍呢？ＣＷＨ反器材突擊槍呢？沒有那個就沒勝算吧！」

『ＣＷＨ反器材突擊槍不是已經沒了嗎？要去靜香店裡買新的才行。』

「我都忘了！」

雖然事件順序顛三倒四，但夢中的阿基拉從未察覺。

「靜香小姐的店我之前不是去過了嗎？為什麼沒買槍？」

『因為沒有強化服，太重了拿不動啊。強化服也沒了吧？』

「對喔！……嗯？」

阿基拉疑惑地確認自己的服裝。他身上穿的不是強化服，而是木林給他的防護服。

沒有強化服就無法得到阿爾法的輔助。理解到這件事的瞬間，阿基拉的動作突然變得遲緩。

當阿基拉的身體能力恢復為肉體水準，涅利亞揮出的銳利長刀逼近。緩緩奔向自己頸子的銳利刀刃映在阿基拉的視野中。

（啊，死定了。）

阿基拉事不關己般想著。長刀砍飛了阿基拉的頭顱。

（真想再吃一次那道料理……）

俯視著自己的無頭屍體，阿基拉在逐漸消失的意識中這麼想著。

這時阿基拉醒了。房內光線陰暗，還不到日出的時候。

他撐著身體，伸手撫摸自己的頸子。確定自己尚未身首異處，這才明白剛才的景象是夢境。

「……是夢啊。」

阿爾法面露擔憂的表情，望向阿基拉。

『沒事嗎？』

「沒事。只是作了個怪夢，沒什麼。」

阿基拉簡單回答後，就這麼注視著阿爾法。

與涅利亞交戰的阿基拉在現實中活下來了。但是夢中的阿基拉失去阿爾法的輔助，無從抵抗便喪命。

（剛才的夢，就是我真正的實力啊。）

夢中的自己和現在的自己沒有太大差異。在現實中如果陷入類似的狀況，就會和夢中一樣死

去吧。阿基拉從剛才的夢境，重新理解了這樣的現實。

遇見阿爾法的幸運，以及阿爾法帶來的恩惠，讓阿基拉目前仍保住性命。這份幸運究竟會持續到何時，阿基拉也不知道。

當阿基拉默默地凝視著阿爾法，阿爾法回以捉弄般的微笑。

『怎麼啦？到了現在還會對我的美貌看得出神？』

不過阿基拉儘管被她這樣捉弄，表情依舊嚴肅。這下阿爾法也感到狐疑，用有點擔心的語氣問道：

『阿基拉，你怎麼了？』

「……阿爾法，妳會照顧我到什麼時候？」

『我會一直支援到對阿基拉的委託結束為止啊。阿基拉，你到底是怎麼了？』

「沒有啦，只是想說，如果妳找的不是我這種小孩子，而是更厲害的獵人的話，妳的委託應該也能馬上解決吧？」

阿爾法直視著阿基拉，阿基拉也反過來直視著阿爾法。

「阿爾法會和我搭檔，是因為我是舊領域連結者吧？舊領域連結者的獵人除了我以外沒有別人了嗎？只要去找應該還是有吧？不，就算不是舊領域連結者，我代替阿爾法去委託別人不就好了？」

阿基拉說完便等候回答般沉默，阿爾法凝視著他好半晌。最後她對著靜候審判般的阿基拉，以認真的口吻表明：

『阿基拉為什麼會覺得自己可能失去我的輔助，這我不打算多加過問，也不打算逼你說出口。但是，我就先把話說清楚吧。我的輔助是我給阿基拉的委託的訂金。在阿基拉完成我給的委託之前，我會一直陪伴著阿基拉，也會要求阿基拉奉陪到底。』

「……是這樣啊。也對。」

『就是這樣。』

既然阿基拉接受了我的輔助，就有義務與責任完成我的委託。就算阿基拉認為與其他獵人搭檔對阿爾法比較有益，而且就算那真的是事實，我也不會允許——這正是阿爾法的言下之意。

自阿爾法那裡得到遠超乎自身實力的輔助，讓阿基拉甚至心生某種歉疚，現在他聽了阿爾法這番話，心情稍微輕鬆了些。

阿基拉也隱隱約約察覺到，阿爾法明白這樣講能讓他心情輕鬆點才這麼說。他放鬆了表情，輕笑道：

「知道了。我再睡一下。」

阿爾法也一如往常般笑道：

『你睡吧。這次要作個好夢喔。』

「應該沒問題。」

阿基拉躺回床鋪上，不久後再度睡著。

就算再作同一個夢，結局也不會相同。阿基拉沒來由地如此確信。

隔天，阿基拉這一天也開始與阿爾法訓練體感時間的控制。

身穿裝飾過剩的服裝，阿爾法和之前一樣雙手持劍，翩翩起舞。踩著優雅又俐落的舞步，以自然的動作橫切阿基拉的頸子。

和之前同樣無法閃躲阿爾法的攻擊，不過阿基拉的模樣截然不同。

阿基拉遭到阿爾法攻擊也完全不為所動。豈止是閃躲攻擊，甚至沒有展現閃躲的意圖，只是一直凝視著阿爾法。

『……阿基拉？』

「我沒事。妳繼續。」

阿基拉的表情一派認真。他既不是在胡鬧，也不是提不起幹勁，唯獨這點不會錯。

阿爾法對阿基拉的反應感到些微納悶，但她沒有多問，回到定位後自服裝卸下一條布料，再度起舞。

在這之後阿基拉依舊一動也不動。只是擺著認真的表情，盯著阿爾法而不斷中劍。

每當阿爾法的劍穿透阿基拉的身體，布條就從阿爾法身上脫落而消失。原本過剩的裝飾全部去除，服裝本身的布料也開始減少，裸露的肌膚開始增加。

這同時也代表了，阿爾法的模樣越來越接近在崩原街遺跡交戰過的涅利亞的模樣。

（……回想起來。那場戰鬥、夢中的感覺、和那傢伙戰鬥時的緊張。那時候我辦到了。在夢中也辦到了。既然這樣現在也能辦到！阿爾法也說我能辦到！）

阿基拉嘗試在此取回並重現立於死地時的集中力、在死線上奔馳的感受、生與死的狹縫間的緊張，並且試圖維持。

於是，阿爾法在緩急交織的舞蹈動作中，右手的劍為了揮向阿基拉的脖子而飛躍。那動作恰巧與阿基拉在夢中見到的涅利亞的動作相同。

看起來非常銳利的刀刃緩緩地逼近自己的頸子，阿基拉清楚意識到並且以視線追逐。緊接著他為了閃躲攻擊而全力向後仰。

意圖砍下阿基拉首級的虛幻利刃就算真的化為實體，也無法傷及阿基拉半根寒毛。

阿基拉躲過了利刃，但閃躲時的力道讓他失去平衡，猛然向後倒。後腦杓因此猛然撞擊地面。他倒在地面，面露痛苦的表情，雙手抱住劇痛的頭部。

阿爾法奔向阿基拉，以擔憂的語氣問道：

『阿基拉，沒事嗎？』

「……好、好痛。回復藥、回復藥在哪？」

『那邊的架子上。』

阿基拉搖搖晃晃地站起身，伸手拿取擺在附近架子上的回復藥。一盒要價１００萬歐拉姆的回復藥。他從盒中取出了裝在軟管內的軟膏狀回復藥，塗抹在猛然撞擊而異樣發疼的後腦杓。

於是阿基拉後腦杓的痛覺立刻就消退，但這不是因為治療已經完成，單純只是鎮痛作用讓痛楚消失，儘管如此，阿基拉還是十分感謝。

傷口本身也很快就治好了。殘留在頭髮上的回復藥也漸漸滲進皮膚內，不需要擦拭。

「這種時候能直接塗在傷口上的回復藥比較方

便啊。」

『差異在於治療傷口和消除疲勞，以及在戰鬥中有沒有空檔能脫下傷處的衣物塗藥。和口服型的適用狀況不同。』

這時阿爾法改變態度。

『這先放一旁，阿基拉，剛才成功了吧？』

阿爾法這麼問的同時，臉上浮現了確信他已經辦到的笑容，阿基拉也回以笑容。

「是啊，成功了。不過也因為這樣，身體不聽使喚，結果用力撞到頭。」

『這是沒辦法的事。儘管阿基拉的體感時間變成10倍，身體動作也無法變快10倍。意識上的動作和實際的動作之間會出現落差。』

「這樣啊。所以我才覺得身體不聽使喚。」

『在控制體感時間的過程中，使喚身體時必須確實控制過去無意識間做出的細微動作。當身體的動作相對來說變慢，你必須理解自己的動作，並且讓意識去配合變慢的身體。這只能靠著訓練來習慣。』

「是啊。只能靠訓練。」

阿基拉用手按著頭。痛楚已經消失，但剛才撞到的部位仍留有不適感。

『你剛才撞得那麼用力，要不要稍微休息？』

「不了，就這樣繼續下去。我想趁著自己還記得那種感覺，盡量重複多做幾次。」

『知道了。不可以逞強喔。』

「我知道。」

訓練重新開始。阿爾法再度於阿基拉面前起舞。身上那襲服裝的布料減少，舞姿變得更加誘人。為了看穿那動作，阿基拉一臉認真地直視著阿爾法。

這一天的訓練結束了。之前阿爾法如此宣告

時，身上的打扮總是無異於全裸，但今天她的打扮還稱得上是裸露度偏高的舞衣。

但那不是因為阿基拉連續閃躲阿爾法的攻擊。而是因為在阿爾法的打扮變得近乎全裸之前，阿基拉就因為精神疲憊而無法繼續訓練。

阿基拉在堅硬的地面上躺成大字型，呼吸急促。在訓練的過程中，好幾次成功重現了體感時間的壓縮。每一次他都必須極度集中精神，鞭策大腦高速運作。

當體感時間拉長，必須維持集中的時間也隨之增加。要在那種時間感覺內動作，就等同於在未休息的狀況下全速動作。疲勞當然也會非常劇烈。

絞盡了大腦和身體的最後一份力量，阿基拉已經疲憊到就連站起身都有困難。

在倒地的阿基拉面前，打扮異樣香豔的阿爾法對他說道：

『好了，訓練結束了，要回房間去了。只要走幾步而已，加油站起來。』

「……不行了。一下子就好。讓我休息一下就好。」

『只能一下子喔。這樣下去你會在這裡睡到天亮。至少先回床上再睡。在這裡睡著的話，明天會後悔喔。』

過去露宿街頭的生活中，阿基拉時常睡在堅硬的地面上，他很明白阿爾法口中的後悔的意思。

現在的阿基拉已經習慣在柔軟的床鋪上睡覺，已經不像以前那樣，擁有睡在堅硬地面上也能壓抑疲勞的能耐。要是就這樣睡在硬梆梆的地板上，明天想必萬分後悔。

阿基拉躺在地面上，反覆深呼吸調勻呼吸韻律後，絞盡力氣站起身。隨後他慢吞吞地步向寢室，一走進寢室，彷彿被床鋪吸引般倒向床鋪。

阿爾法站在阿基拉身旁，因為阿基拉沒有指示她更衣，她仍是訓練結束時那副煽情的裝扮。大膽地除去舞蹈服的布料後，洋溢著高級感的內衣褲時隱時現。現在的阿基拉已經沒有心力去糾正。

來到寢室之前，阿基拉違抗自己的意志，勉強支撐著逐漸闔上的眼皮，但是當他一倒在床鋪上，他便屈服於累積的疲勞與柔軟棉被的觸感，閉起眼睛。

「……稍微睡一下。到上課時間再叫我。」

『今天就這樣睡到天亮吧。就算硬是把你叫醒，在睡眠惺忪的狀態上課，也沒辦法裝進腦袋裡。』

「……知道了。」

阿基拉這麼說完，便縱身投向夢鄉。

阿爾法看著呼吸均勻的阿基拉，思考著。

阿爾法原本估計阿基拉要學會控制體感時間，至少也要花上半年的時間。這代表了阿基拉顛覆了阿爾法的計算。

對此究竟該樂觀其成，或者是就發生了超乎預測的事情這角度來看，視作一種應當提防的事態？阿爾法無法判斷。

無論如何，計畫都需要修正。阿爾法如此判斷後，開始構思計畫修正案。她的臉上沒有笑容。

阿基拉為了到謝麗爾的據點露面而走在貧民窟中。

失去了摩托車，而且也租了附有車庫的房子，因此他完全沒有理由造訪先前當作停車場使用的謝麗爾的據點，但如果連定期露面都做不到，下次見到她的時候，她的反應大概會非常麻煩，讓阿基拉這麼決定。

向靜香訂購的新裝備也還沒送到，無法前往荒野。前去讓謝麗爾見他一面，也能成為反覆訓練與學習的日常生活中的消遣。

阿基拉看著過去長年來習慣居住的貧民窟的風景，湧現一股莫名的懷念。那代表了他認為自己已經真的脫離此處。

阿爾法注意到阿基拉的反應。

『阿基拉，要懷念往事不是不行，但是不可以因此鬆懈喔。』

『我知道啦。我也有所成長了，和以前已經不一樣了。』

看起來心情輕鬆並非真的鬆懈，而是自信顯露在外。因為他知道就算像過去那樣遭到襲擊，也能確實應付。阿基拉這麼認為。

這時阿基拉恰巧通過了獵人辦公室的收購處旁邊，看著附近通往暗巷的岔路，他輕笑。

『換作是現在的我，像上次在那邊被襲擊，就算沒有阿爾法的輔助也能應付。對吧？』

阿爾法聽了，戲弄般笑道：

『不要把那種程度的小事當作標準啊。』

『這倒也是。』

阿基拉輕笑著回答，回憶起當時發生的往事。

◆

阿基拉第一次把遺物帶到獵人辦公室的收購處時，拿到的價格是三枚硬幣，區區３００歐拉姆。

那是因為制度上，獵人等級１，而且只有紙片般的獵人證的新手獵人，無論帶來的遺物的數量或品質，初次收購價一律都固定是３００歐拉姆，剩餘的金錢會在估價結束後，於下次收購支付。

雖然只是區區三枚硬幣，那仍然是賭上性命得到的報酬。阿基拉小心翼翼地收進懷中。

他滿懷鬥志，決心要以這件事為起點，明天再度前往遺跡帶回遺物，這次一定要拿到像樣的價錢，同時決定今天就早點休息，走向他當作住處的暗巷。

在該處，阿基拉遭到五人一組的強盜攻擊。因為走出收購處的一幕被對方看見了，他們以為阿基拉身上有錢。

強盜全都是和阿基拉年齡相近的小孩子。他們以前方三人、後方兩人的陣勢包圍了阿基拉，帶頭的少年達魯貝笑著對獵物宣告：

「把錢交出來。你身上有錢吧？」

聽見一如預料的要求，阿基拉表情嚴肅，總之先嘗試削減對方的意圖。

「我身上沒錢。看就知道了吧?真要動手的話，去找看起來有錢的傢伙吧。」

將暗巷當作棲身之處者在貧民窟中是相對底層的一群，阿基拉尚未取得像樣的服裝，穿著看起來就是這類人，身上毫無金錢的氣味。

他手中的紙袋裡裝著他從遺跡帶回來，但是並未變賣而是留在手邊備用的斷刀與醫療品等等的遺物，不過從外觀看不出來。憑著第一印象判斷，只是露宿街頭的人為了避免私物被奪走而隨身攜帶而已。

如果達魯貝等人並非懷著以要求金錢為由欺凌弱者取樂的念頭，阿基拉的回答讓對方頓時失去銳氣也不奇怪。

但是達魯貝浮現了下流的笑容，嘲笑阿基拉般輕輕搖頭。

「別扯謊了，我都看到了喔。你剛才從收購處走出來了吧？而且昨天和今天都往遺跡的方向過去。昨天沒去收購處，今天卻去了一趟。你大概找到值錢的東西了吧？既然這樣你身上應該有錢。」

達魯貝等人見到了阿基拉前往遺跡的方向，因此在收購處附近觀察情況，等候獵物上門。

與其進入危險的遺跡尋找遺物，攻擊從遺跡回來的人比較安全。懷著這種想法的人並不少。

不過達魯貝他們這種小孩子不可能去襲擊成年的獵人，下手的目標自然是阿基拉這種同年齡的小孩子。

能持續向收購處販賣遺物的小孩子數量稀少，就算運氣好從遺跡生還也會被這種人襲擊，也是數量稀少的理由之一。

阿基拉明白就算找藉口也沒用，他嘆息。隨後他老實回答：

「我只有３００歐拉姆。」

「啥？開玩笑的吧？」

「我不是開玩笑。那些傢伙只出３００歐拉姆買我帶去的東西。我沒騙你。他說規定就是這樣。這點錢不值得五個人來搶吧？明白的話就去找別人吧。」

達魯貝對阿基拉投出懷疑的視線，但是看起來不像在說謊。再加上他回想起自己確實聽過這件事，他不高興地咂嘴。

「什麼嘛。讓人白期待一場，還以為難得有機會能賺一票啊。不要做這種害人搞錯的事啦。」

「不好意思啦。我可以走了吧？」

達魯貝的夥伴們已經幹勁全失。不過達魯貝因為是強盜的主使者，他還有些許幹勁。他再度打量阿基拉，尋找值錢的東西。

不過阿基拉的衣服已經十分破爛，看起來沒有搶奪的價值。手上的紙袋也髒兮兮的，裡頭裝的東西恐怕也不值多少錢。

在平常時候，這樣就足以讓達魯貝失去幹勁。不過他以為難得遇到了待宰肥羊，先前已經在夥伴們面前誇口能大賺一票，讓他現在心煩氣躁。

任憑升高的煩躁驅策，達魯貝不由得拔槍。

「啊～～可惡！夠了！不想死的話，就把那３００歐拉姆交出來！」

阿基拉的表情變得更加凝重。

「……就算開槍打死我也只會虧本喔。我好歹也會嘗試反擊。算了吧。為了３００歐拉姆有必要做到這樣？打消主意吧。」

「吵死了！廢話少說把錢交出來！」

射殺身無分文的人，只會白白浪費子彈費用。萬一對方拚了命反擊，自己也有可能受傷。這點小事達魯貝也明白。

但是想消除煩躁的欲求，再加上已經拔槍的氣勢，排擠了他的理性。５對１，而且自己先拔槍了。對狀況的樂觀更促使他採取輕率的行動。

阿基拉的表情更加扭曲。區區３００歐拉姆，不是值得賭上性命堅持到底的金額。這點他也知道。

不過這同時也是他賭命拿到的金錢，是他成為獵人後第一次拿到的報酬。若屈服於威嚇而雙手奉上這些錢，對他來說意義重大。阿基拉面臨了苦澀的決斷。

在這狀況中，阿爾法站在阿基拉面前，對他提問般微笑。

『阿基拉，小聲回答。不管多麼小聲，我都能清楚聽見，這不用擔心。知道了？』

還無法使用念話的阿基拉用他自己也聽不清楚的細微聲音回答。

「……知道了。」

『有必要的話我會輔助，你要選哪個？交錢、逃走、殺掉。選一個吧？』

交出賭上性命賺到的錢，就能活下去。不過下次同樣也得交出去。

拚命逃跑也有機會活下去。不過下次同樣也得逃跑。

殺掉敵人也有可能活下去。但是有可能反過來被殺。

阿基拉毫不猶豫就做出選擇。

「……殺掉。」

阿爾法無畏地微笑。

『了解。我會發出指示。首先要突破包圍，穿過後面兩個人中間。那兩人都很鬆懈，兩人間的距離也相當充足，轉身後第二步壓低姿勢，在地面上翻滾以穿過兩人之間。在這之後全速衝進右手邊的小路。之後才能反擊。紙袋不要扔掉，一定要隨身帶著。知道了嗎？』

「……知道了。什麼時候轉身？」

『就是現在。』

阿基拉立刻就轉身。

右腳踏出第一步。後方兩人因為阿基拉突然轉身而吃驚，愣住一瞬間。

左腳踏出第二步。少年們伸出手臂想抓住阿基拉，但因為阿基拉翻滾般壓低姿勢，他們的手臂落空了。

緊接著，達魯貝未經瞄準就開槍。子彈飛過了壓低姿勢的阿基拉上方。

少年們因為達魯貝開槍而受到驚嚇，不由得停止動作。阿基拉趁隙衝進右手邊的巷弄，順勢奔馳在巷弄中。

達魯貝等人回過神來，連忙確認巷弄內的狀況時，阿基拉的身影已經消失無蹤。

剛才險些中彈的少年衝向達魯貝咒罵。

「喂！很危險耶！」

「少囉嗦！是因為那傢伙突然亂動！那傢伙，竟敢整我！我要宰了他！喂！統統去追那傢伙！」

其他小孩子覺得麻煩般回答：

「不要管他了啦。找沒錢的人下手也沒用吧？如果真要針對他，等那傢伙下次去收購處之後再說吧？到時候那傢伙一定也有錢吧。」

見到夥伴們已經完全失去動力，達魯貝不服氣地咂嘴後，放棄追擊阿基拉，隨後他就與夥伴們一起離開此處。離開了一小段距離後，他神色悵然地轉頭，看向阿基拉消失的巷口。

下一個瞬間，驚訝占滿了達魯貝的表情。因為阿基拉從那巷口猛然衝出，將槍口指向他。

由於達魯貝恰巧轉頭向後，才能反射動作般躲過阿基拉的子彈而毫髮無傷。但是其他人都被阿基拉直接擊中，在痛苦呻吟中紛紛倒地。

「你這傢伙！」

達魯貝意圖反擊而舉槍指向阿基拉。但是阿基拉已經從該處消失，他的槍口最後只指向空無一人之處。

敵人突然消失，削弱了他對突發事態的驚訝與混亂。取而代之湧現的是憤怒。像是要取代並掩飾遭遇性命危機的恐懼，憤怒猛然膨脹。槍口指向沒有目標之處，呼應了持槍者的心境而不停顫抖。

「居然敢整我！」

音量與激動程度成比例的怒吼聲響徹周遭。

阿基拉表情緊繃，奔跑在暗巷之中。在開槍之後，他就連是否射中都沒確認，馬上就急忙趕回巷弄中，因此他和達魯貝一夥人已經拉開一大段距離。

「阿爾法！結果怎樣！」

『命中了三人，應有兩人失去戰鬥能力。所有人都活著。』

「是喔？很順利啊。」

阿基拉並非用槍好手。衝出巷弄後要立刻打中三個人根本是不可能的事。衝出巷弄再尋找敵人，慢條斯理地瞄準對象後開槍，停留在現場確認是否命中。如果做出這種門外漢的舉動，肯定已經遭到反擊。

讓他成功辦到的是阿爾法。阿爾法比阿基拉先離開巷弄，站在最有效的槍擊位置，手指指向達魯貝等人。

阿基拉衝向以阿爾法的身影作為標記的指定位置，朝著事先已知的方向舉槍，飛快扣下扳機，開槍的次數同樣按照事前決定，隨後立刻返回巷弄。他按照指示動作，成功達成剛才的突襲。

即使如此，他尚未殲滅敵人。作戰仍然持續中。

『趕往下一個位置吧。往這邊。』

「知道了。」

阿基拉追趕著阿爾法的身影，在巷弄中不停奔馳。

達魯貝舉起槍，探頭看向阿基拉剛才消失的巷弄。沒有阿基拉的身影。但是考慮到他可能藏身某處，他和運氣好沒被打中的夥伴一起提高警覺繼續前進。

那夥伴對著打算往巷弄深處前進的達魯貝露出不安的表情。

「喂、喂！那些傢伙要怎麼辦啊！你打算放著不管嗎！」

達魯貝板起臉，怒吼般反駁：

「要先殺了那傢伙啊！不然也沒辦法把他們搬到安全的地方吧！萬一在搬運途中被他用槍射，你說要怎麼辦！」

「對、對喔。說的也是……你……應該不是想拋下他們吧？」

「……如果我想拋下他們，早就一個人逃走了。」

「說、說的也是。」

姑且接受解釋的同伴讓達魯貝感到煩躁。要不是這些傢伙剛才阻止我，也不會變成這種狀況——出自這樣任性的理由。

阿基拉為了不撞見達魯貝等人而繞了一大圈，回到剛才開槍的場所。隨後他充滿戒心地靠近倒地的達魯貝的同夥後，將槍口朝著對方的頭部，確實瞄準。

不管是已經喪命的人，或者只是昏迷的人，或是注意到阿基拉而開口呢喃的人，他絲毫不區分，同樣扣下扳機。槍聲三次響起，三具頭部開洞的屍體倒在地面上。

「……這樣就三個人了，還剩兩個人。」

『立刻躲起來。』

「了解。」

阿基拉再度躲進其他巷弄中。背靠著牆壁時，他收到下一道指令。

『阿基拉，取出回復藥服用。沒賣掉留著備用的那種藥。』

「我沒受傷喔。」

『別問了，快點吞。大概十顆左右。』

阿基拉感到納悶，還是遵照指示，從紙袋取出回復藥的盒子，拆封後將裡頭的膠囊擺到手掌上。

（……這是舊世界製的回復藥，所以這也是舊世界的遺物吧？一定很值錢吧。我也沒受傷，感覺有點浪費……不過她都叫我服用了。）

畢竟是阿爾法的指示，肯定有某些意義吧。阿基拉這麼想著，吞下回復藥。

達魯貝聽見槍聲而連忙趕回夥伴們的位置，目睹夥伴們的屍體，他的臉龐因為憤怒而嚴重扭曲。

「可惡！他先繞回來了！」

在他背後，與他一起回到此處的少年臉色慘白，緩緩向後退。他遠離達魯貝一段距離後，面露因恐懼而扭曲的表情吶喊。

「都、都是你的錯！是你攻擊那傢伙的！」

之後他便拋下達魯貝，全力逃走。槍聲隨即再度響起。是阿基拉開的槍，但是子彈並未命中。少年發出慘叫聲，奔逃而去，就這麼消失在貧民窟的深處。

如果達魯貝想逃，他也有辦法逃走。然而夥伴被殺的憎恨，加上對逃走的少年的輕蔑，兩種情緒同時驅策著他，讓他毫無逃走的念頭，放縱激動之情吶喊。

「竟敢瞧不起我！」

只有一條岔路能射擊剛才逃走的少年。達魯貝以憎恨抹去一對一廝殺的恐懼，憑藉著氣勢朝著阿基拉拔腿奔馳。

阿基拉打算在他藏身的小路中迎擊達魯貝。當時阿爾法還無法將牆面另一側的對手身影擴增顯示在阿基拉的視野中，因此阿爾法會站在阿基拉的前方一小段距離處，伸手指向達魯貝，藉此指示大概的位置。

等候敵人為窺探巷弄狀況而探頭的瞬間，開槍射擊。阿基拉為此用雙手穩穩持槍，靜候時機。

這時超乎預料的狀況發生了。對方應該會提防阿基拉埋伏，一度停下腳步，小心翼翼地探頭窺視才對。雖然阿基拉這麼認為，但是氣憤不已的達魯貝已經完全捨棄了慎重，他並未停下腳步，順勢衝進巷內。

同時，對達魯貝同樣出乎意料的事情發生了。對方大概已經逃進巷內深處了——他這麼認為才全速衝進巷弄，但是阿基拉就在眼前。

由於兩人的猜測都落空，阿基拉與達魯貝在極近距離下面對面。緊接著在震驚中舉槍瞄準對方，幾乎同時扣下扳機。槍聲同時響起。

阿基拉與達魯貝倒向地面。兩人射擊的子彈命中了彼此的側腹。兩人同樣受了重傷。而兩人同樣因劇痛而表情扭曲的同時，腦海中浮現相同的念頭。

對方還沒有死，還沒真的殺掉。要快點補上最後一擊，要比對方更快。雙方抱持著同樣的思考。儘管受到劇痛干擾，還是勉強撐起身子，嘗試射殺對方。

最後，達魯貝咬緊牙關想舉槍時，他見到了阿基拉已經將槍口指向自己。

阿基拉先扣下扳機。在極近距離射出的子彈直擊達魯貝。雖然不至於當場斃命，但已經足以從達魯貝身上奪走所有掙扎的力量。

達魯貝的槍離手墜地，他的身體癱軟，倒在從自己身體流出的血泊中，結束了短暫的一生。

阿基拉殺害達魯貝之後，看向自己身上中彈的傷口。衣物開了個洞，滲出不少鮮血。雖然毫無疑問是重傷，能感覺到動作因為受傷而遲緩，但是痛楚已經明顯消退。他感到疑惑時，阿爾法表情嚴肅地對他指示：

『阿基拉，立刻開始治療傷勢。』

「阿爾法，感覺好像不太痛耶……」

『那只是事先服用的回復藥正在發揮鎮痛效果而已。傷口並沒有治好。』

「原來是這樣。啊，所以才要事先吃回復藥啊。」

阿基拉靠著回復藥的鎮痛效果，儘管身受重傷也能鞭策身體動作。此外因為服用回復藥之後不久就中彈，藥物對傷口的治療也馬上就生效。這對阿基拉的動作快慢影響不大，但毫釐之差讓阿基拉得以存活。

『快點追加服用回復藥。這次也是大概10顆。接下來要打開回復藥的膠囊，把藥直接灑在中彈部位。這也同樣要10顆份。最後在中彈部位貼上治療用貼布。動作快。如果昏過去來不及治療，就會直接死掉喔。』

阿基拉驅策著動作變得異樣遲緩的身體，從掉在身旁的袋子中取出回復藥，立刻吞下了大概10顆左右的膠囊。

隨後他用顫抖的手打開膠囊，將內部的藥物撒在傷口上。霎那間，無異於中彈的劇痛撲向阿基拉。他咬緊牙根忍受之後，對阿爾法投出不安的視線。

「阿、阿爾法，這個，真的沒問題嗎？」

『直接使用會讓鎮痛效用降低，不過因為直接將奈米機械投入傷處，效果會比經口服用還要高而且快。要忍耐。』

最後他從紙袋中取出繃帶狀的治療用貼布，貼在傷口上。

『治療結束了。快點開始移動吧。繼續待在這裡會有危險。』

「不曉得能不能動……不，就算不能動也得動，不離開這裡會出事……」

阿基拉強忍著痛楚，搖搖晃晃撐起身體。隨後慢慢跨出步伐。每走一步就有劇痛傳來，但他咬緊牙關步行。從他負傷的狀態來看，能夠步行已經值得驚嘆，這顯示了回復藥堪稱異常的性能，能在短暫的時間治療到這種程度。

但是阿基拉痛得沒辦法思考那麼多，沒有心力為了那驚異的效能而訝異。他的表情因為劇痛而猙獰，走在巷弄中。

阿爾法以認真的表情鼓勵彷彿下一秒就要倒下的阿基拉。

『加油。』

「嗯。」

阿基拉費盡力氣，好不容易來到和昨天不同的落腳處。他幾乎跪倒在地，注意著不要昏過去，比平常更加慎重地準備了就寢處。身受這種傷勢，萬一有人靠近就完蛋了。考慮到這一點，為了絕對不讓別人發現，他把自己藏進暗巷中的角落。準備好床鋪後，他便癱軟無力地躺下。

「……阿爾法，我已經到極限了。我要睡了，晚安。」

阿爾法一臉擔憂，以溫柔的語氣說道：

『晚安，好好休息吧。』

阿基拉凝重的表情藏不住疲倦，當他閉起眼睛，意識馬上就被黑暗吞噬。

（……希望還能再醒過來。）

他只能姑且如此祈禱，至於他祈禱的對象究竟是什麼人或者什麼事物，他本人也不明白。

隔天早上，阿基拉清醒時覺得神清氣爽，連他自己都覺得不可思議。他為此驚訝的同時，為了能夠平安清醒而感觸良多地呢喃：

「……保住性命了啊……嗯？」

軀幹傳來異物感，他伸手觸摸，發現昨天中彈的部位附近摸起來有塊硬物。治療用貼布底下有某種東西。

他小心地撕開貼布後，看見了略為變形的子彈。子彈看起來像是嵌在體表，但實際上是從體內被推出來。

「……昨天被打中的那顆子彈？原來那時候還留在體內喔。」

『似乎是喔。治療用奈米機械想排出體外，卻被治療用貼布擋住了吧。拿掉比較好。』

阿基拉因為阿爾法突然出現在身邊而吃驚，但沒有昨天那麼嚴重。他漸漸習慣了阿爾法就在身邊的狀況。

他硬是拔下了嵌在身上的子彈，重新貼上治療用貼布。痛楚已經完全消失。

阿爾法再度面露微笑。

『阿基拉，早安。雖然昨天遭遇那種事，睡得還好嗎？』

「嗯。睡得很飽……稍微睡過頭了。」

現在太陽已經升起。肚子正向他喊餓，昨晚什麼也沒吃。而且這樣下去恐怕就連早餐都沒得吃。

「糟了！配給還沒結束吧！」

阿基拉連忙趕往配給所，在最後關頭趕上了。

◆

儘管那時的自己還十分弱小，仍然拚了命戰鬥的往事。自己過去只能任人劫掠、逃亡求生，現在自己選擇了不給錢、不逃走、殺死敵人，遵循自己的選擇而廝殺，賭上性命去守護自己賭命得到的代價。

那個選擇造就了現在的自己。累積訓練而變強，歷經生死關頭而成長，現在得到了過去渴求的事物。

結束回想時，阿基拉重新理解到當時的選擇是正確的。

就在這時，一名少女經過阿基拉身旁。

◆

都市的貧困階層所生活的貧民窟中同樣有經濟活動。絕對稱不上是正當生意的非法店鋪，在這種治安惡劣之處反而更容易經營，滿足顧客憑一般手段無法滿足的需求，賺取巨額的金錢。

不過拿到這些錢的都是貧民窟的上層階級，以金錢與暴力支配地盤的幫派幹部等人。在路邊生活的人們無法享受這些利益。

儘管如此，屬下接受上頭指派的工作，至少也能圖個溫飽。而同時也有人覬覦這些金錢。

對暴力有自信者就持槍成為強盜。屢次嘗到甜頭後，有些人會產生自信而變得狂妄自大，鎖定有錢的獵人當作目標，反而遭到殺害。

而對暴力沒有自信者，就會選擇暗中行竊。名叫露西亞的少女也是其中之一。

露西亞擁有扒手的天賦是她的幸運之處。但不幸的是，她必須仰賴這份天賦才能維生。

艱困的生活讓露西亞得以正當化自己的行為，她的天賦讓她的扒竊不曾失風，為她一次又一次帶來金錢。

每當艱困的生活逼迫露西亞行竊，她的技術就隨之成長。現在那技術已經成長到堪稱一流的水準。

某種角度來看，露西亞確實持續取得成功。也因此她放鬆戒心，某一天犯下了大錯。她將收穫的品項分給了交情不夠深的人。

並非人人都守口如瓶。當露西亞的技術廣為旁人所知，她當時所屬的集團開始要求她獻出更多收穫品。

集團要求的金額越來越高，期望的金額最後膨脹到足以養活組織所有人。在那一刻，露西亞自該處逃離。

在那一天之後，露西亞基本上都獨自一人行動。雖然和某些人有些交情，但是她一直刻意避免加入某個幫派。

然而一名少女要在貧民窟自食其力極其困難。在貧民窟得到金錢的手段相當有限，若要保護辛苦賺來的金錢，手段更是稀少。為了得到食糧、安全的住處與護身的手段，露西亞無可避免地更加依賴她那出類拔萃的才華。

這一天，露西亞一如往常般尋找著獵物。她也絕非見到人就出手行竊。她會尋找看起來身上有錢，而且行竊容易得手的獵物，找到適合的人選才下手。

和她同樣的貧民窟居民絕大多數身上都沒多少錢。居住在貧民窟而且身上帶著大筆金錢的少部分例外，鐵定是不可以出手的那種人物。因此，貧民窟的扒手大多會挑選來自外界的人當作獵物。

前來造訪無法在正當場所經營的店家；對自身武力有自信，前往荒野時不需繞過貧民窟；為了虧心事而造訪貧民窟；因為些許好奇心進入此處；追逐著逃進貧民窟的人而來到此處的追兵；來此尋找低價的珍品而專心逛攤販。就是這類對象。

他們比貧民窟的居民還要富有，倫理觀念也比較寬容，就算失風被逮，有時只消被痛毆一頓就能了事。對貧民窟的扒手來說是最佳的獵物。

尋找獵物中的露西亞挑上了一名獵人。

獵人的性質各有不同。其中有些老練獵人絕對不可以出手，也有將微薄報酬花費在買醉而湊不出裝備費用的獵人。不過論習慣戰鬥這一點，兩者都相同。

強盜鮮少針對獵人下手。搶奪裝備品變賣確實能換到一筆錢，不過反倒被殺的機率更高。因為那些都是獵人的生財工具，而且失去裝備會落入很危險的處境，因此獵人都會充分提防。

但也因此，對裝備之外的持有物，比方說錢包等物的戒心較為鬆懈的人其實還不少。

在露西亞的眼中，那獵人活像代宰肥羊。身上衣物雖然是獵人用的服裝，但看起來乾乾淨淨。身上攜帶的槍枝也毫無傷痕，是新買的裝備。外觀相當年少，毫無老練獵人獨特的氛圍、魄力和戒心。

為了申請獵人等級10的獵人證，總之先湊齊了基本裝備的年輕獵人。露西亞如此判斷。

就選那傢伙吧。如果他才剛完成獵人登記，打算稍微逛逛攤販，也許身上帶了不少錢。在那傢伙的金錢花掉之前先收下吧。

露西亞這麼想著，一如往常般佯裝偶然靠近獵物，憑著她天賦的才華與熟練的技巧，取走了他的錢包。

露西亞的手法神乎其技，那獵人完全沒有注意到自己的錢包遭竊。

◆

阿基拉一度失去所有裝備，在新裝備送來之前，外觀和過去身穿強化服，裝備著大型槍枝的模樣相去甚遠。

而且現在這套裝備一次也不曾被他帶進荒野，狀態等同新品。再加上他散發的氣氛毫無老練獵人的威壓，被誤會是剛完成獵人登錄的新手也很正常。

這種獵人在貧民窟晃蕩時容易遭遇的被害，阿基拉也同樣遭遇了。

阿爾法以不在乎的口吻告知阿基拉：

「阿基拉，錢包被偷了喔。」

「咦！」

阿基拉立刻把手伸進口袋確認。就如阿爾法所提醒，剛才還在口袋的錢包不翼而飛。

阿基拉愣愣地站在原地，阿爾法傻眼般提醒：

「自己多注意一點。如果穿著強化服還可以靠我控制防止，在那之前你要自己應付才行。」

雖然錢包被偷，損失頂多也就10萬歐拉姆。對過去的阿基拉而言是一筆鉅款，但是就現在的收入來說，並非需要那麼嚴肅看待的金額。

為了糾正阿基拉的鬆懈，付了一筆稍貴的學費。在阿爾法眼中只是這點程度的小事。

但是阿基拉不同。

「阿基拉？」

阿基拉臉上擺著震驚的表情，停止所有動作。

他似乎也沒聽見阿爾法的提醒，身體微微顫抖。

當阿基拉的顫抖停止，確實理解現況的他口中吐出言語：

「……是哪個傢伙？」

他既不知道自己究竟發出了多麼陰鬱沉重又令人毛骨悚然的說話聲，也沒注意到那讓阿爾法多麼吃驚，有如面具般的臉龐上浮現了激烈又尖銳的憎恨，將那汙黑的感情加諸在語氣中。

「……阿爾法，偷了錢包的傢伙在哪裡？妳知道嗎？」

如果回答不知道，阿基拉的感情有可能將矛頭轉向自己。阿爾法如此判斷後，毫不猶豫就指出了對象的方向。

『知道啊。就是那傢伙。』

阿基拉的視野得到擴增，在遮蔽物的另一側，少女已經移動到暗巷深處，半透明的身影在他視野中浮現。

「……是喔。那傢伙啊。」

如此出聲呢喃的下一個瞬間，阿基拉顯露心中激情，拔腿奔馳。

◆

露西亞得手後走進暗巷中，來到她判斷已經充分遠離獵物的位置後，清點本次的收穫。

「……哦！裡面居然有10萬歐拉姆！有這麼多的話，就能撐上一段時間了。真是走運。」

超乎想像的收穫讓露西亞眉開眼笑。但那笑容立刻蒙上陰影。

「……一段時間沒問題。在那之後……」

露西亞支吾其詞。那是因為她正確理解自己這類人未來的境遇，同時也是因為她不願意直視自己的未來，才故意不說後半句。

要從貧民窟出人頭地絕非易事。這裡所說的出人頭地並非以成為富豪為目標，僅止於取得貧民窟居民心目中的像樣生活所需的金錢。

但是對露西亞這類人而言，那已經是非常困難。

為了得到像樣的職業，需要相符的知識與教育。為了得到知識與教育，需要相符的人脈與金錢。但是居住在貧民窟的大多數人都一樣，沒有取得知識所需的金錢，也沒有取得金錢所需的知識。露西亞在自身對未來的展望中，找不到希望。

其實露西亞心中某處也明白，自己總有一天會面臨破滅。自己不可能一輩子當扒手。只要繼續行竊，總有一天會失風被逮，償還累積至今的代價。

至於代價是被痛毆一頓而倒在巷弄中，或是被侵犯之後棄置路旁就能了事；也許會得到一個好死，也許會被折磨至死，或者是見識到求生不得、求死不能的地獄。她不知道結果，但是她知道自己肯定必須付出某種代價。

儘管心裡明白，但露西亞也不知道當扒手以外的謀生方式。同時露西亞的扒竊技術之高明，也讓她依賴這門技術就足以存活至今。

露西亞無意識間臉上浮現陰鬱的表情，她切換心情般搖頭。

「……別想了。在這地方想這些也沒用。反正現在有錢，就吃點東西吧。餓肚子只會讓心情更差。」

露西亞決定到常去的店家填飽肚子，邁開步伐。

就在這時，背後傳來巨響。她不由得轉頭一看，阿基拉的身影就在該處。全力奔跑至此的阿基拉順勢踢飛了掉落在巷弄中的東西，發出剛才的聲響。

突如其來的事態讓露西亞先是吃驚，緊接著她注意到突然現身的人物就是她剛才竊取皮包的獵物，讓她更加吃驚。理解到那人追逐著自己來到此處，讓她更是大吃一驚。

（為什麼會被發現？他剛才明明完全沒注意到啊！就算之後才發現，也不可能知道是我偷的吧！還有他那個動作！他不是到處亂找才偶然找到我！他知道我在這裡才跑來的！為什麼？）

憑自己的技術就不會失風。這份自信被打碎，令她手足失措、大為震驚、不知如何是好。但在下一個瞬間，這些感情全部都飛向遠方。阿基拉找到了露西亞，他的雙手拿著槍。

他想殺人。

沒有任何懷疑的餘地，露西亞被迫理解了。從對方的視線、動作、表情、氣氛，她感受到無從懷疑的殺意。

因為強烈的殺氣迎面撲來，露西亞霎那間無法動彈，阿基拉對她舉槍後，沒有一絲猶豫就扣下扳機。

槍聲在暗巷中迴盪，無數子彈朝著周遭胡亂撒出。一部分掠過了露西亞的臉頰與腿部，劃出一條條紅線。

痛楚讓露西亞回過神來放聲慘叫。自背後傳來的槍聲、子彈掠過身旁的呼嘯聲，讓她在恐懼之中絞盡全力逃命。

◆

自己已經變強了。阿基拉原本這麼認為。

不久前確實存在的那份自信，現在已經化為自傲、高估、自嘲與自虐的混合物，代表了自命不凡的蠢材的鬆懈，殘骸散落在心底。

過去的他雖然靠著阿爾法的輔助、雖然差點丟了性命，但是他曾在5對1的狀況下打倒敵人，守住了賭上性命得到的成果。當時他確實辦到了。

但是現在他沒辦到。儘管那只是整體的一小部分，但那終究是他屢次差點喪命，失去所有裝備，甚至被抬進醫院裡，最後才到手的報酬。那報酬被人輕而易舉地奪走了。

過去能辦到的事情，現在反而辦不到了。換作是過去的自己，絕不會讓人在錯身而過時輕易偷走錢包，簡直丟臉到家。自己根本沒有變強，別說是成長，反倒是變弱了。

理解到錢包被偷走的瞬間，這樣的認知壓垮了阿基拉。

心底傳來失望的聲音。

你終究只有這種程度，只是靠著別人的力量自以為變強了。你自己不只是毫無改變，反而變弱了。無可救藥。

不對。雖然不由得反駁，那聲音異樣孱弱，被失望之聲輕易掩蓋。

但那聲音回應道：既然你說不是，就要證明真的不是。去搶回被奪走的事物。奪回金錢、自信、實力以及意志。

要對自己證明，自己已經不再是任人踐踏的那一方。

阿基拉同意了從自己心靈深處響起的聲音。他順從那聲音的指示，為了奪回被奪之物而拔腿奔馳。心中秉持的並非覺悟，而是憎恨。

靠著阿爾法的輔助追上露西亞。找到她的瞬間就握槍、舉槍、扣下扳機。發自憎恨的思考中，甚至沒有吶喊「還給我」的念頭。總之先殺掉，之後再從屍體身上取回即可，他毫不遲疑，開槍射擊。

但是他沒能奪命。因為他握在雙手中的槍，ＡＡＨ突擊槍與Ａ２Ｄ突擊槍是對抗怪物用的武器，並非阿基拉的肉體憑著單手就能駕馭的武器。

而且他按照穿著強化服時的習慣舉槍，使得瞄準更加失準。再加上普通子彈的後座力同樣強到單手無法控制，開槍的瞬間他的姿勢便嚴重瓦解。

結果就是他完全無法駕馭開槍的後座力，只是朝著無關的方向濫射。子彈一發也沒打中露西亞，讓她逃進了暗巷轉角後方。

要是沒有阿爾法的輔助，你就連槍都拿不好。

住口。

阿基拉咬緊牙根忍受再度湧現的自嘲與失望混合的聲音，雙手只拿ＡＡＨ突擊槍，繼續追蹤。

◆

露西亞拚命逃跑。目前雖然尚未失去性命，但是她一直無法甩開阿基拉。

在近乎迷宮的暗巷內不停奔跑，好幾次經過分岔的通道，在脫離對方視野的狀態下反覆轉入側邊岔路。此處地形對逃走的一方毫無疑問有絕對的優勢。

但是阿基拉緊追不捨。露西亞還沒被追上，只是因為她的體型較為嬌小，適合在狹窄的暗巷中奔馳。再加上阿基拉每次開槍都會停止移動。

如果對方不開槍而追上來，自己早就被逮到了。但是她也不希望他就這樣一直對自己開槍。露西亞越來越焦急。

（為什麼？為什麼能這麼正確地追上我？……

該不會是發訊器？）

錢包上附有發訊器，對方可能就是循著訊號追過來。所以他才能這麼正確地追在自己後方。露西亞這麼認為，於是在阿基拉從背後的岔路再度衝出來的同時，將阿基拉的錢包使勁扔向通道上的她的反方向。

◆

阿基拉改以雙手持AAH突擊槍，依然無法射殺露西亞。

因為他想要穩定射擊姿勢，花時間仔細瞄準，在射擊前所需的時間讓她逃得更遠。但如果焦躁地急忙射擊，子彈就會偏離目標更遠。

再加上阿基拉的射擊訓練中，設想的情境基本上都是應付朝自己衝過來的怪物。這回則是拚了命逃走的目標，訣竅不太一樣。

再加上阿基拉現在受到憎恨的指使，失去了冷靜，更是難以仔細瞄準，結果全部都射偏了。

射了這麼多發也打不中。你的實力就只有這點水準。住口。

每當射擊落空，無奈、自嘲與失望的聲音便隨之傳來，阿基拉握緊了槍身抗拒。

他就這麼繼續追逐露西亞。靠著擴張視野的輔助，他不會追丟。但這時阿基拉露出幾分疑惑的表情。剛才不停奔逃的露西亞突然停下腳步，做出了投擲物體般的動作。

阿基拉提防對方想把東西扔向自己而提高警覺，因此發現飛越頭頂的物體就是自己的錢包。

追趕露西亞，或是拾起錢包？阿基拉遲疑了一瞬間，選擇錢包。

殺死露西亞只是手段而非目的。只要能取回

被奪走的錢包，就稱得上挽回顏面。以後要多加注意。為了避免重蹈覆轍，改正自己的意識。阿基拉能這樣說服他自己。

但是他辦不到。一檢查皮包的內容，錢全都被抽走了。

又像這樣被騙了。你真的是無可救藥。吵死了！住口！

嘲笑與失望之聲越來越激烈，阿基拉以憎恨抹去。

「……阿爾法。」

『在那邊。還要追的話接下來別開槍。快離開貧民窟了，要是在警備紮實的場所胡亂掃射，反倒會被警備人員射殺。』

「……了解了。」

阿基拉以令人不寒而慄的說話聲回答後，再度拔腿奔跑。

◆

露西亞在暗巷中不停奔逃，認為對方應該不至於在治安較好的場所開槍，因此無意識地朝著低階區域的內側方向前進。雖然對方只要停止開槍，她被追上的機率也會增加，但是她更不願意挨子彈。

不斷逃命，不斷奔跑，喘息到了極限，她停下腳步。氣喘吁吁地轉頭看向背後。

背後找不到阿基拉的身影。她站著不動直到調勻呼吸，阿基拉依舊沒有現身。露西亞面露安心的笑容。

「終、終於甩掉了……？果然是那個皮包裝了發訊器？哎，不管什麼理由，只要甩掉他就好了。」

但她的笑容馬上就瓦解了。因為阿基拉已經從通道深處現身。而且他已經收起了槍，跑得比剛才更快。

「……騙人的吧！」

做到這地步依舊甩不掉，而且他現在正全力想逮住自己。露西亞的表情因為驚訝與恐懼而扭曲，再度拔腿奔跑。

埋頭只管奔跑，哭喪著臉，絞盡力氣繼續跑。就連自己置身何處都分不清楚，只管向前跑。

露西亞埋頭狂奔到最後，衝出了巷弄，來到了低階區域的道路上，這時她猛然撞上了走在路上的某人。

「喂！走路要看路！」

露西亞畏懼地看向她撞到的那人。那是個年輕的獵人，單是從那身裝備判斷，看起來實力相當充足。

少年雖然有點生氣，但是一見到露西亞害怕的表情，立刻就斂起怒色，以擔憂的語氣問道：

「啊，抱歉。我不該吼妳。沒事嗎？」

露西亞見到少年面露要讓自己安心的微笑，那俊秀端正的笑容讓她忘了狀況而看呆了。恐懼從那張臉龐上淡去，臉頰浮現一抹紅潤，口中冒出細微的驚嘆聲。

但是阿基拉這時從巷弄深處追了上來。感覺到他的存在感，露西亞立刻回過神來。

通道深處的恐懼，以及對自己微笑的希望，她的視線在兩者之間來回游走，最後她投身賭局。她抱住了眼前的少年，面露畏懼的表情叫道：

「請救救我！有人在追殺我！」

幾乎就在這句話響起的同一個瞬間，阿基拉從巷弄衝了出來。

在都市低階區域四處閒逛的克也等人稍受旁人注目。他們正為最近加入蕾娜那邊的香苗介紹低階區域，但是一群人中有兩個人的打扮與低階區域格格不入。

香苗與詩織來到貧民窟依舊穿著女僕裝。而且布料散發的光澤和周遭居民的衣物顯然天差地別，更是添增了場合錯誤的氣氛。

有一個人就已很醒目了，這群人中出現了兩名，因此好奇的目光甚至不只停留於香苗與詩織，甚至波及兩人身旁的蕾娜以及克也等人。

雖然蕾娜事先就預料到，但她還是不免嘆息：

「香苗，妳真的打算之後同樣穿這套衣服跟著我？」

「我是這個打算啊。」

香苗顯得毫不在乎，一點也不介意周遭旁人的視線。

「妳真的不打算換件衣服？」

「不打算。」

「無論如何？」

「如果小姐願意用自己的收入幫我買一套性能至少與這件衣服同等的戰鬥服，那我可以考慮看看喔。」

香苗穿的女僕裝是女僕裝型的防護服。而且性能相當高，和一般獵人穿著的防護服相比，性能和價格都高出數段。

當然那絕非蕾娜的收入能購買的裝備。她不可能準備替代品。而且蕾娜也無法憑著任性就要求她換上性能較低的裝備。

香苗明知如此而故意這麼說，蕾娜也是明知如此而問。

「……詩織和香苗明明就有便服，這種時候穿便服也沒關係吧？就算外面是便服，底下也能穿強化襯衣吧？」

「小姐穿的也不是便服，而是強化服吧？」

「我……我是因為這種時候也得穿著，不然會有危險。」

這一帶是低階區域中還算安全的場所。穿著強化服雖然不至於突兀，但只是在此閒逛的話並不需要。不過蕾娜因為地下街那件事，為了讓自身認知適應荒野，刻意穿著強化服行動。

香苗捉弄般笑道：

「那我身為小姐的護衛，也不能脫下這套衣服喔。這套女僕裝是為了在小姐危險時挺身保護小姐的護具，沒辦法更換。便服只是普通的服裝，派不上用場。」

蕾娜覺得她似乎暗指自己柔弱得需要保護，微微垂下頭。注意到蕾娜的反應，詩織對香苗投出嚴厲的視線，香苗有些做作地挪開視線。隨後她轉移話題：

「哎呀～話說還真是遺憾。我之前就聽說克也少年身手十分了得，我原本以為與小姐一起行動就有機會見識，但小姐居然要脫離隊伍，真是遺憾。」

「不好意思喔。」

蕾娜對香苗投出不愉快的眼神，但香苗臉上毫無歉疚。

這時克也以稍微認真的態度插嘴。

「蕾娜。關於這件事喔……妳真的決定要離

隊？」

蕾娜的表情也蒙上幾分陰影，但她還是清楚地答道：

「是啊……起初明明是我硬加進來，現在又自作主張離隊，對不起。不過，我已經決定了。」

「……這樣啊。」

若是平常狀況，克也不會硬是挽留。雖然難免覺得遺憾，但因為小隊成員必須背負起彼此的性命，如果因為他強硬挽留，使得行動減緩並擾亂合作，只會讓整支小隊遭遇不幸。

不過這次因為經歷地下街的事件，讓克也決定多說幾句。

「也許只是我想太多了，如果妳的決定是因為地下街那件事，我想妳也沒必要太在意吧？雖然這樣說有點怪，不過什麼事也沒發生吧？」

也許蕾娜是因為某些責任感或罪惡感才決定脫離隊伍。克也這麼認為，告訴她如果真是這樣，沒有必要離開小隊。

「還有喔，那個，我這樣講也許沒說服力，下次要是再發生事情，我一定會設法解決的。」

他不知道地下街發生了什麼事。也許自己沒有趕上緊要關頭。但如果她因此對自己失望，這次他一定會幫上忙。他表情認真地如此說道。

聽他這麼說，蕾娜回答：

「……克也，聽你這樣說我很高興。真的。」

雖然蕾娜看起來不像在說謊，但是從她的神情來看，他無法就這樣把這句話當真。

蕾娜臉上掛著和剛才同樣掩不住悲痛的表情，用甚至令人擔憂的口吻說道：

「但是，我真的那麼沒用嗎？原本就有詩織在，現在又多了香苗，然後還要加上克也一起努力保護才行嗎？我就真的那麼無可救藥嗎？在克也的眼中，我看起來真的那麼沒用嗎？」

蕾娜對克也面露嚴肅的表情。哀求般的眼神，像是在要求他否認。

「……不是這樣。蕾娜這麼強的人突然離開小隊，戰力下降我也很傷腦筋，而且如果我能帥氣地救出蕾娜，也許蕾娜就會打消這個念頭了。我只是這樣想而已。」

「……這樣啊。對不起。」

「……是喔。」

對話就到此中斷。克也與蕾娜都無法繼續說下去。

由米娜想不到該對兩人說些什麼才好，愛莉則秉持去者不追的態度；詩織判斷輕率安慰只會造成反效果，香苗則遭到詩織瞪視，所有人都閉口不語。

為什麼會演變成這樣呢？克也冒出這樣的念頭時，關鍵的人物浮現腦海。就是阿基拉。因為他曾經抓由米娜當人質，不由得把原因歸罪於他。

在地下街，蕾娜她們會擅自離開14號防衛據點；克也無法加入艾蕾娜的探索隊，某種角度來說都是因為阿基拉。

阿基拉還攻擊過蕾娜與詩織，甚至把由米娜當作人質。而且因為多蘭卡姆的官方認定上什麼事也不曾發生，這方面的問題最後也不了了之。

再加上蕾娜等人決定離隊。克也越是去思考，「雖然搞不太懂，總之就是那傢伙不好」的想法就越來越強烈。因此克也情緒有些煩躁。

就在這時，從側邊岔路衝出的少女與克也撞個滿懷。因為心中煩躁，他不由得拉高音量。

「喂！走路要看路！」

那少女對他露出了非常害怕的表情，讓他不禁懷疑自己是不是態度太凶了，他連忙溫柔地安慰少女。

「啊，抱歉。我不該吼妳。沒事嗎？」

見到少女的表情因此放緩，克也面露安心的笑容。他沒有注意到，由米娜和愛莉都擺出了「又來了」的態度。

但是少女馬上又顯露非常害怕的神情。隨後她便抱緊了克也，慘叫般求助：

「請救救我！有人在追殺我！」

克也大吃一驚，這時新出現的少年從剛才少女現身的巷弄現身，闖進克也的視野中。

那少年就是阿基拉。但是克也的表情異樣凝重，不是因為阿基拉突然現身，而是因為阿基拉渾身散發著漆黑的殺氣，表情令人不寒而慄。

阿基拉的視線轉向克也等人。光是這樣，不只是克也，就連由米娜兩人，以及蕾娜三人都進入了近乎備戰的狀態。

如果這裡是荒野，克也等人想必毫不猶豫就拔槍了。因為阿基拉手中沒有持槍，以及這裡是低階區域中還算安全的場所，再加上考慮到一旦拔槍可能會與負責警備職務的民間警備公司的人員起爭執，因此眾人的戒備僅止於伸手摸槍。

向克也求助的少女，就是偷了阿基拉錢包的露西亞。

◆

阿基拉衝進低階區域的道路上，立刻就找到了露西亞。同時也注意到她正抱著克也，不過這一點也不重要。就連「又是你」的念頭都不曾湧現。

既然是敵人的同伴，那就是敵人。對克也抱持的感情僅只如此。

敵人，或者不是敵人。敵人有多少人，戰力多

麼強悍？只為了辨識與確認這些條件，阿基拉的視線開始掃視克也周遭的人。

他的視線一一掃過愛莉、蕾娜、詩織、香苗，對方各自回以警戒、畏懼、警戒、愉悅的眼神，但阿基拉的感情並未因此有所起伏。只是在見到詩織的同時，稍微冒出「又是妳？」的念頭。

不過當阿基拉的視線轉向由米娜，受到她非常強烈的警戒時，阿基拉的表情急遽扭曲，殺意也隨之減弱。

這時阿爾法開口提議：

『阿基拉，冷靜下來。就算要殺她，也要努力避免增加敵人。現在沒有像樣的裝備，而且戰力是7對1，其中六名戰鬥人員，還有人能與穿著強化服的你對等戰鬥。再怎麼樣都太魯莽了。』

阿基拉像在確認狀況般呢喃：

「7對1……」

聽見他的呢喃聲，克也等人起了強烈的反應。就狀況上來看，追殺露西亞的毫無疑問就是阿基拉。而且他渾身散發著殺氣，既不要求眾人交出她，口中話語彷彿已經決心與在場全員交戰。

特別是詩織的反應尤其劇烈。克也等人在地下街現身攪局時，他面對5對1的局勢曾說「還真多」，現在7對1卻沒有這麼說。詩織思考反應為何有差距，想到的理由就是：這次他有把握殺光所有人。

既然阿基拉的戰鬥經歷已經被改寫了，很顯然他與都市方做了某些交易。詩織認為阿基拉在這次交易中可能拿到一筆鉅款，他靠那筆資金取得了更高性能的裝備。

從外觀判斷，他身上似乎沒有那麼強力的裝備。不過事情一旦扯上阿基拉，外觀的印象無法信賴，這一點她已親身體驗。因為她一度判斷失準，險些讓蕾娜失去了性命。

絕不能重蹈覆轍，詩織做出決斷。

「並非7對1。我們會站在中立的立場。無論是克也先生或是阿基拉先生，我們都不會出手協助。」

詩織如此宣言後，將蕾娜強拉到自己和香苗身後。

阿基拉表情懷疑，克也等人顯得吃驚，蕾娜則是不知所措，香苗似乎感到意外，眾人的視線同時朝著詩織集中。

詩織的表情透出堅決的意志，對克也宣言：

「克也先生，您想幫助初次見面而且毫無交情的人物，那是您的自由。我讚賞您的行為，也尊重您的意志。但是，如果會牽扯到大小姐，那就另當別論。因此，希望克也先生以您自身的實力應付本次狀況。」

緊接著她以同樣態度對阿基拉宣言：

「阿基拉先生。只要阿基拉先生不對我們——特別是大小姐造成危害，我們發誓不與阿基拉先生敵對。希望您做出避免無謂交戰的明智判斷。」

克也與阿基拉都有避免交戰的選擇。明知可以避免交戰卻選擇戰鬥，那是兩人的自由。但是請在與我們無關的狀態下交手，不要牽連到蕾娜。詩織的言下之意就是如此。

最後她像是要催促著依舊不知所措的蕾娜，用背部抵著她向後退，漸漸與阿基拉和克也拉開距離。

「大小姐，我們走吧。」

「可、可是……」

對於拋下克也等人並離開現場，蕾娜心中仍有抗拒感。

但也只是抗拒感而已。就算留在此處，她也無法做出之後的選擇。就連選項都無法清楚列舉。因此她說不出「可是」之後的話語。

詩織看穿了她的心境，以嚴厲的表情與口吻對蕾娜說道：

「非常對不起。就算要擊暈大小姐，我也得帶您離開……大小姐，難道您還要重蹈覆轍嗎？」

詩織刻意不明說重蹈覆轍哪件事。那是為了促使蕾娜思考，將蕾娜的思考導向對蕾娜最糟糕的結果。

蕾娜腦海中浮現的最糟結果，是自己再度成為人質的情境。

被露西亞當作人質，阿基拉與詩織再度互相殘殺。或者是被阿基拉當成人質，這回輪到克也等人與詩織互相殘殺。可能再度見到人們因為自己而互相殘殺的場面。

這種事不可能發生，絕對不讓那種失態再度上演。如果蕾娜能這樣說服自己，她還能繼續停留於此處。但蕾娜因為地下街的事件喪失了自信，她辦不到。

反倒是從那一天累積在心中的悔恨讓蕾娜做出決斷。

展現那種強烈殺氣的阿基拉會主動收手嗎？不可能。那麼克也會屈服於他的威脅嗎？不可能。既然兩種都不可能，結果只剩互相殘殺。

那麼自己要留在此處參加戰鬥嗎？不只是自己涉險，甚至波及詩織和香苗。

蕾娜辦不到。對克也的情感尚未深厚到讓她牽連詩織兩人與他同生共死。

「……克也，抱歉。我沒辦法奉陪到底。沒辦法為了她，賭上性命。」

雖然是苦澀的決斷，但蕾娜做出了決斷。

香苗毫不在乎場上氣氛，語氣輕快地說：

「啊，要派我幫忙克也少年也沒關係喔。」

但是受到詩織無言的威嚇，她立刻撤回前言。

「剛才的當我沒說！抱歉啦！這畢竟是工作！我的工作是護衛小姐！那麼今天就在此解散啦！走吧，小姐！我們回去吧！」

香苗雙手擺在蕾娜雙肩上，推著蕾娜快步離去。詩織則是對克也等人低頭行禮後，跟上香苗的腳步。

這時阿爾法再度以嚴肅的口吻建議：

『阿基拉，不可以因為變成4對1就輕舉妄動喔。對方可是有三名穿著強化服的獵人，考慮戰力差距。阿基拉，有聽見嗎？』

「4對1……」

阿基拉只這樣呢喃。

光是這句話就讓克也等人的緊張感急速攀升。

◆

發現自己必須設法解決當下的狀況，由米娜在心中苦惱不已。

我方的最強戰力詩織等人離開了。她們的理由十分能理解。而那個理由現在正讓我方陷入險境。

由米娜不認為克也會捨棄少女。就算顯然是少女有錯，他也絕對不可能輕易把人交出去。說服他放棄也沒有意義。長年來的交情讓由米娜清楚理解這一點。

既然如此，唯有說服阿基拉這條路可走，但是他現在正散發著在地下街也不曾展現的殺氣，看起來完全屏除了交涉的餘地，由米娜沒有自信能息事寧人。

儘管如此，也只能試試看。由米娜注視著阿基拉，思考對策。

於是，阿基拉稍微壓抑了殺氣，以盡可能保持冷靜的口吻開口說道：

「我找那傢伙有事。可以把人交給我嗎？」

因為阿基拉提出了要求，由米娜認為有交涉的餘地，期待能改善狀況。

但是露西亞一聽見，立刻猛然顫抖，克也察覺到攀附著自己的人在顫抖，更加充滿了鬥志。克也心中對露西亞的庇護意識隨之增加，以他對阿基拉的敵對意識為燃料熊熊燃燒。

「你以為我會交給你？」

阿基拉正因為不合理而且不講理的理由追殺毫無罪過的少女。在克也心中這已經成為事實。

「是喔。」

阿基拉簡短說道，就此認定交涉決裂。進入臨戰狀態的阿基拉注視著克也等人的動靜，手緩緩靠近槍枝。

注意到他的動作，由米娜連忙開口插嘴。

「等一下。你到底是為什麼在追她？」

阿基拉對由米娜投出非常不愉快的視線。但是殺氣稍微變淡了。

「……問這個要幹嘛？難道你們聽了就會同意把人交給我？」

阿基拉自己口中這麼說，但那已經斷定事實的口吻中透露出拒絕的感情，紮根於「反正不管我怎麼說，你們也不會相信」的念頭。

由米娜察覺到那抹念頭，但是她期待既然阿基拉說出口，就表示他還抱持著希望有人聽他說的願望。她原本想依此回答，但在那之前克也先插嘴說道：

「誰要交給你啊！」

阿基拉的視線從由米娜轉回克也身上。同時眼神也變回尋找出手契機的眼神。

為了抹消契機，由米娜大聲喊道：

「克也！你安靜一下！」

「由、由米娜？」

「我講過好幾次了，不要沒事就一副想吵架的態度！如果你真的想保護她，就先安靜一下！」

由米娜發自內心的怒氣讓克也為之遲疑。隨後他稍微恢復了冷靜，雖然對阿基拉的眼神依舊銳利，但他沒有再開口。

由米娜打量著阿基拉的反應，他看起來似乎覺得有些疑惑。這時她發自讓對方冷靜的意圖，催促阿基拉開口：

「不管是什麼內容，我們不曉得的話也沒辦法判斷。可以請你姑且說出口嗎？」

阿基拉顯露了幾分遲疑，之後開了口：

「……因為那傢伙偷了我的錢包。」

眾人的視線朝露西亞集中。

愛莉直截了當問道：

「是這樣？」

露西亞激動地辯解：

「不是！是他突然擺出一副可怕的表情追過來！我才會一路逃到這裡！是真的！請相信我！」

露西亞當下的顫抖與畏懼，究竟是因為平白無故突然遭人冤枉，還是因為她自己的過錯曝光，克也無法分辨。但是他認為那顫抖與膽怯就是事實，對此深信不疑。

由米娜的態度是半信半疑。至於愛莉的態度反倒是比較懷疑露西亞。她對阿基拉簡短問道：

「證據呢？」

要問也有其他講法吧？由米娜不禁感到焦急，但是阿基拉的反應不如她預料的糟糕。

「證據啊……」

看到阿基拉為了尋找證據而沉思，愛莉判斷十之八九沒有明確的證據，隨後她便靠向露西亞。

「我來調查。如果是她偷的，應該能搜出錢包之類的。」

「我、我知道了。請妳調查。」

露西亞放開了克也，在愛莉面前舉起雙手。見到那反應，克也越來越相信露西亞了。

在愛莉開始對露西亞搜身之前，阿基拉搶先說：

「搜不出錢包。那傢伙從我的皮包只抽走錢，錢包在她逃走的路上就扔掉了。」

「錢包裡頭有多少？」

「大概10萬歐拉姆。」

愛莉打量露西亞的外觀而暗忖。錢包還另當別論，但她身上有不少地方能藏紙鈔。而且她的衣服品質其實還不差，看起來不像身上恐怕連１００歐拉姆都沒有的貧民窟底層居民。

就算把她當眾剝光，真的搜出了10萬歐拉姆，要藉此斷定是她從阿基拉身上竊取，證據還是太過單薄。她只要說因為害怕被人偷，把財產隨時藏在身上就能解釋。

倘若露西亞真的有錯，克也還是不會捨棄她。不過，要是她的罪狀曝光，也許她就會畏罪逃走。然後阿基拉繼續追逐露西亞，這樣一來他們三人就能從這場騷動中脫身。愛莉原本這樣考慮。

因此她想尋找證據，但是她判斷現況來說有困難，將視線轉向由米娜。

注意到愛莉的眼神，這回由米娜開口對阿基拉問道：

「真的沒有誤會或哪裡搞錯的可能性嗎？真的、絕對、毫無疑問就是她？」

阿基拉斬釘截鐵道：

「不會錯。就是她。」

由米娜並未責怪阿基拉，而是以平靜的口吻繼續問：

「你能這麼確切斷言的根據，或是這樣判斷的理由，可以解釋一下嗎？是因為她把手伸進你衣服的時候一度抓到她，可是讓她脫逃了？還是你發現錢包消失的時候，附近只有她一個人？」

「呃，這個嘛，那個……」

阿基拉不禁支吾其詞，因為他的根據是阿爾法告訴他的，但他也無法這樣回答。然而他也不能說：「我不太清楚，總之就是第六感。」

「從情報收集機器的紀錄查出來的，比方說像這種理由？或者是為了自衛，在城鎮中也隨時開啟情報收集機器，證據就留在紀錄中，是這樣嗎？」

「沒有，不是。我之前用的情報收集機器在上次的戰鬥中壞了。」

「還是說，是當時和你一起的朋友告訴你的？如果現在一起去見那個人，能請他幫忙作證嗎？」

「呃……那個……」

阿基拉的鬥志漸漸萎靡。

「也許你遭竊的場所設有監視攝影機之類的裝置？在低階區域的大路上也許有設置機器，調查看看就能查出是誰。」

「……沒有。我被偷的地點是貧民窟，我想大概……沒有紀錄。」

對方接二連三向阿基拉詢問他手上有無任何證據，但他卻無法清楚回答，只能不停否認，於是阿基拉當初的氣勢越來越孱弱。

「我不會說你在說謊，也不會說你的判斷錯了。我想你有複雜的理由而無法對我們解釋，但你應該有足以確信的證據。」

由米娜先是最大限度地尊重阿基拉的立場，之後才要求他讓步。

「儘管如此，既然你沒辦法對我們說明你的理由，我們就無法單方面聽信你的說法，沒有根據就把她交給你。真的很對不起。雖然也許有困難，可以請你諒解嗎？」

阿基拉無法回答。

因為與由米娜的對話，現在阿基拉的激動之情已經大幅平息，敵意也減輕，取回了一定程度的鎮定。剛才散發的漆黑殺氣也消失無蹤，雖然心情非常惡劣，但還是恢復到稱得上平常的狀態。

儘管如此，因為彆扭的個性，他也無法坦然回答「我知道了」並就此退讓。但是他也失去了回答「我拒絕」而拔槍相對的氣勢。

這時阿爾法順水推舟：

『阿基拉，現在先撤退吧。就如同她說的，如果什麼也沒辦法說明，很難讓對方毫無意見就相信你。』

『…………說得也是。』

既然阿爾法都這麼說了，那也沒辦法。阿基拉用這理由說服自己，決定現在暫且撤退。

那影響也顯現在阿基拉散發的氛圍上。當緊張或戒備放鬆，他散發的氣氛便回復到有如隨處可見的小孩子，讓人完全無法想像他是一度打倒詩織的強者。

彷彿許多人看輕並鄙視的隨處可見的弱者。化為讓人不禁如此判斷的地雷。

於是，克也一腳踩中地雷。

「哼，就算真的是被偷了，當獵人還這麼鬆懈，是你不對。」

這句嘲諷同時也表示了克也的不滿。

明明剛才散發那樣強烈的殺氣威脅我們，為了逼迫蕾娜她們抽身不惜做到這個地步，但只不過是聽由米娜講個兩句就放棄了？這樣的話，打從一開始就不要幹這種事。

他不禁這麼想。和緩的氣氛和阿基拉那看起來異樣孱弱的氣勢，刺激了克也的情緒。

「克也！」

只差一點就能順利解決了，拜託不要隨便插嘴。由米娜焦急地想著，想要勸阻克也並對阿基拉道歉。但是她不由得渾身僵硬，一時說不出話。

阿基拉渾身散發殺氣，比起他現身於道路上那時更加強烈深濃而且陰鬱幽暗的殺氣，面具般的臉龐上浮現的不是憎恨，而是漆黑的意志，視線直指著敵人。

是你不對。

依據過去的經驗，在阿基拉的認知中，其他人對他的判斷基本上就是這句話。

其他人將阿基拉與某人相比較並判斷，以追究過錯或責任、過失或原因時，只要沒有證據就是阿基拉不對；若是在曖昧不清的模糊狀況下，總之就先怪罪阿基拉；就算道理上說不通，一旦集團需要一個犯人，需要有個人擔起責任比較方便時，責任總是會落在阿基拉頭上。

是你不對。眾人總是這樣宣告阿基拉的罪行。

在貧民窟的嚴酷環境下，加入集團的益處較多，容易存活。一旦遭到集團排擠，大多只有死路一條。阿基拉明知如此卻選擇孤立，代表了他對他人毫無信賴度可言。

因為這樣的基本思想，當阿基拉追逐著露西亞來到道路上，克也的反應在他眼中只是理所當然的結果。他判斷彼此都沒有交涉的餘地，就和往常一樣。

正因如此，對阿基拉來說由米娜和愛莉的行動出乎他的意料。因為太過困惑，甚至讓憎恨的殺意因此消散。

在他卸下心防的瞬間，克也這句話直刺要害。

東西被偷是你不對。這種事過去已經發生過無數次，憑著暴力灌輸於阿基拉的意識，化為不抱期望的思想。克也將之重新擺在阿基拉眼前。

東西被偷是你不對。被搶也是你不對。被騙是你不對。誰叫你這麼弱。

所以就算你被殺了，也是活該。

放鬆的心靈在短暫一瞬間忘記了理所當然的事實，現在阿基拉全部回想起來了。

因為愛莉像是相信了他的說法，想要對露西亞搜身；因為由米娜交談時表現出理解他立場的態度，讓阿基拉無意識間期待著與平常不同的結果。

但是終究只是一如往常。到頭來自己的意見還是沒人願意傾聽。只是過程不同，結果終究沒有改變。他嘲笑著心生些許期待的自己。

而且自己就連被奪走的東西都無法取回，剛才竟然還主動想退縮。自願低聲下氣成為被踐踏的那一方。他如此認定，詛咒自己。

當時自己選擇不給錢、不逃走、殺死敵人，才會有今天的自己。他來到這裡是為了向自己表明，那個選擇沒有錯。

既然這樣就殺吧。殺掉敵人吧。既然被殺掉是自己不對，只要能殺掉你們就換成你們不對。一個活口都不要留。

極限的殺意產生極度的集中狀態，在體感時間受到壓縮而前進得異樣緩慢的世界中，阿基拉為了貫徹目標，集中全心全意，決心要殺光眼前的敵人。

阿爾法透過念話急忙制止阿基拉。但是阿基拉心底深處湧現的吶喊聲在同一時間響起，蓋過了阿爾法的指示。

在緩慢前進的世界中，阿基拉一面把手伸向槍，同時為了應對敵人的動作而凝視著克也等人。舉槍、開槍、射殺。接下來就這麼簡單。

但這時阿基拉見到了奇妙的情景。敵人正朝著敵人跨出箭步。因為敵人做出莫名其妙的動作，警戒心吸引了阿基拉的意識。

下一個瞬間，由米娜的拳頭擊中了克也。伴隨著強烈的毆打聲，克也飛過半空中，倒在地面上。

因為敵人做出無法理解的舉動，阿基拉一頭霧水而混亂，動作失調而停止。

這時由米娜的聲音響起。

「當然是小偷不對啊！」

阿基拉愣住了。

◆

好不容易上軌道的交涉被搞砸的怒氣，再加上為了讓憤怒的對方接受，並且出其不意以避免交涉決裂，由米娜選擇揍飛克也。

「當然是小偷不對啊！」

然後她先否定了克也那句話，之後設法想安撫阿基拉。

「先等等！不好意思！我願意道歉，你先冷靜一下……嗯？」

由米娜注意到阿基拉的反應，面露納悶的表情。阿基拉像是目睹了不可能發生的事情，整個人愣在原地。剛才那股駭人的殺氣已經完全消失，怒氣與敵意也一掃而空。

那一拳真的那麼有效果嗎？由米娜為此納悶的同時，心裡想著總比面對殺氣要好，她為了開口搭話，朝阿基拉靠近一步。

「……那個，你還好嗎？」

於是阿基拉頓時解凍，驚慌失措地向後退開一步。

由米娜因為阿基拉的反應而狐疑，阿基拉則是異樣混亂，兩者就這麼保持著奇妙的距離。

「……那個，你真的沒事？」

由米娜又問了一次，阿基拉雖然面露混亂的表情，但和剛才比已經有所恢復。緊接著他指向露西亞，結巴地開口說道：

「我……」

「你？」

「我、我不會就這樣放過她喔！」

阿基拉拋下了不認輸的小嘍囉般的台詞後，往後方退開。最後他掩不住慌張地邁步逃走，回到了他剛才衝進道路時的那條岔路，隨即消失無蹤。

由米娜一頭霧水，只是愕然無語。

被揍飛的克也這時好不容易站起身。他一臉納悶地看著阿基拉跑走，但也因為事態平安收場而輕聲吐氣。

「到頭來那傢伙到底想幹嘛……」

之後他對由米娜面露不滿的表情。

「由米娜，妳剛才是幹嘛啦？」

這話一出，由米娜也回過神來，她拉高音量：

「克也！多嘴講那種沒必要講的話，到底在想什麼！你最好給我有點分寸，不然我會揍你喔！」

由米娜那咄咄逼人的魄力讓克也不由得縮起肩膀。

「哎，先、先等一下。妳、妳剛才已經揍了吧？」

「我的意思是再加一拳！」

由米娜氣得握緊拳頭。克也連忙安撫她。

「是、是我不好啦！是我太輕率了！愛、愛莉也幫忙說句話！」

「要是昏倒了，我會扛回去。」

「不要激她啦！」

對著吵吵鬧鬧的克也一行人，露西亞神色緊張地插嘴說：

「那、那個！非、非常謝謝各位救了我！」

怒氣被打斷，由米娜猛然吐氣。隨後她切換心情，對露西亞投以笑容。

「我們才該道歉。都是克也把事情弄得這麼複雜。」

「不會，沒這回事。是我害各位被捲進這件事，真的很對不起。」

克也像是要掩飾剛才的經過，對露西亞展現溫柔笑容。

「不用在意。妳沒事就好。身上有沒有哪裡受傷？」

「是、是的！我沒事！」

露西亞望著克也的眼神中透露幾分痴迷。不惜涉險也要拯救自己脫離絕境的異性，再加上克也的俊秀容貌，投向他的視線中帶有明確的好感。

由米娜與愛莉見到露西亞的反應，心頭湧現一股「又來了」的念頭，輕嘆一口氣。由米娜的氣憤已經平息，她對克也以相當嚴肅的態度叮嚀：

「下次再做同樣的事，我會用義體零件改造你的嘴巴和喉嚨，讓你沒有我的許可就沒辦法開口講話喔。可以吧？懂了沒？」

「懂、懂了。」

克也急忙點頭，弭平由米娜的怒氣。

◆

阿基拉在低階區域的暗巷中移動了好一段距離後，停下腳步。

他仍未擺脫剛才的混亂與疑惑，無法有條有理地整理翻騰的思考和感情，呆站在原地。不過他還是恢復到能聽見阿爾法的聲音。

『阿基拉，要是真的那麼靜不下心，就先深呼吸吧。』

雖然阿爾法一直陪伴在阿基拉身旁，但阿基拉的反應好像她突然現身、突然向他搭話。在阿爾法傻眼的注視下，阿基拉按照她說的反覆深呼吸。

深深吸氣、深深吐氣。每次呼吸都讓他更加恢復鎮定。思考與感情逐漸得到整理，雜念漸漸消失。雖然剛才莫名其妙而陷入混亂，不過他釐清並理解了理由，消化剛才的狀況。

最後他深深吐氣。清晰的思路自然而然得到的答案，自他口中以平靜的語氣呢喃說出：

「……對啊。不是我的錯吧？」

從某種角度來說，那是過去不曾存在於阿基拉內在的概念。

是你不對。阿基拉認知中的全世界總是這樣告訴阿基拉，不知不覺阿基拉自己也這麼認為。同時彆扭的個性故意放棄抗拒也是原因之一。

不過就在今天，有個人說不是這樣。

如果那只是不認識的某人隨口說出的話語，對阿基拉不會造成任何影響。但是，願意為了夥伴犧牲自己的人，揮拳毆打夥伴後說出的話語，那強烈的衝擊力足以傳入阿基拉的心底深處。

不過，這還不至於讓阿基拉產生多麼明顯的改變。在心底層層堆積形成的觀念，在長年來經驗累積下變得堅硬而厚實。這點程度的衝擊還無法擊碎。

但確實出現了裂縫。日後的經驗究竟會注入汙黑的情感而更加補強裂縫，又或者是敲進一根撐開裂縫的楔子造成更大的影響，結果尚待日後分曉。

但裂縫確實產生了。

阿爾法開口：

『是啊。不是你的錯。』

「就是說嘛。」

阿基拉同意般深深點頭。

『然後呢？接下來有什麼打算？畢竟發生了無

謂的爭執，今天要早點回去嗎？還有喔，你現在一直在自言自語，多注意一點。』

『糟糕。』

阿基拉恢復為念話，短暫思考後回答：

『按照原本的計畫，去謝麗爾那邊。之前已經聯絡她要去了，要是臨時打消主意，下次大概會發生很麻煩的事。』

『我知道了。既然這樣要繞一大圈遠路過去。我會帶路，你跟上來。』

『為什麼要繞很遠的路？』

阿基拉看起來一頭霧水，阿爾法對他擺出萬分無奈的表情。

『要是有個人拿著對怪物用的槍一邊跑一邊濫射，儘管是在暗巷裡同樣會造成騷動吧？把那一帶當作地盤的幫派，還有警備公司的警備員都在尋找騷動的源頭。別對我造成更多麻煩了。』

『……對不起。』

見阿爾法擺出明瞭的不滿態度，阿基拉一臉歉疚地開口道歉。之後他按照阿爾法的指引，大幅繞路移動，遠離他剛才濫射的區域。

◆

謝麗爾的幫派雖然規模還很小，但在貧民窟的小孩子之間被視作未來可期的幫派，受到強烈的矚目。

幫派成員從老大到擔任後盾的獵人，所有人都年輕得稱得上小孩子，儘管如此卻能正常發揮組織的功能，一般來說是不可能的事。

謝麗爾等人持有一些武裝，但裝備頂多只有對人用的手槍。既沒有擅長戰鬥者，也不像志島的幫派那樣維持能自衛的武力。正常來說只會被吸收。

在這樣的狀態下，謝麗爾等人在貧民窟能夠較為安全地活動，是因為其他幫派的人知道了阿基拉與志島之間的交易，因此對阿基拉懷有戒心。

只要阿基拉繼續當他們的後盾，因為雞毛蒜皮的理由與謝麗爾的幫派起衝突，結果不會划算。雖然程度高低不同，大部分的人都懷抱著類似的感想，做出這般判斷。這樣的判斷對謝麗爾等人帶來一定程度的安全。

光是這份安全，就已經能為幫派成員帶來充分的利益，槍枝與食物都不成問題，據說甚至還教導簡單的讀書寫字。一聽到這麼優渥的待遇，貧民窟的小孩子也不免先提高戒心。

但是半信半疑地加入幫派的人傳出風聲，對新人的待遇似乎真的不差。當這樣的風評不脛而走，甚至開始有人從遠離貧民窟的場所特地來到此處想加入。

再加上近來傳聞謝麗爾等人到臨時基地周邊開店並且大賺了一票，希望從中嚐到甜頭，志願加入幫派的人數快速膨脹。

如此一來，謝麗爾也不能無節制地招收成員。評估幫派自身的管理能力，漸漸增加人數，依照順序一一招收。

而順序是以人脈與金錢來決定。利用好友已經加入幫派這項人脈，以及剛取得的10萬歐拉姆這筆金錢，露西亞自願加入謝麗爾的幫派，在據點的某個房間與好友娜夏見面。

娜夏表情擔憂地問道：

「雖然我之前就邀過露西亞加入，妳真的願意嗎？妳之前明明那麼討厭加入任何幫派，發生了什麼事？」

「嗯。有點事……」

聽了事情經過，娜夏明白了理由，擔心露西亞的安危。

「真是好險啊。所以我才會叫妳不要再當扒手了嘛。哎，露西亞的問題我也不是不懂啦……多說也沒用吧。話說妳有多少錢能給幫派？」

露西亞對娜夏交出了10萬歐拉姆，娜夏頓時凝重地板起臉。

「露西亞，妳賺太多了。這樣人家當然會追殺妳嘛。妳想死嗎？」

「我知道……所以我撐不下去了！如果不加入某個幫派，讓幫派來保護我……我一定會被殺。我聽說這裡的靠山是個很厲害的獵人吧？」

「哎，是沒錯。在各方面都很厲害。」

娜夏面露苦笑。這樣的評價主要指的不是實力堅強，而是拖著屍體大搖大擺闖進志島據點這類腦袋不正常之處。

「那傢伙好像也是獵人，不過裝備看起來只是新手，應該不會為了10萬歐拉姆和妳說的厲害獵人敵對……」

雖然這樣的判斷中參雜了許多願望，但露西亞也只能這樣期待了。

娜夏以笑容讓露西亞安心。

「是啊。這些事應該不用擔心。既然這樣，我就去和老大提一下露西亞的事，妳等一下喔。」

娜夏說完便離席，不久後就回到此處。

「老大說不久後阿基拉先生就會到，要招集新人見他一面。露西亞也一起來。」

在娜夏的帶領下，露西亞前往據點的大廳，與其他新進成員一同等候阿基拉抵達。

不久後，阿基拉與謝麗爾一同走進大廳。謝麗爾開始一如往常的說明時，站在她身旁的阿基拉與露西亞四目相對。

下一個瞬間，露西亞拚了命拔腿奔逃。

但同時阿基拉也開始追逐。這次他不再受到憎恨擺布使得動作紊亂。他冷靜地快速奔跑，轉眼間就追上露西亞，撲向她並且順勢把她壓倒在地面上。

「逮到妳嘍。」

聽見阿基拉那欣喜的說話聲，露西亞的臉上充滿著絕望。

◆

阿基拉手中拿著10萬歐拉姆，一副眉開眼笑的模樣。隨後他神情愉快地點頭，把鈔票收進皮包中。

雖然不同於預料，這下確實取回了被奪的錢財，阿基拉非常開心。

另一方面，謝麗爾臉色蒼白地發抖。她原本想納入幫派的新人之中，竟然有個人拿著自阿基拉身上偷來的錢當作入幫禮金。嚴重的失態令她害怕不已。

「……所、所以說，阿基拉，你打算怎麼處置她們？」

「嗯？」

聽見這問題，阿基拉看向露西亞兩人。

露西亞現在被謝麗爾的屬下們制服，表情有如等候行刑的犯人，不停哭泣著。同樣被制服的娜夏則是表情凝重，不斷思考有無方法拯救露西亞。

阿基拉看向露西亞。露西亞的畏懼更加嚴重，淌落的淚水更多了。

緊接著他看向娜夏，娜夏以誠懇的眼神為露西亞求情。

「該怎麼辦呢……」

謝麗爾向阿基拉詢問露西亞兩人的處置，讓阿基拉煩惱該怎麼做才好。

阿基拉自己也覺得難以置信，不過現在阿基拉已經不在乎露西亞的行為了。因為與由米娜的那件事帶來強烈的衝擊與震驚，讓他現在心情好到堪稱人生中從未體驗的程度，再加上取回了被奪走的金錢，讓他現在的心情更是好上加好。

不過他也明白，自己覺得無所謂就無罪開釋也不好。一旦自己採取這種寬容處置的風聲傳出去，就會被當成待宰的肥羊，成為貧民窟中眾多扒手的目標。

但若要選擇最常見的處置，一槍斃了她，阿基拉又覺得非常不願意。雖然不想殺她，但也不覺得想救她，萬一她死了其實也無所謂。

不過要自己親手殺害由米娜一度嘗試保護的人物，阿基拉就是覺得提不起勁。如果把她折磨到只剩半條命，到頭來還是會因為傷重而死，阿基拉認為那和直接殺害沒有差別。

他苦苦思索著處置手段時，注意到意圖挽回失態的謝麗爾正對他露出認真表情。於是阿基拉把處置推到謝麗爾身上。

「決定了。謝麗爾，交給妳了。」

「咦！呃，那個，你這樣說我也……」

「妳原本打算讓這傢伙加入這裡吧？就交給妳了。」

謝麗爾滿臉納悶，重新問道：

「那個，意思是我們隨便殺掉她就好嗎？」

「不，不是。哎，我的意思不是叫妳不准讓她死，只要妳不是故意讓她死掉就沒關係。」

「是、是喔？」

「就這樣，我要回去了。改天見，謝麗爾。」

「好、好的。路上請小心。」

認為問題已經獲得解決，阿基拉欣然踏上歸

途。

問題現在被塞到謝麗爾手中，令她為此頭痛萬分。若當作阿基拉給了她挽回的機會，確實值得欣喜。但是對於本次問題，恐怕阿基拉自己也完全不知道什麼才是正確做法，而謝麗爾必須拿出讓阿基拉滿意的結果。可說是個特大號的燙手山芋。

她也必須慎重考慮露西亞與娜夏的待遇。她偷了阿基拉的錢，無法重用。但要是粗魯對待而刻意害她喪命，又得讓阿基拉相信謝麗爾不是故意為之。

露西亞兩人逃走了，這種說法能否說服阿基拉也很難說。也許他不至於動怒，但有可能會認定謝麗爾能力低落，對她感到失望。

謝麗爾看向對自己帶來難題的兩人。

露西亞與娜夏也回以畏懼的眼神。

◆

在委託靜香準備的整套新裝備送到之前，阿基拉再度回到了訓練與學習的每一天。

控制體感時間的訓練正順利進行。能憑著自身意識壓縮體感時間的次數漸漸增加，感到極度疲勞而無法動彈，因此結束當天訓練的狀況也比之前有所減少。

儘管如此，在今天訓練結束時，阿爾法的打扮依舊幾乎等同全裸。訓練開始時同樣有大量的布料裝飾，今天依舊隨著阿基拉每次被砍中而一片接一片減少，飄過空中的最後一塊布料也在剛才無聲地消失。

『今天就到此為止。辛苦了。』

阿基拉長長吐氣。隨後他一面調勻呼吸，面露不滿的表情。

『怎麼了？』

「……妳那個打扮啊。」

『嗯？阿基拉的審美觀是別脫光比較色情，這種打扮不合胃口嗎？』

阿爾法現在的狀態是裸體上點綴著沒有遮蔽效果的裝飾品。根據觀者的嗜好不同，會覺得布料過少也是正常的反應。

而阿基拉確實因為布料過少感到不滿。但是並非出自她指出的理由。

「不是。我只是在想，雖然我現在能夠稍微控制體感時間了，但是一次也沒有讓妳用正常打扮結束訓練。實際上怎麼樣？我真的有成長嗎？」

阿基拉如此說著，為了不理想的結果而嘆息。

阿爾法一如往常笑著回答：

『你大可放心，確實有所成長。』

「那為什麼結果都一樣？」

面對表情納悶的阿基拉，阿爾法別有深意地笑了。

『訓練嚴格一點，成長也會比較快吧？』

阿基拉也理解了她的言下之意：為了每次都得到同樣的結果，她不斷提昇訓練難度。

『雖說嚴格，但畢竟是訓練。考慮到阿基拉實戰的嚴苛程度，訓練設在必須耗盡全力的水準只是剛好而已。』

「……知道了。」

阿基拉對這說明接受了一半，深深吐氣。

結束訓練後阿基拉走出車庫，打量阿爾法的模樣。訓練過程中雖然不在意，但訓練結束後又是另一回事。

「衣服穿好。」

『嗯。』

阿爾法將服裝切換回訓練前的打扮。阿基拉見狀，輕嘆道：

「……阿爾法，我上次就說過了，難道妳要我每次都講？」

『你可以不講喔。』

「我要。」

經過一如平常的對話後，阿基拉回到房間。

之後他用餐兼休息。雖然是平凡無奇的冷凍食品，但他今天稍微奢侈了些，提升了質與量。這是為了安撫吃過修特利亞娜的料理而變得挑剔的舌頭，同時也是為了滿足在醫院接受治療後莫名增加的食慾。

「今天要學什麼？繼續上昨天的社會課？我記得好像是，於東部統治企業聯盟的實質統治領域中統治企業都市間的資源分布與交易，對吧？」

阿基拉原本知道的東部都市名稱只有自己居住的久我間山都市，不過近來在阿爾法的教育下，他也漸漸取得了常識等級的知識。

儘管如此，和生活於防壁內側的人們相比，內容仍相當膚淺。必須灌輸的知識還堆積如山。

此外，要灌輸哪些知識的選擇也掌握在阿爾法手中。阿爾法小心挑選對阿基拉灌輸的知識，以免阻礙她的目的。

今天她原本也預定要對阿基拉灌輸略為偏頗的知識，但是臨時取消了。

『今天不上課。靜香已經傳來訊息說阿基拉的新裝備已經送到了，我們就去領貨吧。』

「哦！終於能回到獵人工作了。我們馬上就去吧。」

阿爾法為了達成自身的目的，必須讓阿基拉變得更強。必須更進一步充實裝備與強化實力，優先程度更在提供知識之上。

看著因為新裝備而有些興奮的阿基拉，阿爾法面露一如往常的微笑。

做好外出準備，來到靜香的店門口，靜香面帶笑容對阿基拉招手，招呼他進入店內。

「歡迎光臨，阿基拉。跟我來。」

阿基拉跟著靜香走向店內深處。他對價值8000萬歐拉姆的裝備滿懷期待，欣喜地笑著。

◆

儘管衝出貧民窟的巷弄並成為獵人，得到了與過去無法相提並論的實力，賺到鉅款，擁有了自己的家，阿基拉的精神依舊停留在巷弄中。從巷弄中見到的一切就是阿基拉的全世界。

但是經過了難以置信的事件後，原本蹲坐在巷弄角落的阿基拉的精神，這下終於站起身。朝著巷弄口踏出半步，自轉角處探出頭，小心翼翼地窺探著外頭的世界。

儘管阿基拉站立的位置變了，世界本身並沒有任何改變。但是因為來到不同的位置，改變了觀察的角度，映於眼中的世界確實有所改變了。

儘管取得了過去希冀的生活，阿基拉的獵人工作仍然會持續下去。無論阿基拉自身希望與否，那都會不斷改變他。

◆

在純白的世界中，阿爾法臉上掛著稍微不高興的表情。

「在這麼短的期間內，彼此的個體多達兩次瀕臨互相殺害。而且問題還出自妳的個體。」

阿爾法視線前方的少女以似乎欠缺感情的平板表情與公事口吻回答：

「第一次另當別論，第二次的原因應出自妳的個體。」

「是妳的個體毀了我的個體收手的機會。」

「是嗎？」

少女簡短的回答顯示她對剛才對話的內容並不重視。理解到這一點，阿爾法在短暫沉默後繼續說道：

「妳能不能多用心一點，盡力避免彼此的個體互相殘殺？」

「在可能實現的範圍內已實行。然而我的個體異於妳的個體，處於要認知我的存在都有困難的狀態。頻寬狹窄，契約也是透過恣意解釋其粗略言行舉止而實施，因此干涉有其限度。只能回答誘導其行為有困難。」

「這我也知道。」

「妳的個體能認知妳的存在。對個體的精密誘導，希望能歸於妳的試驗範圍，由妳來實施。」

阿爾法的表情稍微變得嚴肅。

「雖然訂下了確切的契約，但我這邊也是有限度的。因為立下了契約，我也有義務要遵守契約。」

「已知曉。本次事態起因於彼此對兩個體干涉的極限。就試驗而言，某種程度內只能容忍。」

聽見算是符合預料的回答，阿爾法認為已經完成最起碼的情報分享與意志統一，準備結束溝通。

「……唉，為了減少低價值的試驗結果，希望妳盡可能為此努力。就算已經實行，持續也包含在內。」

「明白了。那麼，就此告辭。」

「好。最後我姑且問一下，妳的個體有機會達成目標嗎？」

「有機會。正因如此，我才會選擇通訊能力低落而無法確實認知我的個體加入試驗。不同於妳只視通訊強度就將該個體設為試驗對象。」

「……是喔。」

「那麼，告辭。」

少女自白色世界消失。

只剩一人的阿爾法稍微板起臉。只看通訊強度就挑選阿基拉為試驗對象，這是事實，但是阿基拉變強的步調已超越她的預期。

那證明了阿爾法的演算有誤。預測錯誤是十分足以憂心的問題。

如果有必要，阿爾法得有所處置。阿爾法再度如此判斷，思考處置方法，身影自白色世界消失。

武器解説
Weapon Guide

LIQUID METAL KNIFE
液體金屬刀

涅利亞使用的舊世界製刀刃。啟動後液體金屬會從刀柄流出，形成刃長約兩公尺的細薄刀身。刀刃以力場固定成型，每次揮出都會反覆融解與定型，銳利度不會下降。

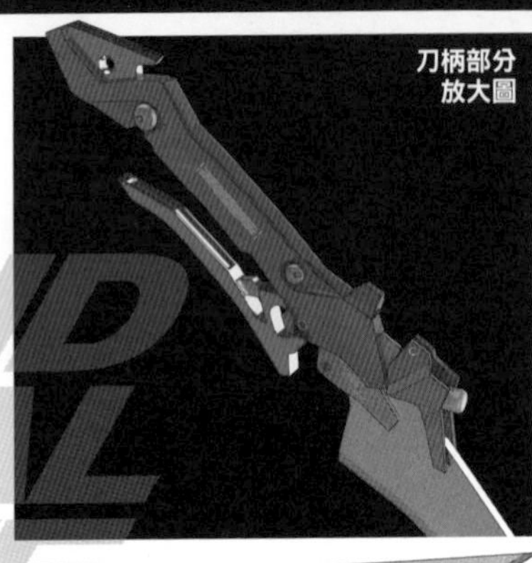

A2D ASSAULT RIFLE
A2D突擊槍

以AAH突擊槍為基礎重新設計的槍，增加榴彈發射器為標準配備。各零件的強度與命中精準度大幅上升，毋須改造即可使用穿甲彈與強裝彈。此外可直接沿用AAH突擊槍的改造零件，因此愛用者相當多。

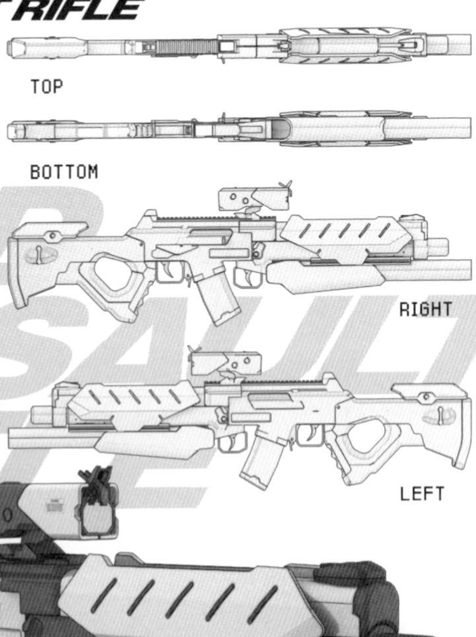

武器解說
Weapon Guide

NELIA'S POWERD SUIT
涅利亞重裝強化服

遺物強盜涅利亞所裝備的重裝強化服，全身高約三公尺。透過連接端子可將義體者腦部連接至機體的控制裝置，藉此操作機體。也能透過無線通訊遙控。

FRONT

BACK

凱因收納時型態

FRONT

BACK

KAIN'S POWERD SUIT
凱因重裝強化服

遺物強盜凱因裝備的改造人專用重裝強化服。全身高約五公尺，搭載了強力的飛彈倉，四條手臂可各自裝備重型槍枝。同時裝載了力場裝甲（Force Field Armor），動作雖然笨重，但是連CWH反器材突擊槍的專用彈都能彈開。

謝麗爾等人過去曾與貧民窟的其他幫派發生爭執。事態發展到最後，阿基拉殺害了該幫派的手下，闖進對方據點談判，但因為與該幫派的頭目志島交易，暫時得到了解決。

和解金是１００萬歐拉姆。阿基拉先付了錢。

之後謝麗爾將一部分地盤變賣給志島，換得了１００萬歐拉姆。

謝麗爾幾經苦思後，決定不將這１００萬歐拉姆交給阿基拉。因為對他們來說雖然是一筆大錢，但她判斷對那時的阿基拉已經無足輕重了。

要直接交給阿基拉很簡單。但是這筆小錢他大概打從一開始就不認為能回收，就算用償還代墊款項這名目還清借款，他成為幫派後盾讓幫派成員每天蒙受其恩惠，這部分仍舊沒有得到回報。

就算要還錢，有必要加上幾分利息。若非如此，阿基拉可能不會認同幫派的益處，總有一天會被他拋棄。為了阻止這件事，無論如何都需要附加價值。

身為幫派老大而忙碌度日的同時，她每天都為了尋找增加金錢的方法而用資訊終端機瀏覽網路資訊。

雖然找到了利息高得像玩笑話的投資信託，但她全部不考慮。不只是內容擺明了就是詐騙，就算不是詐騙，需要很長的時間才能回收成本，她可沒有好幾年的時間能等候。

再者，謝麗爾只不過是貧民窟的居民，根本無法在銀行開戶。不可能靠投資信託增加財產。

到頭來還是只能自力活用手上這筆現金來增加。換言之就是做生意。如此判斷後，她在腦袋中模擬了各種生意。

不過全部都以糟糕的結果收場。

基本上貧民窟並非適合做生意的環境。就算用盡千方百計賺到錢，若沒有相符的武力就只會成為強盜下手的目標。雖然有阿基拉這個後盾，但他也並非在據點常駐，因此有其困難。要靠以耶利歐為首的幫派武力也難以抵禦。

此外，貧民窟的小孩子要去低階區域的內側擺攤，也只會被那邊的警衛趕走而已。若要往反方向去，在靠近荒野的地區與獵人做生意，則會被怪物襲擊。

束手無策。儘管謝麗爾自己也這麼認為，但她還是一隻手拿著資訊終端機，持續蒐集資訊。知識能拓展選項。謝麗爾沒有放棄。

就在某一天，謝麗爾得知了在崩原街遺跡建設前線基地的相關消息，從該處找出了突破現況的契機。

盡可能蒐集了情報後，她在腦海中模擬並計算勝率。無論是做幫派老大的工作時，或是泡澡時，躺在床上時，以及睡覺的時候，甚至持續到夢境之中，她一次又一次仔細地反覆思量。

隔天，當謝麗爾睜開眼睛時，腦海中已經擬定了一整套計畫，以及勝算值得下注的結論。

「……只能實際動手了。」

謝麗爾做好了覺悟。

◆

謝麗爾造訪葛城的拖車並說明來意，葛城聽完之後面露納悶的表情。

「是啊。我們的確一樣打算去臨時基地。能把店面即時移動到有生意能做的場所，就是移動商店的強項嘛。妳問這個要幹嘛？」

謝麗爾盡可能展現和藹可親，而且充滿自信的笑容。

「其實我們也打算在那邊做生意。希望葛城先生能提供一些協助，因此前來向您說明。」

語畢，謝麗爾說明了販賣熱三明治的計畫。葛城聽完之後不禁失笑道：

「妳是來問我這計畫會不會成功嗎？畢竟妳是門外漢，應該花了很多心力構思吧，不過在我看來漏洞百出。」

「這樣啊。請問比方說哪些部分？」

「首先，妳打算怎麼過去那地方？也許妳以為崩原街遺跡就在附近，應該沒問題，但這距離已經足以要命喔。因為上次大襲擊的騷動影響，附近怪物的強度也上升了。」

謝麗爾臉上微笑依舊，一派鎮定地回答道：

「是的。所以我希望能搭乘葛城先生的拖車同行。剛才詢問您是否預定前往臨時基地，就是為了這件事。」

「……原來如此。不過啊，獵人也是會挑店面的。貧民窟的小孩子開的店，不會有客人上門。」

「是的。因此我希望能借用葛城先生拖車的一部分。若是在葛城先生的移動店鋪，就不會發生這樣的問題。當然服裝也會維持清潔整齊。」

「……是、是喔？不過啊，要購買食材也需要管道……」

「是的。所以我希望能請葛城先生介紹足以信賴的業者……」

在這之後，謝麗爾清楚回答了葛城的所有問題。雖然內容基本上都是以葛城的協助為前提，全面依靠他人，但同時那確實是實際上可行的內容，原本只是訕笑的葛城也將表情稍微轉為嚴肅。

「是沒錯，哎，也許有可能順利賺到錢，不過那終究只是計畫。就算妳要我出資我也會拒絕，所以妳的計畫只是空談。」

「資金全部由我方提供。我準備了１００萬歐拉姆。」

這下葛城也不由得吃驚。他不禁滿臉疑惑地問道：

「先等等，妳為什麼有這麼多錢？這筆錢是從哪裡弄來的？」

「詳細經過我無法詳述，簡單說我變賣了幫派的一部分地盤。」

「……我對這方面的問題不太清楚，不過這些地盤之類的，賣掉真的好嗎？」

「若問好不好，的確不好。但那個地盤是我們自己也無法管理的部分，放著不管最後也只會被人以武力奪走。因此在別人不花一文就奪走前，我先換成錢了。」

有計畫，也有資金。如此一來葛城身為商人的一面也開始浮現。不過若問值不值得協助，理由還不夠。

「這計畫基本上要我協助才能成立。雖然我因為與阿基拉的交易對妳提供協助，但我沒義務幫妳這麼多。幫妳這個忙，我有什麼好處？」

謝麗爾以認真的表情回答：

「就如同我剛才提到的，沒有武力就無法守住地盤。我們需要武力。人數似乎湊得出來，問題就在於武器。只要這個計畫順利，我會用這筆收益向葛城先生購買武器。當然日後也會持續下去。」

就算失敗，自己也不會虧本。一旦成功，自己店裡的收益會增加。葛城身為商人的意識做出了決定。

「好吧。我就幫妳這個忙。」

「真的非常謝謝您。」

如此一來計畫終於有了可行性。謝麗爾面帶笑容，深深低下頭。

「那麼我今天就告辭了。我必須對部下說明計畫。之後再與您詳談細節。」

「喔喔，知道了……我最後可以問一個怪問題嗎？」

葛城面露有些難以啟齒的表情，謝麗爾笑著對他答道：

「好的。請問您要問什麼？」

「妳……是謝麗爾吧？」

即便是謝麗爾也料不到這個問題。她先是顯露幾分驚訝，隨後心情愉快地笑了起來。

「當然是啊。」

「我想也是。不好意思問了怪問題。為了提升我店裡的收益，期待妳拿出好結果喔。」

「我會努力。告辭了。」

謝麗爾再度微微低頭，離開此處。

葛城注視著謝麗爾的背影，回憶起她第一次與他見面時，受他威嚇而顫抖的少女身影。

葛城當然知道她和記憶中的少女是同一人物，但謝麗爾看起來簡直判若兩人，要是有人告訴他其實不是同一人，他恐怕真的會相信。他吐露內心想法般，一臉納悶地呢喃：

「……那傢伙之前就是那樣子？」

無人回答他的疑問。

◆

謝麗爾似乎正計劃要做什麼事。這個消息馬上就傳遍幫派上下，但知道具體內容的成員少之又少。因為她下了封口令。

謝麗爾選出的幾名幫派幹部，最近並未從事一般工作，在據點中不知道在忙些什麼，這些事雖然眾所皆知，但詳情不明。

多餘的詢問、提起與調查都被下令禁止，幫派所有人也都服從。因為事情與阿基拉的錢有關，違反的人要自己有所覺悟——由於謝麗爾這樣警告，沒有人違反指令。

未參加熱三明治販賣計畫的成員，只能看著參加者而在心中揣測，繼續完成平日的工作。

而身為計畫參加者的耶利歐等人，同樣並未得知計畫的詳情。目前只是完全遵照謝麗爾的指示行動。

徹底清掃據點的其中一個房間，在浴室仔細清洗身體，學習簡單的讀書寫字，訓練正確的站姿與走路姿勢，就這麼度過一天又一天。

艾莉西亞今天也在謝麗爾的指示下，在浴室清洗身體，與她一起入浴的少女對她問道：

「欸，艾莉西亞，老大真的什麼都沒說？」

「是啊。我和耶利歐一起去問過好幾次了。老大不願意告訴我們。」

「既然連艾莉西亞你們都不知道，那整個幫派知道老大想做什麼的人，真的只有老大自己而已了吧……」

艾莉西亞像是要為難掩不安的少女打氣，開朗地說道：

「哎，雖然不知道為什麼，妳就當作運氣好吧。老大也說可以用老大平常用的洗髮精，沒這種機會就用不到喔。」

「嗯，是這樣沒錯啦，但不知道理由心裡還是有點……」

謝麗爾從葛城那邊拿到了有些昂貴的沐浴乳，本來只有謝麗爾能使用，但現在艾莉西亞等人都用這個洗身體。謝麗爾不是說想用可以用，而是嚴格命令她們使用。

因為最近每天都使用甚至帶有些許回復效果的肥皂類，艾莉西亞等人的頭髮與肌膚都明顯添增了光澤。如果只是這樣，還可以當作加入幫派的好處而欣喜，但因為搞不懂謝麗爾的目的，心裡不踏實的感想更強。

「嗯～～我還是很在意耶。真的沒問題嗎？」

「沒問題啦。只要按照老大的指示，細心洗乾淨就好。之前不是因為洗得太隨便被罵過一次？大方用，確實洗乾淨。」

「知道了～～」

少女聽了艾莉西亞這麼說，心情輕鬆了許多，表情也跟著放緩。

艾莉西亞見狀便輕笑，隨後她擺出認真的表情端詳自己的肌膚。不是專家也看得出來肌膚的狀態變好了，頭髮也變得有光澤許多。都是多虧了原本專屬謝麗爾使用的肥皂類。

耶利歐稱讚她變漂亮，確實讓她覺得開心。但是謝麗爾究竟為何讓她們使用這些用品，目的依舊不明。

至少，對謝麗爾來說，她的祕密計畫值得這麼做，而且謝麗爾之後想必會要求她們去做與之有關的工作。

一想到這裡，艾莉西亞雖然告訴少女不用擔

心，其實她心裡也相當不安。

◆

儘管讓艾莉西亞等人心生不安，謝麗爾仍舊為了熱三明治販賣計畫獨自行動。

今天也是，她透過葛城的介紹，與業務用食材的批發業者見面，在業者的店鋪接受簡單的說明後，仔細挑選請對方準備的多種試吃樣品。

種類繁多的麵包、醬料與合成肉並排在桌面上，將這些食材投入半自動調理機，試吃並確認口味。

無數的組合方式使得選項大幅膨脹，為了從中選出最佳的配方，她露出一副選錯好像就會要命般的認真表情，細細思索。

葛城與她保持一段距離，一面觀察她的反應一面和男性業者閒聊。在談話的過程中，男性業者輕描淡寫地出言試探。

「話說她和您是什麼關係？這次生意原本應該是和葛城先生談，但是交易的說明和試吃似乎都全面交給她，而她看起來也不像是單純的員工。」

表面上，葛城自稱想對獵人販賣輕食，因此想依靠友人的人脈。但葛城看起來沒什麼熱忱，反倒是謝麗爾的態度萬分認真，讓男人不禁在心中思考各種可能性。

葛城面露生意人的笑臉，笑得意味深長。

「其實啊，她是規模還算大的企業的千金小姐，這也是學習經營的一環……我這樣說你信嗎？」

男人輕笑道：

「不可能啦，這絕對不可能。看就知道了，舉手投足很明顯不一樣。」

「啊～～果然看得出來啊。」

「這是當然的啊。雖然穿的衣服還不錯，但那是租來的吧？考慮到這一點，哎，應該是某處的個人商店的女兒吧？」

「被你看穿啦。哎，請高抬貴手。」

說她是身分高貴的千金小姐，想藉此得到優待。葛城像是要掩飾這個詭計般，刻意豪爽笑道。

男人看穿了他的詭計而滿足，知道採取一般程度的應對就沒問題，因此寬心。

見到那男人的反應，葛城也跟著笑了起來，不過他心裡其實十分震驚。不是因為詭計被看穿而吃驚，而是因為沒有被看穿。

謝麗爾完全隱藏了她身為貧民窟小孩的來歷。

租借衣物是靠葛城的人脈，不過提議與費用都在謝麗爾的計畫中，葛城沒有提出任何建議。

此外，就算換了衣服，待人接物與舉手投足都容易暴露自身來歷。再加上商人必須與形形色色的人物打交道，為了慎選交易對象，商人們擅長自細微的言行舉止察覺可疑之處。儘管有葛城的介紹，若對象是貧民窟的小孩子，正常來說無論如何都會被看輕。

而謝麗爾突破了這一關。完全騙過了對方，得到了一般交易對象的待遇。

謝麗爾的計畫正順利進行，但是謝麗爾一點也不鬆懈。換個角度來看，她未經同意就計劃以阿基拉的錢投資。絕對不能失敗。

◆

在謝麗爾與食材業者的交易敲定之後，她這才向耶利歐等人說明熱三明治販賣計畫。

耶利歐等人的反應是放心大於驚訝。因為他們一直為了不知道自己會被派去做什麼事而不安，雖然聽謝麗爾說要前去荒野賣熱三明治，他們還是能保持冷靜接受這道指令。

這時，耶利歐面露疑惑的表情。

「話說老大，真的賣得掉？」

面對這問題，謝麗爾以嚴厲的態度回答：

「非賣不可。」

面對不允許異議的強烈目光與口吻，耶利歐有些畏縮。

「是、是喔。」

「你們就當成事關幫派存亡，認真工作。我會安排所有準備，所以你們都按照指示去做。要是這樣還失敗，那是我的錯。但要是因為其他失敗而毀了這計畫，最好先做好覺悟。」

感受到謝麗爾那嚴肅的氣氛甚至透出殺氣，耶利歐等人默默點頭。

翌日，謝麗爾的熱三明治販賣計畫正式上路。

從葛城的拖車前往崩原街遺跡的臨時基地周邊的啟程時間往回推算，按照預定行程開始熱三明治的調理、包裝與搬運。

由於半自動調理機器的租金十分昂貴，謝麗爾事先租借了符合切、烤、塗、夾等等工程的調理器具。此外為了避免料理者的技術影響口味，她嚴格規定製作方法。

這一切都由謝麗爾親自監視，指示耶利歐等人投入工作。

在作業過程中，耶利歐看著艾莉西亞做的熱三明治而食指大動，他對謝麗爾姑且問道：

「我說老大，真的一個都不能吃？」

「你出錢就可以啊。一份１０００歐拉姆。」

超乎想像的價格讓耶利歐不由得驚叫。

「１０００歐拉姆？先等一下，這個有那麼貴喔？」

「對啊。所以你要是擅自吃了，每一個都要付錢。誰做了幾個，等一下統統都要報上來喔。」

趁著耶利歐的聲音吸引眾人注意時，謝麗爾對眾人如此忠告。眾人的手暫時停頓，隨後馬上又開始動作。

雖然有些人的反應看起來像是「好險」，但沒有人是「這下糟了」。確認眾人反應後，謝麗爾輕輕點頭。

謝麗爾一群人結束了在據點的作業後，與裝箱的熱三明治一同搭上葛城的拖車。

第一天由謝麗爾、耶利歐、艾莉西亞三人前往。三個人的神色都顯得緊張，但理由並不相同。

耶利歐和艾莉西亞是因為前往危險的荒野而緊張。耶利歐一度親身體驗過荒野的危險，他激勵自己一旦出了意外就要挺身保護艾莉西亞。艾莉西亞對此感到欣喜，但也要耶利歐保持鎮定。

謝麗爾看起來一點也不在乎荒野的危險。反倒比較擔心熱三明治的販售，她像是第一次前往遺跡的獵人在檢查裝備般，審視著自身的服裝與熱三明治的箱子。

拖車只花了較短的時間就抵達目的地。之前大襲擊的戰鬥餘波使得地形變得開闊，都市為了運輸建設前線基地所需的物資，事先鋪設了道路。

臨時基地周邊已經聚集了其他商人與車輛。葛城加入其中般將拖車駛進該處停車，移動商店便在此開張。

謝麗爾等人借用了一部分空間，進行開店的準備，準備結束後由謝麗爾擔任店員。

一段時間後，客人上門了。謝麗爾發揮了她擁有的所有待人技術，面露使出渾身解數的笑容。

「歡迎光臨。一份是980歐拉姆。」

名為販賣熱三明治的戰鬥，屬於謝麗爾的戰鬥開始了。

第一天，剩相當多沒賣完。謝麗爾一面催眠自己生意才剛開始，同時思考改善方案。

第二天，一小部分沒賣完。將熱三明治拿去招待輪流看店的葛城等人，讓他們在客人面前享用，這個計策似乎奏效了。謝麗爾這麼想著，繼續思考進一步的改善方案。

第三天，剩下一些沒賣完。今天她把店員工作交給艾莉西亞等人，她自己則裝作四處逛附近攤販，實則用她鑽研的技術擺出發自內心感到美味的表情，一面品嘗熱三明治一面四處晃蕩。

第四天，銷售一空。決定增產熱三明治。根據銷售狀況，仔細計算應該多準備的數量。

第五天，剩下一些沒賣完。謝麗爾認為狀況不差，今天讓耶利歐打扮成獵人，在連接都市與臨時基地的巴士停車站附近，一面晃蕩一面食用熱三明治。所需的裝備則向葛城借用，租金以熱三明治支付。

第六天，銷售一空。決定增產熱三明治。謝麗爾認為讓耶利歐每天都吃熱三明治會讓舌頭習慣而無法擺出好表情，因此今天宣傳兼晃蕩的角色就交給艾莉西亞。耶利歐則一臉嚴肅地待在艾莉西亞身旁。

第七天，一部分沒賣完。今天將銷售熱三明治交給耶利歐等人，謝麗爾留在據點。因為要他們每天洗澡並使用昂貴的肥皂等用品，耶利歐等人的頭髮與肌膚的狀況變得遠比過去健康，也因此不會被獵人顧客當作貧民窟的小孩子，接客上沒有出問題。

第八天，銷售一空。決定增產熱三明治。與食材業者再度交涉，成功以增加進貨數量換取更低的單價。

第九天，銷售一空。決定進一步增產。

◆

謝麗爾的熱三明治販賣計畫在第九天之後同樣沒遇到太大的問題，一帆風順地進行。雖然不至於每天都銷售一空並增產，但一開始投資的成本已經完全回收，來到了為盡量維持收益而努力的階段。

這時，謝麗爾認為計畫告一段落，在自己房間裡為了當初的目的而計算金額——現在有多少錢能交給阿基拉。

熱三明治靠著所謂的荒野價格，利潤相當高。人事成本也等同於零。就算扣除了各項經費，以及

向葛城購買武器的費用、幫派的經營資金等等，計算起來還能還給阿加拉１５０萬歐拉姆。

原本要還給阿基拉的金額是１００萬歐拉姆。現在足足多出五成。謝麗爾自認這是足以自傲的成績，想像著對阿基拉交出這份成果時的情景，嘴角不禁上揚。

想像中的阿基拉接過謝麗爾給的整疊鈔票，露出非常吃驚的反應。他連忙詢問金錢的來源，得知她用變賣幫派的地盤換得的錢當作資本，成功賺到這麼一大筆錢，讓他更是吃驚，隨後便欣喜地稱讚謝麗爾，告訴她當初救了謝麗爾真是太對了。

「沒有啦，這也要感謝阿基拉當時對我伸出援手。憑我一個人絕對辦不到。」

她更是眉開眼笑，不由得脫口說出對腦海中的阿基拉的回答。

「……沒這回事。你過獎了。就連葛城先生的

人脈，也是多虧有阿基拉為我和葛城先生交易。所以說，這要歸功於阿基拉當後盾也不為過……」

妄想中的阿基拉言行漸漸背離現實的阿基拉。表達感謝的笑容開始綻放光芒，視線開始湧現對異性的熱情。隨著背離的程度加劇，謝麗爾的表情與無意識間外洩的呢喃漸趨陶醉。

「……是嗎？那我有個好辦法。既然我們表面上已經是戀人關係，乾脆變得名符其實吧……」

「……老大？」

「……畢竟還是有人在懷疑，何不更誇張一點在大家面前曬恩愛……」

「老大？謝麗爾？我要報告今天的收益……」

「……為了讓大家理解我們的關係，表現得稍微過火一點更有助於散播傳聞嘛……」

艾莉西亞敲三次門，確定沒有回應後進入房內。她起初以為謝麗爾正用資訊終端機與某人交談，她壓低了音量對她說道。

但是艾莉西亞發現謝麗爾手上沒拿資訊終端機，只是閉著眼睛，臉龐萬分陶醉地鬆弛，艾莉西亞緩緩地向後退。

就當作沒看到吧。要是現在讓謝麗爾察覺她的存在，或者是察覺她親眼目睹了這一幕，大概會發生不好的事情。艾莉西亞這麼認為，雖然焦急但小心謹慎地退出房門。

「……對啊。雖然還有空房，但是我的房間設備最好，阿基拉一起住就能省下住宿費……」

謝麗爾那一切符合心中希冀的妄想，一直持續到艾莉西亞又等了一小段時間後隨便找個理由用力敲門為止。

在這之後，謝麗爾因為阿基拉音訊不通而險些絕望，重逢時阿基拉隨手就付了1000萬歐拉姆買回復藥，又把100萬歐拉姆的回復藥隨手遞給她，讓謝麗爾發現還給阿基拉區區150萬歐拉姆也沒有太大意義，讓她因此驚慌失措，這些都是一陣子之後的事。

獵人工作的阿基拉！

阿基拉在靜香的店裡取得了新裝備與荒野用車輛，重新投入獵人工作。

下一個目標是探索沉眠於地底下的未發現遺跡。如果有大量遺物殘留於地下遺跡，一攫千金也絕非夢想。

遺物收集波及了謝麗爾等人。看準未經開發的遺跡，獵人們引發大騷動。再加上與克也等人相遇——

沉眠於地底的究竟是教人利欲薰心的寶藏，又或者是……？

新的困難等著重返獵人工作的阿基拉與阿爾法！

「……該怎麼說，每次聽到舊世界的事情，我腦中的常識好像就會跟著瓦解。」

作者 ナフセ
插畫 吟
世界觀插畫 わいっしゅ
機械設定 cell

NEXT EPISODE >>>

重組世界 Rebuild World 3

上 地下遺跡

敬請期待！

新的困難正等著重返
『所謂的常識，本來就是日新月異。』
The advanced civilizati
the world has crumbled away, and
People rallied the fragments of wisdom
over the world and spent a long time rebui

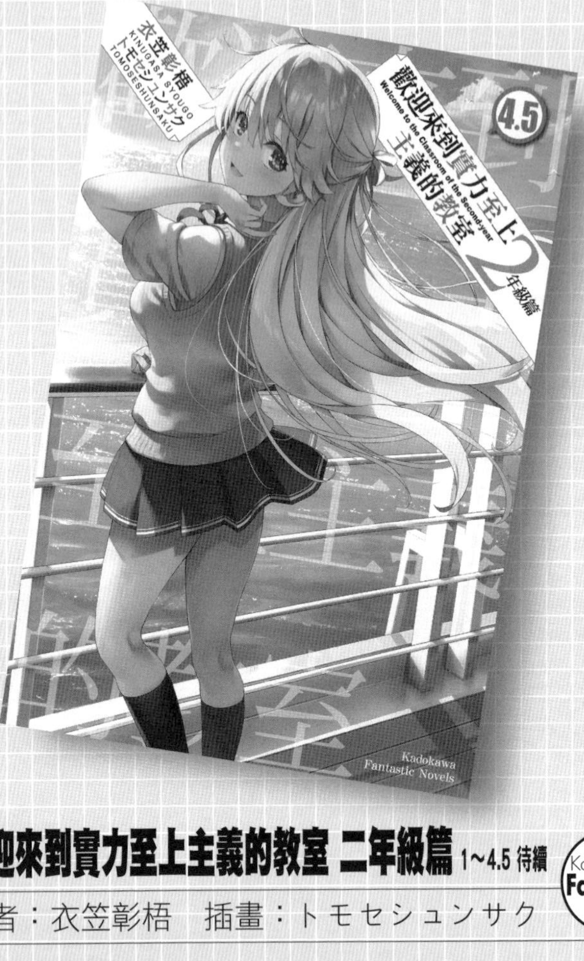

歡迎來到實力至上主義的教室 二年級篇 1~4.5 待續

作者：衣笠彰梧　插畫：トモセシュンサク

「我正在想差不多該跟大家報告我與清隆的事了。」
超人氣校園默示錄，第二年的暑假蘊含著風波？

跨越各種事件後，無人島考試也結束了。眾人期盼已久，在豪華遊輪上享受的暑假開始了。但考試留下許多爪痕，龍園開始尋找襲擊小宮的犯人，其他學生們也展現出與至今不同的行動。另一方面，為了對告白做出回答，綾小路前往與一之瀨約定的地點——！

各 **NT$200~250/HK$67~83**

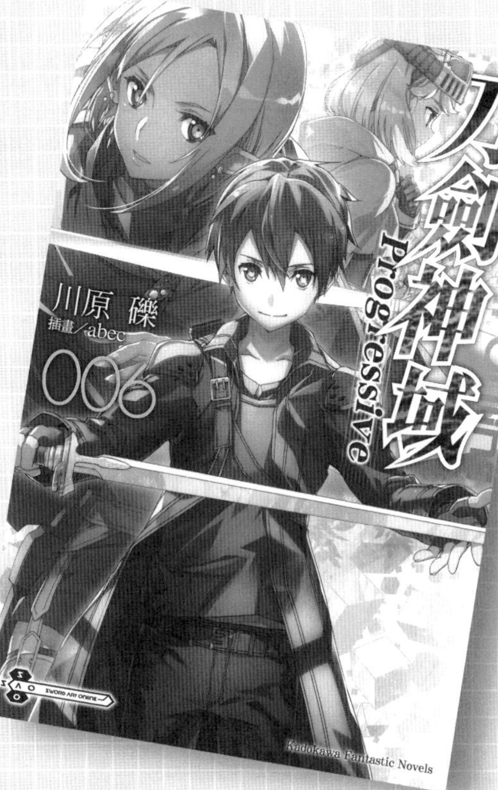

Sword Art Online

刀劍神域Progressive 1~6 待續

作者：川原 礫　插畫：abec

與黑暗精靈騎士重逢，挑戰「祕鑰」回收任務
桐人與亞絲娜接著挑戰艾恩葛朗特第六層！

具備感受性凌駕一般AI的NPC們登場。以「祕鑰」為目標，在暗地裡活躍的墮落精靈。出現新發展的「史塔基翁的詛咒」任務。以及「煽動PK集團」的魔手——桐人與亞絲娜能夠擊退捲入基滋梅爾等NPC的狡猾陰謀，成功突破第六層嗎？

各 **NT$220~320/HK$68~98**

OVERLORD 1~15 待續

作者：丸山くがね　插畫：so-bin

受到智謀之主安茲寄予期待的雙胞胎
將在大樹海縱橫馳騁！

教國首腦陣營對魔導國版圖的急速擴張憂心忡忡，決意打倒森林精靈王，以備魔導國來襲。同一時期，安茲出於「想讓亞烏菈與馬雷交到朋友」的父母心，以休假為藉口帶著雙胞胎啟程前往森林精靈國。此舉使得納薩力克幹部們眾議紛紛……

各 **NT$260~380/HK$87~127**

虛位王權 1 待續

Kadokawa Fantastic Novels

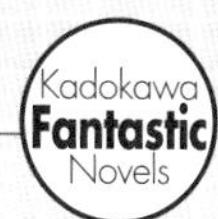

作者：三雲岳斗　插畫：深遊

龍與弒龍者；少女與少年——
日本的倖存者在廢墟都市「二十三區」相遇。

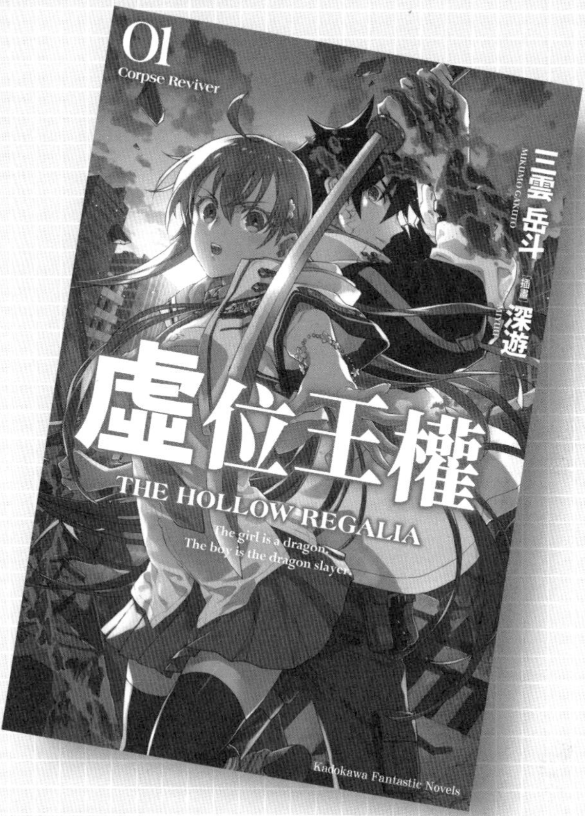

那天，巨龍現身在東京上空，被稱作魍獸的怪物大舉出現，加上「大殺戮」導致日本人滅絕。八尋是倖存的日本人。淋到龍血的他獲得了不死之軀，在化作廢墟的東京以搬運藝品為業。自稱藝品商的雙胞胎少女委託他回收有能力統領魍獸的櫛名田——

各 **NT$240/HK$80**